I0731106

SERIE
LORES MALDITOS 2

SYDNEY JANE BAILY

cat whisker press
Boston

cat whisker press, Boston, MA
1º Edición Impresa en Español
Copyright © 2022 Sydney Jane Baily
Traductora: Helena Ramos

ISBN: 978-1-957421-07-0

Título original: Lord Anguish
©2019 Sydney Jane Baily

Gracias por comprar esta novel

Dedicatoria

A Victoria Piercey
Un corazón generoso, una verdadera amiga, una mujer fuerte

Agradecimientos

Como siempre, ¡gracias a mi querida madre!

Prólogo

1848, Turvey House, Bedfordshire, Inglaterra

Nada en su cómoda existencia le había preparado para esto. John Angsley, conde de Cambrey, yacía de espaldas con su pierna rota y escayolada colgando de un cabestrillo. Le resultaba totalmente imposible darse la vuelta o incluso cambiar de posición, y maldijo en voz alta. Hacía apenas unos días que había bebido su último sorbo de láudano, y nunca había imaginado lo rápido que el dolor se apoderaría de él.

No solo el dolor. Todas las dolencias conocidas por el hombre parecían querer visitarlo. Incluso las náuseas.

Se sentó a duras penas, cogió el cuenco que tenía a su lado y arrojó en él el contenido de su estómago. Por suerte, como le dolía el vientre de forma constante, incluso después de dejar de tomar la tintura de opio, apenas había comido. Comprobó que vomitar con el estómago vacío no era más agradable que hacerlo cuando lo tenía lleno.

Había pasado una hora o dos desde la medianoche.

Incluso los sirvientes debían de estar profundamente dormidos. Con esa irritante idea, gritó tan fuerte como pudo y luego tiró de la campanilla, lo cual resultaba efectivo para pedir ayuda, aunque no tan satisfactorio como usar sus pulmones a su máxima capacidad.

Esperó temblando y cubierto de sudor, mientras el dolor lo atravesaba desde el cuello hasta las nalgas para luego descender por su pierna sana.

Al cabo de unos minutos, llamaron a la puerta y Peter entró.

Cam pensó que su ayuda de cámara era un hombre afortunado por poder caminar por su propio pie y mostrar un aspecto saludable, a pesar de su pelo desordenado. De hecho, Peter era exasperantemente normal, excepto por el hecho de que no llevaba chaqueta y su chaleco estaba del revés.

Ese detalle fue lo único que le hizo a Cam sentirse mejor. Había sacado a su pulcro y eficiente ayuda de cámara de la cama y lo había obligado a ponerse la ropa a tal velocidad, que el hombre casi no tuvo tiempo de vestirse.

Tal vez debería mencionarle su falta y descontarle parte de su salario. Castigar a ese cabrón sano.

Cam suspiró y se preguntó en qué demonios se estaba convirtiendo.

—Llévate el tazón y tráeme algo.

Peter se inclinó y alcanzó la porcelana que contenía poco más que bilis.

—¿Traerle qué, milord?

Cam quiso decir: «El maldito opio, por supuesto», pero no lo hizo. Aquel camino solo lo llevaría a nuevos dolores de estómago, pensamientos obtusos y sueños extraños, aunque la dicha de pasar sus días y sus noches sin dolor valía la pena. O casi.

Además, le había dicho a Peter que no le trajera la botella de láudano por mucho que le rogara. ¡Qué humillante!

—Tráeme brandy. Calentado, supongo. —¿Le ayudaría a dormir y neutralizar los dolorosos y viles síntomas que sufría desde que había dejado de tomar opio? Lo dudaba. Lo más probable era que también vomitara el brandy o le sentara mal, empeorando su estado.

—¡Vete! —le gritó a Peter, que se había quedado a la espera, quizá para recibir más órdenes.

Cómo deseaba Cam poder desprenderse por completo de su tortura, pero solo por un rato. Quería vivir este infierno. Quería volver a caminar. Y, sobre todo, quería volver a ver a Margaret Blackwood.

Capítulo 1

Seis meses antes

El conde de Cambrey tenía que elegir: otra noche en su club rodeado de buenos amigos y buen brandy, o una larga y seguramnete aburrida velada en casa de lord y *lady* Marechal. Eligió lo segundo. Después de todo, aparte de la música y las jóvenes insípidas, el champán y los dulces, junto con los dandis presuntuosos, tendría la oportunidad de ver a la señorita Margaret Blackwood.

Dios, si alguno de sus amigos se enterara de lo loco que se había vuelto por la joven Blackwood, lo expulsarían de los clubes. Sin embargo, él había visto algo en ella.

Cierto, ese algo no era sutil. Todos los malditos jóvenes habían visto lo mismo que Cam en cada uno de los eventos de la temporada: su atractiva figura, su brillante cabello color caramelo, sus ojos dorados que bailaban cuando ella reía y una sonrisa que lo dejaba sin aliento. Y todo esto lo utilizaba con un efecto devastador.

Por desgracia, lo usaba con cualquier hombre que le salía al paso. Él habría agradecido que ella le mostrara un mínimo de favoritismo, teniendo en cuenta que se habían conocido antes de que empezara la temporada, ya que la hermana mayor de Margaret se había casado con su mejor amigo, Simon Devere, y además, ¡él era el maldito conde de Cambrey!

Sí, estaría bien que le mostrara un poco de inclinación.

Tal vez ella tenía un interés especial en él. Habían pasado mucho tiempo juntos desde que su madre y sus dos hermanas habían llegado a Londres. No solo había cenado en casa de los Devere, sino que Cam y Margaret se habían sentado uno al lado del otro en un partido de cricket en el recién inaugurado Fenner's Ground y habían animado a los jugadores. En otra ocasión, se habían reído —con la mayor discreción posible, por supuesto—, cuando una soprano con muy poco talento no acertó unas notas, o casi ninguna, en el escenario del Sadler's Wells.

Sin embargo, en los carnés de baile de Margaret siempre aparecían los nombres de muchos otros caballeros, incluido Westing, un hombre al menos siete años más joven que Cam, lo cual escocía.

No es que Cam fuera un viejo, pero a los veintiocho años, era casi una década mayor que la señorita Blackwood.

Tal vez ella era simplemente demasiado joven.

Demasiado voluble.

Él gimió cuando ella entró en el salón de baile con su madre y su hermana mayor.

«¡Demasiado hermosa!».

A Maggie le encantaba la temporada y todo lo relacionado con ella. Por mucho que su hermana mayor, Jenny, la considerara frívola, poco práctica e incluso tediosa, Maggie pensaba que era emocionante, excitante y, por supuesto, totalmente necesaria. Su debut el año anterior se había visto truncado por la muerte de su padre. En poco tiempo, lo que quedaba de su familia, es decir, su madre y sus dos hermanas junto con algunos sirvientes, se había visto obligada a abandonar Londres. Maggie había dejado atrás sus esperanzas de un futuro halagüeño.

La venta de su preciosa casa de Londres no había sido fácil. Volver a mudarse a su pequeña casa de campo en Sheffield y tener que convertirse en tutora de francés, había sido insoportable. Se había alejado de todas sus amigas, incluida la más querida, Ada, la hija de otro barón, y con expectativas de encontrar un buen marido.

Pero después tuvo lugar un hecho afortunado. Su hermana mayor había llamado la atención del conde de Lindsey, y antes de que lo que se tarda en bailar tres veces alrededor del Maypole, se habían casado.

Así pues, aquí estaba Maggie, con toda la temporada social por delante y con nuevos vestidos. ¡La vida era maravillosa!

Además, ella había captado el interés del conde de Cambrey, un hombre de mundo y bastante elegante. Algo en él hacía que su interior se agitara de una manera desconocida y peligrosa. Sin embargo, temía mirarlo demasiado a los ojos, a él o cualquier otro. No quería conformarse con el primer hombre que se fijase en ella.

John, como ella pensaba en él en privado, era tan mayor como el recién estrenado marido de su hermana. No es que fuera demasiado viejo para ella, pero temía que no compartiera su mismo sentido de la diversión. Tal vez querría permanecer sentado en cada baile o exigirle que tuviera hijos de inmediato, como Jenny, que ya tenía un bebé a los pocos meses de casarse.

No, Maggie quería vivir un poco antes de experimentar una aventura tan aterradora, demasiado consciente de que podría acortar mucho su vida. Sabía que dos mujeres de su círculo de conocidos habían muerto durante el parto el año pasado.

Temblando, se obligó a enviar pensamientos felices a Jenny, que daría a luz en otoño. «Por favor, Dios, haz que tenga un parto fácil y seguro».

—¿Por qué tienes esa cara? —le preguntó su madre—. Con esa expresión de preocupación, tienes el ceño fruncido y nadie se acercará a ti.

Su madre se equivocaba, por supuesto. En cuanto Maggie puso un pie en el parqué, media docena de caballeros entraron en disputa por colocar sus nombres en primer lugar en su carné de baile.

—Un momento, *chicos* —bromeó, sabiendo que estaba siendo insolente. Por supuesto, nadie llamaría a los señores Fowler y Welkes por ese término. Pero Maggie lo hizo. Es más, sabía que podía salirse con la suya. A pesar de su belleza, no se habría atrevido a hacerlo si siguiera siendo la pobre Maggie Blackwood de Sheffield, cuyo padre, el barón, murió en bancarrota.

Sin embargo, como la señorita Margaret Blackwood, cuñada del conde de Lindsey y residente en la casa de los Devere en Portman Square, era un buen partido. Podía permitirse ciertas burlas, y otras cosas más.

Cuando la multitud de caballeros se disipó, vio a lord Cambrey de pie, con una copa en la mano y un leve gesto divertido en su bello rostro. No, no podía pensar en él como un chico, ni llamarlo así sin avergonzarse. Era el único con el que se le trababa un poco la lengua, con el que sentía un revoloteo de nervios en el estómago, el único que le causaba un poco de inquietud.

Eso le gustaba de él. Y mucho.

Además, sus preocupaciones de que pudiera ser estirado habían resultado del todo infundadas. Ya se habían divertido mucho, compartiendo un sentido del humor similar y su pasión por el cricket. Es más, en sus fuertes brazos, en la pista de baile, Maggie se movía con ligereza y sin esfuerzo, con el conde como protagonista de una confianza soberbia.

Sí, John ocupaba un lugar destacado en su lista de solteros elegibles y, al parecer, estaba esperando su turno para anotarse en su carné de baile.

Él soltó su copa y saludó a las tres.

—*Lady* Blackwood —se dirigió a su madre, tomando su mano e inclinándose sobre ella—. *Lady* Lindsey —saludó a su vez a la hermana de Maggie. Por desgracia, Jenny parecía, como de costumbre, que prefería estar en otro lugar antes que en un evento de sociedad. Aunque todavía nadie había notado que, mientras su marido se encontrara fuera por negocios, su hermana parecía incapaz de divertirse.

Maggie puso los ojos en blanco. Jenny era una condesa

y su vida estaba establecida, ¡por el amor de Dios!

John se volvió hacia ella. Cuando sus miradas se cruzaron, ella sintió una deliciosa anticipación de la velada que se avecinaba. Entonces él se inclinó sobre su mano y se la llevó a los labios.

—Señorita Blackwood.

—Lord Cambrey —murmuró ella.

Cuando él levantó la cabeza, se miraron un momento, un momento deliciosamente largo, hasta que ella le sonrió de forma involuntaria.

¿Qué era lo que le gustaba de este hombre?

¿Era su aspecto? Por supuesto, era un hombre apuesto. Su pelo, del color del café, y sus ojos color avellana eran atractivos, así como su contagiosa sonrisa. También le gustaba su altura y su fuerte constitución. Además, su forma de hablar, sus opiniones a menudo únicas y su risa deliciosamente perversa eran encantadoras.

Oh, Dios, ¿estaba enamorada de este hombre?

Con un ligero sonrojo, Maggie se dio cuenta de que los cuatro se dirigían hacia una mesa cubierta con un mantel frente a la pista de baile. Como si fueran soldados montando el campamento, cubrieron las sillas con sus chales y colocaron sus ridículos sobre la mesa, sabiendo que aquí, en el interior del salón privado, había poco que temer a los ladrones.

Los músicos seguían afinando sus instrumentos para la larga velada que les esperaba. La emoción recorría la sala, o tal vez Maggie solo imaginaba que todos se sentían como ella. Excepto Jenny.

Muy pronto, Maggie fue reclamada por el primer caballero anotado en su carné, lord Whitely, el hijo de un vizconde, con una nariz puntiaguda, pero con unas largas pestañas que batía sobre unos ojos inteligentes. Y el vals comenzó.

A Cam le resultaba fácil conversar con la esposa de su mejor amigo, sobre todo, cuando hablaban de su marido, Simon, que estaba en el continente haciendo Dios sabía qué, o de su encantadora hermana.

Mientras charlaba amistosamente con Jenny, no perdía de vista a Margaret, que tenía una energía sin límites. Había encabezado la Gran Marcha[1] y luego no había rehusado ni una sola cuadrilla[2]. Mientras mantuviera sus animados movimientos, no estaba demasiado preocupado por ella ni por sus parejas de baile. Después de todo, no era muy fácil mantener una conversación sin perder el ritmo. Por eso, la mayoría de los invitados bailaban sin más interacción que una sonrisa o una mueca si se pisaban los dedos de los pies.

«Basta», se ordenó a sí mismo. No le correspondía considerar si ella estaba entablando uno de sus deliciosos diálogos con uno de esos caballeros. No tenía ningún derecho sobre ella. Y aun así...

Al final, después de unos cuarenta minutos, los músicos necesitaron un descanso y todos se dirigieron a las mesas de refrescos.

---

[1] Ceremonia de apertura en un baile que consiste en una marcha en la que participan todos los invitados.

[2] Danza de salón, heredera de la antigua contradanza francesa del siglo XVIII.

Después de ofrecerles una bebida a Jenny y su madre, Cam era libre de vagar entre la multitud y ver si podía ayudar a Margaret.

La encontró con facilidad, ya que nunca había dejado de prestarle atención, pues destacaba de forma espectacular con su vestido azul claro, que le hacía brillar como un ángel. Por suerte, en lugar de acompañarla uno de esos acicalados caballeros, con el que tendría que mantener una charla insulsa, ella estaba con otra joven, la cual parecía igual de emocionada por formar parte del evento.

Cam suspiró por lo viejo que le hacían sentir, y se acercó a ellas.

—Señoritas, ¿puedo ayudarlas a conseguir un poco de limonada?

—Qué amable —contestó enseguida Margaret—. Bailar da mucha sed, sin duda. Lord Cambrey, ¿conoce a la señorita Ada Ellis?

Él se inclinó ante la dama de cabello rubio, que para él, parecía desteñida al lado del pelo castaño miel y los ojos cálidos de Margaret.

—No creo tener el placer. Si las dos se quedan cerca, les procuraré a cada una un vaso de néctar refrescante y ácido.

Ada soltó una risita detrás de su abanico, y Margaret puso los ojos en blanco ante su caballerosidad exagerada.

Cam hizo una leve reverencia y se alejó de ellas, abriéndose paso entre la multitud antes de ser detenido por una pared de chaquetas vestidas de negro y gris frente a las mesas de refrescos. Los sirvientes llenaban los vasos tan rápido como podían, y aun así, no era suficiente.

Minutos más tarde, regresó al lugar donde había dejado

a las damas, maldiciendo en silencio solo una vez cuando alguien lo empujó y le hizo derramar limonada sobre su manga.

Sin embargo, cuando llegó al lugar donde había dejado a las damas, no encontró allí a la encantadora Margaret. Con el ceño fruncido, escudriñó la habitación. Para su disgusto, la vio a unos metros de distancia. Todavía en compañía de su amiga, aunque ahora charlando con dos hombres. Seguramente coqueteando. Y los cuatro tenían en sus manos un vaso de la maldita limonada.

—¡Al diablo! —dijo Cam, lo bastante alto como para que una pareja que pasaba por allí lo oyera. Cuando se detuvieron con las cejas alzadas, él se limitó a hacer una reverencia cortés.

—¿Puedo ofrecerles estos refrescos? —les preguntó.

Sus expresiones se relajaron con alivio y aceptaron los vasos con gratitud.

Sin duda, había hecho amigos para toda la vida, evitándoles tener que esperar en la maldita cola.

Volvió a la mesa y se sentó pesadamente en la silla junto a Jenny, de espaldas a la pared, con una buena vista de los bailarines.

—¿No tiene usted ningún compromiso, milord? —preguntó la esposa de Simon.

Él apartó su mirada de la multitud y le sonrió.

—¿Perdón?

—Bailar. ¿No es por eso que un hombre soltero viene a un baile durante la temporada?

Cam supuso que tenía razón. Es más, había sido más que grosero con ella.

—¿Le gustaría bailar, *lady* Lindsey? Sería un honor para

mí.

—Por supuesto que no —declaró Jenny—. En todo caso, se supone que no debe desperdiciar su soltería bailando con una mujer casada. Eso va prácticamente en contra de las reglas. Mi presencia aquí no es importante, sin embargo, la suya sí lo es.

Vio cómo ella examinaba la sala y él hizo lo mismo. A excepción del carné baile de Margaret, no se había molestado en apuntar su nombre en ningún otro, pues no creía que fuera a enamorarse de repente y encontrar una esposa durante una exuberante mazurca.

—Veo a más de una señorita con la boca torcida que, estoy segura, estaría muy agradecida si le pidiera un baile. Esa de ahí, por ejemplo—. Jenny asintió detrás de su hombro.

Al volverse, Cam vio a *lady* Adelia Smythe dando golpecitos en el parqué con la punta del pie y observando a los bailarines. En realidad, había bailado con ella en otro baile y le pareció bastante agradable, aunque tenía una risa que le rechinaba los oídos, rebuznando como una mula testaruda bajo el sol abrasador.

Cam suspiró con fuerza por sus pensamientos tan poco amables y se puso en pie para invitar a la dama, con la honda esperanza de que alguien hiciera lo mismo por su prima Beryl cuando le tocara presentarse en sociedad.

—Bravo, milord —dijo Jenny.

Cam le dirigió una sonrisa tímida. No era un héroe de guerra como el marido de esta dama. Solo iba a bailar con una señorita. Es más, ni siquiera lo iba a hacer de buen grado, porque, en su corazón, reconocía que preferiría estar bailando con Margaret, y llevaba la cuenta de los bailes que faltaban hasta que le llegara el turno.

Si no había contado mal, después de tres más, podría reclamarla para una polka.

Mientras tanto, si *lady* Smythe no estaba ocupada en otra cosa, daría unos cuantos giros y así al menos podría estar en la pista, al alcance de la sonrisa de Margaret.

Maggie se estaba quedando sin aliento. Sin embargo, los músicos eran muy hábiles, sus notas eran brillantes y claras, y los bailes eran tan agradables, alternando entre formaciones y parejas, que no quería parar. A pesar de todo, al siguiente baile, su pareja se hizo daño en la rodilla al efectuar un movimiento improvisado y tuvieron que retirarse.

Al acercarse a la mesa que ocupaba su familia, Maggie oyó cómo su madre reprendía a su hermana mayor por fruncir el ceño. Pobre Jenny, era su expresión normal ahora, y Maggie deseó fervientemente que su cuñado regresara pronto de su viaje de negocios para consolar a su melancólica esposa.

—Me gustaría que bailaras —le dijo a Jenny. Lo cierto era que nadie podía fruncir el ceño mientras bailaba.

—¿Dónde está lord Cambrey? —dijo su hermana, sin responder a su sugerencia.

Maggie supuso que no era tan extraño que Jenny le preguntara por él. De hecho, el conde siempre estaba rondando de cerca en cada evento. A veces se preguntaba si lo hacía solo por el deber que sentía de velar por la esposa de su mejor amigo o si, quizá, había otra razón más personal. Maggie esperaba no haber malinterpretado sus miradas y sus sonrisas.

En cualquier caso, no sería bueno que pareciera que ya habían formado un vínculo, lo cual no era así. Aunque sí se sentía algo apegada al caballero.

—No podemos bailar más de dos bailes en una noche sin que alguien grite las amonestaciones —declaró Maggie—. Tenemos un baile muy pronto.

Casi se sonrojó al decirlo. A decir verdad, la idea de que ella y John Angsley se unieran y de que sus amonestaciones matrimoniales fueran proclamadas en público no le desagradaba. De hecho, era emocionante.

—¿Quién es el siguiente en tu carné? —preguntó su madre.

Maggie estudió el papel cuadrado que colgaba de su muñeca con una cinta de raso.

—¡Oh! —Volvió a mirar a Jenny—. Casi lo olvido. Tu antiguo prometido escribió su nombre antes de que me diera cuenta de quién era, pero no le concederé tal honor, te lo aseguro.

—¿Por qué lord Alder buscaría bailar contigo? —*Lady* Blackwood no parecía complacida—. Debería saber que yo nunca permitiría una asociación entre vosotros, no después de su mal trato a nuestra Jenny. Estoy segura de que otros padres piensan lo mismo. Ni siquiera puedo imaginarme por qué está aquí —terminó diciendo con vehemencia, observando a su alrededor como si pensara que podría detenerlo solo con la ferocidad de su mirada.

Maggie se alegró de que la ira de su madre no se dirigiera a ella. Es más, esperaba que el voluble vizconde, si sabía lo que le convenía y no quería montar una escena, se mantuviera lejos de su mesa. Aunque había tratado mal a Jenny después de la ruina financiera de su familia, no era peor de lo que harían muchos de los solteros de la alta sociedad.

En cualquier caso, Maggie pensó que lord Alder no había querido en absoluto apuntar su nombre en su carné. En realidad, habían estado a punto de chocar junto a los refrescos y, probablemente, él creía que era su deber pedirle un baile. Sus ojos se habían abierto de par en par cuando la miró a la cara y se dio cuenta de que era la hermana de Jenny, justo en el mismo momento en que Maggie también se dio cuenta de quién era él.

—Mamá, estoy más que encantada de perderme esta próxima cuadrilla —declaró Maggie—. Lo más probable es que lord Alder solo estaba siendo educado. —Lamentó haberle mencionado—. Dudo que se acerque para reclamar su baile.

El alivio la invadió cuando en lugar de lord Alder, fue lord Westing quien apareció. Él le había besado la mano con ternura antes de Navidad, en la gran fiesta de *lady* Atwood. Como hijo único del duque de Westing, y con su elegancia, el marqués era considerado el partido de la temporada.

Después de saludar a cada una de las damas, empezando por *lady* Blackwood, lord Westing dirigió su atención a Maggie.

—No está bailando, señorita Blackwood, lo que priva a este salón de mucha diversión. Es demasiado tarde para comenzar este baile, sin embargo, ¿podría concederme el siguiente?

Maggie no pudo evitar mirarlo con interés.

Definitivamente, era atractivo. Una mandíbula fuerte, ojos azul aciano y pelo rizado castaño como el de lord Cambrey.

¿Por qué tenía que comparar a todos los hombres con John Angsley? John era un hombre muy agradable, pero estaba claro que no se entendían. De hecho, unos minutos antes, él había estado bailando con Adelia Smythe e incluso ahora, estaba emparejado para bailar la cuadrilla con Jane Chatley, la hija de un conde.

Eso no debería molestarla si no fuera porque *lady* Jane tenía un rostro perfecto, una bonita figura y fortuna. Además, John parecía estar completamente fascinado por ella.

Maggie le ofreció a lord Westing la sonrisa que solía practicar ante su espejo, sabiendo que no era ni demasiado grande ni demasiado pequeña. No mostraba demasiados dientes ni sus encías. Tampoco abría demasiado la boca. Era genuina y agradable, pero no parecía una sonrisa tonta. En resumen, resultaba muy atrayente, pero sin un ápice de timidez.

Luego añadió un aleteo de sus pestañas para añadir un toque de pimienta a su expresión. Vio cómo las pupilas del hombre se dilataban.

—Creo que tengo libre el próximo baile —le dijo, sin molestarse en consultar su carné.

Oyó a su hermana suspirar y supo lo que estaba pensando: «no se puede dejar plantado a alguien cuyo nombre está en tu carné». Pero Alder se lo había hecho a ella antes, y Maggie no era peor por ello.

Lord Westing miró hacia la abarrotada pista.

—Podemos ir juntos a la mesa de refrescos antes de que comience nuestro baile. Allí hay menos gente en este momento.

—Una idea espléndida. —Acto seguido, Maggie dejó que su nuevo admirador la tomara del brazo.

Después de que él se inclinara una vez más ante su madre y su hermana mayor, lord Westing la condujo a través de la sala. Maggie no pudo resistir echar una mirada de reojo para determinar el paradero de John.

Para su asombro, aunque se encontraba en pleno baile con Jane, resultó que él la estaba observando, y sus ojos se encendieron al cruzarse con los de Maggie. Y entonces sucedió de nuevo, el extraño y tentador chisporroteo la recorrió de arriba abajo.

¿Qué sentiría al ser besada por el conde de Cambrey? Tuvo la fantasiosa idea de que ardería al contacto con sus labios.

Con la firme opinión de que valdría la pena, Maggie decidió poner a prueba su teoría a la primera oportunidad.

Capítulo 2

Cam acompañó de regreso a su sitio a su pareja de baile y, con innegable impaciencia, se dirigió hacia las damas Blackwood. Cuando llegó a su mesa, solo Jenny estaba allí.

Intentó no fruncir el ceño mientras escudriñaba la zona en busca de Margaret, aunque sabía que si no estaban en la pista cuando empezara la música, no podrían unirse al baile en absoluto.

—Tanto tu madre como tu hermana han desaparecido. — Esperando no sonar tan molesto como se sentía por el hecho de que Margaret no cumpliera con su compromiso de baile, ofreció una pequeña sonrisa. Incluso entonces, la animada polca comenzó y su oportunidad de tenerla en sus brazos se desvaneció. ¡Maldita sea!

Jenny asintió con la cabeza, como si tuviera algo en mente.

—Milord, ¿quiere dar un paseo por la galería?

Conteniendo su sorpresa ante la invitación, Cam sintió

que la curiosidad lo atravesaba, mezclada con la duda. Después de todo, se trataba de la esposa de su mejor amigo, y la sociedad podía ser brutal con los rumores e insinuaciones. Sin embargo, le había prometido a Simon que la protegería. Si *lady* Lindsey quería pasear, mejor con él que con un pícaro.

—Por supuesto. —Le ofreció su brazo y salieron por las puertas dobles de la parte delantera del salón.

En cuanto estuvieron solos en un extremo de la gran sala, rodeada de cuadros y estatuas, ella se detuvo.

—Seré breve. Simplemente deseo saber si tienes noticias de Simon.

Él odió tener que decepcionarla.

—Lo siento. No he sabido nada de él. Es como si Simon hubiera desaparecido en el corazón de las naciones salvajes de Europa.

Al oír su suspiro de dolor, Cam deseó poder consolarla con alguna promesa del pronto regreso de su amigo. Todo lo que podía decirle eran palabras vacías.

—Por favor, le pido que confíe en él y que no se preocupe. Prácticamente me cantó *Greensleeves* la primera vez que me habló de usted.

Entonces, Cam pensó en los otros deberes de Simon, además de los que tenía con su esposa.

—En cualquier caso, debe volver pronto —afirmó.

—¿Por qué dice eso, milord?

—El Parlamento se abre oficialmente en unas semanas, y deberá acudir.

Ambos sabían que las consecuencias de que un representante no compareciese en la Cámara de los Lores no eran buenas, incluyendo una posible pérdida de los privilegios de

Simon.

Sin embargo, Cam dudaba que Jenny pudiera ver a su marido en Navidad. Lo mejor que él podía hacer era invitar a las damas Blackwood a asistir a las funciones con su propia familia en su casa de Londres.

No sería difícil, ya que su madre estaba viuda y era una amable anfitriona. Estaba seguro de que disfrutaría de la compañía de Jenny y de su madre. Además, su prima Beryl se alojaba en la casa de Cambrey y estaría dispuesta a entretener a Eleanor, la hermana menor. Luego, por supuesto, estaba Margaret. Ocuparse de ella no sería nada difícil.

Aunque ni siquiera había querido bailar con él.

Cuando reaparecieron en el salón, vio rápidamente a Margaret en la pista de baile con Westing. El más verde de los demonios bailó en la cabeza de Cam. ¿Cómo se atrevía? Era cierto que no tenían ningún tipo de relación, pero uno no desechaba públicamente a una pareja en favor de otra, a menos que esta ya se hubiera declarado a favor de ella. ¿Podría haber ocurrido algo así en tan corto espacio de tiempo?

—Su hermana está bailando con lord Westing —comentó Cam a Jenny, deseando de inmediato haber mantenido la boca cerrada. Su aviso y su comentario probablemente decían mucho de su interés. Pero, mientras nadie más hubiera visto el carné de baile de Margaret, entonces Cam no corría el peligro de sufrir una humillación pública.

Las siguientes palabras de Jenny, por desgracia, le hicieron temer lo contrario.

—Oh, lo siento, milord. Temía que fuera usted a quien había utilizado de forma tan terrible.

¡Utilizado de forma tan terrible! Qué manera de expresarlo.

—¿Qué quiere decir?

—Ella no debería haber salido corriendo con lord Westing cuando sabía que tenía el próximo baile con usted. Estuvo muy mal por su parte, y la reprenderé con firmeza por ello...

—No. —Su tono fue demasiado agudo, pero él tenía su orgullo—. Querida *lady* Lindsey, su hermana está disfrutando de su temporada. Firmé su carné simplemente porque vi un hueco en él. Solo por esa razón. Mientras la señorita Margaret esté bailando, nada más importa.

Aunque si Westing tropezara y se cayera de bruces, Cam no se molestaría en absoluto.

—Si todo el mundo hiciera como mi hermana, estos eventos se disolverían en el caos. Desde un punto de vista objetivo, ella debería cumplir su promesa.

Cam admiraba mucho a Jenny Blackwood Devere, condesa de Lindsey, y sabía por Simon que era una mujer muy práctica. Sin embargo, en ese momento, parecía un perro con un hueso que no podía soltar cuando él solo deseaba que se olvidara de su baile perdido con Margaret. No quería escuchar más charlas sobre cómo todo el tejido de la sociedad, y los bailes en particular, se disolverían en un absoluto caos porque su hermana no había bailado con él.

—Por favor, déjelo estar. No hubo ningún daño.

Ella hizo una pausa en su divagación y lo miró de reojo.

—Por supuesto, milord. No diré nada más sobre el asunto.

¿Por qué pensaba ahora que ella iba a tener una larga

charla con Margaret sobre el tema más tarde? Deseó no haber venido nunca a este maldito baile.

———————— ❀ ————————

—Me alegro de que haya venido a nuestra casa —entonó la madre de lord Cambrey, saludando a lady Blackwood y a sus hijas en el vestíbulo de la casa de los Angsley en Cavendish Square.

La mirada de Cambrey se dirigió directamente a Margaret, que estaba exquisita con un vestido de seda verde con adornos dorados, y que parecía dar vida a la temporada navideña. Él se adelantó para dar la bienvenida a cada una de ellas, empezando por la madre y terminando por Eleanor. Luego, su prima Beryl les ofreció enseñarles la casa, a lo que solo Eleanor accedió. Las jóvenes salieron corriendo como potrillos, mientras el resto entraba en el salón.

—¿Dónde están los padres de *lady* Beryl? —preguntó *lady* Blackwood cuando todos estuvieron sentados.

—El hermano menor de mi marido y su esposa se han quedado en su casa de Bedfordshire. Tienen otros cinco hijos, Beryl es la mayor.

—Qué bendición —dijo Jenny.

Cam también lo pensó. Sus propios padres solo lo tenían a él, a quien podían transferir todas sus esperanzas y sueños, así como continuar la línea familiar. Sabía que su madre había perdido a otros dos hijos, aunque nunca hablaban de ellos.

—Es un placer tener a Beryl conmigo —añadió *lady* Cambrey—, pero creo que no está lista para la próxima temporada, ni siquiera para la siguiente.

Todos asintieron con la cabeza, ya que habían oído a Eleanor y a Beryl chillar con risas infantiles y luego correr ruidosamente por el vestíbulo principal.

—Estoy de acuerdo —dijo *lady* Blackwood—. Nuestra Eleanor no está preparada para debutar.

En ese mismo instante, la mirada de Margaret se dirigió hacia Cam. Cuando sus ojos se encontraron, él sintió que la atracción hacia ella le recorría todo el cuerpo. ¿Era así como uno sabía al fin que había conocido a la persona adecuada? Ciertamente, nunca había experimentado una atracción tan visceral hacia una mujer.

¿Lujuria? Dios, sí. ¿Pero un deseo profundo? Nunca.

Cam pasó el resto de la noche preguntándose cómo podría estar con ella a solas. No habían tenido un momento de intimidad en muchas semanas, desde que se sentaron el uno al lado del otro en el Sadler's Wells, viendo a una cantante sin talento. Él tenía muchas ganas de cambiar eso.

Tras una sabrosa comida a base de chuletas de cordero, la carne favorita de su madre, se retiraron de nuevo al salón. Jenny se excusó para retirarse, pero convencieron a Margaret para que tocara el pianoforte. De hecho, parecía brillar aún más cuando se sentaba frente a él, con todos los ojos puestos en ella.

Su madre tenía una buena colección de partituras para Beryl, y Cam observó a Margaret mientras esta elegía una. Justo antes de que comenzara a tocar, advirtió que ella dirigía una mirada fulminante a Eleanor para sofocar su risa.

Cuando todo quedó en silencio, empezó a ejecutar una alegre melodía, *Una vida en las olas del océano,* supuso, aunque sin nadie que cantara de acompañamiento, sonaba similar a muchas otras.

Se alegró de que fuera una intérprete consumada. No había nada más vergonzoso que una joven que hiciera un gran alarde de ocupar su lugar en el piano solo para sacar una melodía que ofendiera a los oídos.

—¿No canta usted, señorita Blackwood? —preguntó la madre de Cam entre canción y canción.

Margaret ladeó la cabeza con encanto.

—Me temo que mi voz no está a la altura de muchas otras que se pueden escuchar en los salones de Londres, *lady* Cambrey. Yo, por mi parte, prefiero no hacer algo en público en lo que no soy competente. Lo considero un intento desesperado por captar atención. Sin embargo, si hay alguien aquí que quiera acompañarme, estaré más que agradecida.

Cam se quedó mirando, con los ojos muy abiertos, mientras nadie se movía. Después de todo, ¿quién se atrevería a cantar después de semejante desafío? Parecía algo desesperado, ciertamente. Ninguna de las damas se atrevió a cantar, aunque Beryl tenía una voz bastante agradable, que parecía estar afinada al menos la mitad de las veces.

Margaret esperó, y luego volvió a las teclas, lista para continuar su actuación en solitario.

—Yo lo haré —ofreció Cam. Las palabras salieron de su boca sin pensarlo.

Oyó que Margaret exhaló un suspiro. Al parecer, la había sorprendido al recoger su guante. Como Cam había formado parte de un coro en la escuela, decidió que podría arreglárselas mientras tuviera la letra delante y fuera una canción conocida.

Se levantó del diván y se acercó al piano.

Margaret lo miró fijamente.

—Usted elige, lord Cambrey. —Luego señaló con la cabeza la pila de partituras.

Cam rebuscó entre ellas y colocó algunas páginas frente a Margaret. Para su deleite, las mejillas de ella se sonrojaron al ver que él había escogido una tierna canción de amor, protagonizada por un hombre en honor a la mujer que admiraba.

Cuando Margaret lo miró con ojos brillantes, él levantó una ceja. A cambio, ella le dedicó una sonrisa cegadora, haciéndolo retroceder un paso con su vivacidad. O bien apreciaba su elección, o bien estaba a punto de darle una colleja.

¿Ella lo consideraba un reto, una invitación, una declaración? No lo sabía. Después de que él asintiera con la cabeza, ella empezó a tocar, las notas eran nítidas, aunque demasiado rápidas para su gusto, quizá para desequilibrarlo.

Entonó la primera estrofa de *Annabelle Lee* cuando consideró que era el momento. Por suerte, no era demasiado difícil.

Inclinado sobre ella para leer la letra, Cam iba pasando las páginas mientras intentaba no distraerse con su cercanía ni con el divino aroma floral de su pelo. Si no tenía cuidado, se pondría en evidencia delante de las damas, y se alegró mucho de no llevar los ajustados pantalones que usaban otros caballeros, los cuales no dejarían nada a la imaginación.

Cuando volvió a pasar la página, le rozó el hombro y Margaret vaciló. Bien. Esperaba que fuera consciente de su presencia como él lo era de la suya.

Al llegar a las notas finales, ella bajó la mirada a las teclas y luego se levantó dándole la espalda, lo que le impidió ver su expresión. Cuando su familia y la de él aplaudieron, Cam le tendió la mano para que hicieran una pequeña reverencia juntos.

Cuando sus dedos se cerraron sobre los de ella, sintió que se agitaba, pero luego se relajó. Ella dobló sus rodillas hacia el pequeño público mientras él se inclinaba y luego, sin poder evitarlo, Cam le apretó la mano con suavidad.

Al instante, Margaret levantó la vista hacia él. Esperaba que fuera felicidad lo que veía en sus ojos, porque eso era lo que él sentía. Simplemente feliz de estar cerca de ella, de tocarla, aunque fuera brevemente. Por la suave curva de sus labios, Cam decidió que estaba contenta de verdad, al menos por su dúo.

Su madre declaró que las cartas serían el siguiente entretenimiento de la noche. Con un número impar de personas, decidieron jugar a los Corazones, lo que provocó una gran cantidad de risas y una animada velada, hasta que las dos chicas más jóvenes se aburrieron. Cuando se fueron corriendo a la habitación de Beryl para charlar en privado antes de acostarse, Cam envidió su libertad.

Deseaba poder llevar a Margaret a su habitación para pasar un rato en privado, aunque charlar no era lo más importante para él.

Sin embargo, se le presentó la oportunidad de hablar a solas con ella mientras paseaba alrededor del salón, examinando los adornos y las curiosidades que su madre guardaba en las vitrinas.

—Se le da bien la música —le dijo él mientras ella sacaba un libro de una estantería.

—¿Solo bien? —le preguntó Margaret si mirarlo.

—Nunca le he mentido —respondió Cam, y ella se rio.

Menos mal que no era una de esas damas que se ofenden fácilmente.

—Me parece justo. De todos modos, no me gustan los halagos vacíos. Soy una buena intérprete, pero podría llegar a ser mejor si practicara más.

—No lo dudo —aceptó Cam—. Supongo que no recibe muchos halagos vacíos en cualquier caso, no cuando hay tantas cualidades en usted que engendran verdadera admiración.

Sus mejillas volvieron a adquirir un agradable color rosado.

—Y usted tiene una buena voz —dijo ella, a la vez que devolvía el libro a su lugar y tomaba otro.

—¿Solo buena? —se burló él.

—Nunca le he mentido —repitió ella.

—No, y sin embargo me dejó plantado sin ninguna piedad.

Ella frunció el ceño y lo miró.

—¿Lo dejé plantado...? Oh, nuestro baile.

¿Era disgusto en su cara lo que Cam vio? ¿Estaba siendo un anfitrión grosero al incomodarla?

—No fue nada, en realidad —añadió él—. Estoy seguro de que simplemente confundió los nombres de su carné, ya que estaba lleno de ellos.

—Yo no confundo las cosas —afirmó Margaret con sencillez.

Cam esperó. Cuando quedó claro que ella no iba a pedir disculpas, se encogió de hombros.

—Como he dicho, no fue nada.

Margaret paseó su mirada por delante de él hacia su

hermana, y él supo, con una sensación de malestar, que Jenny había tenido unas palabras con ella al respecto. Es más, ahora que él había sacado el tema, le había dado aún más importancia.

¡Qué idiota! Si Margaret hubiera dicho que lamentaba la confusión, eso sería todo. Por el contrario, ella había esquivado reconocer su error, y él se quedaba colgado.

—John, ven a contarles a las damas lo que Palmerston y Russell te dijeron sobre los franceses. Su gobierno se está derrumbando, ¿no es así?

Así, su charla privada con Margaret llegó a un incómodo final.

Tenía que dejar de obsesionarse con esta joven, ya que era demasiado imperfecta para convertirse en su esposa. Lo volvería loco con su inconstancia y su incapacidad para asumir la responsabilidad del más mínimo fallo.

Sin embargo, eran las vacaciones, y su mejor amigo estaría fuera por un tiempo indeterminado, por lo que seguiría invitando a las Blackwood a su casa, al menos hasta que comenzara la temporada principal después de fin de año. Habría un par de grandes eventos que su madre acostumbraba a celebrar y, sin duda, Jenny y su familia disfrutarían tomando parte en ellos.

Una semana después, cuando paseaba a lomos de su caballo por Hyde Park, vio a Margaret haciendo lo mismo con Westing y con su doncella como acompañante. Cam contuvo su irritación y pasó junto a ellos asintiendo con la cabeza.

Westing le devolvió el saludo con frialdad, pero los ojos de Margaret se abrieron de par en par, con un gesto insondable.

No había avanzado más que unos metros por el camino cuando ella lo llamó por su nombre.

—Lord Cambrey, por favor, espere.

Él se detuvo, sorprendido por su atrevimiento, y se giró en su silla de montar para verla cabalgar hacia él, mientras Westing y la carabina se quedaba esperando.

—Señorita Blackwood, ¿le ocurre algo?

Parecía nerviosa, muy diferente a su ánimo habitual.

—Quería decirle algo que me ha estado preocupando desde la hermosa noche en su casa.

—¿Oh? —De repente, Cam pensó que sabía lo que se avecinaba, y no iba a ponérselo fácil. Sin embargo, podía aprovechar la oportunidad para disfrutar de sus ojos brillantes y sus mejillas rosadas, y observar su preciosa boca mientras se disculpaba. Porque estaba convencido de que estaba a punto de excusarse por haberlo dejado sin pareja.

—Siento que Eleanor haya sido demasiado bulliciosa. Espero que no haya molestado a su madre. Mi hermana puede ser muy animada y necesita poco estímulo para dejarse llevar por las risas y hacerse notar.

Cam permaneció en silencio un momento para asimilar sus palabras. Eso había sido una especie de disculpa, pero en nombre de la Blackwood equivocada. ¡Qué extraño! Tal vez Margaret era totalmente ajena a las reglas sociales en un baile.

—No recuerdo que mi madre haya hecho alguna queja sobre la señorita Eleanor.

—Bien —dijo Margaret—. Entonces le diré a mi madre que todo está en orden.

—Por supuesto. Su madre no debe preocuparse en absoluto. De hecho, creo que la mía está escribiendo invitaciones para una gran fiesta en nuestra casa la próxima semana. Aunque no habrá otros tan jóvenes, estoy segura de que Eleanor será invitada para hacer compañía a Beryl.

—Bien —dijo Margaret de nuevo.

Parecía que habían agotado el tema y que no era concebible que continuaran hablando de su hermana o de la madre de Cam, pero Margaret seguía manteniendo su caballo en reposo junto al suyo.

—Sus acompañantes la están esperando —le recordó él, desviando la mirada. El caballo de Westing brincaba ansioso, posiblemente captando la irritación de su jinete. Un marqués irritado. ¡Qué encantador!

—Bueno, entonces debo irme —dijo Margaret, comenzando a girar su caballo—. No me di cuenta de que era su nombre el que figuraba en mi carné para el próximo baile en el baile de los Marechals —añadió cuando ya se había dado la vuelta—. Buenos días, lord Cambrey.

Con un rápido movimiento de sus talones sobre los flancos de su caballo, se alejó trotando antes de que él pudiera responder. Él siguió observando hasta que los tres se alejaron.

Así fue como Miss Margaret se disculpó. Un poco despreocupada, sin duda, pero le dejó la impresión de que si hubiera mirado su carné y se hubiera dado cuenta de que el siguiente baile era el suyo, no se lo habría perdido.

Animado por lo que ella le había dicho, Cam se marchó sintiéndose mejor que en días anteriores.

—Pobre zopenco —murmuró para sí.

Capítulo 3

Feliz por el casual encuentro de la mañana, Maggie entró en su casa con su criada, contenta de haberse librado de lord Westing. No había nada malo en él. Ni una sola cosa. Pero el único punto positivo del viaje había sido encontrarse con John y desahogarse por fin con él.

A decir verdad, a ella no le había importado nada el comportamiento de Eleanor en la casa de los Cambrey. A nadie más le había importado tampoco. Le había parecido una buena manera de empezar a disculparse, sobre todo, cuando sus propias acciones, aunque del todo involuntarias, parecían haber herido los sentimientos de John.

Sí, se sintió bastante satisfecha consigo misma por haber enmendado al fin ese error y hacerle saber al caballero que no había querido hacerle un desaire. Simplemente, había sido descuidada.

Y por su virtuoso comportamiento de esta mañana, se había enterado de otra fiesta a la que asistirían con la madre de él como anfitriona. ¡Qué maravilla! Disfrutaba de los eventos más pequeños en residencias privadas, incluso más que los bailes abarrotados previo pago de una entrada. Era cierto que había menos animación y posibilidad de elegir pareja de baile, pero, al mismo tiempo, había más oportunidades para hablar, y la comida era mucho mejor.

Además, le gustaba mucho *lady* Cambrey, cuyo marido había fallecido tristemente unos cuatro años atrás, o eso recordaba la madre de Margaret. Nada trágico, solo un hombre mayor que cayó enfermo de gripe. El título pasó a John, y todo continuó como debía. No habían sufrido ninguna de las indignidades que había tenido que afrontar la familia Blackwood.

—¿Estás en casa, querida?

—Sí, soy yo, mamá. ¿Llego demasiado tarde para los huevos y las tostadas?

—Estoy encantada de volver a ver a tu encantadora familia —les recibió amablemente *lady* Cambrey.

La fila de recepción de los Cambrey, incluyendo a Beryl, en el vestíbulo de su casa, correspondía a la naturaleza formal del evento. Todas las damas Blackwood se habían vestido con más elegancia que para la pequeña cena a la que habían asistido allí con anterioridad.

Al ver que los muebles habían sido retirados del espacioso salón principal, cuyas puertas dobles estaban abiertas de par en par, Maggie estuvo a punto de aplaudir con alegría y tuvo que cerrar las manos en puños para contenerse. El baile aquí sería íntimo. Y no se habían repartido carnés de baile, lo que ofrecía muchas más oportunidades de formar pareja con la misma persona de lo que podría ocurrir en los grandes bailes con cientos de caballeros compitiendo por cada pieza.

No podía negar que quería bailar con John Angsley tantas veces como fuera posible.

Cuando él se inclinó sobre su mano enguantada y se la llevó a los labios, ella esperaba que su expresión le confirmara que había entendido que no le había hecho un desplante a propósito. Sus ojos sonrientes le indicaron que volvían a estar en buena sintonía.

Ella se movió a lo largo de la fila para permitir la entrada de la multitud que venía detrás. Al entrar en el salón, Maggie se encontró con un pequeño grupo de músicos que ya estaban preparándose en una esquina. Como ocurría en la mayoría de estos eventos, primero se bailaba, y luego todo el mundo se trasladaba al comedor para comer de pie, ya que eran demasiados para sentarse a la mesa. A continuación, se reanudaba el baile durante muchas horas hasta el final de la noche.

Esperando una noche espléndida, Maggie ocupó su lugar junto a su familia para ver cómo entraban los demás.

Cam decidió prescindir de la indiferencia. De hecho, en cuanto vio entrar a Margaret, pensó: «Al diablo con parecer desinteresado». Esta era su casa, su fiesta y su maldito salón. O al menos, era suya y de su madre. Y a *lady* Cambrey no le importaría nada que jugara al juego del cortejo y le pidiera a Margaret el primer baile e incluso el segundo. Dirigirían la Gran Marcha, aunque fuera en realidad una pequeña marcha.

Cuando Margaret se había acercado a él en la fila de recepción, él se había sentido radiante, como un colegial ante unos dulces. ¿Era posible que sus ojos fuesen los más brillantes, su piel, sobre todo, la del escote, la más cremosa, e incluso sus tirabuzones los más anillados de todos los que había visto? Parecía tan resplandeciente que hacía que todas las demás mujeres parecieran apagadas y anodinas.

Deseó que sus labios pudieran tocar algo más que su mano enguantada. Y entonces ella desapareció entre los invitados.

Tras la llegada de los últimos, Cam pudo al fin dirigirse al salón. Al parecer, todos los invitados habían acudido, ya que había una gran aglomeración en los alrededores del gran salón. Prefería la anterior reunión íntima que habían tenido con las Blackwood, y lo único que la habría mejorado era que su amigo Simon hubiera regresado del continente para estar con su esposa. Eso, y que Cam hubiera sido capaz de tocar a Margaret con algo más que un roce de hombros al pasar sus partituras.

Esta noche, al menos, la tendría entre sus brazos.

Tal y como esperaba, ella aceptó ser su pareja en la Gran Marcha, y dirigieron a las parejas en una intrincada danza de círculos y giros e incluso a través de un arco creado por los brazos de los otros bailarines.

«Frustrante como el infierno», pensó Cam. Lo que él quería era un vals para poder abrazarla. Para su alegría, el siguiente baile fue, en efecto, un vals, y como ella seguía a su lado, lo más natural del mundo era formar pareja.

En el espacio de unas pocas semanas, desde la última vez que había bailado con ella, algo había cambiado. No en

Margaret, pues seguía siendo tan encantadora, animada y ligera de pies como antes. Tal vez fuera solo el hecho de poder hablar más con ella en los distintos actos sociales. Tal vez fuera incluso el dúo que habían interpretado.

«¿Qué había cambiado?», se preguntó, mirándola. ¿Qué era lo que él sentía?

Posesividad. Sentía como si la señorita Margaret Blackwood le perteneciera. Encajaban muy bien. Cuando ella lo miraba con sus ojos dorados y lo dejaba sin aliento, Cam no podía imaginarse sintiendo lo mismo por otra persona. De hecho, nunca lo había hecho. Una vez se acostó con una hermosa cortesana, recomendada por un amigo. En verdad, ella había sido magnífica en muchos aspectos, sobre todo, con sus labios y su lengua, pero no lo había dejado sin aliento. Y definitivamente no le había hecho desearla solo para él.

Además, esta posesividad desconocida por Margaret le provocó una emoción no deseada, ¡los celos! No quería que ella cabalgara con Westing, ni que bailara con él, ni con nadie más.

¡Qué maldita molestia! Apretando su cintura y su mano, observó los ojos de ella mientras se desplazaban con suavidad por el suelo. Le gustaría ver sus ojos cuando la complaciera, oírla hacer un sonido de placer cuando…

Casi tropezando con sus pensamientos y con sus propios pies, tragó saliva y se concentró en el presente. Después de todo, quizá se trataba de simple lujuria. Debía dirigir a Margaret hacia un lugar apartado en su jardín trasero y besarla hasta dejarla sin sentido.

En todo caso, uno de ellos se quedaría sin sentido.

Cuando el vals llegó a su fin, Cam la condujo de vuelta

con su familia. Eleanor y Beryl habían desaparecido. Como se suponía que no iban a bailar, probablemente estaban probando los dulces colocados en altísimas bandejas en el comedor.

Sin desear apartarse de la compañía de Margaret ni bailar con otra dama, Cam consideró sus opciones. Bailar un tercer baile con ella se consideraría muy descortés con los demás asistentes a la fiesta.

—¿Vamos a buscar a mi primo y a su joven hermana? Puede que estén haciendo alguna travesura —le preguntó él.

Vio como la expresión de Margaret cambiaba de sorpresa a otra de acuerdo.

—Supongo que debería ayudar a meter en cintura a mi hermana. Mamá, nunca fui como Eleanor, ¿verdad?

Lady Blackwood levantó una ceja.

—No, querida. —Luego se giró hacia él—. Ninguna de mis hijas se ha parecido en nada. A la edad de Eleanor, Jenny no estaría en una fiesta, sino en casa resolviendo un rompecabezas, mientras que Maggie seguramente estaría hojeando cada página de *Le Follet* mientras probaba nuevos peinados frente a su espejo.

—Mamá —soltó Margaret—. Estoy segura de que tendrás a lord Cambrey pensando que no me importa nada más que la moda y la apariencia.

—En absoluto —dijo Cam en su defensa—. Está claro que ha puesto en práctica las lecciones de la revista y hay que felicitarla por ello. Usted es, con mucha diferencia, la dama que está más a la moda de todas las presentes.

¿Qué tontería estaba diciendo? Además, había insultado a las otras Blackwood.

—Exceptuando la compañía actual, por supuesto —añadió con rapidez.

«Deja de hablar. Simplemente para». Las tres damas lo miraron, sin duda pensando lo mismo. Jenny hacía un obvio esfuerzo por no reírse de él, y Margaret se había puesto roja como un tomate. Lo único que Cam pudo hacer fue ofrecerle su brazo, y ella aceptó.

Después de otra reverencia a las otras damas, se llevó a Margaret con la excusa de ir a buscar a las chicas perdidas.

—Eso fue muy sutil —le dijo ella en voz baja.

Él lo tomó como una buena señal. Se conocían lo suficiente como para que ella pudiera burlarse de él por su paso en falso. Una señal muy buena, de hecho.

—Me esfuerzo por ser sutil —respondió él—. Después de todo, soy un soltero elegible en esta temporada.

Sonó como si ella resoplara.

—Ha sido un soltero elegible durante más de una temporada. Estoy segura de que las damas han asumido que estaba buscando una esposa. ¿O no se ha dado cuenta?

¿Lo estaba llamando viejo? Tal vez, pero también estaba de acuerdo en que era elegible.

—No me he preocupado mucho de eso, la verdad, hasta este año.

Estaban de pie en el amplio pasillo. Solos. Mirando a su alrededor para asegurarse, Cam decidió tomar las riendas.

—Deseo visitarla por la mañana y llevarla a cabalgar.

La verdad es que quería saltarse las semanas de paseos a caballo y en carruaje, junto con una chaperona, y las visitas concertadas en su salón con un acompañante cerca, durante las cuales no hablarían de casi nada mientras coqueteaban ligeramente. Todo eso parecía destinado a gente más joven.

Sí, él quería llevarla a montar a caballo, luego tenerla a solas, besarla, hablar de si le gustaba vivir en la ciudad o en el campo, besarla un poco más y decidir de inmediato si eran adecuados el uno para el otro.

Podía ser romántico e incluso retrasar el premio después de haber tomado una decisión, pero perder el tiempo antes de saber si harían buena pareja le parecía una tontería. Tal vez era demasiado viejo para este juego.

—Me encantaría —dijo Margaret. Él no se imaginaba que ella se había animado visiblemente y se había acercado un poco más. Sus ojos centellearon y ella se lamió los labios, humedeciéndolos, y todo lo que él pudo hacer fue admirar su perfección.

De repente, se sintió optimista. Maldita sea, era John Angsley, con casi treinta años y no un joven inexperto. En un rápido movimiento, la empujó hacia atrás, hacia las sombras bajo la escalera, tiró de su cuerpo contra él, se agachó y reclamó su boca.

Los suaves labios cedieron bajo los suyos. Contento de descubrir que ella no estaba asustada, Cam apoyó sus manos en la cintura de ella, pequeña y curvada, por lo que podía sentir a través de su vestido. A su vez, ella puso sus manos enguantadas sobre el pecho de él.

Su beso continuó sin protestar, así que él inclinó la cabeza, inclinando su boca para cubrir mejor la de ella. Cam quiso mordisquearle el labio inferior, pero le pareció una imprudencia. Sin embargo, no pudo evitar rozarlo con la lengua, lamiendo su forma redondeada, saboreándola.

Casi al instante, ella separó los labios y su lengua se

deslizó dentro.

Explorando su dulce boca, perdió la noción del tiempo hasta que oyó unos pasos bajando las escaleras por encima de sus cabezas. Enseguida rompió el contacto y retrocedió de un salto antes de cogerle la mano y sacarla de la zona aislada a la luz del pasillo.

Margaret parecía deliciosamente aturdida, y su boca tenía una leve hinchazón después del beso. Una oleada de orgullo surgió en él.

Lo más importante era asegurarse de que no pareciera que se habían apartado ni que habían hecho justo lo que habían estado haciendo.

—Sí —dijo, en voz alta—, estoy de acuerdo en que fue una pena que se tuvieran que demoler tantas casas para la estación de Waterloo Bridge, pero al final, estoy seguro de que beneficiará enormemente a los londinenses.

Margaret lo miró como si se hubiera vuelto loco. Luego sonrió y comenzó a reírse.

—Por supuesto, milord —dijo, tratando de recuperar el aliento—, ¡la estación de Waterloo Bridge!

Para entonces, los pasos, de dos personas en realidad, llegaron al final de la escalera y luego se persiguieron entre sí hasta el comedor. Las chicas díscolas habían reaparecido.

—¿Es hora de comer? —preguntó Beryl, pasando por delante de ellos para examinar lo que ya estaba dispuesto. Pequeñas empanadas rellenas de carne que se podían coger con los dedos, cuadrados igualmente pequeños de tarta de carne picada, y más cosas que eran traídas de la cocina en bandejas. Ni siquiera se había colocado el expositor de *pudding*.

—No, todavía no es la hora —dijo Cam, agradecido por

la tarea ordinaria de reprender a su prima—. El baile apenas ha comenzado. De todos modos, es una noche bastante cálida. ¿Por qué no dais Eleanor y tú un paseo por el jardín? Creo que he visto luciérnagas junto a las rosas.

Las chicas se rieron y Beryl puso los ojos en blanco.

—No nos interesan las luciérnagas, primo. Pero saldremos de todos modos. Quizá veamos a alguna pareja besándose ahí fuera.

Se dirigieron hacia la puerta, pero entonces Beryl se detuvo.

—Lo mismo que hemos visto algunos besos aquí dentro.

Desapareciendo en una carcajada aún más fuerte, las chicas los dejaron en silencio.

Cam miró a Margaret, y esta le devolvió la mirada.

—Oh —dijo al fin, aunque no parecía especialmente preocupada—. Eleanor no dirá nada, milord. No se preocupe demasiado por ella. ¿Qué hay de Beryl?

—Hay que encerrar a Beryl hasta que aprenda algunos modales. Me temo que está siendo un poco salvaje sin la supervisión de su madre.

—Creo que ella diría que éramos nosotros los que nos desbocamos un poco.

Él le sonrió.

—*Touché.*

¿Debía mencionar algo más sobre el beso? Cualquier disculpa sería una mentira, y ella parecía el tipo de persona que no aceptaría que él fingiera arrepentimiento más de lo que ella fingiría indignación.

Decidiendo dejarlo como un recuerdo particularmente

bueno de esta fiesta, Cam señaló el festín que estaban sirviendo los sirvientes que entraban y salían a toda prisa de la sala con más bandejas cargadas de comida.

—¿Quiere probar algo antes de que entre la manada de bailarines hambrientos?

—Gracias, no. —Ella le dirigió una larga mirada que lo dejó perplejo—. Será mejor que vuelva con mi familia.

Cogiéndola del brazo, Cam la llevó de vuelta al salón mientras sentía una extraña sensación de logro. Había besado a la mujer más bonita de la fiesta.

¡Caramba! Había besado a la mujer más bonita de todo Londres.

Por desgracia, alrededor de su hermana y su madre estaban los lores Fowler y Burnley, vizcondes ambos. Cam no podía encontrar ningún defecto en ninguno de ellos, salvo su existencia, y que ahora iban a estar cerca de Margaret.

En ese momento, no había mucho que pudiera hacer, excepto bailar con otras invitadas y no perderla de vista. Por suerte, *lady* Chatley, que era agradable, aunque un poco sosa para ser tan joven, había terminado el baile anterior y, con suerte, aceptaría bailar el siguiente con él.

De ninguna manera podría haber imaginado que en treinta minutos, según su reloj de bolsillo, encontraría a Margaret besando a otro hombre.

Capítulo 4

-Hacéis una buena pareja —dijo *lady* Blackwood cuando lord Cambrey no podía oírla.

Maggie sonrió. Una buena pareja. Eso esperaba. Aunque, ¿qué podía decir sin parecer una tonta?

—El conde es un magnífico bailarín.

—¿Pero te gusta? —preguntó Jenny.

—Pues claro que me gusta —respondió Margaret. Qué pregunta más estúpida había hecho su hermana. No era propio de ella—. Después de todo, ¿qué es lo que no podría gustarme?

Suspirando, Jenny dio un golpecito en el suelo con el zapato cuando los músicos señalaron el comienzo del siguiente baile.

En ausencia de lord Westing, con quien había disfrutado mucho de varias conversaciones y bailes, pero que al parecer no había sido invitado, Maggie tomó la mano de lord Burnley, que era un admirable bailarín de polcas. Cuando los músicos tocaron dos polcas seguidas, le pareció natural bailar una segunda con él y luego ir juntos en busca de un refrigerio.

La velada fue un gran éxito, sobre todo, por el increíble beso de John Angsley. ¿Quién iba a imaginar que un beso podía ser así, lleno de la promesa de un deleite futuro aún mayor?

Se quedó pensando en ello, recordando la sensación de sus labios —¡y su lengua!—, y cómo su cuerpo había reaccionado con calor y agitación e incluso humedad. Todos esos pensamientos habían mantenido su mente ocupada durante los dos bailes mientras sonreía y seguía los pasos.

Estaba bebiendo cerveza de jengibre cuando el vizconde rubio sugirió que dieran un paseo por el jardín de lord Cambrey, y ella aceptó. Al fin y al cabo, ¿qué mal podría haber cuando Beryl y Eleanor estaban, con toda probabilidad, columpiándose de los árboles como monitos y observando a todos con sus ojos brillantes?

Sin embargo, el jardín estaba desierto. Maggie sintió una extraña sensación en el estómago al darse cuenta de que estaba a solas con un hombre por segunda vez en una noche. ¿Qué decía eso de su carácter? No tenía ni idea. No se sentía ni suelta ni inmoral. Solo quería experimentar un poco de vida. Seguramente, a su edad, ese anhelo era aceptable.

Dejando los vasos en la barandilla, bajaron de la terraza y entraron en los cuidados jardines.

—Está bastante oscuro —dijo Maggie, porque le sorprendió que en la casa de los Devere, en la que ahora residía, hubiera lámparas encendidas casi todas las noches en el patio. Sin embargo, se dio cuenta de la insensatez de su afirmación. Claro que estaba oscuro. Era de noche y el exterior de la casa no había sido acondicionado para los invitados. Deberían volver al interior de inmediato.

En lugar de eso, lord Burnley le pasó el brazo por debajo del suyo y caminaron por un estrecho sendero, pasando por una pileta para pájaros y, bajando por otro hasta que atravesaron el jardín, relativamente pequeño, terminaron en el muro trasero.

—Sé que solo hemos coincidido unas pocas veces y que hemos bailado aún menos, pero la he observado y he preguntado por usted, señorita Blackwood.

—¿De verdad? —Maggie dejó que se acercara. Como lord Burnley no emitía ningún indicio de peligro, le permitió continuar.

—Sí, de verdad. Me gustaría mucho conocerla mejor. Por lo que ya sé, tiene usted una disposición encantadora.

Casi se rio.

—Es muy amable de su parte, milord. Tal vez deba usar otro término, ya que más bien podría llamarme vivaz y no encantadora en cuanto a mi disposición, y no siempre de forma elogiosa, tampoco.

Le sonrió.

—Es difícil de creer. Solo lo he oído de sus admiradores.

¿Sus admiradores? Como John Angsley, esperaba ella.

De repente, Maggie deseó acercarse un poco más a la casa y a la luz, que podía ver derramarse desde el interior a través de las numerosas ventanas.

—¿Vamos? —Ella señaló el camino por el que habían venido.

—Por supuesto —aceptó el vizconde, y se volvieron

juntos hacia la casa—. ¿Puedo visitarla en casa de su cuñado?

Al considerar el asunto por un momento, ella no sintió prisa por decir que sí, como había hecho cuando John le pidió que fuera con él a cabalgar. Sin embargo, tampoco quería darle un no rotundo. En el fondo de su mente, siempre estaba el pensamiento de lo que le había sucedido a su hermana mayor. Jenny había aceptado por fe y una promesa verbal que lord Michael Alder iba a comprometerse con ella, y luego, en un abrir y cerrar de ojos, traicionó esa fe.

Ningún acuerdo era seguro, Maggie lo sabía, no hasta que se firmara un contrato y se pusiera un anillo en el dedo, incluso entonces...

—Sí, puede. —Ella lo miró para reforzar su respuesta, más bien fría, con su practicada sonrisa.

Pronto estuvieron de vuelta en los escalones de la veranda, y la mano de lord Burnley le acarició el brazo por el codo, por encima del guante.

—Señorita Blackwood —dijo reteniéndola.

—¿Sí? —Ella se volvió y sintió una pequeña sacudida de excitación.

Los ojos azules de él, clavados en ella, se veían muy oscuros bajo la tenue luz. Su agradable rostro se hacía más interesante por el juego de sombras, y su pálido cabello brillaba con un halo luminoso.

—Sé que esto es terriblemente atrevido —dijo lord Burnley en voz baja—, pero me gustaría mucho besarla. ¿Puedo?

Su corazón se aceleró. Oh, Dios. Sabía que estaba mal besar a John y al minuto siguiente besar a lord Burnley, cuyo nombre de pila no recordaba. Sin embargo, quería hacerlo.

Aunque solo fuera para comparar. Aunque solo fuera para confirmar lo especial que había sido el beso de John. ¿Cómo iba a saber si la sensación que recorría su cuerpo cuando él la besaba era extraordinaria o la misma que sentiría con cualquier otro?

Realmente, solo había una manera de averiguarlo

—Sí.

Él no dudó, y eso era una de las cosas que a ella le gustaba de él. Se inclinó y presionó su boca contra la de ella, incluso ladeando la cabeza como había hecho John.

Sus labios no eran desagradables. Eran firmes y secos. Su aliento era limpio, con un toque de jengibre. Su rostro bien afeitado no era áspero. No la mordisqueó ni le lamió el labio inferior. Y ella no sintió ninguna inclinación a separar sus labios y tocar su lengua.

Este beso no se parecía en nada al de John. Agradable, pero no se le encogían los dedos de los pies. Su corazón no latía con fuerza y no la atravesaba una oleada de calor ni se humedecía. Ni siquiera le importó cuando terminó. Todo fue exactamente como debería ser un beso, excepto por el hombre que la había besado.

Maggie tenía su respuesta.

Y entonces oyó una tos, o tal vez un gruñido.

Se separaron con rapidez y ella se volvió para ver a John de pie sobre ellos, en la terraza elevada. Iluminado por las luces de su propia casa, el rostro de lord Cambrey estaba en penumbra. Aun así, Maggie pudo detectar su ceño fruncido. Su interior se estremeció ante la posición en la que se había dejado descubrir de una forma tan tonta. No porque le preocupara su reputación, pues John no diría nada a nadie, ni porque deseara que el beso hubiera continuado.

No, lo único que lamentaba era que, al acumular la ofensa de perderse su baile en el baile de Marechals, había demostrado ser tan huidiza y superficial como había oído decir a algunos. Por lo general, esas acusaciones eran susurradas por otras mujeres descaradamente celosas de su aspecto, que buscaban algún fallo en ella.

Aunque Maggie sabía que no debía atribuirse el mérito de su atractivo, si eso hacía daño a John, sin duda tendría que aceptar la culpa de sus actos irreflexivos.

—Señorita Blackwood, ¿está usted ahí?

Qué amable de su parte fingir que apenas podía verlos.

—Sí, lord Cambrey, soy yo. ¿Me buscaba? —Se apartó del lado de lord Burnley y comenzó a subir los escalones de piedra.

—Le dije a su madre que lo haría. Su hermana no se siente del todo bien y desea marcharse. Como Eleanor ya ha reaparecido, solo la esperan a usted.

Su voz era tranquila, pero ella pudo detectar un acento que nunca había escuchado antes. Censura, decepción, quizá desengaño.

Una emoción desconocida, la vergüenza, la recorrió, haciendo que se le cerrara la garganta. Cuando volvieron a entrar en su casa, John no la tocó, ni siquiera la cogió del brazo, y Maggie sintió una aguda sensación de pérdida. A sus espaldas, oyó las pisadas de lord Burnley en los escalones, pero no se volvió.

John no pronunció ni una palabra más y caminaron en silencio por el pasillo hacia la fiesta. El arrepentimiento la consumía, haciéndola desear fervientemente poder deshacer lo que había hecho, o al menos, que hubiera sido en un lugar más discreto. Si tan solo pudiera haber descubierto la singularidad de sus sentimientos por el conde sin haber sido descubierta por él…

¡Maldita sea!

Además, el haber defraudado a John no sirvió para nada, porque Jenny había recuperado su buena salud con un vaso de agua tónica fría y hojas de menta, y se quedaron en la fiesta. Todos empezaron a dirigirse hacia el comedor justo cuando Maggie alcanzó a su familia.

Con una silenciosa inclinación de cabeza, John desapareció entre la multitud. La próxima vez que lo vio, estaba sosteniendo un plato para Jane Chatley mientras la señora elegía lo que iba a meter en su gran boca sonriente.

—Maggie, ¿estás escuchando? —La voz de su madre irrumpió en sus tristes pensamientos.

—Sí, mamá. ¿Qué has dicho?

—Si tienes que preguntarme, entonces no, no estabas escuchando.

Al oír la risa de Eleanor, Maggie se volvió hacia ella, un destello de irritación casi la hizo ordenar a su hermana que se comportara. Sin embargo, al ver sus ojos grandes y su cara inocente, se detuvo. No tenía que culpar a nadie más que a sí misma. Era ella la que debía comportarse mejor.

En lugar del comentario desagradable que estuvo a punto de hacer, Maggie le preguntó a Eleanor:

—¿Qué te apetece comer? Yo digo que lo probemos todo. Es importante probar cosas nuevas —añadió—. Si no, ¿cómo va a saber uno lo que realmente le gusta?

Las cejas interrogantes de Jenny hicieron que Maggie

dejara de hablar y cogiera un plato.

—Yo, por mi parte, voy a comer ostras con tostadas —afirmó.

A la mañana siguiente, Cam estuvo a punto de no levantarse temprano como acostumbraba para dar un paseo por el parque. Se había acostado tarde, ya que los últimos rezagados se habían marchado a altas horas de la madrugada, mucho después que las Blackwood y, por tanto, mucho después de lo que él habría deseado, sin importarle seguir en la fiesta. Había querido que todos se fueran en cuanto vio a Margaret dejando que Burnley la besara.

¿O fue Margaret quien había besado a Burnley?

En cualquier caso, le provocó ira y celos, dos sentimientos que normalmente no le inspiraba ninguna mujer.

De alguna manera, a pesar de la decepcionante exhibición de Margaret, había tenido una conversación entretenida con *lady* Chatley, de quien pudo comprobar que leía algo más que la sección de moda de los periódicos. Además, le había sorprendido su conocimiento de la actualidad. Habían comido juntos, de pie en un rincón, y luego habían bailado unos cuantos bailes más.

Por desgracia, había pasado demasiado tiempo estirando el cuello para ver con quién formaba pareja Margaret, arruinando su disfrute del baile.

De hecho, la noche dejó de ser agradable cuando vio la boca de Burnley en el mismo lugar donde había estado la suya unos minutos antes. No tenía sentido que hubiera juzgado tan mal a la dama en dos aspectos. Uno, no se parecía en nada a su leal hermana, que era inquebrantable en su devoción a Simon Devere, a pesar de su larga ausencia.

Y dos, Cam había imaginado que Margaret había encontrado su beso tan excepcional como él. Suponía que tenía más experiencia; maldita sea, esperaba que fuera así, o la había juzgado mal tres veces. Incluso a él, que había besado a un buen número de damas, el beso le había dejado embriagado.

Y con ganas de más.

De ninguna manera podía imaginarse reclamando los labios de otra mujer media hora después, ¡tan llenos estaban sus pensamientos de la maldita Margaret Blackwood!

Cam se había retirado a su habitación privada mientras el mayordomo cerraba las puertas a los últimos invitados, y bebió más de lo debido, sabiendo siempre que le iba a doler la cabeza por la mañana. Mejor su cabeza, pensó, que su corazón.

Ese órgano estaba ahora totalmente libre de ser afectado por la zorra de ojos brillantes y voluble.

Cam se levantó de la cama, ordenó ensillar su caballo y se dirigió a Hyde Park. Allí, le mandó al brioso caballo castrado que corriera. Mientras atravesaba los senderos, en su mayoría vacíos, empezó a sentirse mejor.

Después de todo, aún era un hombre viril en posesión de su salud, que vivía en Londres, la ciudad más rica y hermosa del mundo. Además, era un conde, aunque hubiera preferido con creces que su padre siguiera vivo y que él mismo siguiera siendo vizconde unos años más.

Sin embargo, el destino era así, y como tal, se le abrían

muchas puertas. Había invertido sabiamente y tenía buenos amigos. No quería nada más que una esposa, y debía considerarse afortunado de que hubiera muchas damas encantadoras en la ciudad. Además, al ser soltero, tenía muchas oportunidades de tener relaciones con una o dos guapas y hábiles rameras.

Sí, la vida era buena.

Y entonces se encontró con Margaret Blackwood, cabalgando con Burnley. Oh, y alegría de las alegrías, Westing también estaba a horcajadas sobre un buen caballo, junto con otro caballero y una doncella como chaperona.

Como si la criada pudiera hacer algo si esos jóvenes quisieran aprovecharse de las damas.

Al pasar, los saludó con la cabeza y vio que el rostro de Margaret palidecía, sin duda, al darse cuenta de lo increíblemente caprichosa que parecía. Por un instante, Cam se preguntó qué dama había sido invitada por qué caballero. ¿Estaba Margaret allí a instancias de su pareja de baile favorita, Westing, o acompañaba al hombre que había besado en el propio jardín de Cam, Burnley?

Entonces pasó al galope, y no le importó. Después de todo, la señorita Blackwood solo estaba haciendo lo que todas las damas hacían durante la temporada. Entonces, ¿por qué le parecía casi chocante?

En lugar de ir a casa, fue a reunirse con un hombre que importaba madeira. Mantuvieron una fructífera conversación sobre la diversidad y las inversiones, y sobre cómo Cam podría ganar una buena cantidad de dinero si ponía algo de su parte en el floreciente negocio de este hombre.

Cuando por fin llegó a casa, vio dos cosas sobre la mesa

del vestíbulo: una carta de Simon Devere, enviada desde el Imperio Alemán, y una tarjeta de visita de la señorita Margaret Blackwood.

Qué inesperado. ¿Qué podría querer ella?

Capítulo 5

—Lord Cambrey quiere verla, *milady*.

Cam esperó cortésmente hasta que escuchó la voz de Jenny diciéndole al mayordomo que lo hiciera pasar.

Cuando entró en la habitación un momento después, no pudo evitar la sonrisa que se le dibujó en la cara, al saber que, para variar, le iba a dar una buena noticia a esta dulce dama. Su amistad había crecido a lo largo de las semanas y los meses. Se había sentido mal por haber sido él quien le comunicara la desaparición de su marido en el continente, en busca de tratamiento para alguna dolencia personal.

Sin embargo, había tratado de compensarlo cuidándola en varios eventos sociales, cuando podía apartar su mirada de Margaret. Incluso había rescatado a Jenny de un encuentro con el vizconde Alder, el canalla que había roto su acuerdo matrimonial verbal. Ahora, consideraba a esta mujer su amiga.

Sin embargo, Cam tuvo que reconocer que no quería

encontrarse con su hermana. Habría un elemento de incomodidad y, por alguna razón, pensó que podría sentir una extraña sensación de humillación. Que su beso fuera superado por el de otra persona con tanta rapidez le parecía un insulto.

Jenny se puso en pie al verlo entrar, y él pudo ver que las lágrimas ya brillaban en sus inteligentes ojos.

—¡Tiene noticias de Simon!

—Sí, en efecto. —Sacó la misiva de su mejor amigo del bolsillo y se la entregó sin preámbulos. De hecho, estaba un poco avergonzado de que Simon le hubiera escrito a él y no a ella. ¿En qué estaría pensando este hombre?

—¿Puedo? —preguntó ella, aunque ya había extendido la mano, y él vio que estaba temblando—. ¿No es demasiado personal?

Maldita sea, Simon, ¡qué lío estás haciendo en tu nuevo matrimonio!

—Es su marido, y como se trata de usted, no, no hay nada demasiado personal. Aunque él me lo haría pagar si se entera que se la he entregado en lugar de resumir el mensaje.

Tras dedicarle su dulce sonrisa, ella leyó la carta. Mientras tanto, él permaneció en silencio, esperando que Margaret no entrara en la habitación en cualquier momento.

Cuando Jenny jadeó, supo que había llegado al final.

—¡Va a volver!

Compartieron una mirada de felicidad.

—Y muy mejorado. —Al menos, eso es lo que Cam entendió que significaba la carta.

Jenny agitó el trozo de papel como si quisiera dispersar sus palabras.

—Estaba perfectamente bien como estaba. —Cuando sus lágrimas empezaron a fluir, él sacó uno de sus pañuelos del bolsillo y se lo ofreció. Luego le dio un momento para que se recompusiera.

—Simon no necesitaba mejorar a Simon —dijo después de secarse los ojos—. Sin embargo, si es más feliz, entonces todo lo que hemos pasado ha valido la pena.

—Realmente es usted una joya rara, *lady* Lindsey.

Un encantador rubor apareció en sus mejillas. Entonces, ella dijo algo que lo sorprendió.

—Al igual que mi hermana.

Sintió que una agradable expresión se congelaba en su rostro. Rehusando comentar sobre Margaret, él se concentró en el regreso de su amigo.

—Parece que podemos esperar al díscolo Simon dentro de unas semanas. Y los tontos que lo han declarado perdido, demente, incluso fugitivo de la realidad, pueden comerse sus palabras.

El semblante de Jenny pasó por una miríada de emociones.

—¿Por qué pone los ojos en blanco y parece tan exasperada de repente? —preguntó Cam.

—Es solo impaciencia. Y quiero sacudirle por irse sin decirme nada.

—Comprensible.

—Mis modales me han fallado —dijo ella—. Debería haberle ofrecido algo cuando llegó. ¿Va a quedarse? Maggie debería llegar a casa en cualquier momento. Se fue a cabalgar con Eleanor.

Perfecto. Si se apuraba, él podría evitar un encuentro

con Margaret.

—Mis disculpas, pero debo irme. Gracias por su oferta. Dele mis saludos a tu madre.

Con más rapidez como cuando tuvo que escapar de un perro feroz al invadir un huerto siendo estudiante en Eton, Cam salió a toda prisa de la casa de Portman Square.

No, no era un cobarde, se aseguró a sí mismo. Pero la señorita Blackwood tenía el poder de retorcerle las entrañas si se lo permitía, y él no tenía intención de permitírselo.

Maggie trató de tragarse el nerviosismo que seguía sintiendo como un gran e incómodo nudo en la garganta y se distrajo mirando por la ventana del carruaje.

No tenía por qué estar nerviosa, se dijo a sí misma. En realidad no había hecho nada malo. De hecho, al besar a lord Burnley, había hecho un descubrimiento tan encantador sobre lo verdaderamente especial que había sido el beso de John, que él debería estar agradecido de que ella hubiera hecho lo que había hecho.

De camino a la casa de John, con una de las criadas de Devere como acompañante, Maggie estaba decidida a explicarle sus acciones de forma satisfactoria para que pudieran volver a la situación familiar que habían tenido antes de que él la encontrara en su jardín.

Y a partir de ahí, podrían pasar a una relación más profunda, en la que se encontraba pensando a diario. Una asociación con John Angsley. Tal vez recibir una oferta de él al final de la temporada. Estar comprometida con John.

Convertirse en la señora de John Angsley. *Lady* Cambrey. Condesa de Cambrey. ¡Todo sonaba espléndido!

¿Qué había esperado al dejar una tarjeta de visita? Esperaba encontrarlo en su casa después de haberla visto cabalgando con Westing y Burnley en Hyde Park. Dios, ¿qué habrá pensado él? Sintió la necesidad de explicarle que tenía que cumplir con sus compromisos, aunque solo fuera para que su amiga Ada no tuviera que cancelar el paseo. Porque, ciertamente, Ada no podría haber ido sin ella, ¡no con dos caballeros! Además, Ada había sido quien estaba emparejada con Burnley para toda la excursión.

Sin embargo, John no había estado en casa esa mañana, ni había respondido mediante una nota. Es más, Jenny le había dicho que él había visitado su casa al día siguiente con noticias del marido de su hermana. Margaret se había perdido el poder verlo por solo unos minutos, y por ello estaba muy decepcionada.

Su falta de respuesta, por desgracia, significaba que tenía que ir a su casa, de nuevo, sin ser invitada, lo que resultaba un poco humillante. Por suerte, la última vez, su madre y Beryl también habían salido, por lo que nadie la había visto entrar y luego marcharse de Cavendish Square.

Levantando la gran aldaba de latón de la puerta, la dejó caer. Maggie insistió una vez más y esperó, mirando a su criada que permanecía obediente a su lado.

En cuestión de segundos, el mayordomo de Cambrey abrió la puerta y, al ver quiénes estaban en el escalón, la abrió de par en par y dio un paso atrás.

—Señorita Blackwood —dijo en voz baja, haciendo una reverencia.

—¿Está lord Cambrey en casa?

Ella había repetido la misma escena pocos días antes. Hoy, sin embargo, la respuesta fue mucho más satisfactoria.

—Sí, señorita. ¿Le espera su señoría?

Maggie torció la boca. El mayordomo sabría que no, pues ese era su trabajo, conocer los horarios de su señor entre otras cosas. No podía mentir.

—No. Pasaba por aquí y esperaba hablar con él.

—Sí, señorita. Si tiene la bondad de aguardar en el salón… —Señaló hacia la primera puerta abierta, una habitación que Maggie conocía muy bien—. Informaré a su señoría de que está usted aquí.

Con eso, el hombre de pelo gris caminó con tranquilidad por el pasillo, pasando por la escalera bajo la cual ella había compartido un beso tan maravilloso con su señor.

Y había sido exactamente eso, un beso maravilloso.

Al entrar en el salón, que ahora tenía un aspecto muy diferente al de la noche de la fiesta, Maggie se encontró demasiado ansiosa por sentarse. Cuando su sirvienta se quedó de pie a unos metros de distancia, decidió aprovechar el tiempo para ordenar sus pensamientos. Además, debía ponerse en la mejor posición para cuando él entrara. Mirando los grandes ventanales, con las cortinas abiertas, decidió colocarse frente a la chimenea apagada, de lado a la luz del sol, y así no estar del todo a contraluz ni tampoco a la sombra.

Entonces esperó. Parecía que habían pasado muchos minutos, más de los que cabría esperar para que el mayordomo le dijera a John que estaba allí y para que este dejara lo que estuviera haciendo para ir a su encuentro.

Pasaron unos minutos más y Maggie se encontró

cambiando su peso de un pie a otro. Tal vez debería sentarse después de todo. ¿Era demasiado tarde para tomar un asiento con la luz adecuada y arreglar sus faldas de forma agradable? No quería parecer demasiado cómoda, como si diera por sentado que esta podría ser su casa algún día. Sin embargo, cuanto más tiempo permanecía de pie, menos quería parecer que estaba allí como una mendiga, con el sombrero en la mano, esperando su atención.

Un minuto más y sus nervios se habían calmado. En cambio, su ira había comenzado a hervir.

El conde de Cambrey estaba siendo grosero a propósito. No podía haber otra explicación.

Cuando Maggie oyó pasos, ya estaba muy enfadada. Dejó que John entrara en la sala antes de ponerse en pie lentamente, decidida a mostrarse lo más relajada posible, cuando en realidad tenía ganas de golpearle. Además, supo al instante, por su comportamiento, que la había hecho esperar adrede.

¿Debía reprenderlo por su descortesía? No había duda de que debía hacerlo.

Él le hizo una reverencia.

—Señorita Blackwood, tengo entendido que quería verme. —Y luego se cruzó de brazos.

Ofreciéndole la más mínima reverencia, ella dio unos pasos hacia él, y se detuvo solo cuando había invadido el espacio que la sociedad consideraría educado.

—Quería verlo, pero eso fue hace muchos minutos. Ahora, ya no estoy tan segura.

Él la miró con asombro y su boca se abrió ligeramente, la boca que podía darle un placer tan delicioso, y que ahora ella quería abofetear.

—Dígame, lord Cambrey, ¿qué le ha impedido atenderme durante tanto tiempo que casi me obliga a marcharme?

Por su expresión, él no había pensado que ella lo interrogaría con tanto descaro. Simplemente, eso no se hacía, y se consideraba de pésima educación hacer sentir incómodo al anfitrión. A Maggie le importaba un bledo.

Antes de que él pudiera decir nada, ella habló de nuevo.

—He venido a contarle algo que pensé que podría interesarle, pero ahora no sé si será así.

Él descruzó los brazos.

—Me disculpo por haberla hecho esperar. Ha sido una grosería por mi parte. ¿Acepta mis disculpas?

Ella dudó, precisamente el tiempo suficiente para que él dudara de si lo haría.

—Sí, las acepto. —Después de todo, ella sabía que él seguía molesto por haberla encontrado besando a lord Burnley y luego cabalgando con dos caballeros al día siguiente. Ella le permitiría un poco de enfado, pero nada más.

—¿Quiere sentarse? —preguntó él, ahora con su tono habitual. Le hizo un gesto para que volviera a sentarse en el sofá azul pálido.

Sin responder, ella lo hizo.

—¿Está su madre o su prima en casa? —preguntó Maggie, dándose cuenta de repente de que los tres Angsley podían haber ignorado su presencia a posta.

—No. Le aseguro que si estuvieran, habrían venido a saludarla de inmediato. ¿Quiere un té?

—No, gracias. He sabido que ha recibido una carta de

mi cuñado. Ha sido muy amable al traerla enseguida.

—Sí. Yo…

—Sin embargo, no dejó una tarjeta de visita o un mensaje para mí. ¿No recibió mi tarjeta?

Una vez más, él pareció sorprendido por su franqueza. A ella no le importaba si lo escandalizaba por no disimular que se sentía ofendida, como marcaba la etiqueta. Porque ella estaba definitivamente ofendida.

—Creo, señorita Blackwood, que las propias acciones a menudo generan una respuesta del mismo tipo.

Maggie estuvo a punto de fruncir el ceño pero, recordando que podría crear arrugas en su frente, se abstuvo de hacerlo.

—No entiendo lo que quiere decir, milord.

John vaciló, y en esa vacilación, ella se dio cuenta de que estaba a punto de decirle algo desagradable. Parpadeó, a la espera de que hablase.

—En verdad —dijo él—, estoy ajustando mi opinión sobre usted, y mientras lo hago, me temo que me estoy comportando mal. Verá —continuó—, creía que nos entendíamos, aunque indudablemente, muy poco. Y también tenía una idea equivocada de usted, que ahora estoy corrigiendo. Sin embargo, ninguna de estas cuestiones es culpa suya y, por lo tanto, confieso que mi trato hacia usted ha sido poco amable. Mientras que usted tiene la excusa de la juventud y una frivolidad general por naturaleza, yo soy mayor y debería haber sabido que no debía actuar como lo he hecho.

Entonces, él dejó de hablar. Maggie estaba desconcertada. No tenía ni idea de qué decir, a pesar de estar segura de que la había insultado, llamándola el equivalente a inmadura y superficial.

—Ya veo. —Maggie se puso en pie.

John hizo lo mismo.

Al darse cuenta de que aún no había dicho lo que ella quería decirle, Maggie volvió a sentarse.

Frunciendo el ceño, él se sentó también.

Sin embargo, la había insultado. Poniéndose de pie una vez más, pensó en irse.

Lord Cambrey también se levantó con rapidez.

Aun así, ella dudó.

—Señorita Blackwood, ¿le importaría decirme por qué deseaba hablar conmigo?

Ella lo miró fijamente a sus suaves ojos color avellana, y su estómago se retorció. Nunca le había ocurrido con cualquiera de los otros hombres que conocía. Suspiró y volvió a sentarse.

En cuanto él hizo lo mismo, comenzó.

—Me sentí mal por la forma en que me encontró, o mejor dicho, nos encontró en su jardín, y quería decírselo.

John levantó una mano.

—Por favor, señorita Blackwood, no es aconsejable hablar de un error, ni siquiera con alguien que lo ha presenciado.

Maggie casi se rio. ¿Realmente estaba frunciendo los labios este hombre, que la había abrazado a escasos metros de una sala llena de invitados?

—Parece usted un mojigato, lord Cambrey, aunque sé de primera mano que no lo es.

—¿Un mojigato? —Su expresión mostraba que no estaba complacido.

—En efecto —le dijo ella—. Además, conozco un poco su reputación. Le gusta pasar el tiempo en White's, pero no frecuenta las terribles mesas de juego, ni está en peligro de perder la fortuna de su familia. Nunca lo he visto bebido, ni a ninguno de mis conocidos, y por lo tanto, asumo que no es un borracho.

Él parecía que no tenía idea de cómo responder.

Después, Maggie decidió abordar su alusión respecto a su experiencia personal sobre su naturaleza.

—Ha acompañado a más de una cortesana a la ópera y al ballet, aunque parece que no ha tenido relación con más de una al mismo tiempo. Como no está casado, no le reprocho ese comportamiento, sobre todo, porque no ha tenido a ninguna de esas damas en su casa, que yo sepa. Es más, me besó debajo de la escalera, por lo que no le considero un mojigato. Entonces, ¿por qué no podemos hablar libremente?

John se quedó boquiabierto. En un segundo, cerró de golpe la boca. Luego se pasó una mano por los ojos. Cuando la miró una vez más, parecía casi sorprendido de verla todavía sentada allí. O tal vez deseaba que hubiera desaparecido.

—Para empezar, señorita Blackwood, no estamos solos. —Mantuvo su mirada fija en la de ella, pero Maggie sabía que se refería a su criada, a la que prácticamente había olvidado y que estaba sentada en el rincón más alejado, junto a una alta palmera en una maceta.

Tal vez Maggie era demasiado confiada, pero nunca había visto a un miembro de su personal traicionar la confianza familiar, al menos no que ella supiera.

—Bess —llamó a su criada, pero esta no respondió.

Girándose en su asiento y mirando por encima del

respaldo del sofá, Maggie lo intentó de nuevo.

—Bess.

La mujer se removió, bostezó, se estiró y por fin se volvió hacia su señora. Sus mejillas se sonrojaron, realmente sorprendida de ver a dos personas mirándola desde el otro lado de la habitación.

—Bess, ¿quieres ir a la cocina y decirle a la cocinera de lord Cambrey que necesitas una taza de té? Ah, y si tienen algún bizcocho, debes tomar un trozo. Te llamaré cuando esté lista para irme. No tardaré mucho.

De pie, lentamente, mirando a su ama y luego al conde, parecía insegura de si debía dejar a Maggie sola.

—Vamos, té y bizcocho o una galleta —ordenó Maggie—. Lo que sea que la cocinera de lord Cambrey tenga de dulce. Te levantará el ánimo.

—Sí, señorita. —Retrocediendo hacia la puerta sin dejar de mirar a Maggie y a lord Cambrey, por fin se dio la vuelta y huyó.

—No creo que haya escuchado nada de lo que estábamos discutiendo. ¿No cree que sería el colmo del aburrimiento pasarse el día escuchando a escondidas? Imagino que Bess tiene sus propios pensamientos para mantenerse ocupada.

—Francamente, creo que es usted muy ingenua. Tuvo mucha suerte de que su sirvienta se quedara dormida. Si ese es su método para mantener las cosas en privado, recuérdeme que nunca le cuente un secreto.

Maggie se rio. Estaban volviendo a ser amigos. Estaba segura.

—¿Por dónde nos quedamos? Oh, sí, le estaba

contando lo mal que me sentí cuando me encontró con el señor...

—Sí, sé con quién estaba. —John se echó hacia atrás y se cruzó de brazos de nuevo.

—Y creo que ahora tiene una impresión equivocada de mí, lo cual me duele.

—¿De verdad? Supongo que me va a pedir una sincera disculpa como hizo por dejarme plantado en el baile. Excepto que, según recuerdo, tampoco se disculpó realmente por eso.

Maggie sintió que él estaba enfadándose por momentos.

—Creo que sí le ofrecí una disculpa a la medida de la ofensa que cree que cometí, a saber, no mirar mi carné de baile.

—Oh, ya veo —dijo él alargando el final de la palabra—. Una disculpa atemperada, moderada y diluida hasta ser solo lo que usted considera que merezco por ese pequeño insulto hacia mí.

Maggie suspiró. Esto era más difícil de lo que había anticipado.

—Creía que habíamos superado esa supuesta, pero involuntaria ofensa. En cualquier caso, no voy a disculparme por besar a lord Burnley. De hecho, quería decirle que fue algo bueno. Aunque en verdad, no lo besé. Bueno, no más de lo que lo besé a usted. De hecho, él fue quien me besó a mí.

John parecía dolido. Esa era la única forma de definir su expresión.

—¿Se alegra de que él lo hiciera? —preguntó, su voz sonaba extraña.

—Inmensamente. —Por fin estaban llegando a algo, pensó ella. Ahora podía contarle su gran descubrimiento, el beso de lord Burnley no era nada comparado con el suyo.

—Y sintió la necesidad de decírmelo.

—Bueno, sí, por supuesto, porque...

Un suave golpe sonó en la puerta, y John pareció aliviado por la interrupción.

—Adelante —dijo con rapidez.

Su mayordomo, el mismo que antes la había hecho pasar, entró en la habitación.

—*Lady* Emily Chatley y *lady* Jane Chatley quieren verle, milord.

La molestia que sintió Maggie fue igual a la de una picadura de abeja, como le había ocurrido dos veces de niña en su casa de campo en Sheffield. Solía acercarse demasiado a las hermosas flores del jardín de su madre, compitiendo con las abejas por las flores más fragantes, hasta que aprendió la lección. Obviamente, Jane Chatley pensaba que John Angsley era una flor muy codiciada.

Qué molesta visita, justo cuando estaban llegando a un entendimiento. Es más, John parecía haber terminado su discusión. Se levantó rápidamente y miró su reloj de bolsillo.

—No me había dado cuenta de la hora. Diles que esperen en el salón, Henry.

—Sí, milord. —Y el mayordomo se retiró, cerrando la puerta tras de sí.

—Aunque nuestra charla ha sido muy esclarecedora, tengo un compromiso previo, y no quiero hacer esperar a las señoras Chatley.

No, por supuesto que no, ¡no como la hizo esperar a

ella! Y ahora, él casi la estaba echando.

—Si se queda aquí un momento, señorita Blackwood, haré que avisen a Bess de que se marcha. Por favor, deles a su madre, *lady* Lindsey, y a la señorita Eleanor mis saludos.

Con una cortante inclinación de cabeza, salió, dejando la puerta abierta. Si ella esperaba otro beso, iba a sentirse muy decepcionada, y así fue. Ni siquiera un roce de sus labios sobre sus nudillos.

¿Estaba ella perdiendo su encanto? Se había olvidado de regalarle su deslumbrante sonrisa. Claramente, había sido un error fatal. Es más, se preguntó si alguna vez tendría la oportunidad de hacerlo.

El único punto positivo: Jane Chatley no iba a reunirse a solas con él, sino que su querida madre hacía de carabina. Pero ¿y si se trataba de una discusión importante? ¿Y si se trataba de un asunto muy serio?

¡Oh, Dios!

Capítulo 6

Cam trató de concentrarse en las Chatley. De verdad, lo intentó. Sin embargo, después de un encuentro tan extraño con Margaret, lo único que podía hacer era rumiar lo que ella había dicho.

Era increíblemente extraño que ella viniera a su casa y le dijera de forma directa y en persona que había disfrutado besando a Burnley.

¿Por qué demonios pensó ella que era una buena idea?

Para el próximo partido, la familia Cambrey, junto con los Chatley, sería la anfitriona en el Lord's Cricket Ground de St. Jane y su madre tenían cientos de ideas sobre el banquete al aire libre antes del juego, destinado a recaudar dinero para los huérfanos. Debía estar muy concentrado en la importante ocasión. Sin embargo, Cam solo podía esperar que hubiera dicho las respuestas correctas y asintiera en los momentos adecuados, y se sintió aliviado cuando las damas se levantaron para irse.

Si al menos Simon estuviera de vuelta para que pudieran tener una charla seria, de hombre a hombre… Cam no se sentía lo bastante cercano a nadie más en Londres como para hablar de la infernal mujer que parecía seguir llenándole la cabeza con sus extrañas palabras. Además, Simon conocía a Margaret por su matrimonio. Si alguien podía decirle si la muchacha estaba loca o solo era inmadura, era él.

Sabía en su corazón que debía dejar de pensar en ella por completo. Si de verdad quería una esposa, difícilmente podría encontrar una mejor que Jane Chatley, con sus maneras equilibradas, sus palabras suaves y su atractivo rostro. Tenía un aspecto clásico, y nunca lo desconcertaba ni le daba ganas de estrangularla. En una palabra, era perfecta para él. Ya podía imaginarse sus fiestas de Navidad en la casa de su familia, Turvey House en Bedford, donde ella haría que sus invitados se sintieran cómodos y bienvenidos. Nunca molestos.

Cam sabía que si se casaba con Jane, en ningún momento se preguntaría si ella iba a besar a otro hombre. Además, tendrían hijos muy bien educados.

No tendría que volver a ver esos ojos perversamente brillantes y teñidos de oro, ni su impresionante y deslumbrante sonrisa. Nunca más.

Sería el paraíso.

Entonces, ¿por qué le parecía esa vida un aburrimiento mortal?

¡Bien! ¡Perfecto! ¡Brillante! Lord Westing había dejado su

tarjeta de visita mientras Maggie estaba fuera pasando un rato desagradable en casa de John Angsley.

Le enviaría a lord Westing, a quien empezaría a llamar para sí por su nombre de pila, Christopher, una misiva de respuesta. Le permitiría visitarla. Le invitaría a pasear a caballo. Incluso le pediría que la besara para seguir con su experimento. En ese caso, Maggie esperaba obtener mejores resultados que con lord Burnley, pues quería tener la misma sensación excitante que había tenido con John.

Lord Westing no parecía estar en contra de ella, y tampoco estaba cortejando a la incomparable Jane Chatley.

En el transcurso de las siguientes semanas de la temporada, Christopher la mantuvo ocupada, aunque no formaron un vínculo exclusivo. De hecho, cuanto más se acercaban como amigos, menos se lo imaginaba como su marido. Lord Burnley seguía escribiendo su nombre en su carné de baile, así como lord Fowler y otros caballeros. Curiosamente, el tema de los besos no surgió con ninguno de ellos, ni se planteó la situación. Maggie tuvo que enfrentarse a ello, estaba de capa caída y no tenía ganas de besar a nadie.

La otra lacra de su disfrute fue verse obligada a ver a John con *lady* Chatley en más de una ocasión. Cuando Maggie se encontraba con él a solas, no hacía más que asentir cortésmente como si fueran los más lejanos conocidos. Por lo general, le sacaba la lengua a sus espaldas si nadie la observaba.

Era de lo más fastidioso, ya que él llenaba sus pensamientos en los momentos de tranquilidad y la distraía cuando estaba ocupada de otra manera. Parecía conjurar a John Angsley en los eventos, casi siempre con Jane, hasta que Maggie supuso que debía de tener un acuerdo formal con ella… o que estaba a punto de tenerlo.

Una tarde, Christopher la estaba llevando a casa cuando le ofreció una invitación a algo un poco diferente a sus eventos habituales.

—¿Me acompaña a un evento deportivo? Es un partido de cricket con un banquete previo. Habrá otras personas que creo que conoce, incluida la hija del barón Ellis. Será un grupo alegre.

—¿Cricket? —Repitió Maggie. Inmediatamente, recordó una vez que se había sentado junto a John Angsley antes de que comenzara la temporada—. Sí, me gusta el cricket.

Y entonces su temporada fue interrumpida de nuevo, como lo había sido el año anterior. Esta vez, sin embargo, de forma feliz por el regreso del marido de su hermana, lord Desesperado, como le había llamado Maggie junto con otros estúpidos crueles.

Sin embargo, Simon Devere, lord Lindsey, ya no parecía desanimado. Es más, su hermana volvía a estar radiante de felicidad y con una criatura creciendo en su interior. Ahora, la noticia de que había un heredero podría hacerse pública.

Maggie sabía que John había venido más de una vez para sentarse en el salón con su mejor amigo y hablar. Ella se había mantenido alejada, pues no deseaba acabar siendo el tema de discusión de los caballeros, si John se acordaba de su existencia.

Y entonces, una mañana, por accidente, estuvo a punto

de chocar con él al entrar en el comedor.

—Oh. —Maggie se detuvo al ver al conde en su camino. Era la primera vez que estaban tan cerca en semanas. Cuando su mirada se cruzó con la de ella, la cual parecía más verde que marrón debido a su colorida corbata, ella sintió que se le calentaban las mejillas.

Más allá, estaban su hermana mayor y su marido.

—Señorita Margaret —dijo John, ofreciéndole una reverencia superficial.

—Lord Cambrey —respondió ella con una reverencia más profunda—. ¿Acaba de llegar? ¿Va a desayunar con nosotros?

Casi se mordió la lengua. Él estaba claramente en la puerta y a punto de salir. ¿Por qué lo había invitado así, sonando demasiado deseosa de su compañía?

No importaba, pues su respuesta fue la esperada.

—No, *lady* Blackwood, ya me iba.

¡*Lady*! ¿Estaba tan acostumbrado a dirigirse a *lady* Jane Chatley, que olvidó que Maggie no tenía ese título?

—Muy bien —dijo ella, manteniendo la espalda recta y pasando por delante de él hasta el aparador para servirse su comida matutina. Si John no deseaba ni siquiera sentarse a la mesa con ella, podía despedirlo con la misma facilidad.

—Te acompaño a la salida —escuchó que le ofrecía su cuñado.

De espaldas a ellos, Maggie cogió un plato caliente y se tomó su tiempo para elegir un pastelito y unos huevos.

—Que tenga un buen día, *lady* Lindsey —le dijo John a Jenny.

Maggie colocó una salchicha encima de los huevos.

—Y usted también, señorita Margaret.

Ella no se volvió al oír su voz. No le importaban sus buenos deseos. Sin embargo, tenía que ser civilizada o su hermana sabría que algo la molestaba, y entonces Jenny no la dejaría en paz.

—Igualmente, lord Cambrey. —Maggie apuñaló un trozo de jamón y lo añadió a su plato.

Luego él se fue, junto con el apetito de ella.

Maggie quería olvidar su aspecto, sorprendentemente atractivo incluso cuando no le sonreía, y con unos ojos que la hacían recuperar el aliento.

Jenny la miró con suspicacia.

—Hubiera esperado que invitaras a lord Cambrey a comer con nosotros y no aceptaras un no por respuesta.

Maggie tomó asiento frente a su hermana, sorprendida por la cantidad de comida que había puesto en su plato. ¡Era culpa de John Angsley! Los latidos de su corazón habían vuelto a la normalidad, y con él lejos, podía relajarse, sin ser observada ni juzgada. Lo más positivo era que no quería ser comparada con la extraordinaria Jane, que muy probablemente nunca comía antes del mediodía y, si lo hacía, sol tomaría un caldo aguado.

—¿Qué ha ocurrido? —preguntó Jenny, sirviéndose una taza de té de la tetera que había sobre la mesa.

—¿Con qué? —preguntó Maggie, intentando sonar natural.

—Contigo y lord Cambrey, por supuesto.

Maggie hizo una pausa antes de responder, cortando el extremo de la gruesa salchicha, ensartándola con el tenedor y llevándosela a la boca.

—No tengo ni idea de a qué te refieres. ¿Qué pasa conmigo y con lord Cambrey?

Luego se llevó la comida a la boca y volvió a mirar a su hermana mientras masticaba.

Jenny frunció el ceño.

—Pensé... es decir, ¿no disfrutas de su compañía?

Maggie se encogió de hombros, cogió una tostada del soporte central de plata, le quitó las migas y la untó con mantequilla. Luego consideró sus opciones: ¿mermelada de grosella o de fresa? Se decidió por la de grosellas, levantó la tapa de plata del bote de cristal y mojó el cuchillo antes de extender una generosa capa sobre el pan.

—Es bastante agradable, supongo. Pero ciertamente no es lord Westing.

Eso debería poner fin a la intromisión de su hermana mayor.

—Ya veo.

Tenía que rematar su argumento de una forma que su práctica hermana no podría discutir.

—No hay nada que ver, en realidad, Jenn. Estoy conociendo a muchos caballeros que me gustan esta temporada. No hay razón para fijarme en ninguno de ellos ahora.

Jenny se rio.

—¿Y ahora de qué te ríes? —preguntó Maggie.

—Me acabo de dar cuenta de has dicho exactamente lo que yo desearía que dijeras.

Bien hecho, pensó Maggie, solo que no era sincera en absoluto. Preferiría que todo el asunto fuera mucho más simple. Que tuviera su corazón capturado por un hombre que sintiera lo mismo que ella y que estuviera dispuesto a pedir su mano.

Si fuera así… En cambio, temía que la temporada se alargara sin que ella sintiera una tendencia especial por ninguno de los hombres que la perseguían. Y de repente, las largas semanas que se avecinaban no le parecían nada entretenidas.

Menos aún cuando, un par de semanas más tarde, Maggie entró en el salón y encontró a Eleanor discutiendo animadamente con Jenny sobre la inminente marcha de esta a Sheffield. Sí, su hermana iba a despedirse de la familia para irse al campo mucho antes de lo esperado.

—No puedo creer que te vayas antes de que termine la temporada. —Maggie trató de ocultar su disgusto. Jenny era su timón. La idea de tener que ser la responsable tanto de su madre como de Eleanor era ligeramente aterradora.

Era cierto que habían pasado dos meses desde el regreso de Simon, y que él las había acompañado a todas de manera obediente a muchos eventos, y sí, su hermana merecía pasar el tiempo con su marido como y donde ella quisiera. De hecho, Jenny no había querido venir a Londres en primer lugar, incluso antes de saber que estaba embarazada.

—Quiero dar largos paseos y no puedo hacerlo aquí —explicó Jenny, sonando paciente, pero decidida. Evidentemente, no se dejaría convencer.

—La mayoría de las mujeres solo quieren guardar cama —se quejó Eleanor—. Eso se puede hacer aquí, en Londres.

«¿Cómo diablos sabía Eleanor lo que querían las mujeres cuando estaban embarazadas?», se preguntó Maggie.

—O tal vez no se les da otra opción. —Jenny se cruzó de brazos—. Además, ¿qué diferencia hay si estoy encerrada en esta casa o en Belton?

Maggie estaba convencida de que su expresión era tan abatida como la de Eleanor. En realidad, sin embargo, Jenny había empezado a quedarse en casa con Eleanor cada vez más, y a veces no se quedaba despierta para escuchar los excitados informes de su madre y su hermana sobre un baile o una cena.

Maggie extendió la mano y tocó el brazo de Jenny.

—Sí que es diferente. Te queremos, y tu presencia es siempre bienvenida, aunque estés aquí en casa solo para oír hablar de *lady* Pomley o lord Twiggins.

Maggie podía sentir que las lágrimas se agolpaban en sus ojos, pero este era el momento de considerar el bienestar de su hermana por encima de todo.

—Sin embargo, entiendo muy bien que estoy siendo egoísta. Debes hacer lo que sea mejor para ti en este momento. Si sientes la necesidad del aire del campo y largos paseos, entonces eso es lo que debes tener.

—Gracias. —Jenny sonó aliviada por tener el apoyo de Maggie, lo cual hizo que esta se sintiera como una santa.

Eleanor suspiró.

—Supongo que debemos acostumbrarnos a estar sin ti, en cualquier caso. Cuando volvamos a Sheffield, estaremos en nuestra casa y tú estarás lejos, en tu mansión.

Todos se rieron ante el afán dramático de Eleanor, y Jenny las rodeó a ambas con sus brazos.

—Sabéis que podéis visitarnos cuando queráis. Además, solo hay un kilómetro y medio de distancia.

Maggie se alegró de que tuvieran un evento más al que asistir juntas, y enlazó su brazo con el de Jenny cuando entraron en la residencia de los Fortner. La cena y el baile eran más íntimos que un baile de presentación, y en ellos solo había unas sesenta personas, todas ellas amigas de los anfitriones. Había muchas parejas casadas, supuestamente para ofrecer un buen ejemplo de lo que les esperaba a los solteros y solteras.

Jugando a ser casamentera, la anfitriona había emparejado a los invitados para la velada, cada persona tenía alguien con quien sentarse en la cena y con quien bailar.

Maggie sintió unas cuantas mariposas, preguntándose con quién le tocaría. Esperaba que fuera con John Angsley, lo que significaba que se vería obligado a pasar la velada con ella. En caso de que ocurriera, no había decidido aún si iba amostrarse encantadora o se mostraría fría como el hielo.

Como lord y *lady* Fortner eran buenos amigos del difunto padre de Simon, a él y a Jenny les ofrecieron lugares de honor cerca de la cabecera de la mesa. Cuando se apartaron de ella para ocupar sus lugares, apareció el acompañante de Maggie para la velada, lord Christopher Westing.

Pudo reconocer una pizca de decepción, seguida con rapidez por otra de alivio. Con Christopher, podía relajarse. Sería una velada mucho más fácil, sin peleas, sentimientos heridos ni culpas.

Cuando todos estuvieron sentados, lord Fortner pidió silencio y se presentó junto a su esposa en el otro extremo de la mesa. Tomando una nota especial de sus invitados de honor, el corazón de Maggie se hinchó de orgullo cuando presentó a lord y *lady* Lindsey. Luego se encargó a los invitados que se divirtieran y que no aburrieran a los demás.

Todos se rieron. Tras un breve intercambio con Christopher a su izquierda, Maggie se giró para saludar a un caballero al que no conocía. Al hacerlo, su mirada recorrió el extremo de la mesa y lo vio. ¡John! Ya estaba inmerso en una conversación con la nieta de sus anfitriones, *lady* Isabella Fortner.

Umm, al menos no era la siempre presente *lady* Chatley.

Entonces John se inclinó hacia atrás, y Maggie vio que Jane estaba al otro lado.

¿Con quién estaba emparejado para la noche? Maggie supuso que lo averiguaría cuando empezara el baile. Volviendo su atención a Christopher, supo que era mejor que tratara de olvidar que lord Cambrey la había besado alguna vez.

Cam no podía olvidar que Margaret estaba sentada al final de la mesa entre el infernal Westing y el recién llegado, ¿cómo se llamaba? No le importaba.

Por su parte, tenía a su lado a Jane, a la que había cogido cada vez más cariño. Ella se mantenía firme. Sin embargo, de vez en cuando podía oír la efervescente risa de Margaret entre las confusas voces de los demás comensales. Como un instrumento sonoro para sus oídos, o como un vino fino que bajaba por su garganta cuando todos los demás eran como agua de pozo.

«Basta, Cam». ¿Qué estaba diciendo Jane sobre los

entremeses que servirían antes del banquete en el partido de críquet?

Notó cómo fruncía el ceño ante su encantadora compañera. Parecía que una buena cerveza y un pan crujiente, tal vez con gruesas lonchas de tocino intercaladas, debían ser la comida elegida. O pasteles de cerdo envueltos en papel de cera que se pudieran sostener fácilmente mientras se veía el partido. Sin embargo, dudaba que la alta sociedad de Londres pagara un precio elevado por esa comida, incluso si este estaba destinado a los huérfanos.

Su mente regresó al hueco de la escalera de su propia casa, al placer de sentir los labios de Maggie separarse bajo los suyos. Todavía podía recordar la oleada que recorrió su cuerpo y lo fácilmente que podía imaginar el placer que se darían el uno al otro en el lecho conyugal. O en cualquier lecho, en realidad.

—Sí, glaseado de higos en galletas —dijo Jane.

Cam deseaba glasear los pezones de Maggie con gelatina de higo y lamerla mientras ella se retorcía bajo él.

¡Cristo!

Mirando de nuevo hacia el extremo de la mesa, sus ojos se encontraron con los Simon. Este le ofreció una sonrisa, ajeno en su propia felicidad marital al tormento que sufría su amigo. Simon se merecía su nueva alegría, y Cam solo esperaba que el próximo heredero llegase al mundo con facilidad. Tanto Simon como Jenny habían sufrido bastante.

Hablando de sufrimiento, no pudo apartar la vista de Margaret ni un momento, aunque solo pudiera ver la parte posterior de su encantadora cabeza, ya que ella estaba de espaldas y en estrecha conversación con Westing.

¡Westing! ¡Bah! Si solo hubiera una cosa mala en el hombre. Que no tuviera defectos era el único rasgo que se le podía echar en cara. Qué molestia, un verdadero modelo de virtud. Este...

—¿Estás de acuerdo? —preguntó Jane.

—Sí, tartas con *fondant* después del partido. —Cam repitió las últimas palabras que había escuchado.

¿Cómo se sentiría Westing cuando Maggie le guiara en un alegre baile y empezara a besar a Burnley o incluso al caballero sin nombre que estaba a su lado? ¿Se daría por vencido como había hecho él mismo, o se pegaría a sus faldas y lucharía por su afecto?

Sin duda, valía la pena luchar por ella. Como Helena de Troya. Cuando Maggie se giró, mostró su deslumbrante sonrisa, la cual le robó el aire de sus pulmones. Allí estaba, siendo desperdiciada por todos y todas. Tal vez se había precipitado al decidir que ella no era adecuada para ser una esposa, la esposa de nadie, hasta que madurase. Posiblemente, el mejor curso de acción sería ofrecerle tutela para que llegara a convertirse en la espectacular mujer que iba a ser.

Alcanzando su copa, Cam bebió el tinto español, esperando que procediera del negocio en el que había invertido. Luego pidió más.

Maggie empezó a inquietarse. Esta interminable comida tenía demasiados platos. Quería bailar. Westing no era tan bueno en la polka como Burnley, pero hacían una buena pareja en la pista de baile. Esperaba una cuadrilla y algún otro de los bailes campestres, en los que las parejas se mezclaban y bailaban con otras.

«¿Por qué?», se preguntó. Ella sabía por qué. Así, aunque fuera indirectamente, podría bailar con John.

No hubo Gran Marcha. El primer baile fue una cuadrilla, seguida de otra, y otra más, hasta que todas las parejas que lo desearon tuvieron su turno. Luego un vals. Luego un *anglais* que reunió a casi todos en el gran salón de los Fortner.

Sintiendo un temblor de expectación mientras se abría paso a lo largo de la fila, mientras era girada una y otra vez por cada caballero, de repente, se encontró una vez más en los brazos de John.

Lo saborearía. Lo miró directamente, en lugar de hacerlo de reojo como las demás bailarinas. Maggie se fijó en su bello rostro, muy atractivo en todos los sentidos. Y entonces, cuando sus miradas se cruzaron, un delicioso calor la recorrió.

Ella vio en sus ojos que él también sentía que algo, como la llama de una mecha, se movía entre ellos. Durante unos segundos, se observaron mutuamente. La música se apagó, al igual que el ruido de las otras parejas que se divertían. Ella apenas podía creer que todavía estuviese bailando.

¡Qué bien!

Y entonces él la hizo girar hacia los brazos del siguiente bailarín.

Al diablo con el decoro y con el capricho de sus anfitriones, Cam estaba decidido a volver a abrazar a Margaret. Ese breve instante durante el *anglais* resultó en un tormento cuando tuvo que renunciar a ella. Como pasar el bocado más delicioso de bizcocho al siguiente comensal, mientras que él se quedaba con un festín de migajas insípidas.

Sin ánimo de ofender a las otras damas, sobre todo, a Jane, a quien muchos hombres encontrarían deliciosa, estaba seguro. Pero ella no era Margaret. Nadie lo era. Ese era el problema.

Así pues, cuando empezaron las primeras notas de un vals y Jane se retiró a la sala de descanso, Cam buscó a Margaret. Westing estaba junto a ella. Era demasiado tonto para haberla llevado a la pista de baile. En cambio, el marqués se había alejado para hablar con otra pareja.

Cam se movió con rapidez y cruzó el parqué en tres zancadas, agarró a Margaret por la muñeca y la arrastró al centro del baile en curso, haciéndose sitio entre los que ya bailaban el vals.

Evidentemente, ella se quedó atónita, ya que no protestó. Con su mano en la espalda, Cam la guio por la pista. Por fin pudo tomarse un momento para estrechar su cuerpo contra el suyo y mirar su hermoso rostro.

Casi esperaba ver una máscara de furia. Cualquier otra dama podría forcejear, apartarse y dejarlo en ridículo por robarle la pareja a otra persona e infringir la etiqueta de la pista de baile cuando el vals ya había comenzado.

En cambio, los ojos marrones dorados de Margaret centelleaban de emoción. Sus magníficos labios estaban curvados en una sonrisa encantada. Al parecer, había hecho algo bien por fin.

—Ha sido muy travieso por su parte, lord Cambrey —

dijo ella sin una pizca de censura—. Lord Westing podría venir a retarle a un duelo.

—Le ganaría —le respondió él, totalmente seguro de que decía la verdad—. Sin embargo, ambos sabemos que esto no es exactamente una ofensa digna de un duelo. Después de todo, él no se le ha declarado. ¿O sí lo ha hecho?

La sonrisa de ella se hizo más grande.

—Incluso si lo hubiera hecho, ciertamente podría bailar con usted en un lugar público sin causar un incidente.

Cam sintió que su corazón se encogía.

—¿Lo ha hecho?

—¿Qué cosa?

Ella estaba disfrutando al burlarse de él. Podría ser inmensamente divertido en el dormitorio, pero no en el salón de baile.

—¿Ha pedido Westing su mano?

La vacilación de Maggie casi le hizo perder la cabeza. Entonces, lentamente, ella negó con la cabeza.

—Todavía no.

¡Todavía! Cam la hizo girar alrededor del borde de la pista y luego volvió con los demás bailarines.

—¿Espera que lo haga? —le preguntó él.

Su expresión felina le hizo sentirse como un ratón acorralado.

—Todo es posible, milord. ¿No cree? Porque esta misma noche, Christopher podría decirme que planea hablar con mi madre. De la misma manera que usted podría ofrecerse a hacerlo por *lady* Chatley.

—¿Christopher?

Ella se limitó a encogerse de hombros con delicadeza

ante el uso familiar del nombre de pila de Westing. ¡La pícara!

Consciente de que el baile se acercaba a su fin, Cam la condujo de nuevo al extremo de la pista. Luego la guio fuera de ella. Una puerta bien situada le ofreció la escapatoria que buscaba, y pronto estuvieron al otro lado en un largo pasillo. Solos.

No perdió el tiempo. Mirando hacia arriba y hacia abajo en el pasillo para confirmar su intimidad, apoyó a Margaret Blackwood y toda su exuberancia contra la pared de color azul huevo de petirrojo, entre el retrato de un hombre feo a su izquierda y una mujer aún más fea a su derecha.

Peculiar, pensó, ya que los Fortner actuales parecían una familia atractiva.

Luego, Cam no pensó en nada más, ya que aprovechó su ventaja y, al mismo tiempo, se apretó contra el objeto de su más ferviente deseo.

Margaret le seguía la corriente de buena gana a todo lo que él hacía. Incluso cuando él introdujo uno de sus muslos entre las piernas de ella, obstaculizado únicamente por las faldas que se arremolinaban alrededor de ambos, ella no dijo nada, sino que se aferró a la parte superior de sus brazos.

Entonces ella gimió con suavidad, y él se perdió. El sonido le hizo sentir un tirón en la ingle, y él bajó la cabeza y reclamó sus labios. Por fin.

Suspirando, ella abrió su boca bajo la de él casi de inmediato, y Cam tomó lo que ella le ofrecía de buena gana. Al sentir que sus manos se entrelazaban detrás de su cuello y lo acercaban, se imaginó cómo se verían ante cualquiera que se tropezara con ellos. La reputación de Maggie quedaría arruinada de inmediato y él se vería obligado a pedirle en matrimonio.

Extrañamente, eso no le molestaba lo más mínimo. Pero ella podría pensar lo contrario.

En cualquier caso, todo lo que Cam pudo hacer fue profundizar su beso, explorando la boca de ella con su lengua. Cuando se retiró para mordisquear su labio inferior, arrastrándolo con suavidad con los dientes, Margaret volvió a gemir.

Él arqueó la parte inferior de su cuerpo y sintió que sus caderas se levantaban hacia él en respuesta. Nunca había compartido algo así con una mujer que no le pagara por el placer, lo que lo convertía en una experiencia embriagadora.

Sabiendo que estaba tentando a la suerte, se apartó al fin. Alguien, probablemente Westing, vendría a buscarla. O tal vez Simon. No le gustaría tener que explicarle a su mejor amigo cómo estaba prácticamente violando a su cuñada en el pasillo de los Fortner. No, eso no serviría en absoluto.

Capítulo 7

-Deberíamos volver a la fiesta. —Cam no miró hacia abajo, pues no quería llamar la atención de Margaret sobre el bulto en la parte delantera de sus pantalones. En su lugar, le ofreció el brazo.

Margaret dudó en tomarlo, mirándolo con ojos brillantes. Su pecho se agitaba deliciosamente, y tenía brillantes manchas sonrosadas en sus cremosas mejillas. Su boca estaba enrojecida a la perfección, haciendo saber por desgracia a todo el que la viera que la habían besado a conciencia.

Tal vez no deberían volver al salón de baile de inmediato. Cam tomó su mano, que ella había presionado contra su escote, el mismo lugar donde él quería colocar sus labios y saborearla, y la deslizó en el pliegue de su brazo.

—¿Por qué no paseamos por la galería unos minutos hasta que ambos volvamos a estar más tranquilos?

Por fin ella habló.

—Me parece una buena idea.

Así, cuando las puertas del salón de baile se abrieron un rato más tarde, estaban discutiendo los méritos de un cuadro holandés con los intrincados detalles del encaje.

—Ahí está.

Sorprendentemente, era *lady* Chatley y no Westing quien había venido a buscarla. Ella les dedicó a ambos una sonrisa genuina, pero él sintió que el brazo de Margaret se ponía rígido y se alejaba, apartándose por completo del alcance de sus caricias.

—John, es una noticia de lo más emocionante —comenzó Jane, y Margaret se apartó un poco más—. ¡El príncipe Albert va a venir a nuestro partido de cricket! Quiere montar una carpa privada, por supuesto, pero donará bastante al orfanato. Y su asistencia nos asegurará una gran concurrencia. Hasta ahora no se sabe si la reina lo acompañará. Aunque es posible que lo haga —aplaudió Jane—. Piensa en las recaudaciones.

Jane casi estaba brincando de emoción por esta buena fortuna para los huérfanos de St. Giles.

—Es una noticia maravillosa —dijo Cam, aunque deseaba haberla escuchado más tarde porque, en ese momento, ni siquiera la propia reina era tan importante para él como Margaret—. ¿Conoce a la señorita Blackwood?

Jane estudió a Margaret.

—¡Por supuesto, sí! Ya nos conocemos, ¿no es así? Siento mucho mi descortesía. Es que esto es absolutamente emocionante. ¿Le ha hablado John de nuestro evento?

Cam se encogió al ver que ella había utilizado dos veces su nombre de pila. Demasiada familiaridad y delante de la mujer que acababa de besar…

Margaret negó con la cabeza, con expresión neutral.

—No, no lo ha hecho.

Antes de que pudiera decir algo más, Westing apareció en el pasillo, seguido por otro par de damas que, sin duda, se dirigían a la sala de retiro para arreglar sus cintas.

—Ahí está mi acompañante de la noche —dijo el marqués, dándole un repaso a Cam. Sin embargo, como Jane Chatley también estaba allí, no sonó desaprobador.

—Estaba admirando el Vermeer —dijo Margaret, haciendo un gesto casual hacia el cuadro.

—Yo esperaba reclamar otro baile —dijo Westing—. Y su hermana la está buscando. ¿Puedo acompañarla de vuelta al interior? —Le ofreció el brazo.

Cuando Margaret lo tomó, Cam no pudo evitar apretar la mandíbula. Se alejaron, y la zorra de sus sueños no le dedicó ni una sola mirada.

Por fin pudo concentrarse en Jane.

—¿De quién ha oído esa información?

—¿Sobre el interés del príncipe consorte? Lo escuché de *sir* Clark mientras bebíamos champán hace unos minutos.

Bien, entonces podría volver al salón de baile y vigilar a Margaret.

—Vamos, entonces, Jane. Presénteme a *sir* Clark, y nos aseguraremos de que el príncipe compre dos docenas de entradas como mínimo.

Con eso, Cam tomó el brazo de Jane y se apresuró a regresar al baile.

Maggie pasó el resto de la velada flotando en una nube. Apenas podía oír nada de lo que Westing o incluso su hermana Jenny le decían. Aturdida por completo y con una tonta sonrisa de felicidad pegada en la cara, no le importó cuando la velada terminó y subieron de nuevo al carruaje de su cuñado.

—¿Estás bien? —preguntó Jenny.

¿Estaba bien? Maggie se tocó los labios, aún segura de que podía sentir y saborear a John en ellos. Era como si él la hubiera marcado como suya. Y la sensación de su muslo contra sus partes más íntimas y femeninas la había hecho desear mucho más.

Nunca antes había ansiado estar sin ropa con ningún hombre. Todo lo contrario. Normalmente, quería lucir su figura con un precioso vestido. Sin embargo, después del beso de John, quería acostarse con él, sin ningún tipo de adorno entre ellos. Desnuda del todo. Quería tocarlo tanto como quería ser tocada.

—¿Mags?

—Estoy bien. Fue una velada encantadora, ¿no?

Su hermana suspiró.

—La verdad es que me alegro de que haya terminado. Estoy lista para ir a Sheffield.

Sus palabras trajeron a Maggie al momento presente. Jenny se marchaba en breve. Tomando su mano, la apretó y miró a su cuñado.

—Debes cuidar de ella —le dijo a Simon.

Él sonrió.

—Eso es justo lo que pienso hacer, en cada momento antes, durante y después de que nazca nuestro hijo. —Le dedicó a Jenny una sonrisa cariñosa.

Maggie suspiró.

—Me alegro mucho por los dos.

Y ahora, también se alegraba por ella misma.

Toda la sociedad londinense hablaba del banquete Chatley-Cambrey previo al partido. Sin haberse dado cuenta de que era el evento al que Westing la había invitado, Maggie se sentaría en una mesa con el marqués y su hermano menor, así como con su amiga Ada y otros dos conocidos suyos. Su hermana Eleanor también asistiría, y probablemente encontraría a Beryl Angsley esperándola.

Quizá se sentarían con John. ¡Qué suerte tienen las chicas!

Cuando Maggie llegó, una multitud de asistentes esperaba al príncipe Albert, de pie cerca de los bordes de su carpa con la esperanza de verlo de lejos. Por lo que todo el mundo sabía, los esfuerzos de recaudación de fondos, aumentados por la promesa de la presencia real, tuvieron un gran éxito. Habría lo suficiente para construir y mantener dos orfanatos durante al menos dos años, manteniendo a algunos de los miles de golfillos buscavidas, como se llamaba a los desafortunados niños, fuera de las calles. Incluso Simon y Jenny habían donado una gran suma a la causa antes de abandonar Londres.

Por su parte, Maggie esquivó a la multitud, más deseosa de ver a John que al príncipe consorte, ya que no había estado en compañía del conde desde el baile de los Fortner. Tras examinar lo ocurrido desde todos los ángulos, Maggie había meditado las palabras que él había dicho, que habían sido muy pocas. La mayor parte de su encuentro lo habían pasado besándose. ¿Qué significaba eso, si es que significaba algo? Era la segunda vez que él se tomaba tremendas libertades con su persona, y la segunda vez que ella le permitía hacerlo.

¿Qué pensaba él de ella por consentirlo?

«¿Hacía él lo mismo con otras debutantes?», se había preguntado una noche, sentada en su habitación de Portman Square. ¿Cómo podría saberlo? Él parecía experto en encontrar un momento a solas con ella. Tal vez tenía un talento especial para hacer lo mismo, y con frecuencia, con otras mujeres. No había forma de descubrirlo si no era preguntando a cada una de sus conocidas si el conde de Cambrey las había besado.

Un pensamiento descorazonador. ¿Y qué había de *lady* Jane Chatley? Era difícil creer que un hombre que era tan bueno besando y tan deseoso de hacerlo como John Angsley, pudiera haber pasado tanto tiempo con la rica y atractiva Jane y no haberla besado.

Westing la condujo a su mesa, y Maggie pudo ver por primera vez cuáles eran las habilidades de Jane como anfitriona. Había flores frescas por todas partes, dando a toda la carpa un dulce aroma. De los enganches de la carpa colgaban pancartas que proclamaban mensajes de bienvenida y agradecimiento por la generosidad de todos.

Maggie no pudo evitar sonreír. Al fin y al cabo, conocía a muy pocos de aquellos invitados a los que les importase de verdad la cantidad de huérfanos que pudieran ser salvados de la pobreza. La mayoría se llevaba un pañuelo perfumado a la nariz para ahuyentar el mal olor de esos niños si se topaban con ellos. Además, si quería, la élite londinense podía hacer donaciones a los orfanatos sin tener que asistir a un banquete de alto nivel ni a un partido de cricket, pero entonces no podrían contemplar al príncipe Albert.

Jane había hecho algo bueno, junto con John, se recordó Maggie. Y con el beneficio en sí, Maggie no podía encontrar ningún fallo. La fiesta se desarrollaba sin problemas, con los sirvientes entre la multitud, ofreciendo bandejas de entremeses y copas de champán o vino. Una orquesta tocaba en un rincón como si estuvieran en un salón de baile.

Eleanor ya estaba sentada en una mesa de honor con la madre de John, *lady* Cambrey, así como con *lady* Beryl Angsley y *lady* Chatley, la madre de Jane. Había otros dos asientos vacíos, presumiblemente para el anfitrión y la anfitriona.

¿Dónde estaban? ¿Y por qué le era tan molesto seguir pensando en ellas dos, las casas de Cambrey y Chatley, unidas?

Maggie sabía por qué. Porque los labios de John la habían hecho vibrar por todo el cuerpo, y definitivamente quería que la besara de nuevo.

Entonces, de repente, la música se detuvo y todas las miradas se volvieron en dirección a la banda, incluida Maggie, y allí estaba él, el conde de Cambrey, con un perfecto traje en tono gris paloma y un atrevido chaleco color arándano.

Jane estaba a su lado, con un aspecto exquisito, envuelta en seda rosada. ¡Maldita sea!

—Gracias a todos por venir —dijo John, su voz retumbante llenó la carpa y silenció a los invitados más distantes—.

Para aquellos que no me conocen, soy lord Angsley, conde de Cambrey. Para los que sí me conocen, me alegro de que hayan venido de todos modos.

Unos cuantos hombres vitorearon.

—¡Adelante, Cam!

—Hoy tenemos un tiempo precioso para el partido, pero ya conocen nuestro país. Puede llover en cualquier momento. Aun así, el sol volverá a salir en pocos minutos. Ese es uno de los encantos de Inglaterra, ¿no? El clima inconstante. —Algunas personas se rieron—. Y el otro encanto son nuestras hermosas damas inglesas. Aunque ella no necesita presentación, lo haré de todos modos. Nuestra encantadora anfitriona, *lady* Jane Chatley. Ella les va a contar más sobre la organización benéfica que apoyamos hoy.

Volviéndose hacia Jane, le cogió la mano y la atrajo hacia delante, se inclinó al soltarla y dio un paso atrás. Al frente y en el centro de la atención, las mejillas de Jane se sonrojaron hasta hacer juego con su vestido, y entonces habló de la difícil situación de los huérfanos de Londres y del bien que podían hacer todos los presentes.

Maggie apartó la vista de ella para observar a John, que se había alejado de la banda y estaba a un lado de la carpa. Se sirvió una copa de champán de una bandeja que pasaba por allí, y luego miró alrededor de la sala hasta que, para su sorpresa, su mirada se posó en ella.

Él le dedicó una sonrisa lenta y sexy que hizo que a ella le flaquearan las rodillas y le provocara un extraño revoloteo en el estómago.

¡Qué maravilloso! Podía hacerle todo eso con solo una mirada y una sonrisa.

Luego, él asintió con la cabeza, levantó ligeramente su copa hacia ella, como si estuviera brindando, y bebió un largo sorbo.

Sintiéndose acalorada y molesta, Maggie cogió su propio vaso y dio un buen trago, sintiendo que se le subía de inmediato a la cabeza. Ofreció a John lo que esperaba que fuera su mejor sonrisa y no una mueca tonta y ladeada, y trató de volver a prestar atención a Jane, que parecía estar parloteando más tiempo del que debería.

Por fin, para alivio de Maggie, Jane dejó de hablar, la gente aplaudió y vitoreó, y entonces Cam gritó desde su posición, diciendo a todos que disfrutaran del banquete y luego fueran a ver un buen partido de cricket.

Para su deleite, parecía estar abriéndose paso entre los asistentes, desplazándose entre las mesas hacia ella. Maggie se repasó el cabello por debajo de su elegante sombrero, y se lamió de forma involuntaria los labios para humedecerlos, aunque era obvio que no iban a besarse allí mismo. Casi se rio al pensar en el caos que se produciría si lo hicieran en medio de una educada reunión social. Sin duda, el lugar ardería en llamas, un gran agujero aparecería bajo sus pies, y luego todos se precipitarían al infierno por su absoluta inmoralidad.

Merecería la pena, decidió Maggie.

Estaba casi en su mesa, cuando fue interceptado por un hombre de aspecto serio que llevaba la librea real, y Maggie supo que el príncipe consorte había llegado. Este hombre, con su reluciente sable atado al costado, era probablemente algún tipo de guardia personal del príncipe Albert.

Cuando se giró, vio que también llevaba una pistola en

su funda, lo que confirmó su sospecha. Desde el intento de asesinato de la reina ocho años antes, la realeza viajaba con mayor seguridad.

Maggie se estremeció y elevó una plegaria para que la única pelea de ese día fuera entre los equipos de cricket que se enfrentaban en el campo. Aun así, le entristeció ver cómo John se desviaba de su camino y acompañaba al sirviente real fuera de la tienda hacia la zona privada del príncipe.

En el último momento, él se detuvo, y Maggie aguantó la respiración. Sin embargo, no la miró a ella, sino hacia la banda, hasta que vio a Jane y le hizo un gesto a esta.

Aunque Maggie no pudo oír lo que dijo, Jane se apresuró a ir a su lado y los dos salieron de la tienda. Entonces, su vista se vio bloqueada por una verdadera tropa de sirvientes que llevaban bandejas de comida para todas las mesas.

Suspiró con fuerza, se sentó y disfrutó de una deliciosa comida. Mientras escuchaba la animada conversación entre los asistentes, incluido un debate especialmente acalorado sobre los méritos de los dos equipos, Maggie no perdía de vista la apertura de la carpa, pero John no volvió a aparecer, ni tampoco Jane. Parecía que habían sido invitados a cenar con el príncipe.

—¿No cree, señorita Blackwood?

Las palabras resonaron en su cerebro, y Maggie se volvió para ver que toda la mesa la estaba mirando. Pensó que era uno de los caballeros del otro lado el que se había dirigido a ella, posiblemente lord Stanley.

¡Maldición!

Ada, que estaba sentada a su lado, le tocó la mano.

—No nos diga que está apoyando a Sussex en lugar de

Nottinghamshire.

«Bendita sea», pensó Maggie sobre su amiga.

—Por supuesto que estoy a favor del señor Parr y de Nottinghamshire. No solo es un gran bateador, sino que tiene un fuego que rara vez se supera.

La mitad de la mesa vitoreó, los otros, los de Sussex, abuchearon.

Christopher, al otro lado, le dedicó una sonrisa de aprobación. No le hizo temblar las rodillas ni le produjo mariposas por dentro, pero fue agradable de todos modos.

—¿Ha elegido nuestros asientos, lord Westing? Espero que tengamos una buena vista para nuestra victoria.

Los comensales abuchearon y volvieron a vitorear, y luego todos se levantaron y salieron de la carpa para encontrar el lugar donde Westing había reservado suficientes asientos para todos por medio de sus sirvientes. A diferencia de la mayoría de los partidos, habría sillas por todo el campo, sin necesidad de que nadie se pusiera de pie a menos que lo deseara. El príncipe Albert, por supuesto, había ocupado la grada completa del segundo piso del pequeño pabellón.

Como un solo hombre, todo el público miró hacia el pabellón real Señor mientras un niño bateador subía corriendo los escalones para entregarle al príncipe consorte una nueva pelota. Maggie pensó que el príncipe parecía un poco dudoso sobre el regalo. Desde luego, ella nunca había oído que él jugase al críquet y, por lo tanto, no le sorprendió que se limitara a guardarla bajo su silla. No obstante, la multitud lo aclamó.

Sin embargo, lo que sorprendió fue que el conde de Cambrey y *lady* Chatley habían recibido aparentemente la bota real, ya que no estaban sentados arriba, cerca del príncipe, sino en la banda, como todos los demás, a un cuarto de distancia de su pequeño grupo. Además, para consternación de Maggie, estaban sentados juntos, lo que le recordó cuando ella y John habían disfrutado de un partido el uno al lado del otro. Las oportunidades de tocarse el hombro y la pierna eran numerosas, así como la conversación íntima con las cabezas inclinadas.

Los celos se le echaron encima y se negaron a abandonarla. Un daño doble.

Cuando Cam se acomodó en su silla para ver el partido con su familia y la de Jane a su alrededor, pudo buscar el deseo de su corazón entre la multitud, ya que, aun teniendo a Jane a su lado, la amiga de esta, Isabella Fortner, la mantenía ocupada.

Si el príncipe Albert no hubiera solicitado conocer al anfitrión y a la anfitriona del banquete, Cam se habría abierto paso para sentarse en la mesa de Margaret, aunque eso significara arrastrar una silla y colocarla entre ella y Westing.

En cambio, había tenido que sentarse casi en silencio mientras el príncipe consorte y Jane discutían sobre temas sociales, en particular sobre la educación de la juventud de su país. Cam había pasado el tiempo sofocando bostezos y tratando de mantener los párpados abiertos. No es que no le interesara educar a la gente. En realidad, a decir verdad, no le interesaba en absoluto. Había recibido una buena educación en Eton y, puesto que todavía no tenía hijos propios,

¿cómo iba a importarle la educación de los demás?

El alivio lo invadió como una lluvia de verano cuando sonaron las bocinas anunciando el comienzo del partido. Todos se inclinaron e hicieron una reverencia hacia el príncipe.

Margaret era bastante fácil de distinguir, o tal vez simplemente estaba en sintonía con ella ahora. Su magnífico pelo color caramelo llamaba la atención, como si fuera oro entre las masas de color pardo. Aunque hoy, sobre su cabeza, había un llamativo sombrero azul zafiro con plumas que bailaban de un lado a otro.

Allí estaba, entre la señorita Ellis y el siempre presente señor Westing. Y entonces, de pronto, su mirada se posó en él. Al margen de los cotilleos, Cam levantó la mano y la saludó. Margaret no respondió, pero sonrió lo suficiente como para que él pudiera verlo, incluso a distancia.

De alguna manera, hoy encontraría la forma de hablar a solas con ella. Por suerte, tendría mucho más tiempo para dedicarse a sus propios intereses egoístas ahora que el banquete había terminado. Toda la planificación había sido un éxito, y podría volver a su objetivo de perseguir a la señorita Blackwood, habiendo hecho un buen trabajo por los huérfanos mientras mantenía la gran tradición de los Cambrey como benefactores de su comunidad en concreto y de Inglaterra en general.

Sí, había sido un gran triunfo, y su madre estaba más que satisfecha.

Además, a pesar de que las dudas de él sobre la madurez de Margaret seguían ensombreciendo su franca admiración por ella, había decidido, tras su último y estimulante beso, ignorar cualquier defecto que pudiera tener. La quería, simple y llanamente, para él.

El juego era excitante, pero se la hacía tan largo como una tortura, pues o único que quería hacer era hablar con ella, crear un acuerdo por el que Margaret ya no frecuentara la compañía de otros hombres. Quería que ella renunciara al resto de los eventos de la temporada a menos que él la acompañara, lo que haría con gusto.

Con la esperanza de volver a captar su atención, pasó tanto tiempo mirándola como observando al jugador de cricket George Barr hacer picadillo al otro equipo.

Por fin, parecía que Margaret veía y entendía lo que quería decir con sus violentos movimientos de cabeza, que le hacían parecer que estaba teniendo una especie de apoplejía, y que él había explicado a Jane que eran el resultado de un mosquito que le había picado en el cuello. En cuanto vio a Margaret levantarse de su asiento, él también se excusó y volvió a la tienda.

Contento por comprobar que todavía había champán, cogió dos copas y esperó junto a la puerta de la carpa. ¿Debía ensayar un discurso o simplemente poner la copa en la mano de ella y decirle lo que sentía?

«Margaret Blackwood, eres como la más deliciosa mermelada, y te adoro más que a cualquier otra dama que haya conocido o acompañado jamás».

No, no debería mencionar a ninguna otra dama. Eso podría llevar a ella pensara en otras mujeres con las que él se había relacionado. «Piensa de nuevo», se dijo a sí mismo.

La trampilla se abrió detrás de él y se giró, empujando el vaso hacia... Jane.

—Gracias —dijo ella, cogiendo el vaso y dando un

sorbo—. ¿Está bien tu cuello?

—¿Mi cuello? Ah, sí. Bien. —¿Qué podía decir?

Ella suspiró.

—Veo que hemos tenido la misma idea, un poco de celebración privada.

¡Cristo! ¿Tenía Jane aspiraciones con respecto a él? Nunca había tenido el menor indicio de que a ella le importara en ese sentido.

—Todo esto ha sido bastante agotador, ¿no? —Ella se bebió el champán con bastante rapidez, dio un eructo poco femenino y se abalanzó sobre él. Cam se vio obligado a dejar caer su propia copa al suelo cubierto de hierba y a agarrarla antes de que se desplomara.

Al mirarla, vio una expresión en sus ojos que no había estado allí antes, no de deseo, sino más bien de desesperación. También sospechó que ella había bebido muchas más copas de champán que él. ¿Pero cuándo?

—Mi madre está impresionada —murmuró—. Hemos pasado mucho tiempo juntos, usted y yo, pero a partir de ahora no tendremos motivos para hacerlo. A menos que...

Dejó que sus palabras se disolvieran en el aire.

«A menos que él le pidiera su mano». ¿Era eso lo que ella quería decir? Él debía decirle que no tenía ninguna intención de pedirle en matrimonio. En esta coyuntura, se sentía más fraternal hacia ella que otra cosa.

—Mi madre quería que le dijera lo complacidos que estamos con usted —continuó.

Ella hundió la cara en el pecho de él, y comenzó a sollozar. ¡Dios mío! ¿Qué le ocurría a esta mujer que, hasta este momento, parecía la imagen de la placidez y la racionalidad imperturbable?

¡Demonios!

—Querida Jane —comenzó. Sí, ¡querida! Porque ella estaba llorando, después de todo, y él tenía que ser tierno—. ¿Qué puedo hacer para ayudarla?

Él le acarició la espalda y se sintió un poco incómodo, ya que nunca había tocado a una mujer de esta manera. Si sus manos rodeaban a una dama, siempre era para besarla o incluso darle un buen masaje. Consolar a una mujer que no era de su familia le parecía demasiado íntimo.

—Ella cree que he sido huraña y desagradable, y otras cosas terribles.

—¿Quién?

—Mi madre.

Ah. Cam empezaba a ver el panorama.

—No lo ha sido —le aseguró—. Hemos trabajado bien juntos y me lo he pasado de maravilla. Es muy hábil en cuanto a organización y planificación.

Ella se apartó para mirarlo.

—Lo siento, John. No sé qué me pasa. Realmente valoro su amistad. No quiero arruinarla.

Él dejó de frotarle la espalda y le tomó la cara entre las manos.

—¿Cuánto champán ha tomado?

De repente, ella le sonrió.

—Encontré dos copas cuando venía hacia aquí. Solo quería que pasáramos un momento a solas porque temía que usted o mi madre tratasen de tomar una decisión importante hoy mismo, una que por el momento soy incapaz de aceptar.

—Lo entiendo perfectamente. No se preocupe. No

tengo intención de tomar ninguna importante decisión hoy, y puedo manejar a su madre. A decir verdad, tengo algo de experiencia con las madres de las jóvenes solteras. No se verá obligada a hacer nada.

Con eso, dejó caer un beso en su frente, como haría con Beryl, y la soltó.

Ella se tambaleó y él la agarró de nuevo, riéndose ambos a la vez.

—Será mejor que uno de los dos salga de aquí, antes de que nos descubran solos, o esto se nos irá de las manos —dijo él—. Y en su estado, creo que debería ser usted quien se quede. Por favor, siéntese. Enviaré aquí a uno de sus amigos.

La empujó hacia la silla más cercana.

—¡Mi madre no!

—No, su madre no.

Acariciando su hombro, salió de la tienda en busca de alguien en quien Jane pudiera confiar. *Lady* Isabella Fortner, decidió. Ella y Jane se habían llevado muy bien la otra noche, lo suficiente como para que Jane la hubiera invitado a sentarse con ellos a ver el partido.

Mientras paseaba detrás de las sillas, acercándose a la zona en la que él había estado con su pequeño grupo, miró hacia el grupo de Margaret. Algunos seguían allí, pero ella había desaparecido. Al igual que Westing.

Un desagradable nudo le ató por dentro. Aun así, primero tenía que localizar a *lady* Fortner. Por suerte, encontró a Beryl, que sabía que Isabella se había dirigido al pabellón donde se había habilitado una zona de retiro para las damas.

Girando sobre sí mismo, Cam se dirigió directamente bajo el balcón del príncipe y dentro de la fría estructura de madera. Le pareció que a esta le vendría bien una ligera renovación, al menos para mantenerla a punto.

Desde luego, no podía seguir a *lady* Fortner al baño de mujeres. ¡Maldita sea! Debería haber traído a Beryl con él. Ahora tendría que merodear fuera esperando que saliera la joven.

Mientras se paseaba por el suelo del pabellón, miró detrás de él hacia los lugares más alejados, donde se habrían colocado los refrescos si fuera un día normal de partido. En cambio, apenas podía dar crédito a lo que vio.

Margaret, su Margaret, estaba a solas con lord Westing, cuyas manos estaban en la parte superior de sus brazos. A su vez, los brazos de ella parecían estar apoyados en el pecho de él. Parecía emocionada, si Cam estaba leyendo bien su expresión, mientras miraba fijamente al marqués. Acto seguido, Westing se encorvó más hacia ella y se giró un poco, ocultándola de la vista de Cam.

¡Por todos los diablos!

Ahora sabía cómo se sentía cuando alguien afirmaba que le hervía la sangre, pues le pareció ver una niebla roja a través de sus ojos. Cam dio un paso en su dirección. No estaba seguro de lo que haría o diría, pero no podía quedarse de brazos cruzados mientras la mujer que... mientras Margaret lo tomaba por tonto.

Capítulo 8

—Lord Cambrey, ha organizado usted un magnífico evento.

Al girarse, se encontró cara a cara con Isabella Fortner, y de repente recordó a Jane. La pobre Jane, sentada sola en la carpa y bebiendo hasta el estupor a causa de su grosera madre. *Lady* Emily Chatley obviamente deseaba que su hija se enamorara de él, y viceversa.

Bueno, si los deseos fueran caballos, los mendigos cabalgarían, como solía decirse.

—*Lady* Fortner, en realidad la estaba buscando. *Lady* Chatley necesita su ayuda. Ella está en la gran carpa del banquete. ¿Me permite que la lleve a su lado?

—Por supuesto, milord.

Y así, la sensata dama dejó que la acompañase a toda prisa junto a su amiga: su madura, estable, dulce, inteligente, organizada y leal amiga Jane, y lejos de la voluble, huidiza y coqueta Margaret Blackwood.

—¡Por favor, Christopher, lléveme a casa! —Maggie sabía que en cualquier momento se desharía en lágrimas. Lo que había visto al llegar a la carpa del banquete había sido como una bofetada en la cara, a la vez que le retorcía el corazón—. Estoy segura de que a Eleanor la llevarán... los Cambreys más tarde. —Apenas podía decir el nombre sin querer llorar. ¡Qué tonta había sido! ¡Una completa estúpida!

Había visto y oído lo suficiente como para comprender al fin que lord Cambrey y *lady* Chatley iban a comprometerse. Como la forma en que se tocaban y hablaban con suavidad y luego se reían. A Maggie le dolía el estómago solo de recordar la escena que había presenciado a través de la solapa de la tienda.

—Siento mucho que la hayan utilizado —le dijo lord Westing—. No puedo creer lo canalla que ha sido el conde. Si el padre de usted viviera, acudiríamos a él de inmediato y haría llamar a Cambrey. Si tuviéramos un acuerdo, Margaret, me encargaría yo mismo de ello. Lo haré de todos modos, si quiere.

Ella había hablado demasiado, y ahora se arrepentía. Y lo que no había dicho, Christopher lo había adivinado. Que, de alguna manera, John había jugado con sus afectos, a pesar de estar unido a otra.

—He sido una tonta —murmuró ella, pensando en tratar de competir con la rica y perfecta *lady* Chatley.

—No, no es culpa suya. —. Christopher la tomó de la mano y la acompañó desde el fresco y sombrío pabellón hasta el exterior, en dirección a la fila de carruajes.

—Créame, no es la primera víctima de un hombre con malas intenciones. Ni será la última.

La ayudó a subir a su carruaje y dio unos golpecitos en el techo.

—Por desgracia, está sola conmigo en este carruaje, y su reputación corre peligro una vez más. Las reglas del mundo en que vivimos lo hacen muy difícil, aunque todo sea humo y espejos, como si estuviéramos en un espectáculo teatral.

Maggie no pudo hablar al principio, por miedo a llorar. Agradecía la amabilidad de Christopher y, por nada del mundo, le causaría problemas.

—Saldré sola y usted se quedará dentro. Creerán que nuestros amigos viajaban en el carruaje y que nunca estuvimos solos en él.

Él asintió, mirándola fijamente con sus cristalinos ojos azules.

—¿Está bien? No tengo derecho a preguntar, pero nos hemos acompañado lo suficiente como para considerar que existe una amistad entre nosotros, ¿no cree?

Ella asintió.

—¿Está en problemas, es decir, él...? ¡Cristo todopoderoso! Ni siquiera se me ocurre la forma educada de preguntar si él la ha arruinado.

Sus contundentes palabras sacaron a Maggie de su miseria. De repente, agradeció poder responder con un rotundo no.

—En absoluto. El error estaba todo en mi cabeza, creo, y muy probablemente debido a mi falta de experiencia en sociedad. Confieso —añadió con un movimiento de cabeza autodespectivo—, que aún no sé distinguir los matices de estos asuntos entre hombres y mujeres.

Ya lo había dicho, había admitido ser una joven inocente e ingenua. Se sentiría mortificada si no estuviera ya tan asqueada de sí misma.

Christopher Westing la miró un momento. Luego sonrió.

—Creo que es usted demasiado amable. Si sintió que el caballero le enviaba señales de interés, entonces es porque las estaba recibiendo. Aunque usted esté verde en estos asuntos, le aseguro que lord Cambrey no lo está. Él tiene la culpa de todo esto, de haberla inducido a usted, y de lo que sea que haya ocurrido.

El carruaje se detuvo. Tuvieron solo unos segundos antes de que el cochero abriera la puerta.

—No sé cómo darle las gracias —le dijo Maggie—. Realmente no lo sé. Por sacarme del ojo público y llevarme al pabellón cuando estaba a punto de ponerme en una situación comprometedora. Y también por llevarme en su carruaje. Ha sido un amigo incondicional.

La puerta se abrió de golpe y el cochero adelantó su mano.

—Avíseme si hay algo más que pueda hacer, incluso ir a hablar con el causante de esta situación.

—Gracias. —Maggie dejó la tranquilizadora presencia de Christopher Westing y entró en la casa vacía de su cuñado, agradeciendo que su hermana siguiera en St. John's Wood y que su madre estuviera tomando el té con sus amigas.

Dirigiéndose directamente a su habitación, Maggie pidió que le prepararan un baño muy caliente. Se relajaría en el agua perfumada y emergería como una nueva mujer, una que a la que no le importaba lo más mínimo John Angsley.

Dos horas más tarde, cuando su familia regresó, llegó una nota de Simon. El bebé parecía estar en camino, y si querían estar allí para el nacimiento, debían dirigirse al norte de inmediato.

Nadie creería la rapidez con que las mujeres son capaces de hacer el equipaje, pero una hora después de haber leído las palabras de Simon, Eleanor, Maggie y su madre estaban de camino a Sheffield y a Belton Manor.

Cam se sentía mal. Ésa era la única manera de describir la sensación en su estómago y en su corazón. Cuando descubrió que Margaret Blackwood se había marchado de Londres, y a la mañana siguiente se presentó en la puerta de su casa con unas pocas horas de retraso, la decepción fue mayúscula. Sí, le dolía el corazón.

Decidido a preguntarle si realmente no sentía nada por él a pesar de sus sorprendentes besos, había llamado a la puerta a la luz del día, exponiéndose a la vista de todos cuando fue rechazado por un criado.

Subido en el asiento de su ligero *tilbury*, podía al menos estar agradecido por haberse ahorrado lo que podría haber sido una discusión devastadora. Dispuesto a concederle el beneficio de la duda de que simplemente no sabía lo extraordinario que era su notable conexión, Cam pensaba preguntarle qué sintió cuando besó a Burnley o a Westing, suponiendo que también lo hubiera besado a él.

Sin duda, habría sido una conversación dolorosa, y debería estar agradecido por haberla evitado.

Haciendo girar las riendas, empezó a bajar por Orchard Street, alejándose de Portman Square, pues ya no tenía a nadie de interés a quien visitar. La criada tuvo la decencia de informarle de que lord y lady Lindsey habían solicitado el regreso de la familia de la condesa a Sheffield, y Cam supuso que sería debido a la inminente llegada del heredero de los Lindsey.

Pensando en lo lejos que Margaret podría haber llegado en apenas unas horas, consideró la posibilidad de recoger sus baúles y perseguirla hacia el norte. Después de todo, podía hablar con ella en Sheffield con el apoyo de Simon, o esperar quién sabía cuánto tiempo hasta que los Blackwood regresaran a Londres.

Pero, ¿lo recibiría ella, o lo consideraría un intruso molesto? Quizá Westing ya había sido invitado a Sheffield.

Al girar a la izquierda en la concurrida Oxford Street, en dirección a su casa, Cam oyó el carruaje antes de verlo. O más bien, oyó los gritos de la gente: «¡Cuidado!».

Volvió la cabeza y vio que un faetón de gran altura, una peligrosa antigüedad con techo, se dirigía directo hacia él. Al instante, supo lo que había ocurrido. Algún loco había hecho una carrera a primera hora de la mañana en Hyde Park y había salido a la carretera principal todavía a demasiada velocidad.

El cochero, que ya se balanceaba y derrapaba sobre dos ruedas, tiró de las riendas para intentar esquivar a Cam.

—¡No! —gritó, sabiendo que el movimiento errático de los caballos haría volcar el carruaje. En efecto, el faetón volcó justo antes de llegar a él, incluso cuando intentó que su caballo se moviera más rápido y evitara la colisión.

Su tilbury, más bajo y deportivo, no tenía ninguna posibilidad. Aunque los otros dos caballos consiguieron esquivarlo, arrastraron el carruaje que se deslizaba, ahora sin cochero, hacia él.

Cam fue lanzado al aire en cuestión de segundos y voló por encima de su caballo. Mantuvo los ojos abiertos mientras la calle empedrada se precipitaba a su encuentro entre los gritos y alaridos de los curiosos. Estiró los brazos para amortiguar la caída y, entonces, todo quedó en silencio y a oscuras.

Maggie se sintió mejor después de presenciar el parto. De alguna manera, todo parecía menos aterrador, ahora que su hermana mayor había pasado por la dura prueba, con dolor, pero sin problemas. Estaba aliviada porque la desgracia no hubiese tocado su familia, como a tantas otras. Por el contrario, ahora era tía de un niño con unos pulmones extremadamente fuertes.

Durante las muchas horas de parto, había permanecido al lado de su hermana, junto con la comadrona, Emily, que también era la mujer del panadero. No solo habían dado a luz a un delicioso y alegre bebé, sino también a una cesta de bollos de clavo.

Ella, Eleanor y su madre apenas habían llegado a Sheffield antes de que los dolores de su hermana comenzaran en serio. Ahora, por suerte, todo había terminado, y Maggie acababa de enviar a Emily a casa, acompañada por el mayordomo de los Deveres.

La puerta del dormitorio de Simon y Jenny estaba abierta de par en par. Maggie llamó una vez, entró, y oyó la voz de su hermana.

—Dudo que a cualquier *accoucheur*[3], por muy competente que sea, se le ocurriese traer los mejores productos del panadero.

Simon estaba sentado en una silla colocada junto a la cama, lo bastante cerca como para acariciar la cabeza de su hijo.

Sonriendo a la cansada, pero feliz nueva madre, Maggie cogió uno de los bollos, antes de que se acabaran.

—De todos modos, es poco probable que un obstetra esté casado con una panadera —dijo, llevándose la mano a los labios después de rociar las migas sobre la colcha—. Por cierto, el almirante se ha llevado a Emily a casa. Dijo que volvería a pasar por aquí mañana para ayudarte con... *umm...*

¡Oh, Dios! No podía hablar sobre amamantar con su cuñado en la habitación. Abriendo los ojos ante su hermana, miró a Simon.

—¿Con qué? —preguntó él.

¡Qué hombre tan inconsciente!

Mirando una vez más la expresión divertida de Jenny, Maggie señaló con la cabeza el bebé y el amplio pecho de su hermana.

—Con la alimentación del pequeño. Emily dijo que no parecías del tipo de las que tienen una nodriza.

—Por supuesto que no. ¿Por qué iba a dejar que mi propia leche se desperdiciara?

—Qué práctico —comentó Simon, y entonces los dos nuevos padres se sonrieron el uno al otro, compartiendo algún secreto. Nadie mencionó el hecho de que el pequeño y

---

[3] Obstetra

nuevo lord Devere estaba gritando como una *banshee*.

Maggie se comió el bollo y esperó a que le hicieran caso de nuevo.

—Por favor, siéntate, Mags. ¿Dónde está mamá?

—Volverá pronto. —Ella se sentó con cautela al borde de la cama—. Mamá y Eleanor todavía se están instalando.

—Me alegro de que hayan llegado a tiempo, pero siento que hayas tenido que acortar tu temporada otra vez.

Maggie no podía decirle a Jenny lo emocionada que se sentía de estar allí. Absolutamente extasiada por estar lejos de la escena de su devastación. La llegada del bebé significaba que no tenía que enfrentarse a otro evento social, a otra bofetada por ver a John junto a Jane. En consecuencia, se encogió de hombros.

—Ningún baile es tan importante como tú.

—Todavía puedes volver —ofreció Simon—. Mi casa está a tu disposición.

—Te lo agradezco. Sin embargo, creo que he terminado por este año.

Maggie notó que su hermana miraba a su marido. A Jenny le preocupaba que algo andase mal y, si Maggie no la tranquilizaba, entonces empezaría a hacerle preguntas.

—La temporada termina en un par de semanas. No veo ninguna razón para alargar la agonía. Podría haber llegado una oferta, pero no una que yo hubiera aceptado.

Como era de esperar, Jenny consiguió liberar una de sus manos apoyando los pies del bebé en su regazo para tomar la de Maggie.

—No —le dijo esta, con los ojos en blanco—. No me compadezcas. Estoy perfectamente bien. —Solo tenía que desviar la atención de su hermana mayor hacia otra cosa—. Qué niño tan hermoso. Si al menos no estuviera berreando tan fuerte… Es difícil oír los propios pensamientos.

Jenny se rio.

—Quizá deberíamos llamarlo Lionel, porque ruge como un león. —Miró a Simon en busca de aprobación.

—Me gusta —aceptó él.

—Déjame sostenerlo. —Maggie cogió al niño, que no paraba de llorar, y se puso en pie. Paseó por el inmenso dormitorio mientras lo mecía en sus brazos.

El bebé seguía gritando.

—*Umm.* —Maggie estudió al pequeño Lionel Devere. Recordando lo que hacía su madre cuando Eleanor era un bebé chillón, deslizó su dedo meñique en la boca abierta del heredero. Sintió que él lo apretaba con firmeza. Se produjo un feliz silencio.

—¡Dios del cielo! —se maravilló Simon.

—¿Cómo lo has sabido? —preguntó Jenny.

—Vi a mamá hacerlo con Eleanor. Tú estabas ocupada en ese momento haciendo algo útil, estoy segura. Dios mío, tiene un buen agarre.

—Déjame intentarlo —dijo Jenny, llevándose a la boca el último trozo del bollo pegajoso y limpiándose los dedos en la colcha.

Maggie devolvió el bebé a su ansiosa madre.

—Si el dedo funciona así de bien —consideró Jenny—, imagino que el pecho funcionará aún mejor.

—Vaya. —Maggie no podía siquiera mirar a Simon, no con Jenny hablando de pechos en su presencia. Tenía que escapar de esta familia tan unida cuanto antes y dejarlos a solas. Mientras su hermana se quitaba la bata por un hombro y descubría su pecho izquierdo, Maggie se dirigió a la puerta.

—¡Ay! —exclamó Jenny, y Maggie hizo una mueca de dolor por ella mientras Simon saltaba de su silla. Lo más probable es que Emily no volviera a ser necesaria, pues parecía que el bebé sabía precisamente lo que tenía que hacer.

—Bueno —dijo Maggie—. Voy a ver si te traigo un té. —Salió de la habitación.

¿Y ahora qué?

¿Qué le quedaba en los próximos días, semanas y meses? Recorrer los pasillos de la mansión Belton se sentía tan sin rumbo como su vida. Es más, por primera vez, la llegada del otoño la entristeció. El año pasado, Maggie había pensado que para estas fechas estaría comprometida. O al menos imaginaba que habría encontrado un caballero con el que se entendería. Tal vez se corresponderían durante el invierno y acordarían reunirse en las fiestas, anunciando posiblemente un compromiso navideño.

Suspiró con fuerza ante la idea de una tercera temporada, en la que se encontraría no solo con la misma gente, sino también con todas las debutantes. ¡Dios mío!

Se detuvo en seco. ¿Era posible que ella, Margaret Blackwood, terminara hecha una solterona? ¿Nunca conocería la felicidad que había presenciado en la habitación de su hermana?

Les había sucedido a damas que ella conocía. Cuando su hermana debutó por primera vez hace tres temporadas, ese mismo año, una señora que estaba en su quinta temporada simplemente se rindió y caminó hacia el río Támesis. Alguien la vio hacerlo. El peso de su ropa la arrastró hacia abajo casi al mismo tiempo que el río la escupiera de nuevo hacia arriba, muerta en su orilla.

Irónicamente, este solía ser el destino de muchas mujeres solteras. En los periódicos abundaban las noticias de cadáveres arrastrados por el río. Por lo general, estas mujeres iban vestidas de forma moderada, como las dependientas de una tienda, o en harapos, criaturas desesperadas que no tenían forma de cuidar a un bebé.

Lo que había conmocionado a la sociedad era el ahogamiento intencionado de la hija de un vizconde.

—Lo tenía todo para vivir —murmuró Maggie en voz alta. Excepto que, al parecer, deseaba un marido con desesperación.

Sin la perspectiva de uno, ¿cuál era el propósito de Maggie? No tenía ninguna intención de darse un último baño en el Támesis o en el río Don, para el caso. Tampoco quería volver a ser profesora de francés, como había hecho para ayudar a su familia antes de que Jenny se casara con el conde y los salvara de la ruina.

No, no tenía ni la paciencia ni la humildad para volver a ocupar ese puesto. Parecía algo sin interés, más adecuado para la intachable *lady* Jane Chatley, que seguramente enseñaría a los huérfanos de Coddingtown.

Al pasar por un gran espejo dorado, Maggie se dio cuenta de que estaba mirando con desprecio la idea de Jane, un aspecto no especialmente atractivo. Relajando sus facciones, mantuvo a propósito todos los pensamientos sobre John fuera de su cabeza. Pero al intentar hacerlo, los recuerdos volvieron a inundarla.

—¡Maldición!

Entrando en la cocina como si fuera la dueña del lugar, Maggie ignoró la mirada de sorpresa de la sirvienta y se dirigió a la cocinera de los Devere.

—¿Podría enviar una tetera a los nuevos padres? No creo que necesiten galletas, ya que tienen bollos, pero unas manzanas podrían ser bienvenidas, o si no hay fruta fresca, tal vez algunas conservas.

—Sí, señorita —fue la respuesta inmediata.

Esta mujer tenía un propósito. Por supuesto, hacía un calor bestial en la cocina, y el trabajo de la cocinera era considerado un trabajo pesado por casi todo el mundo. Sin embargo, seguro que Maggie podría encontrar algo que hacer ahora que ya no tenía que esperar ir a Londres. Podría decidir convertirse en la mejor tía del mundo.

—¿Necesita algo más, señorita?

Obviamente, estaba estorbando y poniendo nervioso al personal de la cocina.

—No, gracias. Lo más probable es que vuelva a casa caminando mientras haga buen tiempo.

Con eso, se marchó, dándose cuenta de que la cocinera y la sirvienta y la otra chica que había estado cortando verduras hasta que Maggie apareció e interrumpió su trabajo, no querían oír sus planes de dar un paseo bajo el sol.

¡Qué desconsideración por su parte!

Mientras se dirigía a su casa de piedra, situada a poca distancia, en Norman's Corner, trató de apartar a un lado la tristeza. ¿Qué hacían las mujeres de cierta educación si no se casaban?

Mientras reflexionaba sobre ello, un jinete pasó al galope junto a ella como si los sabuesos del infierno le pisaran los talones. Desapareció entre las puertas de Belton, justo a sus espaldas.

Su mente le jugó una mala pasada, pero Maggie podría haber jurado que llevaba la librea del conde de Cambrey.

No tenía sentido. A pesar de todo lo que él había hecho para jugar con sus afectos, estaba obsesionada con John y veía señales de él en todas partes, incluso cuando era totalmente improbable. Siguió caminando por el sendero.

Capítulo 9

Una hora después de regresar a casa, Maggie abrió la puerta y encontró en el escalón a un mozo de cuadra de la mansión Belton. Había bajado corriendo a la casa de campo con una misiva en la mano. De inmediato, como si su obsesión la persiguiera, vio su nombre en ella:

«Queridísima Mags:

John Angsley, el mejor amigo de Simon, ha sido gravemente herido en un accidente de carruaje. Acabamos de recibir noticias de *lady* Cambrey, que dice que es un milagro que esté vivo. Pero ya sabe cómo las madres pueden exagerar, así que estamos tratando de mantener la esperanza. Cam sigue en Cavendish Square bajo el cuidado de un hábil médico del King's College, pero será trasladado a Bedfordshire tan pronto como lo consideren prudente. Pensé que querría saberlo.

Con cariño,

Jenny».

Maggie dejó la carta sobre la mesa del comedor, luego la cogió de nuevo con mano temblorosa y la releyó. Sintiéndose mareada, se sentó. Era difícil imaginar a John herido, tan fornido como era, poderoso y lleno de vitalidad.

«Era un milagro que viviera».

¿Cómo estaría de grave? Su corazón se encogió y, por un momento, le costó respirar.

Pero la ciudad de Bedford y Turvey House, su casa familiar, estaban más cerca que Londres. Tal vez podría visitarlo.

Enseguida, se preguntó qué excusa podría utilizar para ir a su casa. Ella no era nada para él.

Entonces, ¿por qué él seguía siéndolo todo para ella? Apoyando la cabeza en sus brazos, comenzó a llorar.

Cam no pronunció la maldición que afloraba a sus labios cada vez que el carruaje se balanceaba. Si lo hacía, sería una larga cadena de maldiciones durante muchas horas. Tendido en el carruaje más grande que poseía, estaba tan cómodo como se podía esperar con sus huesos rotos y la cabeza vendada.

Cansado de los constantes sueños infundidos con láudano, no había tomado ninguna dosis esa mañana cuando partieron, con su madre y su prima Beryl en un carruaje separado. En ese momento, reconsideró su precipitada decisión y echó un vistazo para asegurarse de que la botella de líquido amargo y marrón rojizo estaba a mano.

En lugar de soportar la humillación de ser llevados a una posada para pasar la noche, Cam había decidido ponérselo difícil a todos y viajar directamente cambiando de caballo cuando fuera necesario. ¡No importaba lo que gastase en ello! El cochero podía llevarle la comida cuando él quisiera y vaciar su bacinilla también durante los dos días siguientes. O su ayudante de cámara podría hacerlo, o quienquiera que estuviera ahora sentado encima del pesado coche que transportaba su cuerpo roto hasta Bedfordshire.

Al menos estaba vivo.

Esas fueron las palabras de su madre, y Cam intentaba cada maldito día sentir lo mismo. Pero no podía. Tres semanas después de la fatídica mañana, todavía estaba dolorido. Cada movimiento de sus extremidades era un infierno, y sus costillas estaban tan apretadas que le costaba respirar, y mucho más moverse. Su visión seguía siendo extraña en el ojo derecho, y esperaba que su globo ocular no estuviera girado en un ángulo extraño.

Nadie le dejaría mirarse en un espejo, tan magullado y con tantas cicatrices como tenía, tanto en la mejilla derecha como en la frente. Con toda probabilidad, ahora se parecía a la terrible criatura de la señora Shelley, la encarnación misma de los experimentos de Víctor Frankenstein.

Con la mano izquierda, ya que tenía el brazo derecho escayolado, y también la pierna derecha, Cam cogió un periódico de la pila que había traído. Pensaba ponerse al día sobre lo que había ocurrido mientras estaba fuertemente sedado y convaleciente bajo los cuidados del médico.

Haciendo una mueca de dolor, entrecerró los párpados

a causa de su ojo dañado, y trató de concentrarse en las noticias del gobierno, ya que él era un estimado miembro de la Cámara de los Lores.

Sin embargo, su mente se desvió hacia la única persona que había ocupado sus muchos sueños irregulares. Margaret. Dudaba que ella supiera de su situación. Además, temía la idea de que ella lo viera en ese estado. Ya era bastante malo que prefiriera a Westing antes que a él, con todo el atractivo de la vitalidad del joven. Ahora Cam no solo era mayor, sino que además estaba desfigurado y lo más probable es que cojease el resto de su vida.

Volvió a leer la misma frase del Times, dándose cuenta de que le importaban un comino los revolucionarios húngaros o italianos, así como la gestión aparentemente egoísta del primer ministro Palmerston respecto a cualquiera de los levantamientos actuales. En ese momento, todos podían irse al diablo.

Al pasar la página, vio el nombre de su amigo y sintió que se le levantaba el ánimo. Allí estaba el anuncio del heredero del condado de Lindsey. Simon y Jenny habían tenido un niño que, si era la voluntad de Dios, llegaría a ser el octavo conde de la familia Devere. Margaret ya era tía, y lo más probable es que se quedara en Sheffield con su familia.

Al menos, se dirigía al norte y en la dirección correcta.

«Tonto», murmuró para sí mismo. Porque, ¿qué importaba lo cerca que estuviera de la señorita Blackwood? Sería un completo tormento volver a encontrarla, sabiendo que había disfrutado de sus besos mucho más que ella. Y no podía soportar ver una mirada de lástima en sus encantadoras facciones. No, eso lo destruiría por completo.

Alcanzando la botella, decidió que una pequeña siesta era necesaria. Tal vez para los próximos días.

———

—Tengan cuidado —gritó Cam mientras el cochero y el lacayo lo sacaban del carruaje y lo subían a una larga camilla, como la llamaba su médico, que había sido transportada desde Londres y transportada en el techo del coche—. No sean torpes, amigos míos. Todavía no he producido un heredero.

Ambos hombres se rieron, lo que alegró a Cam, pues sabía que había sido un grano en el culo para ellos durante todo el viaje. En algún momento, incapaz de soportar las incesantes horas de camino, su madre había decidido parar en una posada. Llegaría a Bedford al día siguiente, deteniéndose solo para dejar a Beryl en la cercana casa de sus padres.

Cam no los envidiaba ni un poco. El alivio de estar por fin en Turvey le invadió como la lluvia en un día caluroso. No podía esperar a acostarse en su propio colchón relleno de plumas. De hecho, no recordaba la última vez que había deseado irse a la cama si no era para recibir los placeres de una hábil y deliciosa mujer.

De repente, ya no le importaba este último viaje humillante y doloroso de unos pocos metros. Apenas victorioso, estaba llegando a casa y siendo llevado por hombres fuertes, desde el carruaje a través de su propia puerta principal y hasta su dormitorio, que había sido el de su padre hasta hacía cuatro años.

En cualquier caso, el viaje en la camilla de lona y madera

le pareció más suave que toda la excursión desde Londres. Al levantar la cabeza, vio el familiar mechón de pelo negro de su administrador de la finca, Grayson O'Connor, que incluso en ese momento tenía agarrados los dos palos delanteros, manteniéndolo firme y nivelado.

—Gray, ¿me tienes? —Cam se sintió de repente casi mareado por estar en casa. Y también por la generosa cantidad de láudano que de pronto parecía su mejor amigo.

—Sí, milord.

Cam se rio.

—Nada de «milord» entre nosotros. Recuérdalo o te tiraré de las orejas como cuando éramos muchachos.

—Te refieres a cómo intentabas hacerlo.

Gray había estado en la finca casi desde que Cam podía recordar, siendo el hijo de un sirviente originario de la casa del tío de Cam, a unas pocas millas de distancia. Cam no recordaba por qué su tío había enviado al joven Gray a Turvey House cuando ambos eran solo unos niños, pero siempre se había alegrado de tener un compañero cercano. Y aunque gran parte de su educación, así como su futuro, eran muy diferentes, habían jugado e incluso peleado como hermanos.

Gray lo llevaría arriba con seguridad. Cam no tenía ninguna duda, y así, volvió a cerrar los ojos.

La siguiente vez que se despertó, estaba en su cama. Miró a su alrededor y se aseguró de que su láudano estuviera a su lado, porque cuando el dolor volvió, le robó el aliento.

Como solía hacerlo la sonrisa de Margaret. Sí, exactamente así.

Había aprendido a no moverse demasiado cuando se despertaba. Su pierna derecha estaba enyesada y elevada en una especie de cabestrillo, como había estado en el carruaje. El doctor Adams pensaba que este era el mejor ángulo, pero hacía imposible que Cam se pusiera de lado. Cuanto más sabía que no podía, más deseaba hacerlo por encima de cualquier cosa.

Por lo que entendía, el siguiente inconveniente iba a ser el picor. Su médico le había advertido que su piel empezaría a hacerle cosquillas bajo el yeso hasta casi volverlo loco.

Mirando de nuevo el láudano, esperaba tener suficiente para aguantar hasta que se recuperase. Sabiendo que había más botellas en su baúl, se concentró en su entorno. Su habitación tenía el mismo aspecto de siempre: paredes gris paloma y revestimiento blanco. Muy agradable.

Trató de sentarse empujando las almohadas con su brazo bueno, y gimió por la incomodidad. Recordando cómo Jenny Devere mencionó que quería pasear al aire libre en el momento en que supo que pasaría semanas encerrada, Cam podía ahora apreciar su deseo.

Supuso que debía alegrarse de que no se hubiera llamado a un herrero o a un barbero para que le arreglaran los huesos rotos. Por suerte, había contado con el doctor Philip Adams, el mejor cirujano que su familia conocía, que trajo suficientes ayudantes capacitados para ayudarle a colocar el hueso del muslo, el del tobillo y el del brazo, así como a sujetar con firmeza una costilla rota.

Habían necesitado dos hombres que siguieran las instrucciones del médico para luchar contra la contracción de los fuertes músculos de la pierna de Cam y poder colocar el gran hueso en su sitio y mantenerlo allí mientras Adams aplicaba finas férulas de madera y yeso extendido sobre los vendajes.

Por suerte, Cam se había perdido la mayor parte de la prueba debido al láudano y al alcohol, del que decidió recetarse su propia dosis.

También, por suerte para él, como le explicó el cirujano cuando Cam se despertó angustiado y con ganas de morir por el dolor de su cabeza y de su cuerpo, las dos fracturas de la pierna y la del brazo eran simples y limpias.

—¿Simples y limpias? —había preguntado Cam, apenas pudiendo murmurar las palabras.

—Sí, nada parece estar destrozado. No preveo que sufra ninguna gangrena o sea necesaria una amputación, pero vigilaremos los dedos del pie durante unos días.

¡Amputación!

—¿Mis dedos?

—Sí, para detectar signos de infección.

¡Cristo! Se había tomado otra dosis de láudano en ese momento.

Maggie caminó lentamente por el sendero hacia la mansión, pasando por Jonling Hall y el nuevo y misterioso propietario al que Jenny y Simon ya habían conocido, pero al que Maggie aún no había sido presentada. Era un hombre. Un hombre soltero. Un hombre atractivo en edad de casarse, según su hermana, y emparentado de lejos con Simon. Un bastardo, había determinado Maggie, y además rico.

Normalmente, todas esas cosas habrían bastado para que se sintiera mareada de emoción y ansiosa por ser presentada lo antes posible. Sin embargo, se dio cuenta de que no podía reunir ni una pizca de interés.

John yacía herido en alguna parte, y ella no tenía forma de llegar a él, ni ninguna razón para hacerlo que pareciera plausible.

Había pasado una semana desde que se enteró del accidente. Cada día, cuando iba a la mansión para hacer compañía a Jenny y ayudar a su pequeño sobrino, Maggie esperaba que hubiera más noticias. Pero nunca había ninguna.

—Ahí estás, Mags. —Jenny parecía bien descansada, todavía en su cama como una niña mimada, tal y como Eleanor había bromeado el día anterior.

—Se me permite ser una niña mimada todo el tiempo que quiera. Déjame decirte que producir suficiente leche para alimentar a Lionel es agotador. Siempre estoy cansada, sedienta o hambrienta.

—Y él también —declaró Eleanor cuando el bebé empezó a llorar de nuevo. Jenny les dijo a sus hermanas que el sonido de su llanto le producía un cosquilleo en los pechos.

—¿No es todo fascinante? —Eleanor había expresado lo mucho más interesante que era la reproducción humana que cuando había visto a los animales aparearse, reproducirse y amamantar. Ante esa afirmación, Maggie y Jenny habían intercambiado una mirada y habían decidido cambiar de tema.

Hoy, Eleanor estaba en otra parte.

—¿Dónde está Simon? —preguntó Maggie, ya que normalmente su señoría rondaba cerca hasta que llegaba una de las mujeres Blackwood para hacer compañía a la nueva madre.

Jenny agitó la mano.

—No lo sé. Trabajando en algún sitio, supongo. Está intentando hacer muchas cosas antes de irse a Bedford.

—¿Bedford? —preguntó Maggie—. No mencionaste ayer que se iba.

Jenny había estado menos concentrada de lo habitual desde antes de que naciera Lionel. Sin embargo, esto parecía demasiado importante para haberlo olvidado, sobre todo, porque su hermana sabía de su interés por la salud de John.

—Así es —dijo Jenny—, pero ayer no lo sabía. Simon no ha querido apartarse de mi lado, ni del de Lionel, por supuesto. Pero ha estado bastante preocupado y nervioso por Cam. Le dije que fuera a ver cómo estaba. Anoche, cuando nos metimos en la cama, y Lionel dormía plácidamente, Simon dijo que estaba considerando hacer un viaje en unas semanas.

—¿Semanas? —repitió Maggie, distraída. Quería marcharse de inmediato. Por otro lado, odiaba dejar a Jenny y a Lionel.

—Sí. Ha decidido esperar hasta que el bebé tenga al menos un mes, como si ese fuera un número mágico.

Intercambiaron una mirada de comprensión. Ninguna edad de la infancia, ni siquiera de la niñez, era segura, pero solo se podía vivir con miedo durante un tiempo. Maggie conocía a muchas familias que habían perdido a sus hijos. Incluso John le había contado cómo sus padres habían perdido a otros dos bebés, dejándole a él como único heredero.

John, el único heredero, que casi había muerto en un ridículo accidente de carruaje.

—Pobre *lady* Cambrey —murmuró Maggie.

—Sí, en efecto. Debe de haber estado fuera de sí por la preocupación.

—Me pregunto cómo estará él ahora —aventuró Maggie, por si Jenny se había enterado de algo más.

Su hermana se encogió de hombros.

—Si recibimos otra carta, te lo haré saber. Creí que desde el principio habías desarrollado una tendencia hacia él. —Jenny la observó con atención—. Sin embargo, antes de dejar Londres, pensé que me había equivocado por completo. ¿Es así?

Maggie no sabía qué decir. Si empezaba a entrar en detalles sobre lo que había sucedido, se pasarían horas discutiendo desde todos los ángulos, tratando de decidir cómo Maggie se había equivocado tanto. Pero ¿y si Jenny también había sido testigo de lo que Maggie había pensado: que John estaba interesado en ella?

Decidida a compartir parte de su historia, Maggie se sentó en la cama.

—Tienes razón. Durante un tiempo creí que él y yo podríamos ser compatibles. Pero no había tenido suficiente experiencia con los hombres para conocer mis sentimientos. O los suyos. Luego se encariñó con *lady* Chatley.

Jenny levantó las cejas.

—Jane Chatley es una persona encantadora, pero no se te parece en nada.

—Bueno, ¡muchas gracias!

—No, no, Mags. —Jenny le tendió la mano—. Me refiero a que si le gustas a Cam, me parece extraño que se enamore tan fácilmente de Jane, tan sosa en comparación. Además, ella es….

Cuando Jenny dudó, Maggie le dedicó unos cuantos adjetivos.

—Es inteligente, serena, educada. Seguramente también es organizada, capaz, obediente y leal. Y aburrida como el agua de fregar.

—¡Mags! —protestó Jenny—. No sabemos con certeza si es serena.

Las dos rompieron en carcajadas.

—Es justo —coincidió Maggie—, pero parece ser el colmo de la feminidad, alguien que cualquier hombre querría tener dirigiendo su casa y criando a sus hijos.

—No más de lo que cualquier hombre querría que tú hicieras lo mismo. Y tú tienes un brillo, esos ojos, tu boca… Vamos, querida hermana, sabes que tienes ese algo especial. Siempre has hecho girar las cabezas hacia ti.

—Sin esfuerzo —aceptó Maggie sin arrogancia—. Con tanta facilidad que no creo que sepa cómo hacerlo a posta. No podía ser directa, y tampoco dejar que un hombre me besara.

—Espera —dijo Jenny, reprimiendo un grito—. No habías dicho nada de un beso. ¿Con Cam?

Maggie sintió que sus mejillas se sonrojaban, pero no le respondió.

—Eso lo cambia todo, ¿no crees?

—¿Por qué? —preguntó Maggie—. ¿Cómo lo cambia?

—Cam es el mejor amigo de Simon. No jugaría contigo, no con la cuñada de su mejor amigo. Le debes de gustar mucho.

—No, estoy bastante segura de que le gusta *lady* Chatley. Los vi juntos y los oí hablar.

Jenny frunció el ceño.

—Oh.

—Pero confieso que me sigue gustando, a pesar de que he conocido a otros caballeros.

—¿Y también te han besado? —Jenny lo preguntó en broma, pero cuando Maggie guardó silencio, la sonrisa de su hermana se apagó.

—Oh.

—Deja de decir eso.

—En cualquier caso, creo que deberías ir a ver a Cam —decidió Jenny—. Todos éramos amigos antes de que empezara la temporada, antes incluso de que Simon volviera del extranjero. Además, como amiga de la familia, podrías ir a Turvey House a darle recuerdos.

Maggie no estaba convencida de que fuera una buena idea, pero su hermana sí que lo estaba.

—Es perfecto —añadió Jenny—. Puedes ir como mi representante. Cuando Simon vaya dentro de unas semanas, le acompañarás tú, ya que yo no puedo.

—En primer lugar, nadie tiene un representante para su esposa. Eso es ridículo. No puedo presentarme como la sustituta de la condesa Lindsey.

—Es cierto, pero puedes decir que estaba tan preocupada como para enviarte en mi lugar.

La idea de volver a verlo hizo que los latidos del corazón de Maggie se aceleraran, aunque sus dudas persistían.

—¿Y si John no se alegra de verme, sobre todo, si está gravemente herido?

Jenny gruñó de forma poco femenina.

—¿Qué hombre no quiere la atención de una mujer

hermosa?

—Uno que preferiría tener a Jane Chatley junto a su cama.

Lionel, acurrucado en su cuna, comenzó a llorar.

—Pásamelo, ¿quieres?

—Te ha besado más de una vez —dijo Jenny mientras Maggie colocaba al bebé en los brazos de su hermana—. Y no sabes si él a besado a Jane.

Maggie negó con la cabeza.

—No puedo dejaros a ti y a Lionel.

—¿Podrías servirme un vaso de agua? —le preguntó Jenny a la vez que se bajaba el camisón. De inmediato, el bebé comenzó a chupar ruidosamente.

—Tonterías. Estoy aquí para cuidar de Lionel. Él es mi responsabilidad.

—¿Y quién cuidará de ti? —preguntó Maggie, entregándole a Jenny el vaso—. Estarías ahí tirada en una agonía de sed si yo no estuviera aquí cuando tu hombrecito se alimenta.

—Mamá estará conmigo. Sabes que viene todos los días después de comer. Quiere pasar mucho tiempo con su primer nieto.

Así, dos semanas después, Maggie, con una criada de los Devere como acompañante, partió hacia Turvey House con su cuñado. Si Simon pensó que era extraño que su esposa le hubiera encomendado a su hermana, no lo dijo. De hecho, después de enviar a la doncella al otro carruaje junto con el ayuda de cámara de Simon, se relajaron y charlaron como viejos amigos.

Fue una buena compañía para el viaje, y Maggie llegó a apreciar más lo que su hermana veía en el antiguo lord

Desesperado. Es más, con sus historias de Birmania y del continente, así como del pueblo de Sheffield cuando era un niño, consiguió distraerla de las mariposas que se agolpaban en su estómago ante la idea de volver a ver a John.

En un momento dado, se atrevió a preguntarle por sus días en Eton, sabiendo que Simon había conocido a John allí cuando solo tenía trece años. Por suerte, en casi todos sus recuerdos aparecía el descarado vizconde de Cambrey, que un día sería conde. Se peleaban en el patio, metían whisky de contrabando en los dormitorios y escondían pasteles calientes en los bolsillos para picar durante las clases. En resumen, se divertían como todos los chicos.

—Y siempre nos cubríamos las espaldas unos a otros. Toby también —dijo Simon, mencionando a su primo, ya fallecido, que había muerto en la guerra de Birmania, una experiencia terrible de la que el conde apenas salió vivo.

—Probablemente Cam también habría ido a la guerra si su padre no hubiera fallecido.

Maggie asintió.

—Supongo que cuando uno se convierte en conde a una edad temprana, y es el único heredero, el deber con la familia debe ser lo primero.

Simon esbozó una sonrisa irónica.

—Creo que el orden es primero Dios, luego la reina y el país, y después la familia, pero creo que Cam hizo lo correcto. Su madre lo necesitaba, y él no es de los que defraudan a una dama.

Maggie le lanzó una mirada para ver si su cuñado quería decir algo más con sus palabras, refiriéndose de alguna manera a John y su trato con ella o con Jane. Pero no. Por su expresión, no había ningún significado oculto.

—A ti también te han puesto la carga de un condado. ¿Cómo lo llevas?

—Gracias por preguntar. No lo llevaba bien hasta que conocí a tu hermana, como sabes. Ahora os tengo a todas los Blackwood como familia, a lo cual me he acostumbrado, y confieso que me gusta. —Le lanzó otra sonrisa—. Tu madre se ha relajado un poco, lo suficiente como para empezar a tratarme como un hijo en lugar de un conde. Eso también me gusta. Cuando Cam consiga una esposa, supongo que tendrá una familia como la mía. Espero que tenga la misma suerte.

Por sus palabras, Maggie decidió que Jenny le había guardado su secreto y que Simon no sabía nada de los sentimientos que ella pudiera tener por su amigo.

—Eleanor estaba de mal humor cuando se enteró de que no iba a venir.

—¿Por qué? —Simon parecía desconcertado.

—Ah, ¿no sabías que se hizo muy amiga de la prima de lord Cambrey, Beryl? Creo que vive cerca.

—Ya veo. Sí, su padre es el hermano menor del padre de Cam. Viven a unos pocos kilómetros de distancia. Puedo entender por qué Eleanor estaría molesta. Y con su naturaleza, sin duda se lo hizo saber a todos en su casa de campo. ¿Me equivoco?

—En absoluto.

Simon se puso serio por un momento.

—Sin embargo, hiciste bien en no permitirle a Eleanor acompañarnos. No tengo ni idea de la gravedad de sus heridas, y puede que verlo en ese estado no sea algo bueno para una chica de su edad.

—Eso es lo que también pensaba mi madre.

La miró de reojo.

—Puede que tú misma lo encuentres un poco desagradable. Creo que es muy valiente por tu parte venir, y aprecio tu compañía.

¿Valiente? ¿Qué esperaba que encontraran?

A primera hora de la tarde del día siguiente, después de pasar la noche en una posada, mientras el carruaje se detenía en el gran patio que había frente a Turvey House, Maggie estaba a punto de averiguarlo.

Capítulo 10

Cam se despertó de un largo y profundo sueño, odiando la sensación de aturdimiento que lo recibía cada vez que abría los ojos. Sabía que era por el láudano, pero también sabía cuánto le dolía todo si descuidaba una dosis. En algún momento, supuso, tendría que afrontarlo. Pero no hoy.

Llevaba una semana en casa, quizá ya dos, y nada había cambiado ni veía ninguna esperanza en variar de la monotonía de cada día. Pasaba casi todos los momentos en la cama. El doctor Adams había dicho que su mejor esperanza era recuperar el uso completo de su pierna, manteniéndola levantada e inmovilizada. Su ayuda de cámara lo bañaba regularmente con una esponja y le llevaban la comida a su habitación.

Es cierto que su madre había llegado, y su compañía, aunque bienvenida, era a veces tediosa. No necesitaba oír hablar de cada uno de los miembros de la sociedad, tanto si se comportaban bien como, si se comportaban mal, lo que era más probable. Ahora sabía más de lo que nunca pensó que sabría sobre sus variables cortejos y asuntos del corazón.

De hecho, lo único constante en la alta sociedad durante el final de la temporada era su desesperado cambio de asociaciones. Las parejas se reorganizaban como si la vida de la gente fuera un baile complejo.

Tampoco le importaba la última moda francesa, que a su madre le encantaba analizar y relatarle con un detalle insoportable. Al cabo de unos días, tuvo la sensación de que sabía demasiado sobre los adornos de encaje y la caída correcta de un escote. Eso, tuvo que admitir, despertó su interés, imaginando cuánta piel vería con cada corte de tela.

Todos los detalles de la temporada, e incluso de la moda, conducían a Margaret. Tras el nacimiento del hijo de su hermana, imaginó que ella se había apresurado a volver al sur, a Londres, para exprimir la emoción de las últimas semanas de eventos sociales.

—No necesito que me leas los diarios —le dijo Cam a su madre por enésima vez, cuando esta entró después de su comida matutina, cargada con pilas de periódicos.

Le encantaba el lujo de recibir la prensa cuando estaba fuera de la ciudad, y los recibía por correo cada dos días.

—Sé que no me necesitas, querido muchacho, pero me resulta más agradable compartirlos contigo que leerlos sola. Y no quiero que te agobies leyéndomelos.

Sin duda, seguía preocupada por su ojo derecho. Aunque le parecía que tenía menos visión lateral que antes del accidente, aparte de eso, parecía haber mejorado mucho.

—Lo que te preocupa es que te omita las partes jugosas —se burló Cam dando un sorbo de té, lo cual todavía le resultaba incómodo hacer con la mano izquierda—. Muy bien, si insistes en leerme como si fuera un niño, entonces lee las noticias del gobierno. Después de que me cuentes la nueva circunferencia de los polisones para la temporada navideña —añadió al ver la expresión cabizbaja de su madre.

Ella se rio, se sentó en el extremo de su cama y extendió los periódicos.

Bien, pensó él. Rara vez la había visto relajada desde que se había despertado en su casa de Cavendish Square en un mundo de agonía y desconcierto. Qué accidente tan molesto y tan evitable. El otro tipo había muerto al volcar su carruaje, con la cabeza hecha añicos sobre el adoquinado.

No era la primera vez que Cam agradecía a Dios que su destino no hubiera sido el mismo, al menos por el bien de su madre. Puede que no fuera tan guapo como antes, pero había vivido para llevar el apellido Angsley y el condado de Cambrey a su familia.

Mientras su madre empezaba a leer, apretó la mano derecha en un puño, con dolor, pero soportable. Y luego movió los dedos de los pies, o lo intentó. No estaban gangrenados, de lo cual estaba inmensamente agradecido, pues no le apetecía tener una pata de palo. Sin embargo, no se movían como debían. Mirando fijamente el pie que sobresalía de la escayola, intentó de nuevo mover los dedos.

¿No le temblaba el dedo gordo del pie?

—Madre —interrumpió su lectura—. Estás más cerca que yo. Mira mi pie y dime si mis dedos se mueven.

—¿El pie derecho, querido?

—Sí, el pie derecho, por Dios. El que está al final de mi pierna maltrecha.

—No hace falta que grites, querido. Al menos, no está hinchado.

—¿Cómo podría estarlo? No tiene sangre, en mi opinión. Tengo el pie entumecido por haber estado levantado en el aire tanto tiempo.

—Tampoco hace falta que digas palabrotas —le amonestó ella mientras se levantaba y se inclinaba sobre su pie—. ¿Ahora los estás moviendo?

—Sí —dijo él, sintiéndose irracionalmente irritado. Desde luego, no era culpa de ella.

—*Umm*. Hazlo de nuevo.

—Lo hago, madre.

Ella acercó aún más su cara, y él esperó que su pie oliera a fresco después de su reciente limpieza.

Entonces ella se enderezó y lo miró, y su cara le dijo a Cam todo lo que necesitaba saber.

—Dale más tiempo —dijo ella.

Eso era todo lo que tenía, tiempo. Se sentía un bulto inútil, incapaz de mover bien los dedos de sus pies.

—Sigue leyendo —dijo él, sabiendo que sonaba autoritario y malhumorado.

Su madre continuó durante las siguientes horas.

El resto del día lo pasó durmiendo la siesta, comiendo, estirando sus miembros sanos y mirando su botella de láudano hasta que entró Gray. Como un reloj, su madre lo visitaba cada mañana y Gray, a última hora de la tarde.

Hoy, Cam tenía la intención de dictar una carta a su gerente de negocios en Londres.

—Podrías intentar aprender a escribir con la mano izquierda —dijo Gray después de acercar una silla junto a la cama y apoyar su soporte de escritura sobre el colchón—. Probablemente quedaría tan bien como mi rayado de pollo.

Cam apenas esbozó una sonrisa.

—Espero que estés bromeando conmigo sobre ambas cosas. En primer lugar, no quiero aprender, ya que implica que mi brazo derecho podría no funcionar correctamente cuando me quiten esta maldita escayola dentro de un mes. Y me pica el brazo, por cierto. —Arrugando la nariz, miró el maldito yeso—. En segundo lugar, será mejor que escribas lo más claro posible. No se trata de una frívola carta de amor o de una lista de ropa sucia. Se trata de un negocio, y si se hace bien, pagará las facturas.

—La gente se rompe los huesos todos los días. Su brazo estará bien. ¿No dijo eso el médico?

¿Lo dijo? Cam no lo recordaba.

—Además —continuó Gray—, no he tenido la oportunidad de decírtelo, pero he invertido como sugeriste. —Movió las cejas y ofreció a Cam una sonrisa de suficiencia.

—¿Sí? ¿Cómo te fue?

—Bastante bien. Por lo tanto, si los negocios no funcionan como espera, podría ser yo quien tenga que pagar las facturas.

Cam asintió.

—Espero que estés siendo demasiado cauto en tus apreciaciones, solo eso.

Gray sonrió.

—Lo dice el hombre que yace inmóvil en un cabestrillo.

Ofreciéndole su expresión más agria, Cam sintió ganas de gruñir.

—No fue culpa mía. Soy un buen conductor, ya lo

sabes. El otro tipo era un tonto. —Hizo una pausa y se dio cuenta de que no sabía nada del otro hombre, excepto que estaba muerto—. Espero que no haya dejado demasiados seres queridos.

—Lo investigaré si quieres —se ofreció Gray.

Cam asintió.

Luego, comenzó a dictar sus deseos con respecto a sus inversiones. Ahora que disfrutaba de los beneficios curativos del láudano, se preguntaba si su dinero estaba siendo utilizado para vender opio indio a China, dando a la Compañía de las Indias Orientales suficientes fondos para comprar té chino, que en la actualidad parecía estar en todos los hogares de Inglaterra y Escocia.

Cuando las largas sombras del atardecer tiñeron la habitación de Cam de un azul oscuro, Gray encendió las lámparas y se fue a vigilar la cena, que habían tomado juntos con una conversación amena. Cam le comentó a Gray sobre el último año en Londres, y Gray le contó los pormenores de la finca, así como cualquier noticia de la propiedad del tío de Cam, que estaba cerca a la suya.

—¿Tu madre goza de buena salud? —preguntó Cam, sintiéndose un poco avergonzado por no haberlo hecho antes.

La madre de Gray era ama de llaves en la casa de su prima Beryl, y trabajaba para los tíos de Cam. O tal vez ahora estaba jubilada en algún lugar. No lo sabía.

Gray asintió.

—Mejor que tú, te lo garantizo.

Cam trató de golpearlo con la mano izquierda, sintiéndose como una niña que golpea a un jabalí. ¡Ridículo!

Fingiendo agacharse como si Cam fuera una amenaza real, Gray se rio, casi volcando la comida de su bandeja sobre su regazo.

—Todavía no está en la vieja posada del granero.

Los tíos de Cam tenían algunos sirvientes que vivían en un granero modificado, los más viejos que no tenían otro lugar donde ir y que ya no podían ofrecer mucho servicio.

—Mamá sigue siendo una de las dos criadas encargadas de la costura —continuó Gray—. A ella no le importa. Dice: «¿Qué más puedo hacer?», y luego sigue con que no le he dado ningún nieto.

—Supongo que ambos debemos empezar a pensar en los herederos —dijo Cam.

—Sobre todo, tú.

Un golpe en la puerta le interrumpió.

—Adelante —dijo Cam de inmediato, pues cualquier cosa fuera de lo común era bienvenida.

Su mayordomo, Cyril, entró y se inclinó.

—Milord, tiene visita.

—¿Visita? —preguntó Cam, estupefacto ante la idea de que alguien hubiera llegado sin invitación.

Por lo general, si no estuviera aburrido hasta la saciedad por la rutina de cada uno de sus días, Cam habría estado dispuesto a decirle a su mayordomo que los mandara a paseo de inmediato.

Mientras dudaba, Cyril añadió:

—Sí, milord, el conde de Lindsey ha llegado con su...

—¡Simon! ¿Está aquí? —Contento, Cam miró a Gray, que se limitó a encogerse de hombros con buen humor. Gray conocía a Simon, por supuesto, de cuando su amigo solía visitarlo a lo largo de los años, pero no tenían la estrecha conexión por haber ido a Eton como ellos.

—Que suba enseguida. —Cam tuvo ganas de saltar de la cama—. ¡Maravilloso! —Luego gimió de dolor.

—¿Qué pasa?

—Demasiado entusiasmo —dijo Cam, alcanzando su láudano—. Dios todopoderoso. Todo este descanso será mi muerte. Mis músculos se olvidarán por completo de cómo trabajar si no tengo cuidado.

Capítulo 11

Maggie, con Simon paseando cerca, esperaba en el espacioso salón a que regresara Cyril, el mayordomo de Turvey House. Su criada y su ayuda de cámara estaban sentados discretamente en un extremo de la habitación. Desde el momento en que Maggie había entrado, un velo de timidez la había cubierto al estar en la casa de John, sobre todo, por no haber sido invitada.

Al oír los pasos, se tensó. Cuando *lady* Cambrey entró, Maggie sintió como si su rostro se congelara en una sonrisa de mal humor. En cualquier caso, la madre de John se dirigió directamente a Simon, a quien conocía desde hacía muchos años.

—Qué bien que hayas venido, querido muchacho —dijo *lady* Cambrey, acercándose a él para ofrecerle y recibir un abrazo reconfortante. Luego miró a Maggie y frunció el ceño.

Tras una profunda reverencia, Maggie balbuceó:

—He venido a... a... —¡Dios mío! ¿Por qué había venido?

—Oh, me alegro mucho de que estés aquí —dijo *lady* Cambrey—. Es solo que esperaba encontrar a *lady* Lindsey. Naturalmente, eres bienvenida. —Y le dio a Maggie un breve beso en cada mejilla.

—Mi esposa acaba de dar a luz a nuestro hijo —explicó Simon—, o también habría venido. Ella también considera a John como su amigo.

—Por supuesto, sí. Enhorabuena. No hay nada como un hijo —murmuró la anciana, y Maggie vio que sus ojos se llenaban de lágrimas. Sin embargo, en un momento, con visible determinación, *lady* Cambrey se armó de valor y respiró hondo.

—¿Qué puedo ofrecerte? Debes de estar hambrienta y sedienta.

Antes de que pudiera decir más, el mayordomo regresó.

—Lord Cambrey le pide que suba a su habitación —dijo el sirviente inclinándose hacia Simon—. ¿Puedo mostrarle el camino, milord?

—No, ya sé dónde está. —Miró a Maggie—. ¿Puedes esperar aquí?

—Por supuesto que sí —respondió por ella *lady* Cambrey—. Haré que le traigan comida y que suban la suya a la habitación de John. De todos modos, suele comer allí, ya que no ha bajado desde que llegó a casa.

El corazón de Maggie se encogió y, al mismo tiempo, la tensión nerviosa desapareció. Por un lado, se sentía mal porque John estaba ahora secuestrado en su dormitorio. Por otro lado, podía aplazar su visita. Tal vez no habría una expresión de bienvenida en su apuesto rostro. Al menos, Simon podría avisarle de que ella estaba allí, y John podría permanecer en su alcoba y no tener que hablar con ella si así lo deseaba.

—Cyril. —*Lady* Cambrey se dirigió al mayordomo—. Una comida para lord Lindsey arriba, y lo mismo para la señorita Blackwood aquí. Y luego haz que preparen dos habitaciones.

—Sí, señora.

Con eso, tanto Simon como el mayordomo se marcharon, al igual que los sirvientes que habían traído de Belton y que se encargarían de desempacar sus cosas y colocarlas en su sitio.

—Siento haber venido —soltó Maggie cuando se quedó a solas con *lady* Cambrey—. Me pareció una buena idea hacerle compañía a mi cuñado en el viaje en el momento en que mi hermana lo sugirió. Pero no quiero causarle molestias.

—Tonterías. Estuve encantada de conocer a tu familia en Londres e igualmente feliz de tenerte aquí conmigo, en Bedford. —La dama caminó hacia uno de los dos grandes sofás enfrentados ante la chimenea—. Por favor, siéntate, querida niña.

Maggie hizo lo que se le dijo, relajándose. Después de todo, aunque esta mujer tuviera su corazón puesto en que *lady* Jane Chatley fuera su nuera, difícilmente podría molestarle que Maggie se sentara en su salón, sin tener ningún derecho sobre su hijo.

—¿Cómo está lord Cambrey?

La anciana sonrió ligeramente.

—Todavía pienso en mi marido cuando alguien dice

esas palabras —confesó—. Han pasado cuatro años desde su fallecimiento. Ya no estoy de luto, por supuesto, pero no he terminado el duelo, ya me entiendes.

Maggie asintió.

—Creo que a mi madre le ocurre lo mismo.

Maggie deseaba desesperadamente saber cómo estaba John. Simon se lo contaría más tarde, pero después de haber llegado hasta aquí y estar ahora a solo un piso de distancia de él, Maggie ansiaba conocer su estado.

—Mi hijo ha mejorado mucho desde el día del accidente. Nunca he estado tan asustada como cuando lo vi entrar en el vestíbulo en una camilla con dos agentes. Beryl lo vio primero y empezó a gritar. Tenía la cara llena de sangre —añadió *lady* Cambrey—. Me alegré mucho de que tuviéramos nuestro escudo pintado incluso en el pequeño *tilbury*. De lo contrario, podría haber acabado en uno de esos hospitales sucios y llenos de enfermedades.

Imaginando la cara ensangrentada de John, Maggie asintió, aunque no tenía ninguna opinión sobre el estado de los hospitales londinenses, solo se alegraba de no haber necesitado nunca los servicios de uno.

Una criada entró con comida en una bandeja y la puso sobre una ingeniosa mesa plegable, que colocó frente a Maggie.

—¿Le apetece una copa, señorita?

Mirando a su anfitriona, que no estaba bebiendo nada, Maggie dudó.

—Un vaso de vino de Renania para cada una —le dijo *lady* Cambrey a la chica, que hizo una reverencia y se apresuró a marcharse—. Ahora come tú, y yo seguiré hablando. No sabes cuánto me alegra tener a alguien con quien poder conversar sobre mi hijo. —Maggie asintió y comenzó a comer—. Estoy acostumbrada a tener a mi sobrina Beryl conmigo en Londres, y luego estaba la dulce *lady* Chatley, que ayudó a John con el banquete de cricket. ¿Asististe? Me temo que no lo recuerdo.

La comida se convirtió en un duro nudo en la parte posterior de la garganta de Maggie ante la mención tanto de Jane como del banquete.

—Sí —graznó y luego tosió. ¿Dónde estaba ese vino?—. Asistí. Estuvo muy bien organizado. Mi hermana menor, Eleanor, a quien quizá recuerde, también estuvo allí. Se ha hecho muy amiga de Beryl.

—Oh, sí, Eleanor. La próxima vez que vengas, puedes traerla contigo. Podría quedarse con el hermano de mi marido y su mujer, que viven no muy lejos, y visitar a Beryl mientras tú estás aquí.

Qué invitación tan extraña y a la vez tan acogedora. Esta visita apenas había comenzado, y *lady* Cambrey ya estaba pensando en la siguiente.

—¿Y cómo está tu madre? —preguntó la mujer mayor, aunque todo lo que Maggie quería era saber más sobre John.

—Está bien, gracias por preguntar. Actualmente, está disfrutando con entusiasmo de ser abuela por primera vez. El bebé se llama Lionel.

—¿Lionel? ¿Así es como Simon ha llamado a su hijo? Cielos, qué nombre tan elegante y fuerte.

Suspirando, *lady* Cambrey no dijo nada mientras les traían el vino. Cada una levantó la copa hacia la otra otro en un brindis silencioso. Sin duda, ambas desearon la pronta recuperación de John Angsley.

—Me gustaría tener nietos —continuó *lady* Cambrey—. Cuando vi a mi John herido, cuando vi sus huesos rotos, pensé que ya no sería posible.

—¿Cuáles son sus heridas? —preguntó Maggie.

Quizá estaba siendo demasiado directa, incluso descortés, pero no podía esperar más.

———— ❧ ————

A Cam no le importó cuando Gray, después de saludar y charlar con Simon unos minutos, recogió su bandeja de la cena y se excusó. Simon se había encontrado con el administrador de la finca de Cam muchas veces, incluso antes de que Gray se convirtiera en tal, cuando no era más que un chico para todo, como el antiguo conde de Cambrey describía al joven Grayson O'Connor. Nunca fue un sirviente como lo era un lacayo o un ayudante de cámara, pero Gray siempre les había servido de alguna manera.

Simon, al igual que muchos de los amigos de Cam, no sabía exactamente qué hacer con la posición o el estatus de Gray, hasta que Cam lo convirtió en su administrador de la finca, elevándolo a la posición más alta que podía tener en Turvey House. Entonces su ambigüedad desapareció.

—Voy a ver cómo está la comida —le dijo Gray a Simon al llegar a la puerta—. Ah, no hace falta. Aquí está, la trae nuestra Tilda.

Abrió más la puerta para dejar pasar a una criada que llevaba una bandeja. Tras colocarla frente a Simon, que se sentó en una silla junto a la cama de Cam, la muchacha hizo una reverencia y se marchó con Gray.

Cuando se quedaron solos, Simon le dedicó una larga mirada.

—Te ves... —se interrumpió, frunciendo el ceño.

—¿Como si un carruaje me hubiera atropellado? —dijo Cam—. Bueno, lo hizo, o casi. El médico no dejaba de recordarme que si el hueso de la pierna o del brazo hubiera atravesado la piel, me habrían amputado el miembro. —Se estremeció, todavía incrédulo—. De todos modos, los malditos adoquines fueron los que más daño hicieron. Dime —preguntó, ofreciendo a Simon su perfil—, ¿he perdido mi buen aspecto?

—¡No sabía que lo tuvieras! —Simon sonrió y empezó a comer.

Cam se encogió de hombros.

—Dome la verdad. ¿Estoy horripilante? Es difícil ver mucho en el reflejo de la hoja de un cuchillo o en una cuchara sopera.

Simon dejó el tenedor.

—¿Quieres decir que no te has visto? Lo siento, pensé que estabas bromeando.

Mirando a su alrededor, se dio cuenta del problema, pues todos los espejos habían sido retirados.

—¿Tu madre está tratando de protegerte?

Cam asintió, levantando las manos para palpar las cicatrices donde le habían quitado los puntos.

—¿Te pican? —preguntó Simon—. Tu piel parece estar curándose bien.

—Ahora que lo dices, sí, pican. —Se frotó con cautela las cicatrices de ambos lados de su cara—. Al parecer, sangré bastante. Asusté a mi madre y a mi prima. No creas que no me he dado cuenta de que has evitado contestar. Vamos, ¿tan mal estoy?

Simon arrugó la cara con gesto reflexivo.

—Pareces un poco más duro que antes.

Cam gimió.

—No quiero parecer que he estado en una pelea de navajas.

—O en dos o tres. —Simon pinchó otra porción de asado con el tenedor—. La comida es excelente en Turvey, como siempre. —Cam le lanzó una mirada aviesa—. Además, tu aspecto de pirata probablemente te hará aún más popular entre las damas. Añade un poco de fuego a tu reputación.

—No quiero parecer un pirata —protestó Cam—. Y ya tenía bastante fuego antes, gracias. Ninguna hembra se ha quejado.

—Hablando de hembras, ¿debo mencionar a mi encantadora compañera de viaje? Sé que le gustaría verte, parloteará y te hará compañía durante horas.

La boca de Cam se abrió con sorpresa.

—¿Has traído a Jenny? ¿Por qué no me lo dijiste? ¿Y al bebé también?

Pero Simon ya estaba negando con la cabeza.

—No. Ella no quería viajar todavía, y Lionel, como lo hemos llamado, está con cólicos. Básicamente, es un terror llorón, a menos que tenga un pecho metido en la boca.

Cam se rio de la sinceridad de su amigo.

—Bueno, ¿quién puede culparlo en lo que respecta a eso? —Entonces tuvo que parar, poniendo una mano en sus costillas—. En realidad, duele reírse.

Simon hizo una mueca de dolor.

—No debería haber dicho lo que dije, ya que mi esposa es la que alimenta a nuestro hijo. No quiero meterte en el cerebro ninguna imaginación grosera, y tú no deberías haberte reído de mi impropio comentario. De todos modos, he traído a Maggie, y tengo que confesar que ya echo mucho de menos a Jenny y al bebé, así que será mejor que me aprecies mientras esté aquí.

Cam había dejado de escuchar después de oír el nombre de la joven. Sabía que su sonrisa también se había borrado de su cara. ¡Margaret estaba aquí! ¿En su casa? Y él estaba atrapado en la cama como un inválido. ¡Maldita sea!

—Iré a buscar a Maggie, ¿de acuerdo?

—No —ladró Cam, viendo una expresión de sorpresa en la cara de su amigo—. Por un lado, se está haciendo tarde. Ha tenido un par de días de viaje para llegar aquí. Mañana, tal vez —añadió. Luego negó con la cabeza—. Por el amor de Dios, Simon, mírame. No, pensándolo bien, deja que lo haga yo. Ve a buscar un maldito espejo.

Simon lo miró fijamente.

—Solo es Maggie.

—Solo es Maggie —lo imitó Cam con voz cantarina—. Tengo mi orgullo.

—Orgullo y vanidad, parece. ¿Sabes?, Jenny entró en mi habitación cuando yo era un lunático sentado en la oscuridad, con miedo a cerrar los ojos. Y eso no la asustó.

—Jenny es una excepción en su género. Además, tú tenías buen aspecto y el uso de tus extremidades. Nadie se iba a inmutar por ver tu cara. Es más, podrías ser un lunático y seguir bailando con ella, ¿no?

—Un lunático bailarín —consideró Simon—. Supongo, pero tenía más problemas de lo que sabes. Sin embargo, ahora no es el momento de entrar en ellos. Te buscaré un espejo. —Caminando hacia la puerta, miró hacia atrás y bromeó—. Espera aquí.

—Muy divertido.

Con un amigo así, Cam no estaba seguro de necesitar ningún enemigo. ¿Dejaría que Margaret lo visitara? ¿En su habitación? No lo sabía. ¿Por qué había venido? ¿Para verlo y llevar el informe a los salones de Londres?

En ese momento, decidió que se negaría a recibirla. No le debía una audiencia, no después de cómo lo había tratado en el banquete de cricket, precipitándose en los brazos de Westing en cuanto pudo encontrar un lugar privado para hacerlo.

En un minuto, Simon entró en la habitación con un gran espejo.

—Eso es de principios del siglo XVII —dijo Cam, reconociéndolo como uno que había estado colgado durante mucho tiempo en lo alto de la escalera—. Madre te matará si se daña.

—Llevar esta maldita cosa casi me mata —refunfuñó Simon, tambaleándose ligeramente con el objeto poco manejable—. Pero no podía ir a hurgar en las otras habitaciones para encontrar otro.

Lo dejó en el extremo de la cama y lo sostuvo en posición vertical, sosteniéndolo con ambas manos.

Cam tragó saliva, sintiendo un miedo repentino.

—Vamos —le instó Simon—. Te prometo que no es

tan malo.

Inflando las mejillas y soltando el aliento en un gran suspiro, Cam se esforzó por incorporarse y luego miró su reflejo.

—¡Cristo! —Los ojos de Cam se abrieron de par en par, apenas reconociendo su cara—. ¿No está tan mal? —susurró—. Al menos, me han mantenido bien afeitado, o parecería un mendigo de Bedlam.

—Mejor parecerse que serlo.

—Preferiría no hacer ninguna de las dos cosas. —Cam inclinó la cabeza, examinando el tajo que se había hecho en la frente y el que tenía en la mejilla. Alrededor del ojo derecho y sobre el pómulo, no le sorprendió ver los hematomas, pues habían estado sensibles durante mucho tiempo, pero ya no estaban hinchados. El corte que se había hecho con la lengua en el labio inferior estaba casi curado. Y donde se había raspado la barbilla y se había formado una costra, ahora había piel fresca y rosada. Posiblemente un poco cicatrizada, no podía estar seguro.

—No está tan mal —repitió Simon—. ¿No crees?

Sin apartar la mirada de sí mismo, Cam se acercó a tocar cada imperfección que podía ver claramente por primera vez. Incluso faltaba parte de su ceja derecha, por el amor de Dios.

—Tengo una pomada que mi ayudante de cámara se aplica dos veces al día. Es algo grasienta, pero se supone que ayuda a curar las cicatrices. Me la ha estado aplicando desde que me quitaron los puntos. Una experiencia deliciosa, debo decir.

Se quedó mirando un rato más. Milagrosamente, su nariz no se había roto, ni había perdido sus dientes delanteros.

—De alguna manera, sigo siendo un tipo jodidamente atractivo.

—Con un poco más de carácter —prometió Simon. Señaló con la cabeza el espejo—. ¿Puedo devolverlo ya a su sitio?

Cam dudó. ¿Era esta la cara de un hombre que podía conquistar a una belleza como Margaret Blackwood? Antes no había sido lo bastante bueno. Ahora, su cara había sido destrozada y estaba cosida. Y eso era solo la mitad. Su cuerpo todavía le dolía. ¿Y qué había de sus miembros?

—Llévatelo —le dijo a su amigo con brusquedad—. De hecho, estoy agotado. Probablemente tú también lo estés.

Simon asintió.

—Enviaré a tu ayuda de cámara y te veré mañana.

Cam asintió, deseando que su amigo se fuera pronto, de repente desesperado por estar solo. Sabía que debía darle las gracias por venir, pero no se sentía especialmente agradecido en ese momento. Cerró los ojos hasta que oyó a Simon marcharse.

Entonces se acercó y cogió su botella de láudano. Todo le dolía, y nada iba a mejorar por lo que veía. Al menos la tintura de opio lo relajó y le quitó la mayor parte del dolor. Se merecía esa pequeña bondad.

Lo siguiente que supo fue que un ruido lo despertó. Al abrir los ojos, vio a Margaret de pie ante él, una visión en seda blanca, escotada en la parte delantera y ceñida a su esbelta cintura, que se abría sobre sus torneadas caderas. Llevaba el pelo recogido, con la excepción de unos mechones sueltos que se aferraban a sus hombros y caían sobre sus pechos apenas ocultos.

El efecto era totalmente erótico, y definitivamente no era el aspecto adecuado para una debutante. Pero ya no estaban en un salón de baile londinense ante los ojos embelesados del público. No, estaban en su dormitorio. Simon debía haberla hecho subir después de todo, en contra de los deseos de Cam. No podía imaginar por qué no había querido que ella lo visitara.

—Te ves encantadora. —Con esas palabras, su virilidad se endureció como el tronco de un árbol.

Ella no dijo nada, simplemente se quedó de pie junto a la cama, mirándolo fijamente. ¡Maldita sea! Él no era un animal expuesto en los jardines de la Sociedad Zoológica.

—Di algo —exigió Cam.

Los exuberantes labios de Maggie, pintados de rosa y brillantes, se curvaron en una sonrisa. En lugar de hablar, empezó a desnudarse.

Decidiendo disfrutar, Cam sumió en el silencio.

Para su sorpresa, en lugar de lidiar con un millón de pequeños botones en la espalda, ella salió sin esfuerzo de su vestido de gasa, primero un hombro, luego el otro. Debajo, no llevaba corsé ni camisa. En un momento, sus pechos quedaron expuestos ante él, firmes y altos, con unos pezones rosados que también parecían brillar como sus labios.

Se le cortó la respiración. Era aún más magnífica de lo que había imaginado, y la había imaginado muchas veces de muchas maneras.

—Sigue —le suplicó.

Ella asintió y deslizó el vestido sobre sus caderas redondas, dejándolo caer al suelo enmoquetado. Sin nada más que un liguero y unas medias, su pubis estaba a la vista, con nada más que unos suaves rizos castaños encima.

A Cam se le quedó la boca completamente seca. Ansiaba chupar sus pechos y, más que eso, quería poner sus labios en su montículo y saborearlo. Su pene palpitaba agradablemente y esperaba que ella estuviera dispuesta a hacer algo al respecto.

—¿Quieres tocarme?

Capítulo 12

Sonriendo ampliamente, con los ojos brillantes, Maggie asintió y se acercó a la parte de él que más necesitaba su atención. Siguiendo su mirada, Cam se dio cuenta de que sus mantas ya estaban apartadas y su miembro se levantaba de forma impresionante. Gracias a Dios, no se había lesionado.

Al ver cómo ella cerraba sus dedos alrededor de él, gimió con anticipación, queriendo cerrar los ojos y disfrutar de ello, pero también queriendo seguir contemplando sus gloriosas y desnudas curvas. Al final, los párpados le parecieron demasiado pesados para permanecer abiertos, y dejó que se cerraran mientras ella empezaba a acariciarlo.

Arriba y abajo, ella hizo su magia. ¿Dónde había aprendido a hacer algo así? Mientras ella lo apretaba, Cam no tardó en llegar al punto de no retorno.

Oyendo su propio sonido gutural de placer, sintiendo el calor pegajoso en su muslo, Cam abrió los ojos de nuevo. Estaba solo, con su propia mano izquierda agarrando su verga, ahora flácida. Todavía tontamente esperanzado, miró por encima del lado de la cama, pero no había ningún vestido sobre su alfombra.

El sueño más vívido que había tenido nunca, y todo porque sabía que Margaret Blackwood estaba bajo el mismo techo.

A la mañana siguiente, Maggie se reunió con Simon en un soleado e informal comedor adornado con flores frescas y los deliciosos aromas del desayuno.

Su cuñado ya le había contado su opinión sobre el estado de su amigo la noche anterior, y luego se habían retirado, dejando a Maggie tumbada en la cama y pensando en cómo disimular el susto que pudiera sentir al verlo por primera vez. No debía dejar que John pensara que sentía repulsión o, peor aún, lástima.

Mientras comía un abundante plato lleno de huevos y tocino, solo quería ir a verlo.

—¿Cuándo puedo visitar a lord Cambrey?

Simon masticó, pensativo.

—Creo que su madre está con él por las mañanas. Cuando vaya a verlo a mediodía, le preguntaré si puedo llevarte.

¡Qué frustrante! Sin embargo, no podía irrumpir en su habitación. Tendría que esperar a que la invitaran. Mientras tanto, recorrería la casa y los terrenos de la encantadora finca como *lady* Cambrey había prometido.

Así, tras esperar a que la madre de Cam le leyera los

periódicos, Maggie pasó el día en su compañía, junto con el administrador de la finca, un hombre afable que le presentaron como el señor O'Connor. Tratando de no parecer demasiado entrometida, lo acribilló a preguntas sobre el estado de su empleador, a las que él respondió amablemente, pero con cierta vaguedad, como si protegiera la intimidad de John. Y así debía ser, pensó Maggie.

Sin embargo, cuando el primer día se convirtió en el segundo, y aun así, la habían postergado, comenzó a sentirse despreciada y molesta. Después de todo, como cuñada de Simon, era prácticamente de la familia.

No, razonó, eso no la hacía pariente de John Angsley en absoluto.

Sin embargo, haber venido hasta aquí, estar mental y emocionalmente preparada para visitarlo, solo para que le negaran el acceso, ¿cómo podría soportarlo?

Definitivamente no se trataba de ella, se recordó a sí misma por décima vez. Se trataba de John y, por lo que había averiguado, este disfrutaba de las visitas de Simon cuando estaba despierto y alerta. Al parecer, debido a los terribles dolores de John, su médico le había recetado una dosis diaria de láudano que podía provocar sueño o aturdimiento.

Pobre hombre.

El tercer día, se encontró con *lady* Cambrey al pie de la gran escalera central bajo la cúpula bien iluminada. Sabiendo que la madre de John subía a la habitación de su hijo, Maggie se había colocado en posición de interceptarla.

—Señora, ¿puedo acompañarla para ofrecerle mis mejores deseos a lord Cambrey?

—¿No has pasado a saludarlo? —Su madre parecía

sorprendida—. Por supuesto, debes hacerlo. No es necesario que te quedes al margen, querida niña. Si te preocupa tu reputación, creo que el hecho de que esté postrado en la cama con la pierna en cabestrillo es protección suficiente.

Maggie se sintió un poco como un fraude. Sabía que Simon había preguntado específicamente a John si ella podía subir, y que el conde había dicho que no. Ella no estaba a la altura. Significara lo que significara eso. Sin embargo, su madre no conocía los deseos de su hijo.

—Margaret, ¿por qué no le llevas estos periódicos? El cocinero ha dicho que hay un problema con el pato, y le dije que lo consultaría después de mi visita con John, pero lo haré ahora. No queremos que se retrase nuestra cena, ¿verdad?

Poniendo una pila de periódicos en las manos de Maggie, la anciana empezó a bajar la escalera principal. Al llegar abajo, se volvió y le ofreció una sonrisa alentadora.

—No seas tímida, querida niña. No te morderá, te lo aseguro. Puedes llamar primero, pero a veces está profundamente dormido. Por lo tanto, entra si no responde. Y por supuesto, despiértalo. El doctor dijo que no podemos tenerlo durmiendo todo el día y la noche, o se volverá como unas gachas.

¡Gracias! ¡John Angsley convirtiéndose en unas gachas!

Después de asentir a *lady* Cambrey, Maggie continuó su ascenso. Al instante, las mariposas volvieron a hacerle cosquillas en su interior.

—Bueno, allá vamos —murmuró, deseando tener el amortiguador de la madre de John con ella en caso de que él protestara por su presencia. Después de todo, no sería grosero con *lady* Cambrey en la habitación. ¿O sí?

Golpeó la puerta como sugirió la dama y, al no obtener respuesta, Maggie la abrió de un empujón, con el corazón latiendo a toda velocidad. Aunque el sol se colaba a través de las cortinas abiertas por la habitación gris pálido, la figura en la cama estaba tumbada e inmóvil.

Al acercarse a la cama de puntillas, Maggie se dio cuenta de que él estaba roncando. Tumbado de espaldas y, como había mencionado su madre, con la pierna levantada en un cabestrillo que colgaba de un artilugio de madera sobre la cama, John estaba casi inmovilizado.

Dejando que su mirada subiera por su cuerpo hasta la escayola del brazo derecho, lentamente, se empapó de su imagen, hasta llegar a su cara.

Maggie jadeó y se llevó una mano a la boca, alegrándose a la vez de que estuviera dormido mientras ella tenía tiempo de acostumbrarse a su aspecto. Dios mío, cómo debía escocer tener la cara abierta por dos sitios. ¡Y muy cerca de su ojo!

Su boca, que besaba tan divinamente, estaba casi intacta, salvo el labio inferior, que tenía un corte. De ahí hacia abajo, a través de la barbilla, presentaba muchos rasguños.

Sin embargo, después de estudiarlo unos instantes, se dio cuenta de que nada de lo que veía le quitaba su belleza innata, ni siquiera el extraño tinte amarillo verdoso de los moratones que se estaban curando.

Los puntos debían de ser muy limpios y uniformes, y obviamente los había hecho un cirujano experto. Una vez retirados, habían dejado heridas cicatrizantes de color rosa que muy probablemente acabarían siendo finas líneas blancas donde había estado cada tajo. Nada más. Y se desvanecerían con el tiempo.

Sin embargo, mirando sus dos heridas, ella esperaba que se recuperara por completo. Por lo que sabía de John Angsley, no le importaría por su forma habitual de vivir la vida.

Si se despertara de forma natural, ella no se sentiría como una intrusa. Sin embargo, parecía que tenía que despertarlo de alguna manera. Arrojando los periódicos sobre el extremo de la cama, se aseguró de que se abrieran sobre su pierna buena. Sin embargo, él no se movió.

Con las manos en las caderas, pensó en aclararse la garganta o empezar a tararear. Mirando los dedos de los pies, de repente, vio que se movían.

—Oh —exclamó en voz alta, y eso fue todo lo que necesitó. Él se despertó.

Él giró la cabeza mientras abría los ojos y sonrió ligeramente, pareciendo totalmente despreocupado por su presencia, casi como si la esperara.

—Me gustabas más con el vestido blanco —dijo, apoyando el brazo bueno detrás de la cabeza y ofreciéndole una sonrisa indolente.

Incluso con sus cicatrices y rasguños, tanto su rostro familiar como el brillo perverso de sus ojos hicieron que su estómago se revolviera, esta vez de forma agradable.

Maggie desvió su mirada hacia su vestido verde pálido. Le gustaba mucho. ¿Y a qué vestido blanco se refería? Casi nunca se vestía de blanco, ya que no destacaba bien con su pelo.

Encogiéndose de hombros, abrió la boca para saludarlo más formalmente cuando él suspiró.

—Hoy estás lenta, Margaret. Vamos, quítatelo. Déjame ver esos deliciosos pechos y los finos rizos de tu pubis.

Ella sintió que se quedaba con la boca abierta. ¡Sus deliciosos pechos! Su pubis. Sin palabras, lo miró fijamente.

Cuando él levantó su brazo libre y se acercó a ella, sus dedos se quedaron un poco cortos, rozando el dorso de su mano. Ella se apartó y sacudió la cabeza. ¿Acaso seguía durmiendo? Sin embargo, parecía totalmente despierto cuando frunció el ceño.

—Vamos. Mi miembro ya está a tope. —Mientras hablaba, John frotó su mano a lo largo del rígido bulto que había florecido bajo la manta, atrayendo su mirada hacia allí con fascinada incredulidad.

Acarició su miembro como un gato y luego volvió a sonreírle, comenzando a tirar de la manta hacia un lado, posiblemente para tener un mejor acceso.

—No —le ordenó ella, saltando hacia delante para sujetar la manta.

Tan pronto como estuvo a su alcance, la mano izquierda de John le agarró la muñeca.

—Te sientes totalmente real —dijo, acercándola aún más hasta que ella casi cayó sobre su pecho.

Teniendo en cuenta sus costillas vendadas, que estaban a la vista, Maggie se mantuvo en pie, con una mano a cada lado de él. Él aprovechó para pasar el dorso de los nudillos por sus pechos.

—Y si te quitaras ese maldito vestido, serías aún más real.

Maggie sabía que sus mejillas debían ser llamas gemelas de color escarlata, especialmente cuando sus pezones comenzaron a endurecerse contra la parte delantera del vestido. Incluso a través de las capas de su ropa, estaba segura de que él podía verlos.

Con dificultad, Cam intentó levantarse de la cama. Pero incluso de espaldas y con el uso de un solo brazo, él parecía tener el control absoluto.

Con su mano detrás de la cabeza de ella, acercó su cara a la suya.

—Ahí estás —susurró—. Con esos ojos que atraen a un hombre a sus profundidades para ahogarse en ellos. Cuántos han sido, no quiero saberlo.

¿Qué demonios?

Antes de que ella pudiera formar un pensamiento indignado, él tiró de su cabeza hacia abajo, y así acercó su boca al encuentro de la suya. Tan pronto como sus labios se tocaron, una llama se encendió y recorrió su cuerpo.

John Angsley, incluso incapacitado, tenía tal poder sobre ella. Relajándose contra su pecho, Maggie dejó de luchar. Al oír su leve jadeo, tal vez por el peso de ella sobre su dolorido torso, permaneció quieta para no herirlo más.

En algún momento, su beso dejó de ser exigente y controlador. En su lugar, se dedicaron a la exploración mutua. Él se inclinó hacia un lado, ella hacia el otro, y durante un buen rato se unieron como uno solo.

—¡Oh! ¡Oh, Dios! —Los sonidos de sorpresa llegaron a los oídos de Maggie un segundo antes de que John empezara a empujarla lejos de él.

Entonces oyó la tos de un hombre.

Luchando por mantenerse en pie mientras John seguía empujando su hombro para ayudarla a levantarse, Maggie deseó que un gran pozo sin fondo se abriera en el suelo y la dejara caer a su perdición.

Con el vestido desordenado, al igual que su cabello, y con la cara vergonzosamente acalorada, Maggie se volvió y se enfrentó a *lady* Cambrey, y junto a ella, al señor O'Connor.

—¡John! —exclamó su madre—. ¿Qué significa esto?

Mirando de nuevo al hombre en la cama, Maggie notó que sus mejillas tenían un tono rojizo de vergüenza que debía de reflejar las suyas.

—¿Puedes verla? —preguntó, mirando fijamente de su madre al señor O'Connor y de nuevo a Maggie. Sus palabras entraron en sus oídos pero no tuvieron sentido. Tal vez se había golpeado la cabeza muy fuerte.

—¡Claro que podemos verla! —dijo *lady* Cambrey, dando un pisotón como si estuviera cansada de algún juego infantil al que su hijo, muy adulto, estuviera jugando.

—Parece una mujer a la que han besado a fondo —añadió innecesariamente el administrador de la finca, como si estuviera disfrutando de cada momento del apuro de su jefe.

Lady Cambrey lanzó una mirada molesta al señor O'Connor. Luego tomó aire para tranquilizarse.

—Parece una debutante que ahora va a casarse con mi hijo.

—¿Qué? —dijo Maggie al mismo tiempo que John.

El administrador de la finca tuvo el descaro de reírse, y Maggie le tomó una inmediata antipatía. ¿Cómo se atrevía a divertirse con su humillación?

—Todo es culpa mía —dijo John—. La agarré cuando se acercó a la cama.

—¿Por qué? —le preguntó su madre—. No importa. La

señorita Blackwood parecía totalmente capaz de resistirse a ti si hubiera querido. Después de todo, ella estaba encima.

Como si se diera cuenta de que se había adentrado en terreno impropio, la anciana cerró la boca en una firme línea de desaprobación.

—No —explicó John, luchando por sentarse mientras su pierna se levantaba en el aire.

Como no parecía que nadie más fuera a ayudarle, Maggie puso su hombro contra la espalda de él, dejando que se empujara contra ella. Al mismo tiempo, extendió la mano a través de la cama y cogió otra almohada, la cual le colocó detrás.

Asintiendo con su gratitud, él continuó.

—Tiré de ella, y estaba tratando de recuperar el equilibrio cuando...

—¿Cuando tus labios se unieron a los suyos?

John miró fijamente al señor O'Connor.

Entonces, como si su mortificación no pudiera ser peor, llegó Simon.

—¿Esto es una reunión de ladrones? —bromeó, saludando con la cabeza a cada uno por turno, hasta que su sonrisa se apagó ante sus sombríos semblantes—. ¿Qué ha pasado?

Lady Cambrey fue la primera en hablar.

—Siento decir que mi hijo ha puesto a su cuñada en una situación comprometida.

—¿Oh? —Simon parecía más desconcertado que molesto, con una ceja levantada en señal de interrogación.

—Yo pensaría que eso requiere pistolas al amanecer —bromeó el señor O'Connor—, salvo que disparar a un hombre en su cama se considera poco deportivo.

—Eso será todo, Grayson —le dijo *lady* Cambrey.

A Maggie le sorprendió la actitud decididamente imparcial del hombre cuando, todavía con aspecto de estar entretenido por todo el asunto, el administrador de la finca asintió a la condesa y a Simon, saludó con picardía a John y se marchó.

—Deben casarse —declaró *lady* Cambrey en medio del silencio.

—No. —Maggie y John hablaron al unísono. Ella giró la cabeza para mirarle. Se encogió de hombros.

—No nos precipitemos —dijo Simon a la anciana—. Estoy seguro de que es un simple malentendido.

—Todos ustedes han estado hablando como si yo no estuviera aquí —dijo Maggie, comenzando a irritarse. Después de todo, ella era inocente en todo el asunto.

—Tonterías —dijo *lady* Cambrey, ignorando sus palabras—. En mis tiempos, las personas elegibles y no comprometidas no se besaban en un dormitorio sin supervisión.

—Madre —razonó John—, difícilmente podríamos habernos besado si hubiéramos estado supervisados.

Al parecer, él estaba recuperando su buen humor. Tal vez debido a sus nervios, esta afirmación hizo que Maggie soltara una risita, hasta que pudo controlarse.

Simon se aclaró la garganta y Maggie sospechó que estaba intentando no reírse.

—John —advirtió *lady* Cambrey a su único hijo.

—Lo siento, madre. Supongo que no puedes simplemente olvidar lo que viste.

—No. —Ella cruzó los brazos ante su amplio pecho.

—¿Qué vio usted en concreto? —preguntó Simon.

—La señorita Blackwood estaba acostada sobre mi hijo, y se estaban besando. No hay duda de eso.

—Ah, sí —dijo Simon—. Supongo que es difícil de malinterpretar.

Al fin, *lady* Cambrey se dirigió a Margaret.

—Querida, te considero inocente por muchas razones. En primer lugar, mi hijo es un buen partido. Lo reconozco. ¿Quién podría culparte por querer ser su esposa, por las buenas o por las malas?

—Un momento —comenzó Maggie. Nunca la habían acusado de intentar atrapar a un marido, y no iba a dejar que la condesa se saliera con la suya, por muy elevada que fuera la posición de Maggie.

Sin embargo, Simon la detuvo con un gesto, dejándola a mitad de su discurso, con la boca abierta.

—En segundo lugar, entiendo cómo, al ver a John tendido e indefenso, te viste obligada a atenderlo.

—¿Obligada a atenderme? —repitió John, sonando indignado—. ¿Qué tonterías dices, madre?

—Por último —continuó la condesa sin inmutarse—, estoy francamente conmovida, más allá de las palabras, de que aún encuentres a mi hijo tan atractivo, a pesar de su condición actual. En la salud y en la enfermedad, y todo eso —terminó.

¿En la salud y en la enfermedad, como en los votos matrimoniales? Maggie quería sentarse, pero la cama era lo único que tenía a mano, y estar en ella era lo que la había metido en problemas.

A sus espaldas, oyó a John murmurar.

—Mi estado actual, en efecto. —Luego, en un tono más alto, continuó—. Fue un error. Sinceramente, pensé que era un sueño.

Maggie no creía que pudiera sonrojarse aún más, pero lo hizo hasta los dedos de los pies.

—Bueno —admitió su madre—, es una chica preciosa. Estoy segura de que muchos dirían que es como un sueño. Porque, en mi juventud, yo me parecía bastante a ella.

Simon volvió a aclararse la garganta y Maggie quiso abofetearlo.

—Debes casarte —declaró de nuevo *lady* Cambrey.

—¿Pero por qué? —preguntó John.

—Te encontré en la cama con ella. Grayson también lo vio.

—Te digo, madre, que creí que era un fantasma y que estaba soñando. Así, agarré a la señorita Blackwood, y ella tropezó encima de mí. No vas a decir nada que suponga su ruina. Sé que Gray no lo hará. Nadie tiene por qué saberlo. Eso es todo.

Maggie pensó que sonaba extremadamente razonable. Sin embargo, deseó que, en cambio, pareciera un poco más proclive a la idea de casarse con ella. Después de todo, dadas sus circunstancias, no sería lo peor que le pudiera pasar.

Tal vez él pensara que lo era, si su corazón estaba puesto en *lady* Jane Chatley. ¡Definitivamente, ella no era *lady* Jane!

Su madre resultó ser como un perro con un hueso particularmente jugoso, incapaz de dejarlo ir.

—¿Pero por qué no quieres casarte? —Como si *lady* Cambrey no pudiera creer que dos personas de cierta edad y estatus no desearan simplemente contraer los lazos del matrimonio.

—Él no quiere.

—Ella no quiere.

Maggie y John hablaron a dúo.

—Ya está resuelto, entonces —dijo Simon, entrando en la contienda—. No queremos que nadie se vea obligado a hacer algo que no quiere hacer. Además, mi esposa me mataría.

Lady Cambrey frunció los labios y luego negó con la cabeza.

—¡Te conozco desde que eras un jovencito! —Con una declaración tan desconcertante que hizo que Simon se encogiera de hombros, ella giró sobre sus talones y se marchó.

Simon intercambió una mirada con John. Suspirando, Maggie se dirigió hacia la puerta. Qué mañana tan dura había sido. En ese momento, deseó que pudieran partir hacia la mansión Belton de inmediato.

—¿Adónde vas? —le preguntó John.

¿Adónde iba? Después de lo que había ocurrido, apenas podía sentarse con él a leer los periódicos.

—Ayer di un paseo por la finca con el señor O'Connor en un caballo especialmente dócil llamado Nell. Creo que me gustaría volver a hacer lo mismo. Hay mucho más que ver y no soporto estar encerrada.

Nada más decirlo, deseó poder retractarse de sus irreflexivas palabras. La expresión de desolación que cruzó su rostro le encogió el corazón.

—Lo siento —murmuró y se marchó rápidamente sin mirar atrás. Era mejor terminar la ya desastrosa visita con una mala nota y no con otra aún peor.

Capítulo 13

—E ntonces, ¿has tenido una agradable visita con mi cuñada?

Ante las palabras de Simon, Cam no pudo evitar reírse. Se echó de nuevo sobre las almohadas y gimió. Luego buscó el láudano. Después de tomar un sorbo, se relajó al instante, incluso antes de que la medicina pudiera hacer su magia.

—¿Por qué la besaste?

«Porque la quiero con locura». ¿Qué diría Simon a eso?

—Porque ella es un bocado tentador —dijo Cam, esperando que sonara como su antiguo yo.

—¿Lo es? —reflexionó Simon.

—Bueno, no para ti —señaló Cam—. Al menos, eso creo.

Simon se enfureció.

—¡Claro que no! Jenny es mi mundo. En cuanto pienso en mi mujer, siento calor.

—¿Calor o fuego? —preguntó Cam.

Simon sonrió.

—Calor en mi corazón, porque ella es extraordinariamente especial para mí. Fuego en todo lo demás. —Se rio—. Sobre todo, cuando he estado lejos de ella durante días.

—Margaret me da un poco de calor —aventuró Cam—. Pasamos algún tiempo juntos durante la temporada. Bueno, yo y muchos otros hombres estuvieron con ella.

La risa de su amigo no le levantó el ánimo.

—¿Qué es tan gracioso?

—¿No es ese el objetivo y la meta de una temporada para una joven? —preguntó Simon—. ¿O incluso para un viejo soltero como tú?

—Viejo —repitió Cam, sintiéndose un poco desanimado—, y ahora lisiado. Incluso entonces, Gray probablemente estaba cabalgando con Margaret, viendo la luz del sol en su glorioso cabello. Agarró las sábanas.

—Tonterías —regañó Simon—. Estar herido no es lo mismo. Déjame traer a tu valet y te llevaremos fuera a la veranda para ver tu hermosa finca. Te hará bien.

Cam reflexionó.

—Mientras mantenga la pierna en alto, supongo que no hará ningún daño.

—Volviendo a Maggie —comenzó Simon.

—¿Es necesario?

—¿Sientes algo por mi cuñada?

Cam hizo una mueca.

—Preferiría hablar del mejor fabricante de cerveza o de las mejores casas de mala reputación, donde es menos probable coger una enfermedad, que hablar de mis sentimientos.

—Ella es como de mi familia.

—No me siento fraternal con ella. ¿Es suficiente confesión?

—¿Hay alguien a quien prefieras? ¿La encuentras inadecuada para casarse por su falta de título?

Cam soltó una carcajada.

—Sabes que me importa una higa el título de una mujer. Tengo el mío propio y eso es suficiente. La fortuna también, para el caso.

—Te has saltado mi primera pregunta —señaló Simon.

Cam se cruzó de brazos.

—Es personal.

—Pensé que podíamos discutir cualquier cosa.

Apretando la mandíbula, Cam reflexionó.

—Creo que aún no he determinado la respuesta y, por lo tanto, no puedo decírtela.

Simon asintió.

Es justo. Pero no más travesuras como la de esta mañana. No le hagas daño ni juegues con sus sentimientos. No me gustaría tener que aumentar tu dolor golpeándote en tu único ojo bueno. Ahora, vamos a salir fuera, ¿de acuerdo?

Ser arrastrada a un beso que realmente disfrutaba sin medida era una cosa. Ser obligada a casarse con un hombre que no la quería era otra muy distinta. ¿Qué dirían su madre y sus hermanas si de repente les escribiera sobre un compromiso? ¿Y solo pensar en la opinión de la sociedad? Si ella y John se casaran de repente, la gente especularía durante las siguientes dos temporadas sobre el motivo.

¡Es absurdo! Menos mal que Simon había intervenido.

Enfrentarse al señor O'Connor, dolorosamente consciente de que había sido testigo de cómo se había echado encima de su patrón, ya era bastante malo. Lo encontró en su despacho del primer piso, tal como le había indicado una de las criadas.

Llamó a la puerta, y Maggie entró a petición suya. Él se puso en pie.

—Siento molestarle, señor, pero esperaba poder volver a montar a caballo.

—¿Siente algo por John Angsley?

Jadeando antes de poder responder, Maggie sintió una oleada de fastidio.

—Le pido perdón, pero eso no es asunto suyo. Iré a buscar un mozo de cuadra y no le molestaré más. Evidentemente, ya tiene muchas cosas en la cabeza. Tal vez demasiadas.

Se dio la vuelta para irse.

—Por favor, señorita Blackwood, quédese. Eso fue imperdonable. Siéntese y le explicaré.

Dudando, al fin, ella tomó el asiento que él le ofreció.

—Solo le pregunto porque John es como un hermano para mí. Nos conocemos desde que éramos muy jóvenes. Verle así, tumbado, me ha hecho reflexionar sobre lo efímera que es la vida.

Maggie asintió.

—A cualquiera nos puede pasar algo por accidente. Eso es seguro.

—Exacto. John se recuperará. No tengo ninguna duda. Además, sé que ya estaba en busca de una esposa, aunque no de una manera directa. Sin embargo, estaba en su mente. Un heredero para el condado de Cambrey y todo eso.

¿Qué podía decir? ¿Debía señalar que *lady* Jane Chatley ocuparía ese puesto perfectamente, y que John parecía haberla elegido ya? Encogiéndose de hombros, esperó.

—Si está interesada en convertirse en su esposa porque se preocupa por él, entonces le deseo toda la felicidad del mundo. Si no le interesa, entonces espero que se vaya pronto de aquí, porque sé que él llegará a interesarse por usted, ya que es bonita y educada. En mi opinión, como su amigo, no creo que deba ser herido de ninguna otra manera, ni siquiera en su corazón.

—Aprecio su claridad al hablar, aunque debo decirle que no es asunto suyo.

—Sea como fuere, hay un tercer escenario que creo que es de mi incumbencia. Si no le interesa lord Cambrey, pero cree que ahora puede enganchar a un conde algo dañado como marido, debo advertirle que haré todo lo posible para detenerla. Como administrador de su patrimonio, considero el condado bajo mi responsabilidad, y no veré con buenos ojos a una cazadora de fortunas.

—Está pensando en esto desde todos los ángulos. —Maggie se alegró de que John tuviera un amigo así—. Sin embargo, ¿no cree que está poniendo en mis manos demasiado poder respecto a con quién se casará lord Cambrey? ¿Ha olvidado que él tiene algo que decir al respecto?

—En absoluto. Sin embargo, postrado en la cama como está, con su confianza en sí mismo abollada como un cubo de ordeñar de hojalata, que ha sido pateado por una pezuña particularmente pesada, creo que podría ser más maleable a los caprichos o maquinaciones de otra persona. Estoy pendiente de él. Como dije, como un hermano.

—Bien. —Maggie se puso de pie, y el administrador también lo hizo—. Entonces creo que como no soy caprichosa, ni en este momento estoy involucrada en ninguna maquinación hacia el conde, no estamos en desacuerdo. ¿Desea usted cabalgar o busco un mozo de cuadra?

—Estaré encantado de cabalgar con usted, señorita Blackwood.

Sentado en la veranda, con la pierna herida apoyada en la silla frente a él y el brazo en cabestrillo, Cam sintió que el monstruo de ojos verdes habitaba su cuerpo. Justo delante de él, llegando de un largo paseo, vio a Margaret a lomos de Nell. Junto a ella estaba su propio administrador de fincas, riéndose de algo que acababa de decir. Parecían relajados y felices, la pura imagen de la camaradería.

Le molestaba no poder subirse a un caballo y llevarla él mismo de paseo.

Los celos se enfrentaron a la envidia y empataron.

Cam agarró su taza de té con tanta fuerza que temió que se rompiera el delicado mango. Sabía que el viaje había sido largo, ya que llevaba casi dos horas sentado con Simon a su lado. Habían hablado de todo, incluida la razón por la que Simon había ido al continente a principios de año. Había sido revelador, como mínimo. Cam estaba más que encantado de que su amigo hubiera encontrado una cura para sus arrebatos violentos mientras dormía, tan perturbadores que casi habían acabado no solo con su matrimonio, sino con la vida de su esposa.

Tras jurar guardar el secreto, sobre todo de no decírselo a Margaret, Cam había trasladado la conversación a temas más ligeros, como la importación de vino y la cría de caballos.

Simon se levantó y saludó a su cuñada cuando ella y Gray entraron en el prado. En pocos minutos, ella se apresuró a cruzar el césped hasta llegar a los adoquines y luego a la terraza. Finalmente, subió los escalones de la veranda y comenzó a hablar en cuanto estuvo a su alcance.

—Qué día tan glorioso —exclamó, señalando el cielo azul y el sol brillante—, y su finca, lord Cambrey, es muy hermosa. He visto campos de magníficas flores y huertos con todo tipo de frutas. Vacas, ovejas, cerdos, todo bien cuidado. Y Nell nunca flaqueó. Grayson tuvo la amabilidad de mostrarme los alrededores.

Cam sintió sus palabras como un cuchillo retorciéndose en sus entrañas. Debería haber sido él quien le mostrara el lugar. Y notó que usaba el nombre de pila de Gray, mientras que ella seguía llamándolo, después de tantos besos, por su título. Incluso después de haberla tenido encima de él unas horas antes.

—No había notado hasta ahora que balbucea usted como un arroyo, señorita Blackwood —se oyó decir, casi con un gruñido.

—Cam —protestó Simon—. Maggie simplemente está emocionada por lo bien que mantienes la Turvey House. Has vivido aquí toda tu vida y te olvidas de cómo la ven los demás.

Sin embargo, la expresión de Margaret se había alterado,

y ninguno de los dos se sentó. Eso lo irritó aún más.

—No la mantengo en absoluto, y si lo hiciera, ciertamente dejaría de hacerlo en un futuro próximo. Y discúlpeme, señorita Blackwood, por no ponerme de pie.

Dios, se sentía de un humor de perros. Es más, le dolía todo el cuerpo y el estómago. ¡Maldito té! Empujó la taza y el plato lejos de él, sin importarle que se derramara el líquido, y rebuscó en el bolsillo de su abrigo.

Sus dedos encontraron el frasco de láudano que había recordado coger cuando su ayudante de cámara lo trajo en la camilla. Lo sacó, lo destapó y bebió un pequeño sorbo.

—¿Vais a estar ahí todo el día como un par de estatuas griegas?

Simon frunció el ceño.

—Voy a dar un paseo para estirar las piernas. —Luego hizo una mueca—. Lo siento, viejo amigo. No quise echar sal en la herida. En cuanto te quiten la escayola, estarás paseando como antes.

A Cam no se le ocurrió ninguna respuesta, ya que aún le quedaban meses para aquel aterrador suceso. No dijo nada, solo miró fijamente a Simon hasta que el hombre asintió y se alejó en dirección a los establos. Esperaba que Margaret hiciera lo mismo, ya que la había ofendido. Para su sorpresa, ella arrastró una silla y se sentó.

En cuanto un sirviente le ofreció un refresco, ella volvió su atención hacia él.

—¿Le duele mucho?

—¿Ahora mismo? —Cam reflexionó. El dolor que creía sentir se había desvanecido en cuanto había dado un sorbo a la botella—. No, la tintura de opio funciona casi de inmediato.

—Bien, porque no querría hablar con franqueza mientras estuviera distraído por sus heridas.

—Siempre estoy algo distraído por ellas —confesó, menos enfadado por su cercanía—. El yeso da mucho calor, y me pica la piel por debajo.

—¿Su madre hace punto?

—Rara vez —respondió él—. Qué pregunta tan extraña. ¿Desea hablarme de costura?

—No, pero si *lady* Cambrey tiene agujas de tejer, creo que podría deslizar una entre su piel y el yeso y aliviar algo de la picazón.

Él abrió la boca y la cerró. En realidad, quería abrazarla.

—Qué sugerencia tan buena. Ya me imagino el alivio.

—¿Es por esa molestia por lo que ha sido tan bestialmente grosero cuando he vuelto de mi paseo? Porque yo no balbuceo.

Cam sintió que su cara se calentaba de vergüenza.

—Lo siento.

—Está perdonado. —Ella dio un sorbo a su té—. También he visto sillas de ruedas en la ciudad.

Él levantó la mano.

—Ya tengo una en camino, aunque, sobre todo, necesito mantener la pierna en alto.

—Aun así, le ofrecerá cierto grado de movilidad. Puede trasladarse desde el comedor y el salón delantero. O a través de la hierba hasta el río.

—Sí, si puedo convencer a Cyril de que me empuje.

Maggie se rio ligeramente, y él se relajó. ¿Por qué había sido tan brusco con ella? Ni siquiera podía recordarlo.

—¿Por qué pensó que yo era un sueño esta mañana? —le preguntó ella, y él supo que su franca discusión había comenzado.

Al recordar que le dijo que se quitara el vestido y luego, Dios mío, mencionó sus partes femeninas, Cam deseó poder meterse debajo de la mesa y desaparecer. De alguna manera, hasta ese momento, había dejado de lado su comportamiento totalmente inapropiado, o el láudano lo había hecho.

—He soñado con usted. Tengo muchos sueños, por supuesto. —Eso era todo lo que ella necesitaba saber.

—He oído que la tintura de opio puede hacer que los sueños sean vívidos.

Asintiendo, Cam jugueteó con la taza de té que tenía delante hasta que ella se acercó y le sirvió otra.

—Ayuda con el dolor y con el sueño —dijo él.

Ella asintió.

—Seguro que sí. ¿Estaba despierto cuando le colocaron los huesos en su sitio? Es terriblemente doloroso, ¿no?

—El cirujano me ofreció éter o cloroformo —dijo—. En realidad no lo recuerdo, pero mi madre me dijo que era demasiado experimental y que podía soportar que me ajustaran los huesos sin que me durmieran de forma antinatural. Lo más probable es que ella tuviera miedo de que yo no despertase. ¿Quién sabe?

—Efectivamente —comentó Maggie—. Yo me sentiría igual. He leído algunas historias de éxito en los periódicos, y también algunas tragedias.

—El láudano y el brandy son mucho más seguros, en mi humilde opinión. El peor dolor fue despertarme mientras alguien, no sé quién, me sacaba de Oxford Street. Ya era un ovillo sangrante y arrugado. Supongo que era imperativo que me movieran, o podría haber sido atropellado de nuevo.

A pesar de que él intentó hacer una pequeña broma, Margaret no parecía divertida.

—Podría haber muerto al instante. He oído que el conductor del carruaje que le atropelló falleció.

Cam asintió, recordando por qué había estado allí en aquel momento. Margaret no sabía que había ido a hablar con ella, ni que se había alejado de su puerta sintiéndose abatido después de saber que había partido hacia Sheffield. Y menos aún que había querido decirle que sus besos eran los mejores que él había saboreado nunca, y exigirle que le dijera si ella sentía lo mismo.

Aquí estaban, charlando juntos bajo el sol, tomando té. Debería darle gracias a su buena suerte.

—¿Puedo? —preguntó Maggie, acercando la botella de láudano a la mesa. Él tuvo el extraño impulso de arrebatársela, pero no lo hizo. Maggie quitó el corcho manchado y lo olió.

—Pensé que olería más amargo —observó—. ¿Qué lleva?

—Jerez, clavo y canela —dijo él, deseando irracionalmente que se lo devolviera de inmediato para poder tenerlo cerca—. El doctor Adams dijo que era la mezcla más agradable.

Ella lo miró por encima de la botella y volvió a poner el tapón.

—¿No le molestan los sueños?

Maggie cogió su mano y la puso sobre la suya, rozando sus dedos al hacerlo.

—Algunos no, no.

Cam vio cómo sus mejillas se sonrosaban deliciosamente. Por su parte, sintió una calidez en sus entrañas al recordar sus sueños y la realidad de tenerla sobre él, con sus abundantes pechos aplastados contra su pecho.

¿Debería hacer lo que su madre le reclamaba y pedirle su mano?

—¿Cuándo le quitan el yeso?

«No lo bastante pronto». Quiso gritar en voz alta. Ese comportamiento la asustaría.

—Todavía tengo que esperar meses, al menos para la pierna. Creo que el del brazo me lo quitarán antes.

Así, Cam había respondido a su propia pregunta. Aunque le pidiera que casara con él, no lo haría en su estado actual, no mientras estar en el altar para decir sus votos fuera un imposible. No podían ir a un viaje de novios apropiado. No estaba en condiciones de ser el novio de nadie en este momento.

—Ha sido muy amable al venir a visitarnos.

—Jenny habría venido si pudiera, pero está Lionel.

Cam no pudo evitar sonreír, pensando en su amigo como padre.

—¿Qué pasa? —preguntó Margaret, viendo su expresión.

—Me estoy adaptando a Simon como adulto, supongo. Un minuto somos jóvenes, y al siguiente se supone que somos lo bastante responsables como para criar hijos.

No había duda de que algún día él también tendría los suyos. ¿Y qué había de Margaret? No había pensado en ella en ningún sentido maternal, solo como una criatura sensual y amante de la diversión.

—¿Y le gusta ser tía?

Su sonrisa se extendió.

—Parece que se me da bien. Descubrí cómo evitar que Lionel llore, y eso fue una bendición. Es fácil de querer, cálido y mimoso. Sí, confieso que disfruto siendo tía.

Mientras ella hablaba, él se había enamorado.

Quería suspirar fuerte, su corazón latía rápido mientras la miraba embobado. No podía negarlo. Al oírla hablar de tener un bebé en brazos, Cam podía imaginársela fácilmente sosteniendo a su propio hijo. Sí, esto era amor.

—¿Se da cuenta que desde que me senté ha tomado dos tragos de su mezcla de láudano?

Él la miró fijamente.

—No, se equivoca. —Entonces miró a su alrededor en busca de su botella, dándose cuenta de que todavía la aferraba con su mano buena—. Está aquí mismo.

—Sí, pero se la ha llevado a los labios dos veces. Por cierto, ¿cuánto le aconsejó el médico que tomara? Cada día, quiero decir.

¿Por qué le hacía preguntas tan personales?

—Creo que puedo tomar la cantidad que me alivie el dolor. ¿Cómo puede saber el doctor Adams si necesito unas gotas más o menos?

—Supongo que un buen médico tendría una idea de cuánto es correcto. Y seguro.

¡Seguro!

—Puede creerme si le digo que, después de lo que he pasado, procedo con toda precaución.

Incluso en el tema del amor.

—Hay una flor en tu jardín tan grande como un plato de comida —comentó Simon sin preámbulos cuando regresó—. Nunca he visto una igual. Al menos, no en Inglaterra.

Maggie se alegró de que hubiera vuelto. Pensó que sería mejor que su cuñado se asegurara de que John no tomara demasiado de la fuerte tintura de opio. Casi todos los meses leía en los periódicos sobre alguna pobre alma que se había vuelto adicta a ella. Además, estaba el excitante libro escrito hacía un par de décadas por el pobre Thomas de Quincey, *Confesiones de un adicto al opio*.

Además, todo el mundo sospechaba que la reciente muerte del hermano de aquellas inteligentes hermanas Bronte estaba relacionada con el consumo de láudano por parte del joven.

Sí, cuanto más reflexionaba Maggie sobre esto, menos le gustaba.

—Voy a entrar un momento. Les dejo a ustedes dos, caballeros, para que puedan charlar.

Simon se puso de pie, por supuesto, mientras que John no pudo. Lentamente, ella recorrió la mesa hasta situarse detrás de la silla del conde. Entonces miró a Simon y señaló con la cabeza el frasco de láudano que seguía en poder de John.

Cuando Simon la observó con el ceño fruncido y John empezó a retorcerse en su asiento, tratando de mirar tras él, Maggie incluso imitó a alguien bebiendo.

Al fin, su cuñado dejó de mirarla fijamente y sonrió a su amigo.

—Iré a preguntar por nuestra comida, ¿de acuerdo?

Simon la agarró del brazo al pasar junto a ella, llevándola

a toda prisa al salón trasero de la mansión.

—¿Qué fue todo eso?

—Estoy preocupada por el uso de tintura de opio de lord Cambrey.

Ella vio los pensamientos de Simon en su rostro. Él no descartó sus preocupaciones sin más, lo que ella agradeció.

—¿Entiendes que tiene un dolor considerable? —señaló Simon.

—Sí, lo sé, pero tal vez deberíamos vigilar la cantidad que toma. El opio no está exento de efectos nocivos. De Quincey, ¿recuerdas?

Simon asintió.

—He leído sus *Confesiones*.

—¿Quién no lo ha hecho? —dijo ella—. En cierto modo, alababa los aspectos placenteros.

Él miró por encima de su hombro.

—¿Hay alguna razón por la que él esté preocupado? ¿Ha estado actuando de forma extraña?

Maggie dudó.

—Bueno, me ha besado.

Simon se encogió de hombros.

—No estoy seguro de que eso sea tan extraño. Además, ¿no te había besado antes?

—¡Jenny! —exclamó Maggie, dándose cuenta de que su hermana debía de haber revelado ese detalle personal de su estancia en Londres.

Esta vez su cuñado sonrió.

—Muy bien, te lo diré —dijo ella—. Que tire de mí y me suba encima de él no ha sido el único beso que hemos intercambiado antes. ¿Y qué hay de su comentario poco caballeroso justo antes de que te levantaras de la mesa?

—Quizá son las terribles divagaciones de un adicto.

—No lo son, pero sí están fuera de lugar. Además, en cuanto bebió un sorbo de esa botella, volvió a ser el mismo de siempre.

—Lo mantendré vigilado.

—Gracias.

Simon la miró un momento.

—Suenas como si lo hiciera por ti, como si te preocuparas por él. ¿Es así?

Maggie le dirigió su sonrisa cándida.

—No suelo permitir que la gente me bese a menos que me importe. —Entonces recordó a algunos de los otros hombres que había besado durante sus temporadas—. En realidad, supongo que eso no es del todo exacto.

Simon levantó la mano.

—Creo que he escuchado suficiente. A menos que haya hombres contra los que tenga que defender tu honor, por favor, no digas más.

—Eres un excelente cuñado.

—¡Visitas! —anunció la voz excitada de *lady* Cambrey, flotando por el pasillo—. ¿Dónde están todos?

Capítulo 14

*L*ady Cambrey apareció con un precioso vestido de día en color crema con brocado azul marino.

—¿Dónde está John?

—En la veranda —le dijo Simon—. Yo iba ahora con él.

—He enviado a nuestros invitados al salón delantero. No creo que después de un largo viaje se les deba pedir que salgan fuera. Por otra parte, John no querrá que lo lleven al salón para que puedan verlo. Lo sé.

Maggie entendió su dilema.

—Simon y su mayordomo podrían llevar a lord Cambrey a otra sala de recepción, la sala de estar, por ejemplo —sugirió—. Y luego usted solo tiene que decirles a sus invitados que él los recibirá allí.

—Espléndido —dijo *lady* Cambrey. Le dirigió a Maggie una larga mirada—. Tienes una buena cabeza sobre tus hombros, mi niña. ¿Por qué no vas a recibirlos en el salón mientras yo busco a Cyril? Simon, por favor, prepara a John y dile que se porte bien. Me he dado cuenta de que últimamente tiene tendencia al mal humor.

Maggie estableció contacto visual con Simon, intentando añadir eso a la lista de comportamientos irregulares del conde. Pero su cuñado solo suspiró.

—Sí, *lady* Cambrey. No se preocupe por nada.

—Apúrese, señorita Blackwood —le ordenó la mujer mayor—. Alguien tiene que atender a los invitados. —Luego desapareció por una puerta, sin duda en busca de su mayordomo.

Simon la saludó con la cabeza.

—Dese prisa, señorita Blackwood. —Y con una sonrisa de despedida, la dejó allí de pie.

Miró hacia abajo y Maggie se dio cuenta de que aún llevaba puesto su traje de montar. Sin embargo, no estaba sucio, y era de un tono burdeos que le sentaba bien. Mientras caminaba por el pasillo, se detuvo solo para comprobar su imagen en un espejo. No tenía manchas en la cara y su pelo seguía bien recogido.

Así, cruzó el vestíbulo principal abovedado y abrió de golpe una de las puertas dobles del salón delantero, entrando en la habitación decorada en verde guisante y blanco. Allí, sentadas en uno de los dos sofás, estaban *lady* Emily Chatley y su hija, Jane.

«¡Oh, qué alegría!».

Las damas se pusieron de pie, ambas con expresiones igual de perplejas al encontrar allí a Maggie.

—Qué alegría verlas a las dos —exclamó esta, acercándose para el obligado beso en la mejilla.

Ninguna de las dos dijo nada por un instante, luego Jane

se recuperó de su sorpresa.

—No teníamos ni idea de que estuviera aquí, señorita Blackwood. La casa de su familia no está en Bedfordshire, ¿verdad?

—No, cuando no nos alojamos en la ciudad, estamos en Sheffield. Por favor, siéntese. *Lady* Cambrey regresará pronto. Lord Cambrey es el amigo más querido de mi cuñado, lord Lindsey. Vinimos en cuanto él pudo separarse de su hijo recién nacido.

—Oh, un bebé —dijo la anciana *lady* Chatley con una sonrisa melancólica, que Jane no compartió.

—Sí —entonó Maggie—. Mi hermana tuvo un niño hace un mes y medio.

—Qué buena noticia. —De nuevo fue la madre de Jane quien habló, claramente deseosa de tener un nieto.

Sabiendo que no se debía hacer sentir incómodo a ningún invitado, Maggie desvió la conversación hacia algo que debería complacer a Jane.

—Quiero felicitarla por el éxito de la gala benéfica para los huérfanos. El banquete se desarrolló sin problemas, y hacía un tiempo estupendo para jugar al críquet.

Sin embargo, su mención del banquete no produjo los resultados esperados para hacer sonreír a Jane. Solo sirvió para borrar la sonrisa de su madre. Sus semblantes sombríos eran tan obvios y pronunciados que Maggie estuvo a punto de comentarlo, deteniéndose justo a tiempo de preguntarles directamente.

Jane se limitó a asentir.

—Los orfanatos se construirán y muchos niños serán retirados de las calles. Es lo único que importa —afirmó como si su madre hubiera dicho algo en contra.

Por suerte, *lady* Cambrey regresó en ese momento.

—Por favor, señoras, síganme a la sala, es mucho más acogedora. Tengo refrescos esperándolas, así como a mi hijo, que se ha decidido a levantarse de su convalecencia para recibirlas.

¿Levantarse de su convalecencia? Maggie apenas pudo evitar poner los ojos en blanco. Ni que John fuera Lázaro, por Dios. Ni siquiera había estado acostado, sino descansando en la veranda.

Mientras las seguía hasta la sala, Maggie no podía imaginar cómo una habitación con techos de tres metros de alto podía considerarse acogedora. Fue la última en entrar. Las damas Chatley tuvieron que exclamar ante la visión de John y ofrecer sus condolencias por lo que le había ocurrido. Al fin, cuando Cyril se retiró y las damas tomaron asiento, Maggie encontró a John en un sillón de orejas, con la pierna levantada sobre un taburete otomano a juego.

—Disculpen que no me haya puesto de pie a su llegada, señoras —dijo John, convirtiéndose de inmediato en el pulcro caballero que ella conocía. Cuando no la estaba besando. O abrazando a Jane.

Maggie se sentó junto a *lady* Cambrey, ya que los Chatley estaban en el otro sofá, y por fin, Simon ocupó el otro sillón.

—Estamos encantados de que su madre nos haya invitado —comenzó *lady* Emily Chatley, dirigiéndose al conde—. Turvey House, solo por sus terrenos, merece el viaje desde Londres. No sabíamos que tenían otros invitados. ¿Se trata de una fiesta campestre? ¿Esperan a alguien más?

—Tendrán que preguntarle a mi madre, ya que yo

mismo ignoraba que iba a venir nadie —dijo John con una agradable sonrisa, la cual Maggie vio que era falsa—. Tanto su visita como la de lord Lindsey y su cuñada ha sido toda una sorpresa para mí —añadió.

—Oh —exclamó Emily Chatley mientras la madre de John se reía, aunque nadie había dicho nada gracioso—. Espero que haya sido una agradable sorpresa.

—Sin duda —dijo John—. Como un sueño.

Simon tosió, y Maggie se aclaró la garganta, adivinando que se refería maliciosamente al incidente de esa mañana en su alcoba.

—No —dijo *lady* Cambrey con brusquedad, como si estuviera al tanto de sus pensamientos—. No va a venir nadie más. Esta es suficiente compañía para mi hijo mientras se recupera.

Maggie agradeció que la madre de John no hubiera tenido a bien mencionar que ni siquiera había sido invitada. De todos ellos, Maggie era la única intrusa. En cambio, Jane era una invitada bienvenida y era obvio por qué *lady* Cambrey había querido que viniera. Sin duda, esperaba que al pasar un tiempo fuera de las presiones de Londres, Jane y su hijo pudieran formar un sólido vínculo.

En ese caso, lo último que querría era que Margaret Blackwood se metiera en medio.

—¿Cuándo nos vamos, Simon? —preguntó Maggie antes de que pudiera contenerse.

Todos los ojos se volvieron hacia ella y luego giraron hacia Simon, que le devolvió una mirada ligeramente desconcertada.

—No lo he decidido aún. No quiero estar mucho

tiempo lejos de Jenny y Lionel. Quizá nos quedaremos unos días más.

Y entonces las damas bebieron té y comenzaron a preguntarle a Simon sobre su esposa y su bebé, repasando cada detalle del aspecto de Lionel y la salud de Jenny.

Maggie se quedó sentada mientras esperaba que, después del té, trajeran un buen clarete o, al menos, un jerez antes de la cena. Balanceando la pierna bajo su vestido, trató de mantenerse interesada en la charla, pero ya había escuchado todas esas historias.

Tal vez debería ir a hablar con el ama de llaves, la señora Mackle, sobre la bebida. ¿O debería preguntarle al mayordomo?

Suspiró en silencio, todavía no se desenvolvía bien en la mansión Belton y menos en Turvey. Supuso que no importaba. Se iría antes de resolver la jerarquía de los sirvientes de Cambrey. Sin duda, la hija de un conde como Jane sabría a quién preguntar para conseguir una copa deliciosa y relajante.

En ese momento, de alguna manera, su mirada chocó con la de John. En lugar de escuchar cortésmente y con atención la conversación por si se les pedía que interviniesen, ambos se miraron fijamente. John levantó la ceja izquierda. Maggie tuvo la absurda idea de que había alzado esa por tener una herida en la derecha.

Una pequeña burbuja de diversión comenzó a flotar en su interior. Oh, Dios mío. No debía estallar en carcajadas o estas señoras la tomarían por una verdadera loca. Pero entonces John empezó a hacer algo con sus labios. ¿O se lo estaba imaginando?

La madre de Jane se rio y las demás, incluyendo a Simon,

se les unieron, dando a Maggie la distracción que necesitaba para inclinarse hacia adelante y ver si… sí, él estaba frunciendo los labios. ¿Estaba fingiendo que le enviaba un beso?

—¿Está de acuerdo, señorita Blackwood?

Ella miró con rapidez a su alrededor. Al principio, ni siquiera estaba segura de quién se había dirigido a ella. Una de las dos damas mayores, supuso. Por lo general, la gente solo preguntaba si estabas de acuerdo si lo daban por hecho.

Maggie decidió levantar la cabeza y hablar mirando al techo, como si estuviera meditando su respuesta, en lugar de dirigirse a la persona equivocada.

—Sí, estoy de acuerdo —dijo tras una breve vacilación.

—¡Estoy sorprendida! —Fue la respuesta inmediata de la anciana *lady* Chatley—. ¡Una chica de su crianza y educación!

¡Oh, Dios! ¿Qué infamia había hecho caer ahora sobre sí misma?

Maggie se giró hacia Simon en busca de una aclaración, pero este se limitó a encogerse de hombros. John tampoco fue de ayuda, pues solo la miró con los ojos muy abiertos. Él suspiró y trató de concentrarse de nuevo en la charla. Media hora más tarde, por fin se retiraron para cambiarse para la cena.

Su pequeño grupo se incrementó con la incorporación de Grayson O'Connor. Por lo tanto, tenían el mismo número de damas solteras que de solteros, sin importar el estatus del caballero, lord o plebeyo.

Con Cam en un extremo y su madre en el otro, Maggie se sentó junto a Simon en un lado de la mesa, y las señoras Chatley se sentaron enfrente con el administrador de la finca entre ellas.

La mayor de las señoras Chatley se pasó la velada tratando de entender quién era exactamente el señor O'Connor, cuál era su lugar en Turvey House y por qué, si era un criado, estaba sentado a la mesa con ellas, sobre todo, junto a su preciosa hija.

Maggie tuvo que admitir que Jane era una buena conversadora, que discutía con facilidad temas que iban desde las prácticas agrícolas hasta las revoluciones de ultramar o las últimas leyes del Parlamento. Esto último captó la atención de John, y Maggie observó cómo ambos conversaban sobre la reciente ley de salud pública.

—Pero deberían hacerla obligatoria —insistía Jane.

—Ojalá fuera así —convino John—. Me temo que solo los individuos con ideas afines harán mejoras de forma voluntaria.

Maggie pensó que su opinión era demasiado pesimista.

—Creo que la gente es decente por naturaleza —afirmó en voz baja.

Cuando se dio cuenta de que todo el mundo la miraba, continuó.

—Con la creación de una Junta Central de Sanidad, creo que las ciudades harán lo correcto por el bien común al proporcionar, como mínimo, agua potable.

Jane no sonrió con condescendencia, aunque sacudió ligeramente la cabeza en desacuerdo.

—Ojalá tuviera usted razón. Sin embargo, creo que los brotes de cólera continuarán, y los desechos seguirán corriendo por las calles mientras los propietarios puedan salirse con la suya.

—¿Desechos? —repitió la madre de Jane, como si no pudiera soportar la palabra.

—O hasta que alguna consecuencia les afecte a quienes están en el poder o a su familia —añadió Grayson—. Si el bien mayor conviene a los intereses privados, entonces habrá una intervención.

—De acuerdo —concedió Maggie—. Estoy de acuerdo. Hay quienes no harán nada por el prójimo a menos que les perjudique a ellos personalmente o a su cuenta bancaria. Sin embargo, esa es otra razón por la que creo que este proyecto de ley tendrá un impacto. El señor Chadwick ha presentado un argumento económico válido en ese sentido. Cuantos menos pobres enfermos haya, menos buscarán ayuda. Todo lo que se haga para prevenir la enfermedad es dinero bien gastado, y hasta el más egoísta e interesado puede ver ese beneficio.

—Bravo —animó John, que había estado escuchando atentamente.

Maggie sintió que se le calentaban las mejillas. «Verán —quiso decirles—, no soy una mujer despreocupada a la que solo le interesan los vestidos de moda y los bailes». Aunque sí que le interesaban, por supuesto.

—Margaret tiene razón —convino Jane—. La economía será el motor del cambio, incluso si el proyecto de ley no tiene dientes, como dicen.

—La economía —coincidió John—, y gente como usted. Lo que hizo por los huérfanos de Londres fue algo maravilloso.

«Volviendo a los logros de Jane», pensó Maggie con desagrado, y luego dio un sorbo a su vino. Qué horrible persona era al no alegrarse del éxito de la dama. Y se alegró por todos los niños que acabarían teniendo un techo. Sin embargo, ¿por qué Jane no podía haber organizado su banquete con otra persona que no fuera John Angsley? Estaba claro que su admiración por la hija del conde había crecido desde que trabajaron juntos.

Maggie no podía recordar nada que ella hubiera hecho o pudiera hacer para igualar la labor caritativa de Jane. Es cierto que había dado clases de francés a los jóvenes primos de Simon Devere antes de que este se casara con Jenny. Pero solo eran medio huérfanos y vivían en medio del lujo. Por lo tanto, lo más probable es que no contasen como prueba de su filantropía.

Es más, Maggie había recibido una buena paga. Estaba claro que no se podía comparar con la altruista *lady* Jane Chatley.

Cuando suspiró en voz alta, Maggie se dio cuenta de que la habitación se había quedado en silencio.

—¿Se encuentra mal, señorita Blackwood? —preguntó *lady* Cambrey.

Mirando alrededor de la mesa, Maggie consideró su respuesta. Tenía el estómago lleno y definitivamente había bebido suficiente vino. Además, se había hartado de la compañía de alguno de los allí presentes. Con un intenso deseo de alejarse de Jane para no tener que comparar su propia e inútil existencia y descubrir su desventaja, Maggie hizo algo que casi nunca hacía. Mintió.

—En realidad, creo que hoy he tomado demasiado sol. Por montar a caballo, supongo.

El señor O'Connor ladeó la cabeza, con cara de

desconcierto. Solo él sabía que habían pasado gran parte del tiempo a la sombra de unos enormes árboles.

—Creo que voy a tener un gran dolor de cabeza. ¿Me disculpan si me retiro por el resto de la noche?

Los hombres, excepto John, se pusieron de pie cuando ella se levantó.

—¿Estarás bien? —preguntó Simon.

Maggie deseó no haberle preocupado de forma innecesaria.

—Sí. Creo que me iré a la cama temprano, y estaré fresca como una rosa por la mañana.

Maggie hizo una reverencia primero a las tres damas y luego a los tres caballeros, incluido el señor O'Connor, porque hacer lo contrario le sería una grosería, y después escapó por la puerta que un sirviente había abierto.

Si viviera en una de las populares novelas románticas, tal vez escritas por una de las hermanas Bronte o por esa inteligente Jane Austen, entonces el deseo de su corazón, John Angsley, vendría tras ella. Encontraría una excusa para salir del comedor y alcanzarla en secreto en el pasillo.

Por desgracia, Maggie no recordaba que ninguno de esos personajes necesitara ayuda para cumplir tal propósito. No sería nada romántico que Simon o Grayson llevaran a John a su encuentro.

Maggie subió las escaleras como si sus zapatos de raso fueran de piedra, y consideró si un baño la ayudaría. Sin embargo, le pareció que sería una petición molesta por su parte, por lo que se limitó a que la criada que la había acompañado desde la mansión Belton la ayudara a desvestirse y a quitarse los pasadores del pelo antes de trenzarlo. Luego, ante la sorpresa de la mujer por haber terminado sus tareas antes de tiempo, Maggie le anunció que podía retirarse.

En cuanto la muchacha se fue, Maggie se dio cuenta de que debería haber solicitado algunos libros de la biblioteca. De pie en su alcoba, reflexionó. Solo había pasado media hora. Seguramente, los invitados permanecerían aún en el comedor. Si no, estarían en el salón tomando una copa después de la cena. Por lo menos, las damas estarían allí, tal vez comiendo algunos pastelitos de *fondant*, mientras los hombres fumaban cigarros y tomaban un brandy en otro lugar.

¡Maldición! Ahora ella también quería un pastel. Ese era su castigo por mentir. Podía llamar para pedir unos libros. Sin embargo, qué ridículo sería hacerlo. Llamar arriba a una pobre sirvienta solo para enviarla de vuelta a la biblioteca.

Decidiendo moverse con rapidez, Maggie se puso su chal y sus zapatillas. A pesar de llevar el pelo en una trenza suelta sobre el hombro, estaba lo bastante presentable si alguien la veía corriendo por Turvey House.

Y eso fue lo que hizo. Corrió hasta llegar a la biblioteca de Cambrey. A pesar de ser más pequeña que la de Belton, estaba muy bien provista, y confiaba en que habría algún volumen lleno de intriga y emoción. O incluso una novela con relaciones intensas y un romance doloroso.

Al hojear los estantes, Maggie acababa de sacar un delgado libro de las obras recopiladas de Edgar Allan Poe cuando oyó unos pasos. Con el corazón acelerado, se envolvió en su chal y trató de encogerse contra la pared, detrás de la puerta.

Esta se abrió lentamente y de pronto apareció un rostro familiar.

—¿Qué diablos estás haciendo? —le preguntó Simon.

Maggie le mostró el libro con timidez.

—Buscaba algo para leer.

—Fui a ver cómo estabas. Jenny se pondría furiosa conmigo si te ocurriera algo realmente malo y no se lo hubiera hecho saber.

—Estoy bien —admitió Maggie con un gesto de la mano.

—¿Por qué te escondes detrás de la puerta?

—Escuché unas botas de hombre y pensé que podría ser... Oh.

—Solo podría ser yo.

—O Grayson, o el mayordomo, o un lacayo.

—Poco probable. ¿Por qué Gray estaría rondando la biblioteca, o Cyril, para el caso? Confiesa, Cam es la persona con la que no querías encontrarte.

—Ciertamente, no en mi ropa de dormir. No después de esta mañana.

Simon sonrió.

—Y olvidaste que no puede caminar, ¿no?

—Basta. No es gracioso. Si hubieras visto la cara de su madre cuando nos encontró…

—Debería haber dejado que os obligara a casaros. Creo que os habría hecho bien a los dos.

Maggie sintió que sus mejillas se calentaban.

—¿Por qué dices tal cosa? Solo piensa en lo feliz que parece ahora que *lady* Chatley está aquí.

—*Lady* Chatley es lo bastante mayor como para ser su madre.

Maggie hizo una mueca.

—Me estás tomando el pelo otra vez. Sabes que me refiero a la otra *lady* Chatley. La guapa.

Simon se encogió de hombros.

—Soy un juez bastante decente de las mujeres, y creo que tú eres más guapa que Jane. —Aunque solo fuera la opinión de su cuñado, sus palabras le hicieron sentir un impulso de felicidad—. Sin embargo, ella tiene una disposición agradable —añadió para fastidio de Maggie—. Me recuerda un poco a Jenny.

—¿Estás diciendo que mi disposición no es tan agradable como la de Jane?

—No he dicho eso. Aunque no creo que Jane se fuera en medio de una cena, incluso si la hubieran apuñalado y disparado, no si pensara que podría ofender a la anfitriona. Sobre todo, si ella simplemente quería... —Simon inclinó el libro hacia él hasta que pudo leer el título del lomo—. No si le gustaba el hombre sentado a la cabecera de la mesa, el cual parecía un poco malhumorado después de que ella se fuera.

—¿Lo parecía? ¿Qué quieres decir? ¿Dejó John de comer? ¿Suspiró y apoyó la cabeza en su mano? ¿Y su conversación? ¿Se desvió como si estuviera distraído?

Simon se quedó con la boca abierta.

—Creo que tienes que hacerte amiga de Jane y tener este tipo de conversación con ella, no conmigo. De todos modos, ahora que sé que estás bien, te dejaré descansar. Un consejo, sin embargo. Ya que los demás invitados están merodeando cerca, sobre todo subiendo las escaleras, te sugiero que te quedes aquí un rato, dado tu estado de desnudez.

Cuando se dio la vuelta para irse, Maggie le puso la mano en el brazo.

—¿Había pastel?

Sonriendo como si recordara el delicioso bizcocho, Simon asintió.

—Casi mejor que el de mi cocinero. —Y se fue.

Maggie reflexionó. Simon tenía razón. Debería quedarse a leer en la biblioteca, en lugar de arriesgarse a toparse con uno de los hombres, especialmente, si era alguno de los que ayudaban a John. Maggie se acomodó en un sillón junto a una lámpara, y pasó la siguiente hora disfrutando de los emocionantes cuentos de Poe.

Al estirarse, sintió un ligero dolor de estómago. *Umm...* ¿Se iba a la cama pensando en el glorioso bizcocho, o iba a buscarlo para satisfacer su antojo?

Miró el libro que tenía en la mano y supo lo que haría el bueno de Edgar. Se enfrentaría a la mansión poco iluminada, se colaría en la cocina y asaltaría la despensa. Seguro que había muchas sobras en alguna parte.

Minutos más tarde, se abrió paso a través de las silenciosas salas de estar de Turvey House y se detuvo ante la puerta del ala de los sirvientes, que no solo albergaba la amplia cocina, sino también la despensa. Supuso que más allá estaba el comedor del personal y los dormitorios de los sirvientes que no dormían en el ático, como la criada.

Al llegar a la puerta giratoria entre el vestíbulo y la cocina, dudó. Tal vez esto se consideraría una terrible violación del orden y la etiqueta domésticos. ¿Y si todos estaban en ropa de dormir como ella?

Pero el bizcocho estaba al otro lado. Maggie comenzó a empujar con suavidad la puerta hacia dentro. ¿Qué daño podía hacer?

Jane nunca irrumpiría en las cocinas de Cambrey a altas horas de la noche.

Con ese pensamiento, Maggie dio un paso atrás, dejando que la puerta se cerrara en silencio. Suspiró mientras se daba la vuelta y se topó con una maraña de brazos y una bata de raso.

Capítulo 15

Como si Maggie hubiera conjurado al propio diablo, allí estaba Jane. Solo que en lugar de tener un aspecto demoníaco, el único rasgo diabólico de Jane era su sonrisa ligeramente ladeada.

—No esperaba encontrar a nadie más rondando por aquí —dijo la joven, con los ojos llenos de alegría—. Creo que he bebido demasiado vino y no he comido lo suficiente para compensarlo. Mamá vigila lo que como. Pensé que otro trozo de bizcocho me iría bien —rio Jane—. ¿Entiende? Algo así como una esponja que absorba el vino de mi estómago.

—Sí —dijo Maggie—. Entiendo. —Pero la idea de entrar en la cocina de Cambrey con una Jane achispada no le producía ninguna alegría.

—¿Por qué no vamos al salón y tocamos la campanilla? —sugirió Maggie.

—Oh, no. No quiero hacer nada tan grosero a estas

horas de la noche, sobre todo, al ser una invitada.

—Creo que el personal de la cocina lo preferirá a que entremos en sus dominios a estas horas. ¿No cree?

Jane frunció el ceño, balanceándose ligeramente.

—No, no lo creo.

—Está bien —dijo Maggie, cogiendo su brazo—. Pensaré por las dos ahora mismo.

Jane suspiró y se dejó guiar hacia el salón. Al prender las lámparas, aliviada al ver que el fuego seguía ardiendo, Maggie contuvo la respiración y tocó el timbre. Casi podía imaginar cómo sonaría en la cocina.

En pocos minutos entró una criada, todavía atándose el delantal.

—Sí, señorita —le dijo con una reverencia cansada a Maggie, que estaba de pie en medio de la habitación. Luego, la muchacha vio a Jane, que ahora estaba recostada en el sofá, y añadió otra reverencia.

Cuando Jane comenzó a tararear, Maggie intercambió una mirada de dolor con la criada.

—Mis disculpas por haberla molestado tan tarde —comenzó, y los ojos de la muchacha se abrieron de par en par en señal de asombro—. Solo nos preguntábamos si podríamos tomar dos trozos de bizcocho, del que se sirvió con la cena. Con natillas por encima, si hay.

Entonces recordó el remedio de su madre para cualquier cosa que le afecte a uno.

—Y una tetera, floja, pero con mucha leche. En realidad, olvide el té, solo dos vasos de leche serán suficientes.

Manteniendo un rostro totalmente neutral, la criada murmuró:

—Sí, señorita. —Hizo otra rápida reverencia y se fue.

Jane empezó a levantarse.

—¿Vamos a por un poco de pastel o al menos unas galletas?

—Sí, ya las traen —le dijo Maggie, viendo que Jane se llevaba la mano a la boca y un tono verdoso invadía sus pálidas mejillas.

Maggie miró a su alrededor y encontró un cuenco de cristal lleno de manzanas. Dejó la fruta en el aparador y empujó el cuenco hacia Jane, que volvió a sentarse pesadamente y se inclinó sobre el cristal. Por suerte, aún tenía el pelo recogido y solo le caían algunos mechones sueltos, que Maggie apartó mientras Jane vomitaba el contenido de su estómago.

En unos instantes, había terminado.

Al retirar el cuenco del regazo de Jane, Maggie se preguntó qué hacer con él. Parecía algo terrible entregárselo a la criada que les iba a traer la comida, y el olor estaba empezando a llenar la habitación.

—Quédate aquí —le dijo a la joven, que estaba recostada con los ojos cerrados—. Me desharé de esto y volveré pronto.

Mientras se dirigía al aseo en el pasillo de atrás, Maggie esperaba no encontrarse con nadie ahora. Intentando mantener el cuenco lo más lejos posible de ella, deseó poder taparse la nariz con una mano, pero necesitaba las dos para sostener el recipiente. Enseguida lo tiró al retrete, agradecida por la bendición de las cañerías interiores. ¿Qué hacer con el cuenco? Con un encogimiento de hombros, la dejó dentro del aseo, arrimada a la pared.

Había cumplido con su parte. Por desgracia, alguna

desdichada empleada doméstica tendría que encontrarlo cuando viniera a limpiar, muy probablemente por la mañana temprano. Sin duda, sería un misterio sin resolver del que hablarían los criados durante años.

Al volver a la sala se cruzó con la criada que se marchaba, y asintió cuando la chica le hizo una reverencia. En el encantador salón azul había una bandeja con dos trozos de delicado bizcocho bañado en natillas calientes y dos vasos de leche, pero no había rastro de Jane.

—No puedo dejar que esto se desperdicie —dijo Maggie en voz alta. Se sentó, se zampó un trozo y se bebió la leche—. Qué rico —añadió, disfrutando de la conversación con la habitación vacía. Simon había tenido razón en cuanto a las habilidades de la cocinera de Cambrey.

Observó el bizcocho de Jane, y decidió que también podría aprovecharlo, pero se lo comería en la intimidad de su alcoba.

Se guardó el libro de Poe bajo el brazo, recogió el plato y el vaso y se dirigió a su habitación.

Cam ya estaba sentado en la soleada sala de desayunos situada en el lado este de la casa, esperando a sus invitados. Era la primera vez que bajaba a desayunar desde su regreso a Turvey House. Todavía molesto por la necesidad de que lo llevaran en brazos y le cortaran la comida, Cam hizo que Cyril y su ayuda de cámara, Peter, lo bajaran muy temprano para que nadie fuera testigo de sus dolencias.

Con su pierna enyesada bajo la mesa, y apoyada

discretamente en una silla vecina, había elegido solo huevos escalfados y tostadas, que podía comer con facilidad con una sola mano. Si no le doliera el estómago.

Cuando media hora más tarde entró Margaret, sintió que un torrente de placer le recorría con la misma rapidez con la que este le abandonó cuando ella salió del comedor la noche anterior.

Simon la seguía de cerca, y Jane entró un minuto más tarde, con un aspecto que su padre habría definido como «lamentable». Sin embargo, ya que ella no había tenido ninguna queja la noche anterior, dirigió su pregunta a Margaret.

—¿Se siente mejor?

Ella lo miró un momento sin comprender, y luego se giró hacia a Jane, como si fuera esta quien debía responder. Entonces, Maggie abrió los ojos de par en par.

—Oh, se está dirigiendo a mí. Por supuesto. Mejor. Sí, me siento mucho mejor. Gracias. Nada que un sueño reparador no pueda curar.

Cam pensó que su sueño reparador también había hecho que su cabello se viera aún más lustroso y que sus ojos brillaran más. Incluso sus mejillas tenían un tono cremoso perfecto.

—Se ha transformado en la rosa fresca que mencionó anoche. Me alegra oírlo.

Mientras tomaban asiento, él sintió la necesidad de disculpar su comportamiento.

—De nuevo, señoras, me disculpo por no haberme levantado.

Margaret le dijo que no era necesario que se excusara, y Jane, que permanecía en silencio, se limitó a encogerse de hombros mientras se servía una taza de té antes de mirar en silencio el mantel blanco.

—¿Está todo bien? —le preguntó Cam. A diferencia de Margaret, parecía más bien un chelín bien usado—. Está inusualmente callada.

No es que él supiera si Jane charlaba como una urraca por las mañanas o no. Sin embargo, pensándolo bien, sí parecía tener una opinión o un comentario que hacer siempre que había estado en su compañía.

Jane miró a Margaret, y a Cam le pareció que ambas intercambiaban algún secreto.

—Tengo un poco de dolor de cabeza esta mañana —dijo Jane en voz baja.

—¡Qué extraño! ¿No se sentía así anoche, señorita Blackwood? ¿Cree que algún tipo de enfermedad se está abriendo paso en Turvey House?

—No —afirmó Margaret de inmediato—. Estoy segura de que no hay nada de eso.

Jane asintió con la cabeza, y luego hizo una mueca de dolor al moverse. Si no la conociera mejor, Cam diría que había bebido demasiado la noche anterior.

¡Mujeres! Qué animales tan extraños.

Hablando de eso, las damas mayores entraron a continuación. La conversación dirigida por *lady* Chatley se centró rápidamente en torno a los bebés y a las parejas que habían formado vínculos durante la temporada, temas que parecieron hacer que Jane se encogiera en su silla.

Debería haber advertido a su madre sobre el deseo de *lady* Emily Chatley de que él y Jane se casaran. Él habría preferido que ella no las hubiera invitado. No le gustaba ver a

Jane infeliz.

—¿Qué planes tenéis para hoy? —preguntó para dejar el tema de los nuevos romances de la sociedad—. Al tener la suerte de poder moverse, deberían aprovechar la oportunidad.

—He pensado que las cuatro —comenzó *lady* Cambrey, señalando con la cabeza a las demás mujeres de la mesa—, podríamos dar una vuelta por Todos los Santos. Es una iglesia preciosa. Justo en el límite de nuestra finca. Habrán pasado por delante de ella cuando llegaron. Y luego haremos un picnic a orillas del Great Ouse. El tiempo parece bueno.

Cam se dio cuenta de que las damas más jóvenes no parecían tan contentas como las mayores, y solo pudo imaginar que ambas echaban de menos la emoción del ajetreo de Londres.

—Madre, sugiero que Grayson vaya como guía, ya que conoce la zona tan bien como yo. Y, por supuesto, Simon debería ir también, para haceros compañía.

Tal vez con esos dos y su buen humor, las damas no se aburrirían.

—Simon ha venido para estar contigo —señaló su madre, con una expresión de molestia en el rostro.

—*Umm*. Bien, pero llevad a Gray.

—¿Llevarme a dónde? —preguntó el hombre, paseándose como si fuera el dueño del lugar. Cam sabía que lo hacía para irritar a *lady* Chatley, que había pensado que era muy extraño que Gray cenara con ellos la noche anterior. Por desgracia, sus pensamientos habían sido demasiado reveladores.

—Quiero que acompañes a estas encantadoras damas a la iglesia y luego al río para hacer un picnic.

Gray se giró para mirarlo fijamente, de modo que solo Cam pudiera ver su cara.

—Una gran idea —dijo su administrador de fincas, con una expresión que decía justo lo contrario de sus palabras—. Aunque tengo trabajo que hacer. Lord Lindsey conoce muy bien la zona. Tal vez le gustaría ir.

Cam no se dejaría manipular.

—Lord Lindsey se va a quedar a charlar conmigo —le respondió—, ya que apenas le veo. Por el contrario, estoy bastante harto de ver tu fea cara.

Lady Chatley jadeó, mientras Gray echaba la cabeza hacia atrás y reía con ganas.

—Bien dicho. Estoy de acuerdo. Yo también estoy bastante harto de usted.

Cam notó que Jane y Margaret también sonreían. La verdad es que si hubiera una forma de mantener a esta su lado, lo haría, pero no se le ocurría ninguna forma de hacerlo.

El mayordomo había entrado con sus pasos silenciosos, lo que a Cam siempre le resultaba sorprendente.

—¿Sí, Cyril?

—Su silla ha llegado, milord.

Todos dudaron y luego comprendieron.

—Haz que la traigan —dijo Gray.

Cam le lanzó una mirada. ¿Tendrían que ser todos testigos de su humillación?

—Sí —aceptó Simon, y luego se giró hacia Cam—. Ya has terminado de comer. Vamos a sentarte en ella para probarla. De hecho, creo que esto significa que todos podremos ir a la excursión de hoy.

Cam sintió que sus ojos se abrían de par en par.

—Tal vez.

Tenía dos opiniones. No quería aparecer como un inválido ante Margaret. Por otro lado, quería estar en su compañía, por no hablar de estar presente cuando ella viera las vistas cercanas a su propiedad por primera vez. En cualquier caso, probablemente iba a utilizar la maldita silla durante los próximos dos meses. Por lo tanto, bien podría empezar ahora. Sobre todo, si eso le permitía pasar el día junto a ella.

En un momento, Cyril regresó con la silla de ruedas.

Gray silbó.

—Parece que no has reparado en gastos.

—Es la más elegante que he visto nunca —convino Simon, observando el artilugio de ratán, caoba y cuero acolchado con tachuelas de latón—. Y mira el tamaño de esas ruedas.

—Es para poder desplazarme por la finca —señaló Cam—. No solo para el interior.

—Creo que podrías hacer una carrera contra mi carruaje —bromeó Simon.

Cam se lo pensó.

—Veamos.

Con toda la dignidad posible, dejó que Gray y Simon lo subieran a la silla. Cam no pudo evitar sonreír.

—Es magníficamente cómoda, justo como pedí.

Gray se puso detrás de él y la empujó hacia delante.

—Y se mueve con mucha facilidad. Por suerte, la iglesia está lo bastante cerca como para que no tengamos que cargar esto en una carreta. Podemos llevarla todo el camino.

Cierto. En muy pocos minutos, Gray estaba conduciendo a las damas en el landó abierto de Cam mientras

Simon lo empujaba por el sendero hacia la iglesia de Todos los Santos.

—Sabes que no hay realmente mucho que ver aquí —le recordó Cam a su amigo.

—No sé qué está pensando mi madre. Ni que fuera San Pablo. — Los dos se echaron a reír con la comparación.

—¿Y por qué van en carruaje? —Cam se rio aún más cuando miró por delante de ellos—. Se puede llegar andando en cinco minutos. —Se golpeó el muslo sano con alegría.

Simon se sumó.

—Se ha tardado más en enjaezar los caballos que lo que durará el paseo en sí. Tengo que parar un momento.

Se puso al lado de Cam, con lágrimas en los ojos ante lo absurdo de que todas las damas subieran al landó para un viaje de dos minutos.

—Apenas puedo respirar por la risa —afirmó.

A mitad de camino, Simon comenzó a empujarlo de nuevo. Entonces, como un rayo caído del cielo, le habló a Cam desde atrás.

—¿Te interesa *lady* Chatley?

Cam intentó girarse en la silla para ver la cara de su amigo.

—Deja de retorcerte —le reprendió Simon como si fuera un niño travieso—. Te vas a volcar. Por cierto, ¿sabes que podrás caminar cuando te quiten la escayola del brazo?

—Por supuesto que lo sé, y lo haré. Tendré los múscu-los del brazo como un gorila cuando me quiten la escayola de la pierna.

No dijo nada más, esperando que Simon abandonara su línea de investigación.

—¿Y bien?

—Bien, ¿qué?

El suspiro de Simon fue fuerte y dramático.

—¿Tienes algún interés en *lady* Jane Chatley?

—Por el amor de Dios, hombre, ¿por qué te importa? ¿No tuvimos una conversación similar el otro día en la veranda?

—Sí, sin embargo, eso fue antes de que llegara *lady* Chatley. Sé que me estoy comportando como un viejo chismoso. Pero si te interesas por Jane y no por Maggie, entonces necesito saberlo, ya que tendré que informar a mi esposa. Si te importan las dos, entonces puede que tenga que estrangularte hasta sacarte el último aliento de vida. Y si te inclinas por Maggie y no por Jane, entonces podríamos terminar siendo familia.

Cam sintió que la sonrisa se extendía por su cara.

—Creo que me gustaría ser de la familia.

Simon dejó escapar un chillido.

—Sin embargo, no depende —añadió Cam, sacando su botella de láudano del bolsillo y dando un trago—, totalmente de mí.

—Es cierto, aunque creo que Maggie también podría estar interesada en ti. No diré más, ya que sería una falta de respeto para mi cuñada. Creo que deberías declararte cuanto antes, ya que pienso quedarme solo unos días más. Si no vuelvo a abrazar a mi mujer y a mi hijo pronto, me voy a volver loco.

—Es comprensible. Tienes suerte de haber formado una familia.

—Tuve la parte más fácil, en comparación con Jenny.

Volvieron a reírse.

—¿Te duele ahora? —preguntó Simon.

Cam lo pensó.

—No. Estoy distraído por nuestra conversación, así que no.

—¿Entonces por qué tomaste un sorbo de láudano hace un momento?

Cam casi no se había dado cuenta de que lo había hecho, pero todavía podía saborearlo en su lengua. Maldita sea. Y Simon sonaba como Maggie cuando empezó a preguntarle sobre el láudano. No le gustaba nada.

—La verdad es que las sacudidas de esta silla me han hecho doler la pierna. Simplemente no quería preocuparte. Es extraño tener la pierna estirada en lugar de elevada. Sin duda, se está hinchando incluso mientras estoy sentado aquí.

Simon no dijo nada, y Cam se preguntó si lo desaprobaba.

—¿Sabes?, todo el mundo toma láudano para el dolor. Es tan común como la cerveza.

—Es cierto, pero tomar demasiado durante mucho tiempo también es común.

—Entendido.

No hablaron más del tema cuando llegaron frente a la iglesia de Todos los Santos.

—¿Por qué no entras y te reúnes con los demás? Yo me sentaré aquí entre los muertos, o giraré en círculos. —Cam agarró la empuñadura de la rueda izquierda y tiró de ella hacia abajo hasta que empezó a girar.

Simon le ofreció una sonrisa irónica.

—¡Perfecto!

Después de que su amigo desapareciera dentro de la iglesia de piedra, Cam consideró sus palabras. Tal vez debería declararse a Margaret. Después de todo, ella había parecido perfectamente feliz de recibir sus besos. Si tan solo no pareciera igual de feliz al besar a otros hombres… ¿Y si ella había besado también a Gray cuando los dos habían salido a cabalgar el día anterior?

Por suerte, él podría averiguarlo con facilidad. Parecía una pregunta perfectamente razonable que hacerle a su viejo amigo, de hombre a hombre. Sabía que el administrador de su finca volvería a salir pronto, ya que no podía haber nada muy fascinante en el interior de Todos los Santos… excepto Margaret.

Por desgracia, cuando Gray salió, lo hizo con las señoras Chatley y la madre de Cam. Parecían estar en una animada conversación sobre el campanario y la fecha de la campana más antigua, que Cam sabía muy bien que era de 1682. Aun así, permaneció en silencio mientras *lady* Emily Chatley seguía con su discurso durante unos instantes, leyendo un folleto que había encontrado en la nave de la iglesia.

Al fin, Jane se asomó, lo saludó con la mano, y luego abandonó a los demás.

—Tiene mejor aspecto que en el desayuno —dijo Cam.

—¿De veras? Me siento mejor. Supongo que anoche bebí demasiado. —Jane se acercó y susurró—. Mi madre tiene ese efecto sobre mí. Realmente solo tomé dos copas de vino, y ahora me siento como si estuviera caminando a bordo de un barco.

—¿Solo dos? —Cam sonrió—. Sería mejor que solo bebiera agua.

—Lo sé. Y por desgracia, cuando tomo vino, mi estómago también cree que estoy en el mar.

«Pobre Jane».

—La señorita Blackwood me ayudó anoche cuando se me ocurrió asaltar la cocina para comer algo.

—¿Lo hizo?

—Lo siguiente que supe fue que me puse enferma. Ella se encargó de todo, y confieso que fui cobarde y hui de la escena.

«Pobre Jane. Y Margaret, también».

Justo entonces, Margaret salió de All Saints con Simon detrás. Ella miró a Cam y Jane con una expresión extraña en su rostro.

—Debería disculparme con ella y darle las gracias —continuó Jane.

—Ahora es su oportunidad —dijo Cam, pero Margaret se acercó a Gray para comenzar su recorrido por el exterior de la iglesia. El grupo se detuvo a mirar el arco interior moldeado del pórtico sur antes de volver al pequeño cementerio.

—¿Le importa que le acompañe? —le preguntó Jane—. Cuando estoy atrapada con mi madre y otras personas, ella sigue hablando vergonzosamente de mis «logros», y luego siempre se las arregla para sacar a relucir los compromisos, las bodas y los bebés. En ese orden, por supuesto.

Cam se rio.

—Las madres no tratan a sus hijos de forma diferente. De todos modos, ¿qué le parecieron las maravillas de nuestra pequeña iglesia? ¿Vio la torre y el baptisterio? ¿La majestuosa nave? ¿Los bronces? ¿Los monumentos de la familia Mordaunt?

—Sí, lo vi todo. Es una joya. Y útil también, para cuando se case.

Jane tenía razón. Podría llevar a Margaret de su casa a la iglesia en menos de cinco minutos. Tomando un sorbo de láudano, lo puso de nuevo en su bolsillo, y se dio cuenta de que su silla estaba atascada. No podía llegar a ninguna parte con una sola mano, y no podía pedirle a Jane que le empujara.

Los demás se habían adelantado y estaban examinando las lápidas cubiertas de líquenes.

Cuando Margaret, a la que no podía dejar de mirar, se dio la vuelta, Cam le hizo un pequeño saludo. Rápidamente, ella le dijo algo a Gray, que fue trotando hacia él.

—No quería dejarle tirado, viejo amigo —dijo empujándolo con rapidez sobre la hierba recortada y los adoquines—. Margaret me recordó su situación.

Ahora la llamaba Margaret, ¿verdad?

—Muy amable por su parte, ya que mis dos mejores amigos se olvidaron de mí.

Gray asintió a Jane, que caminaba junto a ellos.

—Por suerte, tuviste la compañía de esta encantadora dama. Aunque creo que le tocó el extremo equivocado de la espada.

—¡Ja! Ahora date prisa, vamos a asegurarnos de que nadie se pierda el mausoleo. Tú y yo solo lo hemos visto cien veces.

Maggie pudo relajarse y explorar el patio de la iglesia tan pronto como Grayson se llevó a John de su vista. Jane permaneció a su lado, como una prometida devota. Tal vez lo fuera. Posiblemente ya habían llegado a un acuerdo. Tal vez anunciarían su compromiso en el picnic y todos lo celebrarían. Jane podría volver a estar achispada y sentarse en su regazo en la silla de ruedas para el viaje de vuelta a casa.

—¿Por qué frunces el ceño? —le preguntó Simon.

—¿Lo hago?

—Sí. De todos modos, lo entiendo. Algunas personas se sienten así en los cementerios.

Era una excusa tan buena como cualquier otra, así que ella no dijo nada más.

—Por cierto —añadió Simon—. Le mencioné a Cam que tuviera cuidado con el láudano.

—Gracias.

—No estoy seguro de que se lo haya tomado bien.

Maggie frunció el ceño de nuevo.

—Si anuncian un compromiso, le advertiré personalmente del peligro. Entonces dependerá de ella.

Las cejas de Simon se alzaron.

—¿Anunciar un...? ¿Por eso estás aquí, a la sombra de este sepulcro, con cara de gárgola?

—¡No seas ridículo! —Recogiendo sus faldas, decidió que había sido demasiado familiar con su cuñado. Era hora de reunirse con las damas.

Después de unos minutos de navegación sin rumbo, *lady* Cambrey declaró que era hora de ir al río Great Ouse. Mientras Maggie dejaba que Simon la ayudara a subir al landó, se alegró de ver que Jane se alejaba del lado de John y subía también al carruaje. Simon se quedó con ellos esta vez para conducir, y Grayson fue elegido para encargarse de empujar a John hasta el río.

Durante todo el corto trayecto por el carril y hasta la orilla del agua, Jane parecía tener algo que decir. La otra chica la miraba con gesto expresivo. Maggie decidió que se quedaría a solas con Jane después de comer y dejaría que le dijera lo que tuviese que decirle. Sin duda tenía algo que ver con pedirle a Maggie que abandonara el campo de honor, por así decirlo. Tener a dos damas solteras zumbando alrededor del mismo soltero podía ser inquietante.

Sin embargo, después del beso que había compartido con John, y la exquisita sensación de su cuerpo, Maggie tenía más que ganas de luchar por él. Él podría haber elegido a Jane por su naturaleza plácida, su cabeza sobre los hombros y todo eso, incluso por su dulce rostro y su herencia. Sin embargo, las chispas que Maggie sentía con él eran muy reales.

¿Podría él sentir lo mismo con Jane? La desconcertaba que así fuera, porque sus propios besos experimentales con otros hombres habían sido como un parpadeo tibio comparado con una llama rugiente.

Decidiendo hacer lo impensable, le preguntó a John directamente. ¿Estaba dispuesto a renunciar al exquisito chisporroteo que compartían por un mero destello de calor?

Capítulo 16

El Great Ouse no era exactamente el Támesis. Maggie sabía que el río era muy largo, pero allí, cerca de Turvey House, apenas parecía diferente del río Don, cerca del parque Belton de Simon y Jenny. Su paseo en carruaje había tardado algo más en llegar al río que a la iglesia, ya que habían conducido prácticamente hasta la mansión antes de tomar a la izquierda un camino que bajaba hasta la zona de picnic elegida. La señora Mackle, el ama de llaves de los Angsley, muy eficaz, había enviado a los sirvientes a preparar un gran banquete.

Cuando bajaron del landó, había varios manteles extendidos sobre los que ya se había colocado una pila de platos y cubiertos. Los criados habían bajado cestas con comida y bebida, que ahora repartían mientras las damas y los caballeros se reunían a su alrededor.

Grayson y John fueron los últimos en llegar, y todo el mundo se apartó mientras ayudaban al conde herido a levantarse de su silla para sentarse sobre una manta.

Cuando gimió, Maggie giró la cabeza para ver cómo se frotaba el muslo antes de sacar el frasco de láudano del bolsillo. Para su alegría, él lo miró y luego lo devolvió a su abrigo sin abrirlo. Tal vez las palabras de Simon habían hecho efecto después de todo.

Maggie se alegró de que la comida fuera ligera, compuesta por pasteles fríos individuales rellenos de carne y verduras, fáciles de sostener en una mano, junto con frutas y quesos. Solo bebió limonada y notó que Jane hacía lo mismo. Las señoras mayores volvieron a inclinar las copas de vino y Maggie se preguntó si la capacidad de mantener la cabeza fresca venía con la edad. De repente, echó de menos a su propia madre y se preguntó qué estaría pasando en Sheffield con Jenny, Eleanor y el nuevo bebé.

Perdida en sus pensamientos, casi no se dio cuenta de que Jane le hacía un gesto para que se acercara a la orilla del agua. Se quitó las migas de las manos, se levantó y la siguió. Parecía que había llegado la hora de la verdad. O tal vez Jane simplemente intentaría librarse de cualquier competencia empujando a Maggie al río.

—No vayáis a nadar, chicas —llamó *lady* Cambrey tras ellas, como si conociera las cavilaciones de Maggie—. Las apariencias engañan, y la corriente es bastante rápida.

—No he nadado en un río o en el mar desde que era una niña —reflexionó Jane—. Creo que sería divertido y refrescante.

Maggie miró las aguas en movimiento.

—Tal vez sea mortal, a menos que usted sea una gran nadadora. Probablemente hay recodos en el río.

La verdad es que a Maggie le sorprendieron las palabras de Jane, que seguía pensando que era más reservada de lo que había demostrado ser la noche anterior. Parecía que había una Jane aventurera y divertida, una que había capturado el corazón de John, y Maggie solo la estaba viendo ahora.

Jane apartó la vista del río y la fijó en Maggie.

—Solo quería darle las gracias.

Oh, por supuesto. ¿Por qué no se le había ocurrido eso a Maggie? Había asumido que tenía que ser por John. Ofreciéndole una sonrisa tranquilizadora, Maggie agitó la mano para quitarle importancia.

—De nada. Además, también me he comido su trozo de tarta.

Jane se rio.

—Se la merecía. Me ha salvado de la humillación en la cocina o de una mortificación absoluta en el salón.

—Todos hemos hecho algo que desearíamos no haber hecho.

Jane se puso sobria al instante y observó al grupo. Mirando por encima de su hombro, sus ojos se cruzaron con los de John.

—Supongo que tiene razón —murmuró Jane.

Maggie ardía en deseos de saber lo que Jane estaba recordando, pero preguntarle estaba fuera de lugar. Si quería contarle sus secretos, lo haría.

—Me gusta usted —le dijo Jane con brusquedad—. Ojalá hubiéramos sido amigas durante la temporada.

Sintiéndose como si hubiera sido mezquina en algunos de sus pensamientos con respecto a *lady* Jane, Maggie solo pudo estar de acuerdo.

—Siempre hay otra temporada.

—De alguna manera, lo dudo —dijo Jane, seria—. No creo que la haya para mí. Al menos, espero que no.

Sintiendo que su corazón se encogía, Maggie estaba segura de que Jane quería decir que pronto estaría fuera del mercado matrimonial, como solía decirse. El próximo año, Jane podría organizar fiestas para otras debutantes en la casa de Cambrey.

Maggie preferiría arrojarse al Great Ouse antes que asistir a una fiesta organizada por el conde y la condesa de Cambrey, sobre todo, si seguía siendo una dama soltera en su tercera temporada.

Los otros comenzaron a caminar hacia ellos, y su momento de intimidad pasó.

—Si miras más allá, verás que nuestros arbustos de frambuesas son abundantes —dijo *lady* Cambrey—. No es que los haya recogido, por supuesto, pero nuestra cocinera hace tarta de frambuesa y bizcocho con frambuesas frescas y nata. También hace conservas para las tostadas de la mañana, así como vino y vinagre de frambuesa—. Hizo una pausa—. También usa las frambuesas para la mitad de los platos del almuerzo y la cena.

Mirando los arbustos, *lady* Cambrey frunció el ceño.

—Ahora que lo pienso, quizá debería arrancarlos todos.

Simon se rio.

—No puede ser tan malo. Además, tengo buenos recuerdos de recoger cubos enteros. Estoy seguro de que Cam, Gray y yo comimos más de lo que le dimos a la cocinera.

La madre de Cam sonrió.

—Pronto, espero que haya una nueva generación de

Angsleys que recoja bayas.

Cam, que estaba de vuelta en su silla y era empujado por Gray, fingió un fuerte gemido. Mientras Maggie lo observaba, compartió una mirada divertida con Jane.

—¿Recuerda lo que le dije? —le preguntó Cam a Jane

Esta asintió, encogiéndose ligeramente de hombros.

«Una broma privada entre la pareja», pensó Maggie. Puede que ya hubieran hablado de tener hijos lo antes posible para complacer a su madre o a la de ella.

—¿Caminamos más lejos? —preguntó *lady* Cambrey—. Hay un pequeño recodo a poca distancia. Es donde John solía remar de niño.

—Madre —la amonestó él.

Haciendo caso omiso, *lady* Chatley insistió.

—Me encantaría verlo. ¿Verdad, Jane?

—Entonces haremos una visita a donde le cambiaron el pañal por primera vez —añadió Simon en voz alta.

Todos se rieron.

—Solo tú podrías salirte con la tuya con semejante irreverencia —le dijo John—. Al menos, en lo que respecta a mi madre.

Cam nunca pensó que se alegraría de volver a la cama y tener la pierna en el infernal cabestrillo, pero así fue. Incluso la modesta salida del día había sido una prueba dolorosa y agotadora.

Cerrando los ojos en cuanto su cabeza tocó la almohada, se dirigió a Gray.

—No te vayas aún.

El mayordomo ya se había marchado, y Simon había decidido escribir una carta a Jenny. Por lo tanto, estaban solos.

—¿No has tenido suficiente de mi compañía?

—Solo una pregunta rápida, pero importante.

Gray acercó una silla a la cama.

—Muy bien.

Cam abrió los ojos y lo miró.

—Puede que no quieras contestarme.

Gray asintió.

—Está bien.

—Cuando fuiste a cabalgar con la señorita Blackwood, por casualidad, ¿la besaste?

—¿Qué? —Su amigo de toda la vida arrugó la cara en una expresión curiosa, tanto de incredulidad como de diversión.

A pesar del fragmento de vergüenza que lo atravesaba, Cam continuó.

—Me refiero a cualquier momento en que hayas estado a solas con ella, no solo en ese paseo. O incluso no a solas, supongo. —Se pasó una mano por la cara—. Mira, simplemente dime si la has besado.

Sin embargo, Gray ya se estaba riendo, primero fue una risita, pero luego se le escapó una fuerte carcajada.

—No veo qué tiene de gracioso —dijo Cam, en tono cortante.

—No soy yo quien ha hecho una pregunta ridícula. Acabo de conocer a la dama.

—Eso no es una respuesta. Al verla por primera vez,

podrías haber desarrollado una gran pasión, que luego le expresaste mientras cabalgabais juntos. Ella debería haber tenido una compañera, no haber salido sola contigo.

—¿Porque soy una mala bestia? —La sonrisa de satisfacción de Gray no abandonaba su rostro.

—No lo sé. —Cam gimió—. Tengo la cabeza embotada. Todo lo que sé es que ciertamente la besaría si estuviera a solas con ella. Y la verdad es que lo he hecho, y en numerosas ocasiones.

¿Por qué había sentido la necesidad de decir eso? Era una falta de respeto, lo sabía, pero no se arrepintió.

—Oh, ¿en serio? —Gray levantó una ceja—. ¿Además de aquí, en tu habitación, quieres decir?

Cam frunció el ceño.

—No voy a comprometer a la dama discutiendo con gente como tú. Responde a la maldita pregunta.

—Pensé que lo había hecho. La respuesta es un no rotundo. No la he besado, ni quiero hacerlo.

Eso consiguió la atención total de Cam.

—¿Por qué no? ¿Qué pasa con ella?

Gray se rio hasta aullar, sujetándose el estómago y doblándose de risa. Todo el tiempo, Cam permaneció inmóvil, con los brazos cruzados sobre el pecho.

Por fin, con voz tranquila, Gray le preguntó:

—¿Quieres que te alabe sus virtudes, o te digo lo que no me gusta de ella?

—Ninguna de las dos cosas —le dijo Cam—. Ya sé lo que es maravilloso de ella, y no me importa lo que no te guste. Me alegro de que haya cosas que te agraden. Ella es mía, no tuya.

—Bien. Creo que hacéis buena pareja. ¿Por qué no se lo dices a ella? Creo que la señorita Margaret y Simon se irán pronto.

Cam gimió.

—Mírame. ¿Cómo me acerco a una mujer si no puedo caminar?

—Escoge un lugar —dijo Gray, repentinamente serio—. Yo te trasladaré primero y luego te la llevaré a ella.

—Lo pensaré —dijo Cam, sintiéndose agradecido y emocionado. Esto podría ser muy importante para el resto de su vida—. Gracias.

—¿Puedo retirarme, milord?

—Basta, y sí, puedes irte.

En la puerta, Gray se volvió.

—No elijas el lugar donde te cambiaron el pañal. —Se agachó cuando Cam le lanzó una almohada a la cabeza.

A la mañana siguiente, Cam no se molestó en levantarse temprano y correr a la sala de desayuno. De todos modos, no tenía ganas de comer. Le dolía el estómago. Tal vez fuera por haber estado despierto la mayor parte de la noche reflexionando sobre dónde debía declarar su afecto por Margaret. No tenía los extraordinarios jardines que tenía Simon en Belton Manor, pero Turvey House tenía unas vistas preciosas del río. Había un banco de piedra que podría servir.

A media mañana, su madre apareció en la puerta con sus periódicos.

—No esperaba que vinieras hoy, no con la casa llena de

invitados —le dijo él.

Ella se inclinó y le besó la mejilla.

—¿Por qué no has bajado?

Cam se encogió de hombros.

—Me sentía cansado cuando me desperté.

—Y no me extraña. Pasaste de no hacer ejercicio a hacer bastante ayer.

De todos modos, no le dijo que se sentía cansado o aturdido la mayor parte del tiempo. Solo sabía que cuando intentaba saltarse una dosis de láudano, todo le dolía más.

—De todos modos, los invitados se están divirtiendo —le informó su madre—. Simon ha salido con las damas a cabalgar, y dijo que vendría a verte cuando volvieran. Como *lady* Chatley está sola, le dejaré los periódicos. La llevaré a dar un paseo por el pueblo.

Dirigiéndose a la puerta, se volvió hacia él.

—Odio dejarte solo.

—Madre, soy un hombre adulto.

—Siempre serás mi pequeño —afirmó con una sonrisa.

Él no pudo evitar devolverle la sonrisa. Luego ella se fue.

La lectura de los periódicos fue una buena distracción y le despejó el cerebro. Llamó para que le sirvieran el té y se sumergió en el siguiente diario. Casi había olvidado lo mucho que le gustaban las maniobras del gobierno, y se perdió fácilmente en un artículo sobre lo que tramaba lord John Russell.

Media hora más tarde, estaba enfrascado en *Las brujas de Lancashire*, de Ainsworth, que se publicaba por entregas en *The Sunday Times*.

—Podría escribir una novela —murmuró en voz alta.

—Necesitas compañía si estás hablando solo —dijo una voz desde la puerta.

Simon entró, con el aspecto de haber disfrutado de un paseo enérgico y haber tomado el sol y el aire fresco.

—No hay nada de malo en hablar consigo mismo cuando uno no solo tiene sentido común, sino que además sabe escuchar. —Cam se rio de su propia broma—. En realidad, tengo unos cien pensamientos en la cabeza, y creo que algunos de ellos podrían ser incluso originales. Al principio, me sentía embrollado por la inactividad y el sueño. Ahora, tengo una sobreabundancia de nociones creativas. Debería empezar a escribir algunas de ellas.

Simon no dijo nada por un momento.

—¿Te llevamos abajo, tal vez a la biblioteca? —preguntó al fin—. Probablemente te haga bien levantarte una vez al día.

Cam se lo pensó.

—Sí, vamos. La biblioteca me vendría bien. Trae a Cyril. ¿Hay alguien más por aquí?

Simon negó con la cabeza.

—Si nos damos prisa, no. Las damas están cambiando sus trajes de montar.

—Perfecto.

En muy pocos minutos, estaba abajo en su silla de ruedas, que cabía perfectamente bajo la mesa redonda de roble de la biblioteca. Con la pluma y el papel delante de él, Cam se puso a escribir.

Unos minutos después, un movimiento en la puerta llamó su atención. Era Jane, lo cual resultaba un alivio. Si se encontraba con Margaret antes de estar preparado, Cam temía que ella leyera en su cara que tenía la intención de pedirle la mano, y ese no era el escenario que quería.

—¿Tuvo un buen viaje?

—Sí, encantador. ¿Me estoy entrometiendo?

—No, en absoluto. —Cam casi le confesó que ella estaba interrumpiendo una corriente de pensamientos, pero su estancia sería corta, y él tendría muchas semanas para escribir después de la partida de los Chatley.

Como si hubiera leído su mente, Jane dijo:

—Nos vamos mañana. Siento que nos presentáramos de improviso. Creo que nuestras madres tenían en mente emparejarnos. Al menos la mía.

—Lo sé. Y está perfectamente bien. Me alegro de haber tenido su compañía.

Jane arqueó una ceja.

—¿Incluso cuando ya tenía una compañía tan encantadora?

¡Cristo! Sus mejillas podrían estar enrojeciendo.

—Cierre la puerta, ¿quiere?

Sonriendo, hizo lo que le pedía y luego se acercó, para apoyarse en el borde de la mesa, frente a él.

—Siento como si nos hubiéramos hecho amigos con todas las horas que pasamos preparándonos para el banquete. Espero que no piense que estoy siendo demasiado personal —dijo ella.

—No, no lo creo, y yo siento como si fuéramos amigos. Bastante inusual para una temporada, ¿no cree? Hacer una amistad con un miembro del sexo opuesto, en lugar de una asociación romántica.

Ella asintió con la cabeza.

—Ayuda que ninguno de los dos se preocupe lo más mínimo por no tener sentimientos románticos el uno por el otro. No podríamos habernos hecho amigos si fuera de otra manera.

—Es cierto. Unas cuantas veces, durante las reuniones de planificación, me preocupaba que se insinuara algo más…

—Por mi madre —interrumpió Jane—. No puede culparla, ¿verdad? Una hija soltera y usted, un hombre elegible y con título, justo delante de ella como una fruta que pende de un hilo.

Cam se rio.

—Sí, ese soy yo, antes una pera jugosa, ahora más bien una pasa seca envuelta en yeso.

Se alegró de verla reír.

—No debe dejar que su madre le afecte —dijo Cam—. Estaba usted en un estado terrible después del partido de cricket. Y luego dejó que la arrastrara hasta Bedford. Por mucho que me alegre de verla, es una carga demasiado pesada para usted, sobre todo, cuando sabía que no íbamos a formar un vínculo.

Ella se encogió de hombros, desestimando sus palabras y, con toda probabilidad, creyendo que debía comportarse como una hija obediente.

—Lo digo en serio, Jane. Además, no creo que a su edad deba preocuparse por quedarse soltera ni por recibir una mala oferta.

Jane suspiró con suavidad, y él se preguntó si debía ponerse a pensar en qué caballero de sus conocidos la merecía.

—Cuando llegó la invitación de su madre —dijo Jane—, habría sido una grosería rechazarla solo porque sabía que no íbamos a comprometernos. Además, venir a animarlo era lo menos que podía hacer después de haber llorado sobre su hombro en aquella miserable tienda.

—La tienda no era miserable. Era perfectamente encantadora. Y usted me ha animado. Nuestra pequeña excursión de ayer fue la primera vez que pasé por la veranda. No lo habría hecho si solo hubieran estado Simon y... —se interrumpió.

Jane volvió a sonreír.

—Ah, sí, por eso he venido aquí, ¿recuerda? Porque usted no quería que hablara desde la puerta de la deliciosa compañía que encontré al llegar. Y no me refiero al apuesto lord Lindsey.

¿Estaba sonriendo como un tonto?

—No sé a qué se refiere —dijo él.

—¡Ja! Ridículo —gritó ella—. He visto cómo mira a la señorita Blackwood. Es una chica encantadora, inteligente y amable, también, y recuerdo que lleva un vestido de baile a la perfección. Estoy segura de que ha bailado con ella durante la última temporada.

—Sí, sí, a todo eso. Sé cómo baila y cómo luce con un vestido de baile.

—¿Sabe ella que usted lo sabe?

Cam frunció el ceño.

—¿Qué quiere decir?

Jane se inclinó hacia él.

—¿Va a decirle que la admira?

—Sí, creo que lo haré. Pronto.

Jane colocó las manos sobre la mesa frente a él y le miró a los ojos.

—Esto es terriblemente romántico, John. La dama viene de visita con su cuñado porque es un buen amigo suyo, y luego usted descubre que está loco por ella.

Atrapado por su excitación, con cientos de ideas pasando por su cerebro sobre Margaret y el romance, e ignorando el hecho de que eran inducidas por el opio, agarró la mano de Jane, haciéndola resbalar sobre la mesa.

Con la otra mano sosteniendo su barbilla, ella soltó una risa inusual.

—Al describirlo así —dijo Cam—, todo el asunto suena maravilloso.

No había oído ningún paso. Sin embargo, cuando la puerta se abrió, Cam vio a la dama en cuestión, mirando con los ojos muy abiertos, como si le hubiera pillado in fraganti, igual que en una comedia francesa.

Capítulo 17

Maggie no podía creer, literalmente, lo que veían sus ojos. Era imposible. Allí estaba John, sentado en la biblioteca, agarrando a una risueña Jane, que estaba desparramada sobre la mesa a la distancia de un beso, con el escote justo sobre la cara de Cam.

Dejando caer el libro de sus dedos, Maggie abandonó las historias de Poe, se dio la vuelta y huyó de la escena. Casi sin poder respirar, tuvo que salir de la casa. ¿Era ese el aspecto que ella tenía cuando su madre y Grayson la encontraron tumbada encima de él?

Nada parecía importarle a John Angsley, mientras tuviera una mujer, cualquier mujer. O tal vez, cuando le había dado la excusa de creer que estaba soñando, lo había estado haciendo con Jane todo el tiempo.

¡Maldita sea! Ella no lloraría. Después de todo, sabía que él sentía algo por Jane.

Al menos no tenía que molestarse en preguntarle si

podía dejar sus ardientes encuentros por un tibio acuerdo con Jane. Parecía haber mucho calor entre ellos.

—Deténgase —oyó Maggie detrás de ella. Era la voz de John retumbando con fuerza a través de la puerta abierta. Entonces escuchó unos ruidos. Tal vez la dama estaba necesitando reacomodar sus faldas.

—Por favor, espere. —Esta vez fue Jane quien la llamó, y de repente, allí estaba la joven, persiguiendo a Maggie por el pasillo.

Al llegar a la puerta principal, Maggie se propuso escapar al exterior. Sin embargo, Jane llegó enseguida a su lado.

—Oh, por favor, Margaret, ¿no me dejará explicarle?

—No, creo que no. Tengo ojos. Los he visto a los dos. Jane sacudió la cabeza.

—Oh, querida.

—Precisamente —le dijo Maggie, poniendo la mano en la puerta.

—No, quiero decir, oh, cielos, solo puedo imaginar cómo debe haberse sentido. Por favor, vuelva a la biblioteca. John está muy molesto.

—Esto puede sorprenderle —dijo Maggie, con la voz chillona para sus propios oídos—, pero en este momento, *lady* Chatley, no me preocupa si el conde de Cambrey está molesto.

Jane tuvo el descaro de sonreír.

—Sí, ya veo por qué podría ser así. Excepto que ha confundido lo que ha visto.

Maggie puso los ojos en blanco, pero Jane insistió.

—Vamos, este tipo de malentendidos tontos solo ocurren en una novela romántica de la señorita Austen.

Maggie se quedó helada.

—¿Está diciendo que no le gusta nuestra gran Jane Austen?

Jane suspiró.

—Bueno, por supuesto que me encantan sus libros, pero no querría vivir en uno de ellos, ¿verdad? Con toda la angustia y el desamor, y los malos entendidos y subterfugios. Nuestras vidas no son como esas, así que, por favor, ¿no quiere volver conmigo y hablar con John?

Qué ironía, reflexionó Maggie, haber estado pensando justo la otra tarde en la vida de una novela. Es más, Jane tenía razón. Siempre había angustia, drama e incluso tragedia antes de que hubiera un final feliz. Incluso entonces, a veces, no lo había.

Antes de que Maggie pudiera responder, Jane la cogió del brazo y la arrastró por el pasillo. En la puerta de la biblioteca, Maggie pudo ver uno de los pies de John, que sobresalía de la escayola.

—Maldita sea —exclamó John, al verlas—. Me ha costado una vida no ir en círculos, y luego me he enganchado.

Ligeramente de lado, tenía una de las ruedas delanteras de su silla atascada en la jamba de la puerta. Maggie se quedó mirando al suelo, un poco enfadada, un poco asustada, pero cuando levantó la vista hacia su rostro, al mismo tiempo, él la miró a los ojos.

—Margaret. —Fue todo lo que dijo, pero su tono resonó en ella.

—Si no le importa que lo diga —empezó Jane—, creo que deberíamos empujarlo hacia atrás, y lo que sea que vaya a ocurrir a continuación, que no ocurra junto a esta puerta.

—Por supuesto —dijo John—, ayúdeme, pero luego, si no les importa, por favor, empújenme hacia la veranda. Estoy seguro de que podemos lograrlo.

En silencio, hicieron lo que él les indicó, y en poco tiempo, Maggie, con Jane a su lado, estaba empujando a John por el pasillo hacia la parte trasera de la casa.

—Eso es, bien hecho, señoritas —las animó, como si fueran bueyes en un arado.

Cuando llegaron a la veranda, Jane se excusó rápidamente murmurando «buena suerte» antes de desaparecer sin mirar atrás.

—Esto no es lo que pretendía —comenzó John.

—¿No? —dijo Maggie, y nada más. Ella no iba a ayudarle con «lo que viniera después», como había dicho Jane. En cualquier caso, ella simplemente no estaba segura de lo que él pretendía.

—No, esto no debería ser así. Gray iba a llevarla a un lugar romántico, probablemente junto al río.

—¿Gray? —Ella sabía que su voz era afilada, pero John la había desequilibrado—. ¿Siente algo por mí?

John frunció el ceño, confundido. Luego negó con la cabeza.

—No, no que yo sepa. De hecho, tiene una lista de lo que no le gusta de usted.

—Le ruego que me disculpe.

Si John no fuera tan guapo y tuviera una boca tan atractiva a la que ahora se encontraba mirando fijamente mientras esperaba que él dijera algo con sentido, podría haberse sentido insultada.

—Permítame empezar de nuevo —dijo él—, y hablar

con claridad. La tengo en gran estima, y desde hace mucho tiempo.

Sintiendo que sus mejillas se sonrojaban, Maggie guardó silencio. Esta era una de esas veces en las que Jane Austen escribía para que la heroína simplemente dejara hablar al hombre.

—Aunque me sentí atraído por usted —continuó—, no solo por su aspecto, sino también por su naturaleza, su buen humor, su risa, su forma de ver el mundo. Aun así, al principio me preocupaba que fuera demasiado joven, y luego, por supuesto, la vi besando a Burnley, cosa que luego me dijo que se sintió feliz por hacerlo.

—Feliz porque ese beso demostró la gran diferencia entre un beso ordinario y uno extraordinario —afirmó Maggie.

Él parpadeó.

—Ah, ya veo.

—Sin embargo, me resulta difícil dar crédito a esa «alta estima» que dice tenerme, después de verlo con *lady* Chatley.

—Jane vino a la biblioteca solo para preguntar por mis sentimientos hacia usted explicó Cam—. Se lo estaba contando cuando usted entró.

Maggie sacudió la cabeza.

—Ahora no. Me refiero a después del banquete. En ese momento, creí que teníamos un acuerdo, basado en otro beso extraordinario.

—Como yo, pero luego la vi en los brazos de Westing. Por mucho que la adore, Margaret, y lo hago, no voy a vivir pendiente de si mi mujer está entregada a mí o interesada en otro hombre.

Maggie recordó ese día. John con Jane y luego...

—¿Vino al pabellón?

Él asintió con la cabeza.

—Pero Christopher solo me consoló por lo que oí y vi mientras espiaba detrás de la carpa. Usted y Jane. Me dejó conmocionada, y terminó llevándome a casa directamente.

John se pasó una mano por la cara.

—Lo siento. Fue un malentendido.

—Exactamente como en una de las novelas de la señorita Austen.

Inclinando la cabeza en forma interrogativa, John esperó a que ella se lo aclarara.

—Ya sabe, como en *Emma*. Usted es el señor Knightley, y creo que se preocupa por Harriet, pero todo el tiempo.

—Me gusta *Emma*, aunque me resulta muy inmadura y no conoce su propia mente. Además, parecía preferir a Frank Churchill antes que a Knightley.

Ante la expresión de sorpresa de ella, añadió:

—He leído algunas novelas románticas en mi época.

Maggie sonrió.

—Emma era joven e inexperta y no supo quién le gustaba hasta que pensó que casi lo había perdido. Yo, en cambio, di un paso adelante, saltando a la brecha para besar a otros hombres y sacar mis propias conclusiones.

John se pellizcó el puente de la nariz, emitiendo un sonido que podría haber sido de exasperación.

—No creo que necesitara besar a otros hombres para determinar sus sentimientos.

—Me pareció más directo que, por ejemplo, pasar por todo lo que pasaron Elizabeth Bennet y el señor Darcy, ¿no cree? —le preguntó Maggie.

John tomó su mano entre las suyas.

—Me alegro de que no lleve guantes. —Le acarició la palma de la mano. —A ella se le cortó la respiración—. Lo que vio fue la extraña circunstancia de dos personas del sexo opuesto que se han hecho amigas. Y nada más. Se lo prometo. Jane apareció en la carpa después del banquete, cuando pensé que me encontraría con usted.

—Estaba de camino —alegó Maggie.

—Llegó primero y estaba muy disgustada porque su madre empezaba a dar a entender que quería que Jane y yo nos pusiéramos de acuerdo —continuó Cam—. *Lady Chatley* esperaba que el banquete fuera el día en que yo quedara tan embelesado por las habilidades de Jane como anfitriona, que pediría su mano en el acto, incluso en el mismo partido. Además, Jane no sabe beber de forma digna.

—Eso lo descubrí yo misma. Al parecer, tiene una resistencia extremadamente baja a los efectos del vino.

—O al champán —añadió John.

Los dos se rieron y luego se hizo el silencio. Se miraron fijamente.

—¿Y nunca la ha besado? —Maggie tenía que saberlo.

—Ni una sola vez. No he necesitado hacer nada de eso para saber lo que siento por usted. Cuando la beso, no puedo ni pensar en besar a nadie más. En absoluto.

Atrapando su labio inferior entre los dientes, Maggie consideró sus palabras. Sonaba muy convencido, como si fueran a tener un futuro juntos.

—En mi defensa, John, le diré que yo no había besado a muchos hombres antes. Y creo que usted me lleva demasiada ventaja. —Él alzó las cejas y luego bajó la mirada—.

Está bien —insistió ella—. Sinceramente, hubiera sido extraño que fuera de otra manera. Si tuviera su edad, incluso sin estar casada, creo que habría experimentado el acto de un hombre y una mujer juntos. Así las cosas, me excita la perspectiva de probarlo. Con usted, quiero decir.

Ella observó cómo la expresión de él pasaba de la sorpresa por su franqueza al placer más absoluto.

—Yo también —dijo Cam, llevándose la mano de Maggie a los labios para besar la palma—. Hagamos esto correctamente, ¿de acuerdo?

Con la fuerza de su único brazo, la empujó sobre su regazo. Agarrando su barbilla, le indicó que le mirara. Con su mirada penetrante, Maggie se sintió como si estuviera nadando en las profundidades de sus ojos color avellana.

—Le pido su mano en matrimonio y le ofrezco mi nombre, mi título y todo lo que eso conlleva. Y le ofrezco mi cuerpo —se interrumpió con una mueca irónica, pero ella asintió para que continuase—, que algún día volverá a estar completo para proporcionarte el placer que se merece. Y también hijos, espero. Lo más importante es que le doy mi corazón, y le prometo que nunca lo compartiré con otro. ¿Quiere casarse conmigo?

Sintiendo que las lágrimas corrían por sus mejillas, Maggie resopló y se las limpió con la mano libre.

—Lo siento —dijo él y le soltó la barbilla, rebuscando en su bolsillo un pañuelo, que utilizó rápidamente para secarle los ojos antes de dárselo.

—Debo de estar toda roja y horrible —dijo ella, sintiéndose extasiada de todos modos.

—Señorita Margaret Blackwood, es usted exasperante.

Debe saber que está encantadora, incluso cuando llora. Y no ha respondido a mi romántico ruego.

Maggie le sonrió a través de sus lágrimas.

—Sí, John Angsley, me casaré con usted. Y tomaré su título y su cuerpo, y todo eso. Con gran alegría. Sobre todo, me siento extraordinariamente afortunada por haber recibido su corazón. Yo también le entrego el mío.

Al instante, Cam deslizó su mano por el cabello de ella para acariciar su nuca y acercarla a él. Cuando sus labios tocaron los suyos, ella suspiró. Abriendo la boca para recibir su hábil lengua, disfrutó de las emocionantes sensaciones que la recorrían.

Después de unos momentos deliciosos, Maggie se apartó.

—No puedo esperar a que estemos en la cama por primera vez. Besarse así, cuando uno está completamente desnudo, debe de ser el paraíso.

Las mejillas de él parecieron colorearse ligeramente, y Maggie lo observó tragar antes de que exhalara una bocanada de aire. Sin embargo, cuando ella esperaba palabras de amor y anhelo, en su lugar, él gimió ligeramente.

—Me temo, querida, que necesito que se baje de mi regazo. Ha despertado una parte de mí que necesita moverse y tener espacio. Y, por desgracia, su encantador y redondeado trasero también está empezando a hacer que mi pierna lesionada me duela como el demonio.

Ella se levantó de un salto como si se quemase.

—Debería haberlo dicho antes. —Entonces miró hacia abajo para ver la parte de él que «necesitaba espacio».

—Ya lo veo —dijo Maggie, evocando una risa dolorosa

de John, que se llevó la mano a las costillas.

—Solo esperemos que nadie más salga demasiado pronto. Hay cosas que me gustaría mantener entre nosotros.

—De acuerdo. —Entonces pensó en su lesión—. Pero su pierna. ¿Está bien?

—Me duele un poco.

Ella lo vio buscar en su bolsillo, el mismo del que había sacado el pañuelo. Esta vez sacó el familiar frasco de vidrio oscuro, lo abrió y tomó un pequeño sorbo.

—Solo unas gotas —dijo al ver que ella lo observaba.

Esta vez no pudo reprenderle. Pero, ¿quién cuidaría de él cuando ella se fuera? Entonces cayó en la cuenta de lo mucho que no quería irse.

—¿Cree que tengo que volver a Belton ahora que estamos comprometidos?

—Sería lo correcto. No me casaré con usted hasta que pueda estar de pie a su lado. Y quiero que tenga un anillo tan bonito como sus ojos, si es que eso es posible. Necesito ir a Londres para eso.

Cam gimió.

—¿Qué le pasa? ¿Es su pierna?

—No. Quería pedirle que se casara conmigo en algún lugar singular y de alguna manera especial.

Entonces, ella se agachó junto a su silla.

—No puedo imaginar un lugar más perfecto que estar en tu regazo. Fue muy especial.

Un atisbo de sonrisa cruzó el apuesto rostro de Cam.

—Quizá te vuelva a hacer la proposición como es debido cuando tenga un anillo en la mano.

Encogiéndose de hombros, ella le acarició la mejilla.

—No me importa si deseas pedírmelo de nuevo. Mi respuesta será la misma.

—¿Qué respuesta? —preguntó Simon, que llegó a la veranda a tiempo de escuchar sus últimas palabras—. ¿De qué estáis hablando?

—De comprometernos —respondió Maggie, poniéndose de pie a tiempo para captar la expresión de alegría de su cuñado—. Lo cual acabamos de hacer.

—Eso es maravilloso. Me alegro mucho por vosotros. —Simon la envolvió en un abrazo antes de agacharse para golpear a John en el hombro en lugar de estrechar su mano derecha—. Jenny también se alegrará.

—Estoy decidido a poder sostenerme en pie cuando me case con esta dama —insistió John.

—Sí, esperaremos —convino Maggie—. Tendremos un compromiso lo bastante largo para que se considere decente, a diferencia de otras personas—. Lanzó una mirada divertida hacia Simon.

—¿Estás diciendo que tu hermana y yo fuimos indecentes?

Maggie negó con la cabeza.

—Conociendo a mi hermana, su rápido matrimonio se hizo por razones muy prácticas.

—Es cierto —convino Simon—. No podía quitarle las manos de encima, así que decidió que era mejor que lo hiciéramos oficial.

Los dos hombres se rieron, pero Maggie se negó a encontrar diversión en cualquier comentario que insinuara algo inapropiado en lo que respectase a su hermana mayor.

Al ver su semblante, Simon tosió para disimular su risa.

—Esta noche debemos tener una celebración antes de que las damas Chatley partan mañana.

Maggie sintió un poco de pena de que Jane se fuera. Había demostrado ser una verdadera amiga y ninguna amenaza.

—Cuando la anciana *lady* Chatley se entere de nuestras noticias, puede que no esté de humor para celebrarlo —supuso John—. Y podría desquitarse con Jane.

—Tonterías. La madre de Jane tendrá que darse cuenta de que hay muchos peces en el mar. Sin duda, tan buenos como un conde de Bedfordshire. —Simon reflexionó—. Además, debemos de conocer a algunos hombres solteros que podamos poner en su camino.

—¿En el camino de Jane o de su madre? —preguntó Maggie—. Vosotros dos lo hacéis sonar como si un conde fuera tan bueno como otro, o cualquier hombre fuera igual para una mujer. Lo cual os aseguro que no es el caso. Si Jane hubiera querido de verdad a John, entonces esta sería una noche terrible para todos. Solo porque su corazón no va a ser herido, estoy de acuerdo en que hagamos el anuncio.

Simon la miró fijamente.

—¿Qué pasa? —Ella se llevó la mano al pelo para comprobar que no hubiera mechones sueltos.

—Por un momento, has sonado igual que tu hermana.

Los dos hombres volvieron a reírse. Esta vez, Maggie se les unió. De repente, no podía esperar a ver a su familia, y ese era el único consuelo para dejar atrás a John y a Turvey House.

John había acertado sobre la reacción de *lady* Emily Chatley, cuya boca formó una fina línea de disgusto en cuanto él hizo su anuncio al comienzo de la cena. A Maggie le pareció que la mujer mayor estaba tratando de decidir a quién culpar. ¿A Maggie, por estar en el lugar adecuado en el momento oportuno, o a algún defecto innato de su propia hija, que había hecho que lord Cambrey no eligiera a Jane?

Esta, por su parte, se mostró encantada.

Maggie se alegró y se sintió más que aliviada; la madre de John también parecía feliz. ¡Qué horror si *lady* Cambrey había tenido su corazón puesto en Jane como nuera!

Más tarde, cuando Jane estaba tocando el pianoforte, *lady* Cambrey se acercó a Maggie y tomó su mano entre las suyas.

—Seremos una familia, y por fin tendré una hija.

Maggie sintió que las lágrimas le escocían en los ojos. Qué manera tan encantadora tenía la madre de John de darle la bienvenida.

—Probablemente tendrá tres hijas —le dijo Maggie—. Simon querrá visitar a su mejor amigo, y así, mi hermana Jenny vendrá. Y Eleanor también querrá visitar a Beryl, y lo más seguro es que se quede aquí conmigo algún tiempo.

—Mi pequeño plan ha funcionado bien.

Maggie no estaba segura de haber escuchado correctamente a la señora mayor.

—¿Su plan? Lo siento, *lady* Cambrey, no lo entiendo.

La mujer apretó los labios al mismo tiempo que sonreía, creando una expresión divertida y traviesa.

—Pude ver que mi hijo quedó prendado de usted desde el principio, y nunca flaqueó ni siquiera en todas las semanas que trabajó junto a Jane. Pensé que podía ayudar a conseguir este feliz resultado. Escribí a Simon, esperando que te enteraras del accidente de John. Sabía que serías la mejor medicina para él. Cuando llegaste, estaba claro que te preocupabas por mi hijo. E invité a las Chatley porque, a veces, nada demuestra más a un hombre o a una mujer lo que quiere, como el hecho de ver lo que no quiere.

Maggie sacudió la cabeza con admiración.

—*Lady* Cambrey. Será un honor llamarla mi suegra.

La mujer asintió.

—Acabo de darme cuenta de que ambas seremos *lady* Cambrey. Nunca he compartido el título porque la madre de mi marido falleció al dar a luz al padre de John.

—¿Estará bien que lo comparta?

—Por supuesto. Serás una excelente condesa, no me cabe duda, por eso te envié sin compañía a su dormitorio con los periódicos. Pensé que le sacaría una declaración de compromiso ese mismo día.

Maggie se sorprendió.

—¿Qué estáis susurrando?

John, que había aprendido a mover la silla en línea recta con una sola mano, estaba de repente detrás de ellas.

Su madre se inclinó y le besó la mejilla.

—A las mujeres les gusta intercambiar secretos, querido muchacho, sobre todo, si son familia. —Le guiñó un ojo a Maggie y se alejó para sentarse junto a *lady* Chatley.

John la vio irse y luego, mirando a Maggie, movió el índice para que se acercara a él.

—Desearía poder arrastrarte a mi regazo de nuevo —dijo en voz baja—. Y ni siquiera voy a preguntar qué quería decir mi madre.

—De todos modos, no te lo voy a decir. Pero me gustaría poder sentarme sobre la parte de ti que necesita tener espacio libre.

Se miraron largamente.

—No quiero que te vayas.

—Yo tampoco. Excepto para ver a mi familia.

—Invítalos a todos aquí.

Sonriendo, ella negó con la cabeza.

—Como mujer recién comprometida, debo crecer y actuar con madurez. Iré a casa y le contaré a mi madre las buenas noticias.

—Por favor, vuelve cuando me quiten la escayola del brazo. Puedes traer a toda tu familia contigo si quieres.

—Tal vez traeré a Eleanor.

Jane había terminado, y era el turno de Maggie.

—¿Cantarás conmigo como lo hicimos antes?

—Será un honor —le dijo ella.

Maggie no dejaba de pensar en la riqueza de su voz, y en la dulzura de su último y tierno beso cuando subió al carruaje para el largo viaje de regreso a Belton unos días después.

Asomada a la ventanilla y saludando con la mano hasta que John y su madre se perdieron de vista, Maggie se recostó en el asiento de cuero y miró fijamente a Simon.

—Una visita exitosa —comentó este.

Maggie empezó a reírse de la neutra definición que él había hecho del mayor acontecimiento de su vida hasta el momento. Y entonces, su felicidad se desbordó en forma de una risa sincera, a la que él se sumó.

Nunca imaginó que al regresar unas semanas después, se encontraría con un hombre tan cambiado, casi irreconocible.

Capítulo 18

Cam dejó de tomar la tintura de opio, y su castigo fue retorcerse de agonía dos noches seguidas, al igual que durante el día. De hecho, se sorprendió de lo rápido que había empezado a sentirse desdichado después de haber decidido dejar de sorber de la tetina de láudano.

En cuestión de horas, estaba angustiado por completo.

Incapaz de dormir, se quedó mirando el techo. La nariz le goteaba y los ojos le lloraban, además de todo lo que le aquejaba físicamente. Las náuseas eran su compañía nocturna a pesar de haber vomitado el escaso contenido de su estómago horas antes. Ya había llamado a su ayudante de cámara dos veces, sacando a Peter de un profundo sueño solo para maldecirle y mandarle a paseo.

Si Cam pudiera arrastrarse fuera de su propia piel, lo haría. La única parte de él que no le dolía era la parte baja de la espalda, donde, por alguna razón, se sentía inexplicablemente entumecido. Por encima de cualquier otra cosa, quería moverse en varias posiciones, ya que era una auténtica tortura quedarse quieto. Además, no tenía ni una pizca de sueño a pesar de haber bostezado todo el día.

Ya no llevaba el cabestrillo, pero la pierna escayolada era un obstáculo. Aun así, la movió de un lado a otro durante toda la noche mientras daba vueltas en la cama.

A estas alturas, casi no le importaba volver a lesionarse la pierna. Solo quería moverse.

Al quitarse la ropa de cama de su acalorado cuerpo, sabía que en muy pocos minutos el aire enfriaría el sudor que parecía brotar de él, y entonces sentiría frío.

Si había pensado que el dolor de estómago que había estado experimentando mientras tomaba el opio era doloroso, se había equivocado mucho. Ahora, los calambres en su vientre eran cien veces peores, haciéndole gemir en voz alta.

—*Aaaaahhhh* —gritó.

No hubo respuesta en la silenciosa casa, y volvió a gritar. Su madre siempre dormía como un tronco en el otro extremo del pasillo, y Gray tenía su propia cabaña en la finca. Cam podía gritar lo bastante fuerte como para cuajar la sangre de cualquiera sin esfuerzo.

Quería a Margaret. Quería verla, besarla, hacer el amor con ella. Una idea se apoderó de sus pensamientos: si Maggie estuviera allí, no sentiría dolor. Estaba convencido de ello.

Es más, no dejaba de imaginar su delicioso cuerpo desnudo bajo el suyo, con su abundante pelo castaño esparcido por la almohada, sus párpados pesados, sus labios abiertos y sus piernas también abiertas. Si podía penetrarla, no habría dolor para ninguno de los dos.

—¡Margaret! —gritó en la oscuridad, sin importarle que sonara como un loco.

Su ayuda de cámara regresó de nuevo, con los ojos desorbitados y con un abrigo por encima del camisón.

—¿Milord?

—No te he llamado —le gritó Cam.

—Lo sé, milord, pero aun así estoy aquí.

Cam golpeó con los puños el colchón a ambos lados de su cuerpo, contento de que al menos la escayola del brazo hubiera desaparecido y volviera a tener pleno uso del derecho. Era un compañero delgado y patético del otro, pero trabajaría de forma constante para fortalecerlo de nuevo. Por Margaret.

Si no podía tenerla, solo había una cosa que podía ayudarle.

—Dame mi láudano.

—¿Milord? —Peter parecía sorprendido y dio un paso atrás.

—Dame el láudano —repitió Cam.

—Usted me ordenó específicamente que no lo hiciera, milord.

—Ahora te ordeno lo contrario. Dámelo.

—Pero, milord, usted dijo...

—No me importa lo que haya dicho. O me encuentras una botella ahora, o serás relevado de tu cargo. Te mandaré a paseo, como dijo el Falstaff, de Shakespeare. ¿Entiendes? Dejarás esta finca en este mismo instante sin referencias, y no me importará que te caigas en una zanja y te mueras de hambre. ¿Está claro?

—Sí, milord.

—Bien. Ahora tráeme una botella, o contrataré a alguien que sepa cumplir órdenes.

—Sí, milord.

Su ayudante de cámara parecía tan acalorado y sudoroso como Cam, antes de desaparecer un momento en el gabinete. Peter regresó con una botella.

—¿Está seguro, milord? —se atrevió a preguntarle al acercarse a la cama.

Cam no iba a soportar esta insubordinación ni un momento más. Extendiendo la mano, permaneció en silencio. Había dado una orden y no la repetiría. Tal vez despediría a su ayuda de cámara de todos modos en cuanto se sintiera mejor.

Con una mano temblorosa, Peter le dio a Cam el opio. Este se lo arrebató del mismo modo. Qué extraño.

Sosteniéndolo cerca, lo destapó en un segundo y tomó un sorbo con rapidez. Sabía que debía tener cuidado. Unas pocas gotas serían suficientes. Más que eso, y no sería bueno para nadie.

Dejó que el alivio emocional y el efecto de felicidad lo invadieran, y Cam respiró con calma y esperó, sabiendo que toda su angustia pronto terminaría. Al cabo de unos minutos, se sintió eufórico. Todo estaba bien. ¿Por qué había creído que no tomar este líquido milagroso era una buena idea?

Aunque sentía la boca seca y sus miembros se volvían pesados, al menos ya no necesitaba retorcerse como un ridículo gusano.

—Agua —ordenó Cam a su silencioso ayudante de cámara, que lo observaba con los ojos muy abiertos—. Y cerveza —añadió—. Creo que voy a querer las dos cosas.

El hombre se marchó, y Cam se quedó dormido antes de poder tomar nada de lo que había pedido.

—No puedo esperar a ver a mi prometido —dijo Maggie casi cantando mientras ella y Eleanor se acercaban a Turvey House, con cuatro sirvientes de lord Lindsey vestidos de librea encima de su carruaje. Era la única manera de que Simon les permitiera ir solas.

—Sigues diciendo eso —le recordó su hermana, sin que pareciera que a esta le importara demasiado.

—Lo sé.

—Creo que te gusta decir la palabra «prometido» tanto como tener uno —afirmó Eleanor.

Las dos se rieron.

—Solo tienes que esperar, querida —dijo Maggie—. En unos años, tendrás una temporada y encontrarás un marido.

—Eso no es lo que te pasó a ti o a Jenny. Ambas encontrasteis los vuestros en el campo, no en la ciudad.

—Es cierto. Eres una chica observadora. —Maggie miró por la ventana por centésima vez.

—Todavía falta una hora de viaje, ¿no? —señaló Eleanor.

—¿No dije lo mismo hace una hora?

Eleanor volvió a reírse.

—No, más bien hace cinco minutos.

—Ojalá Jenny hubiera podido venir esta vez. Tener un pequeño como Lionel ciertamente te quita todo el tiempo y la energía. No recuerdo que mamá estuviera exagerando.

Eleanor se encogió de hombros. Al ser ella ese bebé, no podía recordarlo.

—Ahora que lo pienso —añadió Maggie—, mamá nos tenía a mí y a Jenny para ayudar a cuidarte, cosa que nos encantaba hacer. Eras como una muñeca viviente con la que podíamos jugar.

Esto provocó una sonrisa en el rostro de su hermana, y Maggie vio por un momento a la encantadora dama que surgiría de esa niña.

—No puedo creer que ya tengas dieciséis. —Maggie podría estar sentada junto a su propia y encantadora hija dentro de unos años.

Eleanor se revolvió sobre su asiento.

—Jenny tiene a mamá y a Simon.

Se miraron un momento, y luego Eleanor soltó un bufido muy poco femenino ante su pequeña broma de tener solo a esos dos como ayuda. A su madre le gustaba hacer rebotar al bebé sobre sus rodillas, y eso era todo, quizá sintiendo que había cumplido con su deber con sus tres hijas. Cuando Lionel lloraba, ella se lo entregaba a Jenny de inmediato, al igual que cuando tenía hambre. Y sobre todo, cuando su pañal estaba sucio, Anne Blackwood se apresuraba a devolver al bebé a los brazos de su hija.

Maggie reflexionó sobre su cuñado.

—Simon es sincero en su deseo de ayudar. —Por desgracia, estaba muy emocionado con su hijo en estos momentos, y era doloroso ver cómo intentaba acurrucarlo.

—Creo que será más útil cuando el bebé sea un niño grande, listo para aprender a montar y cazar —supuso Eleanor.

—Estoy de acuerdo.

Se sumieron en un fácil silencio, viendo pasar el campo bajo el sol de la tarde y mordisqueando de vez en cuando galletas con sabor a naranja hasta que, al fin, giraron hacia el camino que llevaba a Turvey House.

—Oh, Dios —exclamó Maggie en voz alta.

—¿Qué pasa?

—La verdad es que me siento un poco nerviosa.

Eleanor se inclinó hacia delante y dio unas palmaditas en la mano de su hermana.

—Creo que es lógico. La última vez que viniste, no estabas comprometida, y te marchaste enseguida. Debe de ser como volver a empezar.

Maggie miró fijamente a Eleanor.

—Tienes razón. Me siento como si me encontrara con un extraño con el que he prometido casarme por casualidad. Eso es una tontería, por supuesto. Conozco a John y le quiero.

Maggie vio cómo los ojos de su hermana se abrían de par en par.

—Lo sé —asintió Maggie—. Me parece que es la primera vez que lo digo en voz alta. Lo creas o no, ni siquiera nos dijimos la palabra mágica cuando se declaró.

El carruaje se detuvo.

—Creo que deberías rectificar de inmediato —aconsejó Eleanor mientras oían al cochero de lord Lindsey bajar de su asiento de un salto—. En cuanto veas a tu prometido, corre a sus brazos y dile lo que sientes.

No era así como se hacían las cosas, ¿verdad? De todas formas, parecía un buen consejo. Sin embargo, cuando Cyril las hizo pasar al vestíbulo de la casa, que algún día se convertiría en el hogar de Maggie, John no estaba allí para recibirlas. Ella y Eleanor se encontraban bajo la espléndida cúpula que se abovedaba con gracia sobre la gran escalera, y Maggie se preguntó por un momento qué hacer a continuación.

—Informaré a lord Cambrey de que han llegado —entonó Cyril y desapareció en el piso de arriba.

Desconcertada, Maggie se mordió el labio inferior. Al parecer, incluso después de unas semanas más de convalecencia y de que le quitaran la escayola del brazo, como había mencionado en su última carta, John prefería permanecer arriba durante el día.

Unos pasos firmes y rápidos anunciaron la llegada de la señora Markle desde la parte trasera de la casa. Con su ánimo tranquilo y su capacidad, ella era la razón por la que Maggie no temía representar el papel de *lady* Cambrey. Por supuesto, también estaba la madre de John, quien, si por Maggie fuera, podía seguir dirigiendo la casa todo el tiempo que quisiera.

—Me alegro de verla de nuevo, señorita Blackwood —dijo el ama de llaves, haciendo una reverencia superficial.

Maggie y Eleanor hicieron la misma reverencia, lo que provocó que la señora Markle pusiera cara de asombro. Entonces Eleanor soltó una risita y rompió el incómodo momento.

—Esta es mi hermana menor, Eleanor. Lo siento —explicó Maggie—, no estamos acostumbrados a tanta deferencia en casa. Ninguna de las dos tenemos un título, ya sabe.

—Por supuesto, señorita, pero no debe mostrar ese tipo de cortesía a su personal a pesar de todo, si no le importa que se lo diga. Debe hacerse respetar o perderá el control de la casa.

—Sí, señora Markle —dijo Maggie—. Estoy segura de que con su ayuda, me las arreglaré. Y con la de *lady* Cambrey también, por supuesto.

—¡Oh, *lady* Cambrey! —exclamó el ama de llaves—. Y aquí las tengo en el vestíbulo. Pasen al salón y les traeré unos refrescos. ¿Alguna preferencia? ¿Té o café?

Cuando las dos jóvenes estuvieron en el salón, la señora Markle les ofreció una copa de vino, aunque la mirada de desaprobación que puso fue suficiente para que Maggie negara enérgicamente con la cabeza.

—Un té sería perfecto —dijo Maggie mirando a Eleanor.

—Por supuesto, señorita —respondió el ama de llaves.

Estaba casi en la puerta cuando Maggie la detuvo.

—¿Pasa algo malo con *lady* Cambrey?

—No, querida, pero creo que tiene planes de viajar con su hermana después de la boda, así que, como usted dijo, nos las arreglaremos juntas. —Se marchó, sin duda, con mucha tarea por hacer.

—No puedo volver a sentarme ahora —dijo Eleanor, estirando los brazos por encima de la mesa—, y la verdad es que no quiero té. ¿No podríamos dar un paseo antes?

Maggie dudó. John podría aparecer mientras tanto, y ella tenía muchas ganas de verlo.

—¿Por qué no exploras un poco y yo espero a ver qué dice el mayordomo?

Su hermana no necesitó más invitación y pasó corriendo junto a Maggie, sin dudarlo siquiera. Menos mal que esta ya se había puesto en contacto con los padres de Beryl para reunir a las chicas. Porque se imaginaba que Eleanor no estaría muy contenta después de que se le pasara el efecto de la novedad en unos días. Los tíos de John enviarían a Beryl a Turvey House o invitarían a Eleanor a ir a su finca.

Cyril apareció en la puerta.

—Su señoría la verá ahora, señorita. ¿La acompaño arriba?

—Gracias, no —dijo Maggie—. Conozco el camino. —Además, ahora que eran novios, podía estar a solas con él en cualquier habitación de la casa sin que nadie la juzgara.

Sintiendo que las mariposas de su estómago volaban, subió las escaleras hacia el hombre con el que se casaría. Sin embargo, cuanto más se acercaba, menos nerviosa se sentía. Cuando llegó a la puerta de él, que se convertiría en la suya en cuestión de meses, apenas rozó con los nudillos en un golpe medio desanimado antes de empujar para abrirla.

Al entrar, se detuvo en seco. Las lámparas estaban encendidas, pero la habitación tenía una luz tenue y olía a rancio. Sentado en una silla con las cortinas corridas detrás de él, estaba John Angsley.

Ella lo sabía con certeza, pero solo porque había estudiado su rostro tantas veces, que seguramente habían sido horas durante el último año. De lo contrario, no lo habría reconocido a primera vista.

La palabra que le vino a la mente fue «demacrado». Debajo de sus ojos, unas manchas oscuras yacían sobre unas mejillas ahuecadas, cubiertas por una barba desaliñada que colgaba sobre su fuerte mandíbula. Su sensual boca ya no existía. En su lugar, sus labios parecían más finos. Su pelo colgaba en mechones grasientos alrededor de su cara.

Asimilando todo esto, finalmente dijo:

—Estoy aquí.

—Siento no haberme levantado —respondió él como siempre. Su voz era diferente, sin embargo.

Maggie se dio cuenta de que era más débil.

—No tienes que seguir diciendo eso —le recordó ella, ofreciéndole lo que esperaba que fuera una sonrisa alegre.

—Ven aquí, hermosa dama.

Corriendo hacia él, se agachó junto a su silla, y se apoyó en su regazo. Él tomó su rostro entre las manos.

—Déjame simplemente mirarte. Mi Margaret. Te he echado de menos.

—Yo también te he echado de menos. Gracias por tus cartas. He leído y releído cada una de ellas.

Ante esta cercanía, Maggie pudo ver lo poco brillantes que eran sus magníficos ojos avellana.

—Al principio, se las dictaba a Gray —confesó él—, luego me quitaron la escayola del brazo y descubrí que podía volver a escribir con facilidad.

Ella lo había sabido por el tono más amoroso de las últimas cartas. Luego ese tono desapareció.

Quitándole la mano derecha de la mejilla, la sostuvo delante de ella, recorriendo con sus dedos el brazo ya sin escayola.

—Lo sé —dijo John—, está un poco delgado, pero hasta que no vuelva a usar mi pierna, no hay mucho que pueda hacer al respecto. No puedo presentarme en el club de pugilistas con mi silla de ruedas.

Maggie empezó a pensar de inmediato en otras opciones.

—Estoy segura de que podemos hacer algo para ayudarte a trabajar tus músculos, aunque sea solo el brazo. Tal vez levantar un saco de harina.

En lugar de parecer complacido por la sugerencia, su rostro se tensó. Ella creyó ver un destello de ira, pero luego su expresión se tornó triste.

—Necesito más tiempo. Siento haber cambiado.

Lo último que ella quería era hacerle sentir mal.

—No, no te disculpes. Nada de lo que te ha pasado es culpa tuya. Estoy muy contenta de volver a estar aquí contigo. He traído a Eleanor para animar la casa.

Él le ofreció una débil sonrisa y luego bostezó.

—Pareces cansado —dijo Maggie sin pensarlo, solo para ver su expresión dolida de nuevo.

—No duermo bien.

Asintiendo con la cabeza, ella se preguntó hasta qué punto le permitiría ayudarlo. Sabía que no podía quedarse de brazos cruzados mientras él parecía derrotado. Más tarde, hablaría con *lady* Cambrey, pues le resultaba difícil creer que su cariñosa madre le hubiera dejado caer en ese estado.

Con una sonrisa alegre, le preguntó:

—¿Ya has cenado?

John negó con la cabeza.

—¿Sueles bajar? —preguntó ella.

—Cuando tengo ganas de comer, lo hago aquí arriba. Gray suele acompañarme, pero ahora no está en la finca.

—Ya veo. Bueno, no quiero que comas solo en tu alcoba. ¿Bajarás esta noche y cenarás conmigo y con mi hermana?

Él desvió su mirada y luego se encogió de hombros.

—No estoy seguro, Margaret. Probablemente no.

No le gustó su respuesta apática, pues esperaba que él se sintiera tan emocionado como ella por su reencuentro.

—¿Quieres bajar ahora? Puedo hacer que Cyril y tu valet te ayuden...

—No —interrumpió él—. No creo que lo haga. Mi ayuda de cámara me trajo aquí arriba para verte, pero no tengo ninguna aspiración de bajar. Es una gran molestia, solo para poder sentarme en mi silla de ruedas como un anciano.

—John, por favor —empezó Maggie, oyendo un tono en su voz que no le gustaba. Desesperación. Cómo deseaba que Simon estuviera allí. Lo que John necesitaba era que su mejor amigo le hiciera entrar en razón.

—Por favor, ¿me dejas que te lleve abajo? Estoy convencida de que te sentirás mejor. ¿Cuándo fue la última vez que saliste de este cuarto?

—No lo sé. No importa. Mañana bajaré a ver a Eleanor y la visitaré como un auténtico señor de la mansión. Hoy has llegado bastante tarde. Hablaremos por la mañana.

Sorprendida, se sentó sobre sus talones.

—¿Me estás despidiendo después de haber venido hasta aquí?

Riendo, él sonó como el John de siempre.

—No, por supuesto que no. Puedes quedarte conmigo todo el tiempo que quieras. Toda la noche si lo deseas, aunque podría no ser un buen ejemplo para tu hermana. Además, has tenido un largo viaje, y estoy seguro de que no quieres que ella coma sola en su primera noche.

—Tienes razón. ¿Cuándo vuelve el señor O'Connor?

—¿Por qué?

Apenas podía decirle que sentía que necesitaba ayuda para tratar con él, su apático prometido.

—Eleanor disfruta del aire libre. Si estuviera aquí, podría enseñarle la finca. —Por Dios, apenas llevaba unos minutos en presencia de John y ya le estaba mintiendo.

Esto no estaba saliendo como ella había esperado o soñado. ¿Podría ser que la idea de Eleanor fuera correcta?

—John, te quiero.

Sus ojos se abrieron de par en par. Cuando su rostro se transformó en una sonrisa encantada, ella sintió que su corazón se expandía. Él era suyo, y ella le ayudaría a recuperarse.

—Yo también te quiero —dijo él en voz baja.

—Bien. Mañana me ocuparé de todo —declaró ella—. Te meteremos en un baño caliente y te lavaremos el pelo, tal vez hagamos que tu ayuda de cámara le meta las tijeras, y te sentirás como un hombre nuevo.

—¿Qué tiene de malo el anterior? —Su tono era brusco.

Maggie empezó a sonreír, suponiendo que estaba haciendo una broma. Sin embargo, cuando su expresión se alteró, se apresuró a tranquilizarlo.

—Nada en absoluto. Solo quiero que te sientas mejor.

—Ya veo —asintió él—. ¿Y crees que esquilándome como a una oveja y bañándome como a un bebé indefenso lo conseguirás? —Su tono había cambiado de taciturno a irritado.

—No lo sé —confesó Maggie.

—No, es imposible que sepas cómo ha sido esto. Ha sido como un viaje al infierno del que aún no he regresado, y no tengo ninguna seguridad de que lo haga. —Le ofreció una sonrisa quebrada y tomó las manos de ella de donde descansaban en su regazo para apretarlas con suavidad—. Y pensar que todo ocurrió porque fui a tu casa para obtener algunas respuestas después de verte con el engreído y perfecto Westing.

Poniéndose en pie, Maggie intentó apartar sus manos de las de él, pero este solo las agarró con más fuerza.

—¿Me estás culpando? —Su corazón latía con fuerza en sus oídos.

Él la miró en silencio durante un momento.

—Por supuesto que no, querida. Sin embargo, no creo que ninguna de tus ridículas ideas de que me bañe o me corte el pelo ayude lo más mínimo.

Este no era su John Angsley. Ni un poco. Él era un caballero, no alguien que menospreciaba a los demás.

Maggie tragó saliva y se quedó muda, negándose a ser provocada para decir algo imprudente. Al fin, él le soltó las manos.

—Por desgracia, solo hay una cosa que me hace sentir mejor.

Se palmeó el bolsillo y ella supo a qué se refería. Prácticamente se estaba burlando de ella con su uso del láudano. Si no hubiera pasado muchos días de viaje, si no se sintiera enferma del corazón, y si John pareciera tener el mínimo deseo de cambiar su situación, Maggie tomaría la carga de esa terrible batalla de inmediato.

Sin embargo, ella sabía que no era el momento adecuado.

—Se nota que estás mal esta noche. Tienes razón, es tarde y he tenido un largo viaje. Tampoco soy yo misma. Comeré abajo con Eleanor y tu madre.

Dando media vuelta, Maggie tuvo que tragarse la bola de tristeza que tenía atascada en la garganta. Al llegar a la puerta, se giró hacia él.

—Me aseguraré de que te envíen una bandeja con algo delicioso. Espero que te lo comas.

Cuando él no dijo nada, limitándose a asentir con la cabeza, ella quiso decirle que parecía haberse perdido más de una comida, demasiadas, de hecho. Obviamente, ese comentario no sería bien recibido. No más que cualquiera de sus otros comentarios.

Como correr a sus brazos y declararle su amor. La joven Eleanor se había equivocado con sus consejos.

Capítulo 19

Cam la vio irse y una oleada de ira lo recorrió. Margaret podía salir de su habitación con total libertad, mientras que él necesitaba tocar la campanilla y pedir ayuda para bajar las escaleras. Con un solo hombre, Cam podía hacerlo, pero le dolía la pierna al tener que saltar mientras apoyaba la escayola en el suelo. Con dos hombres era mucho más fácil, pero entonces se sentía como un niño.

También había notado cómo todo el mundo lo manejaba con más facilidad a medida que perdía peso. Pero, maldita sea, su apetito era casi inexistente y le dolía el estómago la mayor parte del tiempo. No tanto como cuando intentó dejar de tomar la tintura de opio, así que no se quejó. Simplemente optó por no comer hasta que se sintiera mareado por el hambre.

Al igual que en los días posteriores a su accidente, Cam ya no se miraba en el espejo. Ya sabía que no le gustaría lo que iba a ver. La expresión de la cara de Margaret lo confirmó.

Ella solo había encontrado al llegar una cáscara enfermiza y flaca. Encima, había sido grosero.

Tomando un sorbo de láudano, se relajó. Si Maggie le enviaba una bandeja, él intentaría comer cada bocado. Por el bien de ella.

Para cuando la señora Mackle anunció la cena, Maggie había recuperado la compostura lo suficiente como para aventurarse a entrar en el comedor con expresión tranquila, ansiosa por ver a lady Cambrey. Habiendo descubierto de antemano a Eleanor en la veranda, entraron juntas en el amplio salón, solo para encontrarlo desierto.

Un momento después, llegó una criada. Hizo una pequeña reverencia y miró a Eleanor, que le devolvió la mirada.

—Disculpe, señorita —la criada se dirigió a Maggie—, pero *lady* Cambrey la espera en el comedor más pequeño, donde usted solía desayunar cuando estuvo aquí antes.

—Gracias. Eres Polly, ¿verdad?

—Sí, señorita. ¿La conduzco hasta allí?

—Conozco el camino. Gracias. Iremos directamente. ¿Llevarás una bandeja de comida a su señoría de inmediato?

—Sí, señorita. Lo hacemos todos los días y todas las noches. —Con otra reverencia hacia ambas, ella desapareció.

—Imagínate cuando seas condesa —dijo Eleanor—. Mi señora esto y mi señora aquello. Qué molestia.

—*Shh* —le advirtió Maggie—. Asegúrate de decir *milady* y hacer una reverencia cuando vuelvas a ver a la madre de

John. Además, Jenny se ha adaptado bien.

Empezaron a recorrer el pasillo y luego giraron a la derecha para llegar al comedor del ala este.

—Parece que a Jenny todo el mundo la llama por su nombre de pila. Desde el mozo de cuadra hasta la camarera. Es más agradable para todos —dijo Eleanor—, pero ya sabes que ella es muy práctica —añadió, ahora que estaban hablando claro.

—No creo que *lady* Cambrey aprecie que sus sirvientes comiencen a llamarme Maggie o, Dios no lo quiera, Mags.

Mientras Eleanor reía con suavidad, entraron en la habitación. Maggie notó que la risa de su hermana se extinguía incluso cuando su propia sonrisa huía de sus labios. La mujer que estaba ante ellas parecía casi tan cambiada como su hijo. Para Eleanor, que no había visto a *lady* Cambrey desde que habían estado en Londres antes de que naciera el bebé de Jenny, la diferencia debía de ser aún más chocante.

Su expresión normalmente bondadosa había sido sustituida por un rostro tenso y sin sonrisa. Si Maggie no lo supiera, diría que la madre de John había envejecido años en las pocas semanas que llevaba sin verla. Ahora, la mujer estaba de pie haciendo sonar sus manos y frunciendo el ceño, incluso mientras intentaba parecer acogedora.

Decidiendo hacer más que una breve reverencia, Maggie se apresuró a dar un abrazo reconfortante a su futura suegra. Por un momento, *lady* Cambrey se puso rígida, pero cuando Maggie le acarició la espalda, la mujer pareció relajarse.

Cuando se separaron, Maggie la miró fijamente a los ojos y vio esa preocupación, que sin duda reflejaba la suya propia.

—Espero que no te importe que comamos aquí —dijo *lady* Cambrey, todavía aferrada a la mano de Maggie, asiéndola como un salvavidas—. No me gusta estar sola en el comedor formal y, por eso, he abandonado la costumbre. Esta noche, la señora Mackle supuso que lo haríamos aquí.

—Está bien —afirmó Maggie—. ¿Recuerda a mi hermana Eleanor? —dijo, haciendo un gesto para que esta se acercara.

—Por supuesto. Me alegro de volver a verte, querida niña.

Eleanor hizo una profunda reverencia, murmurando palabras de saludo.

—¿Nos sentamos? —preguntó su anfitriona.

Una vez acomodadas, con una copa de vino ante cada una de ellas, *lady* Cambrey, a pesar de su aspecto pellizcado, comenzó a conversar educadamente.

—Contadme todo sobre vuestro largo viaje.

Maggie respiró hondo. No le había explicado mucho a Eleanor cuando se encontraron en la veranda —el mismo lugar en el que se había comprometido con John—, pero su hermana menor había visto que estaba sacudida hasta la médula. En ese momento, cuando los dos miembros de la familia Angsley parecían estar tan angustiados, Maggie no podía fingir que no se daba cuenta y charlar sobre su viaje como una boba.

Maggie decidió ser franca.

—Es evidente que John está muy incómodo y no ha comido. ¿Cree que deberíamos llamar a su médico?

Lady Cambrey pareció desplomarse contra la mesa, dejando el vaso que acababa de llevarse a los labios. Inclinada sobre su plato, cerró los ojos. Cuando los abrió, su tristeza era dolorosamente clara.

—No me deja hacerlo. —Sus palabras salieron como un susurro. Luego se aclaró la garganta—. Es terrible ver cómo se deteriora ante tus ojos alguien a quien amas. A ti también te lo parecerá.

Maggie se había desplomado en su asiento, al igual que *lady* Cambrey, pero al oír esas palabras se enderezó. Mirando hacia su hermana, que lo estaba asimilando todo con los ojos muy abiertos, supo lo que no iba a hacer en absoluto: rendirse.

—No, eso no ocurrirá, porque no lo permitiré.

Lady Cambrey produjo un crudo suspiro.

—No piense mal de mí, jovencita. Lo he intentado. Después de que tú y Simon os fuerais, todo pasó con rapidez. Un día, seguía siendo mi John, aunque herido. Y al siguiente... —Hizo una pausa—. Empezó a escabullirse, negándose a comer o a bajar las escaleras, sin interesarse por su aspecto o su salud. —Bebió un sorbo de vino y Maggie se acercó para cubrirse la mano que tenía sobre el mantel. Estaba temblando—. Cuando le quitaron la escayola del brazo —continuó la dama—, pensé que se animaría ante la nueva libertad. Podía usar la silla de ruedas por sí mismo con más facilidad, y podía escribir, incluso cartas para ti, lo que hacía en un volumen copioso.

—Sí, así lo hizo —convino Maggie, tratando de sonreír—. Al menos, al principio.

—Al mismo tiempo, no hacía otra cosa que quedarse en su alcoba. Discutió con Grayson más de una vez, y se enfadó conmigo cuando le expresé mi preocupación por su estado.

—Creo que deberíamos enviar a un médico, ya sea el cirujano que lo curó después del accidente o alguien que tenga conocimientos de... —se interrumpió Maggie.

—¿De qué? ¿Busco a alguien especializado en el malestar general? —*Lady* Cambrey parecía estar al límite de sus fuerzas.

—No, un médico que trate a los que tienen un espíritu gravemente deprimido —ofreció. Luego fue al meollo del asunto—. Y alguien que sepa cómo ayudar con la adicción al opio.

Lady Cambrey soltó su mano.

—¿Adicción al opio?

—Es la raíz de todos sus problemas —comenzó Maggie.

—No, querida niña, es lo que le ayuda a sentirse mejor y a lidiar con el dolor. El láudano es una bendición.

—Es una maldición —insistió Maggie.

—¿Cómo puedes decir eso? Está en todos los estantes de las farmacias. Las madres se lo dan a sus bebés, por el amor de Dios. Yo misma lo tomo para el dolor de cabeza de vez en cuando.

—Dudo que usted lo haya tomado a diario, varias veces al día durante meses.

Lady Cambrey consideró las palabras de Maggie. Luego sacudió la cabeza.

—Qué humillado se sentiría John si se supiera que no podía soportar un poco de láudano.

Maggie sintió ganas de gritar, pero mantuvo la calma.

—La humillación es mejor que las consecuencias. Ciertamente, mejor que el estado actual del hombre que yace arriba. Y no creo que sea un poco de láudano. Hace semanas tomaba bastante. Solo puedo preguntarme cuánto puede estar bebiendo ahora si ha aumentado la dosis.

Lady Cambrey se levantó.

—Aún no eres su esposa ni la señora de esta casa. No diremos nada a nadie sobre tal adicción.

Maggie se levantó lentamente.

—Espero tener la oportunidad de convertirme en su esposa, pero John me parece que se dirige a las puertas de la muerte.

Lady Cambrey palideció y sacudió la cabeza.

—Tal vez usted se haya acostumbrado a su aspecto —razonó Maggie—, pero seguro que puede ver que está mal. Está al tanto del reciente fallecimiento de Branwell Bronte, ¿no es así? Solo lo sabemos porque era famoso. Probablemente hay cientos más como él, que están muriendo poco a poco a causa de esta droga. Incluyendo a John.

—¡No! —gritó su madre, con una emoción inusualmente desenfrenada. Con esa única palabra de negación, se dio la vuelta y se fue.

Maggie soltó un suspiro y volvió a sentarse frente a su hermana.

—Siento que hayas tenido que presenciar eso —le dijo a Eleanor.

—Estuviste magnífica —insistió Eleanor—. Y tenías razón. Hay que llamar al médico de inmediato. Como en la vida real, no puedes hacer este rescate sola. Ni las abejas ni las hormigas ni una manada de leones pueden tener éxito sin toda su colonia.

—Te tengo a ti —dijo Maggie—. Es más, creo que *lady*

Cambrey entrará en razón. Está asustada por su hijo, como cualquier madre. No hablemos más de ello esta noche. Mañana, me enfrentaré a esto.

—Lord Cambrey no podría soñar con una prometida mejor —insistió Eleanor mientras les traían el primer plato.

Maggie esperaba que Eleanor estuviera en lo cierto. Porque cuando imaginaba una compañera capaz para John, una abeja reina o incluso una leona, era *lady* Jane Chatley la que le venía a la mente, no ella misma, la ordinaria Margaret Blackwood.

Por un momento, cuando Maggie se despertó, olvidó dónde estaba. Al instante siguiente, recordó que se encontraba de nuevo en Turvey House. El estado de John pasó al primer plano de sus pensamientos, así como la negación de su madre y la monumental tarea que tenía por delante.

—Querido Dios —dijo en voz alta—, dame la fuerza y la sabiduría para ayudar a los Angsley. Ah, y la capacidad de *lady* Jane Chatley para que no pierda la cordura en el proceso.

Después de romper el ayuno con Eleanor, sin ninguna señal de *lady* Cambrey, Maggie llamó al mayordomo de John y a su ayuda de cámara. Los dos hombres entraron en el salón, con aspecto receloso.

—Gracias a ambos por venir.

Cada uno se inclinó, murmurando a coro «sí, señorita».

—Sé que su primera lealtad es para lord Cambrey y su madre, por supuesto, pero me temo que el primero está demasiado enfermo y la segunda demasiado abrumada por los sentimientos como para tomar las decisiones más sabias.

Los dos hombres se miraron entre sí, y luego volvieron a mirarla a ella, esperando.

—Cyril, por favor, envíe a alguien a Londres a buscar al médico del conde. Recuerdo que su nombre es doctor Adams. ¿Vino a quitarle el yeso?

—No, señorita, lo hizo otro médico. El doctor Brewster, un hombre de la zona, que también se ocupó de las costillas de su señoría. Al conde le dijeron que prácticamente cualquiera podía hacerlo con una sierra y unas tijeras, pero *lady* Cambrey mandó llamar al médico local en cualquier caso.

—Entonces tal vez debería hablar con él primero antes de enviar al doctor Adams. Por favor, hágale saber que… la señorita Blackwood solicitó su presencia —dudó. ¿Quién era ella para mandar a buscar a alguien?—. Por favor, dígale al doctor Brewster que la prometida del conde le pide que venga lo antes posible.

—Sí, señorita.

Maggie se volvió hacia el ayuda de cámara.

—Lo siento —le dijo—, no sé su nombre.

—Soy Peter, señorita. —Se inclinó de nuevo.

—Peter, por favor, prepare un baño para su amo, y afile la navaja y las tijeras. Vamos a asearlo esta mañana.

Ella era muy consciente de que el hombre había palidecido mientras hablaba, y por ello, le ofreció una sonrisa alentadora.

—Sé que el conde podría no apreciar esto…

—Disculpe, señorita —dijo Peter, mostrando su nerviosismo por el inexcusable acto de interrumpirla—, pero su señoría me despedirá de inmediato si intento hacer lo que me pide. Sin referencias.

Eso condenaría al hombre a una vida dura, ciertamente.

—No —dijo Maggie—, no lo permitiré.

La expresión vacilante de Peter le recordó una vez más su precaria posición.

—Se lo prometo. Es más, lo haremos juntos. Difícilmente puede mandarme a paseo, ¿verdad?

Pensándolo bien, Maggie supuso que John podría romper su compromiso, pero le había declarado su amor la noche anterior, así que dudaba que eso sucediera.

—Vamos, entonces. Empecemos con nuestras tareas. Cyril, avíseme cuando sepa algo del doctor. Peter, estaré arriba en breve. Incluso antes, si escucho algún grito.

—Sí, *milady* —dijeron los dos al mismo tiempo.

Los tres se quedaron helados ante el error, hasta que ella soltó una risa nerviosa y los hombres se fueron. Tal vez, después de todo, le iba a ir bien en su papel de condesa.

Maggie trató de aferrarse a esa esperanza un cuarto de hora más tarde, cuando empujó la puerta de John, solo para tener que agacharse cuando un objeto se precipitó en su dirección.

—¿Qué demonios? —exclamó, mirando el libro arrojado a sus pies, y luego observando la escena que tenía ante sí.

Una bañera de cobre había sido arrastrada hasta el centro del dormitorio, ya que el conde debía de negarse a ir por el pasillo hasta el baño. El atribulado ayuda de cámara estaba de pie junto a esta, con una toalla en una mano y una pastilla de jabón en la otra.

—Ya le dije, señorita, que no aceptaría.

—Has estado hablando de mí, ¿verdad? —preguntó John, sonando enfurecido—. Cotilleando sobre tus superiores, ¿eh, Peter?

—No, no lo ha hecho —dijo Maggie—. Y casi me golpeas con un libro.

John se centró en ella.

—¿Lo hice? —Una expresión de disgusto cruzó su rostro—. Estaba apuntando a esta criatura. —Señaló a su ayudante de cámara y luego volvió a poner cara de enfado—. Está intentando meterme en la bañera. Me he lavado con un paño casi cada dos días todas las partes importantes, así que esto es innecesario. Además, no puedo mojar la escayola. Se disolverá.

—Lo sé —respondió Maggie—, pero podemos mantener la férula seca si apoyamos la pierna sobre el borde de la bañera. Será difícil, pero no imposible.

Maggie estuvo a punto de pronunciar las inoportunas palabras para hacerle sentir mejor, pero se mordió la lengua en el último segundo.

—Y Peter o yo misma vamos a lavar ese cabello y luego lo vamos a cortar. No tienes que hacer nada, excepto impedir que nosotros lo hagamos.

John cruzó los brazos sobre el pecho y ella esperó su veredicto. Si él decía que no, ¿qué podía hacer ella? Amenazar con irse, supuso, pero podría no funcionar. Casi quería animarlo a tomar un sorbo de láudano para que fuera más amable. Sin embargo, abordar esa cuestión iba a ser su próxima tarea, y no quería ni siquiera sacarla a colación por el momento.

—Muy bien —aceptó John—, pero sin Gray aquí,

necesitaremos a Cyril o a un lacayo. Además, debes darte la vuelta hasta que yo esté en la bañera.

Asintiendo, Maggie llamó de inmediato a Cyril. Por dentro, se sentía eufórica. Hasta el momento, él estaba mucho más cooperativo de lo que ella esperaba, después de la noche anterior.

—Mientras te bañas, haremos que te cambien las sábanas —añadió Maggie, decidiendo seguir presionando mientras John cooperara—. Y cuando te hayamos cortado el pelo, te llevaremos abajo para que tomes el aire y veas a Eleanor.

Él frunció el ceño.

—Parece una mañana agotadora, cuando estoy perfectamente feliz descansando en mi cama.

—¿Descansando de tanto descansar? —preguntó ella.

Por suerte, en lugar de molestarse, él sonrió.

—¿Dormiste bien anoche? —le preguntó ella. Mientras charlaban, Peter empezó a colocar la pierna de John en el borde de la bañera.

—Sí, dormí bien. Creo que fue por saber que estabas aquí.

—¿Y te comiste la comida que te envié?

Encogiéndose de hombros, él dudó.

—Comí un poco.

—Me parece justo —dijo ella, tratando de parecer alentadora.

Cyril llegó y Maggie accedió a dejar la alcoba mientras desnudaban al señor de la mansión y lo metían en el baño.

—Más vale que el agua esté bien caliente —oyó refunfuñar a John cuando salió al pasillo.

A Cam no le importó el baño. Margaret había tenido razón. Le sentó muy bien sumergir su cuerpo en agua caliente por primera vez desde el accidente, incluso con la pierna derecha en el aire. Sin embargo, cuando ella se ofreció a lavarle el pelo, él se resistió.

—Lo hará Peter —le dijo—. No quiero que te asomes al agua de la bañera y me veas.

Ella pensó que estaba bromeando o que era un mojigato. No era ninguna de las dos cosas. Era vanidoso. Este no era el cuerpo que él quería que ella viera cuando lo viera desnudo por primera vez. Por suerte, ella accedió a dejarle terminar su aseo a solas con los dos hombres, siempre y cuando él prometiera bajar justo después.

Así, bañado y con el pelo cortado y aún húmedo, dejó que lo bajaran por las escaleras y lo colocaran en la silla de ruedas. Cuando salió a la terraza, John encontró a Margaret preciosa bajo el sol del mediodía, y a Eleanor charlando como una urraca a su lado.

Margaret se levantó de inmediato. Pudo ver que ella estaba complacida por los resultados cuando lo miró de arriba abajo y le dedicó una sonrisa espectacular, como un regalo. De hecho, la propia Margaret era un regalo del que él no era digno, pero por alguna razón, era suya.

Y allí estaba Eleanor, una debutante de rostro fresco.

La saludó con la mano.

—Pues no tiene un aspecto tan espantoso —dijo la muchacha, y Margaret se sonrojó.

«Los niños dicen siempre la verdad», pensó.

Cuando John llegó a la mesa, Margaret se inclinó hacia él y le besó en la frente recién lavada.

Como si fuera su hijo o su abuelo, pensó él, con disgusto. Ahora, con Eleanor cerca, no podía subirla a su regazo como había hecho antes.

—Tenías razón —comenzó—. Me siento mejor. —Levantó la mano para tocarse la barbilla afeitada—. Estoy seguro de que tengo mejor aspecto.

—Estás muy guapo —dijo Margaret, acariciando su suave pelo—. Espero que no haya problema porque salgas con el pelo húmedo.

—No soy un inválido —dijo él. Entonces, al escuchar sus propias palabras y ver el humor de sus rostros, se echó a reír. Las dos hermanas se le unieron.

Unos pasos detrás de él y luego un grito ahogado anunciaron la llegada de su madre.

—¡John! —exclamó la dama, que corrió a su lado mientras Margaret volvía a su silla—. Estoy encantada de verte levantado. Y con un aspecto muy bueno, de hecho, como el de antes.

Le pareció ver que su madre enviaba una mirada de suficiencia a su prometida.

—Sabía que lo único que necesitabas era asearte y dormir bien.

—Todo lo que necesitaba —añadió él cogiendo la mano de su madre—, era que mi encantadora Margaret me diera una rápida patada en el trasero y me sacara de mi habitación.

—Oh —dijo la anciana—. Bueno, sea como sea, me alegro de que te sientas mejor. Esta noche volveremos al comedor y mañana invitaremos a tus tíos. Estoy deseando verlos.

—Siempre y cuando no organicen un festejo y esperen que yo baile —bromeó Cam, preguntándose por la frialdad entre su madre y Margaret. Eso era algo nuevo.

—Será encantador volver a ver a Beryl —dijo Eleanor.

—Sí —asintió *lady* Cambrey, que seguía mirándolo fijamente, como si no pudiera comprender su transformación.

Debía de tener un aspecto terrible antes para que su propia madre lo estudiara como a un extraño.

—Supongo que cuando todas las mujeres estén aquí, hablarán sin parar de la boda —dijo Cam, tratando de atraer a Margaret y a su madre a una conversación—. Un montón de planes que hacer para el convite y la luna de miel.

Sin embargo, Margaret se limitó a asentir con la cabeza, mientras que su madre no la miró, sino que mantuvo sus ojos fijos en él, sonriendo.

«Han discutido», supuso John. Y probablemente por él. Su madre le había dejado campar a sus anchas y hacer lo que quería, mientras que Margaret, con toda probabilidad, pensaba que había que llevarle la contraria. Exactamente como ella había hecho. Él podía arreglar esto.

—Siento haberme comportado mal —le dijo a su madre—. He sido muy dura contigo. Me alegro de que te guste que haya rectificado.

Sus palabras provocaron una auténtica sonrisa en el rostro de *lady* Cambrey, que se relajó visiblemente.

—Mi madre es muy buena organizando grandes fiestas —dijo, volviéndose hacia Margaret—. Si la sociedad convierte nuestra boda en el evento del año, ella sabrá exactamente cómo manejarlo. Sin mi madre, lo más probable es que el banquete de cricket hubiera sido un desastre. O al menos, todo habría caído sobre los hombros de Jane.

—Has hecho un buen trabajo —dijo *lady* Cambrey. Al

fin miró a Maggie—. Sin embargo, me gusta planificar fiestas. Deberíamos discutir al menos el lugar, la comida y las flores. Y tal vez tengas una afición especial por cierta música.

—Sí, eso sería maravilloso. Me alegro de que esté aquí para aconsejarme —dijo Margaret con amabilidad—. Por la forma en que están decoradas sus casas, tanto esta como la de Londres, sé que es usted una mujer de gran gusto.

John pensó que con eso acababan de reconciliarse.

—¿Damos un paseo, o en mi caso, una vuelta por la propiedad y le mostramos a Eleanor el río?

Eleanor dio una palmada.

—Perfecto —aceptó Margaret—. A mi hermana también le encantará ver los caballos.

—Madre, ¿nos acompañas?

—No, querido, voy a escribir a mi cuñado de inmediato para confirmar su visita.

—Muy bien. Que alguien llame a Cyril para que empuje mi silla, ya que Gray está fuera.

Margaret tenía una mirada de sorpresa en su rostro.

—¿Para qué? Has venido en silla de ruedas hasta aquí. No necesitamos molestar a tu mayordomo, ¿verdad?

—¿Molestar a mi mayordomo? —Cam trató de mantener la irritación de su voz, pensando en el esfuerzo que necesitaría para manejar él solo la silla—. Estoy seguro de que no le resultará molesto asistirme, querida.

—Pero es innecesario, ¿no? Anoche mismo dijiste que necesitabas fortalecer tu debilitado brazo. Seguramente, esta es una forma perfecta de trabajar tus músculos.

Su madre hizo un zumbido y luego intervino.

—Si John necesita ayuda, la tendrá.

Margaret suspiró.

—John no sabrá si necesita ayuda si no intenta hacerlo él mismo primero.

—John está aquí —les él dijo a ambas—. Y al diablo con todo, voy a rodar yo mismo aunque solo sea para evitar que vosotras dos os comportéis como unas verduleras.

Debería haberse avergonzado de su lenguaje, pero al ver que tanto su madre como su prometida cerraban la boca, sintió una gran satisfacción.

—Muy bien, vamos —dijo Eleanor, que probablemente estaba impaciente a causa de las discusiones.

En poco tiempo, John estaba sudando como un labrador mientras empujaba las llantas de las ruedas, dando vueltas y vueltas. Demasiado trabajo, ahora que estaba limpio y con un olor dulce de su baño.

Tenía calor y se sentía fuera de sí mientras se acercaban al río. El maldito río que había visto cientos de veces y que, en este momento, le importaba un bledo, a menos que pudiera quitarse la ropa y nadar en él para refrescarse.

—Maldita suerte —murmuró.

—¿Qué dices? —preguntó Margaret.

—Nada. —Llegaron junto a la orilla. Con su débil brazo palpitando, buscó en su bolsillo. La botella no estaba. Una brizna de pánico lo atravesó. Mirando hacia la casa, que ahora se veía muy lejos, a pesar de estar a solo unos cientos de metros, Cam se dio cuenta de que no había cogido el láudano después de que Peter lo vistiera.

Su semblante debió de delatar la alarma que incluso en ese momento le recorría, porque cuando Margaret le dirigió una mirada, jadeó.

—John, ¿pasa algo?

Capítulo 20

¡Malditos sean todos! Cam no iba a decirle a Margaret que quería, no, que necesitaba, su tintura de opio. Eso provocaría un sinfín de preguntas y retrasos.

¿Cómo podría conseguir que ella quisiera volver a la casa tan pronto?

—¿Alguna sabe pescar? —John no tenía ni idea de por qué esa pregunta salió de su boca, pero pareció agradar a Eleanor.

Esta asintió con entusiasmo.

—He pescado muchos peces en casa. Mi padre me enseñó.

—¿Qué has pescado? —preguntó él, tratando de alejar su mente de su brazo dolorido.

—Besugos y percas —dijo ella—. ¿Pesca usted aquí?

—Solía hacerlo cuando era un niño. Pescaba algunas percas grandes que luego comíamos en la cena. —Miró a Margaret.

—Yo no pesco —dijo ella—, pero comería pescado con gusto.

—¿Vamos a buscar unas cañas? —preguntó Cam—. Volveré a la casa y veré si Cyril puede encontrar algunas, probablemente en el cobertizo del jardinero. Si Gray estuviera aquí, sabría cómo echar mano de algunos buenos peces. No importa, las encontraré. Tal vez en los establos. Aunque, ¿por qué alguien guardaría cañas de pescar en sus establos?

Él cerró la boca con firmeza sobre las palabras balbuceantes que brotaban de sus labios sin proponérselo.

Empezando a dar la vuelta a la silla de ruedas, oyó a Margaret reír. Un sonido hermoso. Entonces, ¿por qué, en ese momento, le crispaba los nervios?

—No tenemos que pescar ahora —dijo ella—. Es muy amable de tu parte, pero que vayas todo el camino de vuelta es una tontería. Lo haremos mañana.

—No es una tontería. —Esperaba sonar ecuánime mientras una nube de inquietud se instalaba sobre él. Podía ver en su mente la botella de vidrio oscuro. En ella estaba todo lo que necesitaba para sentirse bien en esta salida. Si tan solo Maggie no le hubiera obligado a bañarse y a cambiarse de ropa...

—Pregúntale a Eleanor —insistió él—. Ella quiere pescar.

—¿Lo quieres, querida? —preguntó Margaret a su hermana.

La joven se encogió de hombros.

—Mañana está bien.

—Pero podemos pescar ahora —insistió John, escuchando un quejido en su voz que le hacía parecer más joven que la chica que creía que era su aliada—. ¿Por qué esperar? Podría llover mañana.

—John, ni siquiera yo espero que hagas tantos viajes en la silla en un solo día. Quedarás agotado y tu brazo estará terriblemente dolorido.

—Es cierto —dijo él con calma, a pesar de la tormenta de nervios que se agitaba en su estómago. Podía sentir el sudor brotar en su frente y correr por su espalda, también.

—Tal vez ustedes, señoritas, podrían ayudarme empujándome hasta la casa, una en cada manija. Llegaríamos más rápido y luego volveríamos aquí más rápido también.

—En realidad, estamos contenta simplemente con pasear por el río. Seguro que hay muchos pájaros que podamos observar.

Algo dentro de él se rompió. Así es como mejor se describiría a sí mismo más tarde, cuando se acostase en su cama, disgustado por su descortesía.

—¡Bien! Podéis mirar los malditos pájaros si queréis. Yo me vuelvo a la casa.

Mientras se alejaba en el aturdido silencio, oyó a Eleanor decir:

—A tu prometido le debe gustar mucho pescar.

No fueron tras él mientras se alejaba, con el brazo acalambrado por la velocidad con la que movía la silla de ruedas. En cuanto se acercó a la veranda, empezó a gritar pidiendo ayuda.

Al parecer, la señora Mackle estaba más cerca, pues salió corriendo de la parte trasera de la casa, seguida por su madre.

¿Debía pedirles ayuda? No tenía otra opción. No podía esperar el tiempo que le llevaría llamar a Cyril o a Peter, ni conseguir ayuda para subir a buscar la botella él mismo.

—Necesito mi láudano de inmediato —le dijo al ama de llaves—. Hay una botella junto a mi cama.

—Sí, milord. —La mujer le ofreció la más escueta de las reverencias, acorde con su edad y posición, y como no estaba acostumbrada a que la enviaran a hacer un recado, el ama de llaves no parecía moverse con la suficiente rapidez dado el tamaño de Turvey House.

—Apresúrese, señora Mackle —la llamó mientras se dirigía a la puerta trasera.

Sin embargo, al saber que la tintura ya estaba casi en su mano, comenzó a relajarse.

—Gritas como un rufián —lo amonestó su madre—. Creí que estabas herido o que le pasaba algo a las muchachas. ¿Dónde están?

Suspirando, Cam supo que ella se iba a molestar por abandonar a sus invitados.

—¿No puedes verlas desde aquí? —preguntó él—. Están perfectamente felices paseando por el río y observando aves.

—¿Observando aves?

—Sí, Eleanor es toda una naturalista. Por cierto, ¿tenemos cañas de pescar?

—Grayson lo sabrá —dijo *lady* Cambrey—. Pero ¿por qué has ido hasta allí para volver un minuto después?

—Hacer rodar la silla de ruedas fue demasiado para mi brazo derecho, siento decirlo. El dolor es intenso.

Su madre palideció. Justo entonces, la señora Mackle reapareció y se apresuró hacia él, comprendiendo claramente la urgencia después de todo. Le puso la botella en las manos extendidas y él la destapó, tomando un pequeño sorbo. Sabía, por experiencia, que no hacía falta mucho para aliviar el dolor.

Después de unos momentos, su madre preguntó:

—¿Estás mejor, querido muchacho?

—Sí. —Sin embargo, con el feliz fin de su dolor y la familiar sensación de euforia, llegó un nuevo sentimiento. La culpa, seguida rápidamente por la decepción de sí mismo. Se había comportado mal delante de Margaret y su hermana, impacientándose y gritando de forma irracional.

Decidido a no cometer el mismo error, Cam decidió hacer dos cosas: asegurarse de llevar siempre láudano encima y, al mismo tiempo, ser más discreto a la hora de beberlo. Ya no había razón para que todos supieran que lo tomaba. De todas formas, era asunto suyo.

Mientras se acordara de tomarlo regularmente para aliviar su agonía y, al mismo tiempo, de seguir esforzándose para fortalecer sus músculos, mejoraría en todos los aspectos.

—¿Vas a volver a buscarlas? —le preguntó su madre.

Cam consideró la tarea.

—Creo que no. Lo más probable es que ya hayan bajado casi hasta Todos los Santos. A no ser que hayan remontado el río. En cualquier caso, demasiado lejos para que vaya yo solo.

—¿Por qué no jugamos una partida de cartas, entonces? No hemos jugado en años. Cuando las chicas vuelvan, pueden unirse.

Luchando contra las emociones de ira y preocupación, así como la vergüenza por el comportamiento de John, Maggie trató de disfrutar de su tiempo con Eleanor antes de que se dirigieran a la casa. Agradeció que su hermana no hubiera hecho más referencia al extraño comportamiento de su prometido, que Maggie supuso que se debía al opio.

Cuando él no regresó, se dio cuenta de lo cambiado que estaba respecto al año anterior. John había tomado a toda la familia de Maggie bajo su protección por lealtad a su mejor amigo, Simon, que había dejado el país y a su esposa, Jenny, en Londres. Todas los Blackwood habían experimentado la amabilidad del conde de Cambrey, y en cada momento que Maggie había pasado en su compañía, bien entablando una conversación o bien observándolo en silencio, su carácter la había impresionado mucho. Y cuando se habían besado por primera vez, se había sentido abrumada por la emoción sentimental. Y de deseo.

En la actualidad, él era malhumorado, astuto —pues estaba segura de que no le importaba la pesca— y malhumorado. De hecho, ahora mismo no era el tipo de hombre con el que ella podía imaginarse casada.

Ese pensamiento, justo al llegar a la veranda, la hizo detenerse en seco, haciendo que Eleanor chocara con ella por detrás.

—¿Estás bien?

—Sí, lo siento —le dijo a Eleanor—. ¿Qué vas a hacer ahora?

—Dibujar. Me voy a los establos en cuanto tenga mis lápices y papel.

—Estupendo. Iré a ver cómo estás más tarde. No te pongas...

—Lo sé, lo sé. No te preocupes. Por el amor de Dios, Mags, ya no soy una niña.

Maggie se rio.

—Iba a decir que no te pongas en el camino de nadie, pero tienes razón. A tu avanzada edad, no serás ni un peligro ni una molestia.

Eleanor puso los ojos en blanco antes de correr hacia la casa, exactamente como lo haría una niña, para buscar su cuaderno de dibujo.

Maggie sabía cuál era su siguiente tarea, y no le importaba lo más mínimo.

—¿Dónde está su señoría? —preguntó a la primera sirvienta que encontró, que resultó ser Polly.

—En la biblioteca, creo, señorita.

Un momento después, se asomó a la puerta abierta. John estaba sentado en su sillón, leyendo y tomando notas. Al verla llegar, le ofreció una sonrisa ligeramente tímida.

—Espero no molestar —comenzó Maggie, recordando la última vez que había irrumpido allí y se había llevado la desagradable sorpresa de verlo con Jane, aparentemente en un momento de amor. Poco después, habían acordado casarse, y su corazón había florecido de felicidad.

—No, en absoluto —dijo él—. Acabo de terminar de jugar una ronda de *écarté* con mamá. Pensé en tomar notas sobre las inversiones que quiero discutir con Gray si alguna vez vuelve. Hablar contigo es infinitamente preferible, te lo prometo.

¿Cómo empezar? Quería volver a explicar sus razones

para estar preocupada porque en el fondo, él seguía siendo el hombre con el que quería compartir su vida. Si tan solo pudiera conseguir que ese hombre volviera.

—Lo siento —soltó John antes de que ella pudiera decir nada—. Sé que me he comportado como un imbécil.

Fue un comienzo, pensó ella.

—Creo que tenías un motivo para comportarte así —dijo ella.

Él frunció el ceño y permaneció en silencio. ¿Iba a ser sincero o no?

Maggie insistió en la cuestión.

—No volviste a la casa para buscar cañas de pescar.

Él tuvo la delicadeza de sonrojarse.

—No, me dolía un poco el brazo por usar la silla de ruedas.

Maggie sintió una punzada de culpabilidad.

—Lamento tu dolor. Debería haber dejado que Cyril te empujara hasta el río.

—No, en absoluto —dijo él, sacudiendo la cabeza—. Tenías razón. Necesito fortalecer mi brazo, y la única manera de conseguirlo es usarlo y sufrir las consecuencias. Tengo la intención de seguir usando la silla por mí mismo.

—No quiero que te duela —se aseguró de que lo entendiera—. Sin embargo, estoy muy preocupada.

—Voy a dejar de tomar láudano —interrumpió él, con voz decidida.

Ella tenía toda su atención.

—¿De verdad?

—Sí. Lo prometo. —Él la miró a los ojos mientras hablaba, y ella vio que lo decía en serio.

—No lo sabes, pero ya he intentado dejarlo, y ha sido condenadamente difícil. Sin embargo, veo que mi consumo de opio te molesta, y por eso estoy decidido a perseverar. Prepárate, sin embargo, porque la incomodidad me pone de bastante mal humor. Pregúntale a mi criado en particular.

Su corazón se había aligerado con cada palabra que él había dicho.

—No sabía que lo habías intentado antes. Siento que te haya causado dolor, pero esta vez estaré a tu lado —prometió Maggie.

—No quiero tener a mi lado a nadie más que a ti.

Le tendió la mano. Ella la tomó, y al instante siguiente, con los dedos entrelazados, él la atrajo hacia su regazo y comenzó a besarla.

Con sus labios en los de ella, todos sus problemas desaparecieron. Aquí, por fin, estaba su John. Cuando él la besó, ella no podía negarle nada, ni siquiera recordar por qué se había sentido insegura sobre su futuro solo unos minutos antes.

Apartándose, él preguntó:

—¿Va a entrar Eleanor a interrumpirnos?

—No —dijo ella, con los latidos del corazón acelerados—. Está dibujando tus caballos.

—Qué brillante de su parte. ¿Le llevará mucho tiempo?

—Al menos media hora. Tal vez más.

—¡Maravilloso! —Y le pasó los nudillos por cada uno de sus pechos, exactamente como había hecho en su dormitorio cuando creyó que ella era un sueño.

Con los pezones hormigueando y tensos, Maggie hundió los dedos en su pelo limpio, saboreando su tacto sedoso.

Entonces, para su asombro y deleite, él abarcó sus pechos con las palmas de las manos, sujetándolos con suavidad y frotando los pulgares sobre sus pezones, ahora sensibles.

Para sorpresa de Maggie, le pareció que él la acariciaba en otra parte. De hecho, con cada caricia de sus pezones, ella lo sentía entre sus piernas.

Empezó a retorcerse contra él, deseando más.

—John —gimió contra sus labios mientras se besaban de nuevo.

Ella sintió que él intentaba acceder mejor, pero su blusa de cuello alto y su chaqueta ajustada se lo impedían. Además, cuando metió la mano por debajo de la falda, el incómodo ángulo en el que ella estaba sentada en su regazo era un inconveniente.

Al oírlo gemir, ella le tomó la cara entre las manos y le besó con fervor, separando los labios y sacando la lengua para buscar la suya.

Cam se congeló ante su atrevimiento, pero cuando abrió la boca y atrajo su lengua hacia el interior, chupándola, ella supo que él estaba disfrutando de su encuentro tanto como ella.

Ella hizo lo mismo con su lengua suave. Mientras tanto, las manos de él volvieron a la vida, recorriendo su espalda y luego sus pechos para al fin posarse en su cintura.

Cuando el beso terminó, ambos respiraban con dificultad.

—Creo que es bueno que estés escayolado, o me pregunto si llegaríamos castos a la noche de bodas —dijo Maggie, agarrando la parte delantera de su chaleco.

Él soltó una carcajada.

—La castidad está muy sobrevalorada, querida. Si no tuviera esta escayola, puedo prometerte que estaría intentando quebrar tu inocencia mucho antes de la luna de miel. Y también me lo agradecerías. Justo antes de que gritaras mi nombre.

Sonrojada, Maggie no dudó de que él tenía razón, pues dondequiera que John la tocaba, ella parecía despertar con exquisitas sensaciones nuevas. Sus pechos estaban literalmente deseando ser descubiertos y acariciados.

—No estás escayolado por completo —señaló Maggie y volvió a retorcerse sobre él.

Cam volvió a gemir.

—Y tú no lo estás en absoluto. Quizá deberíamos subir y ver qué podemos conseguir.

Mordiéndose el labio inferior, ella consideró su propuesta. Iban a casarse de todos modos. Estaba comprometida sin ninguna mancha en su reputación, y ya no necesitaba protegerla ferozmente.

—Haremos un plan —le susurró al oído—. Quédate abajo conmigo el resto del día. Esta noche, iré a verte.

Ella lo observó tragar.

—¿Sabes lo que estás diciendo? —preguntó él.

—Creo que sí.

Al sentir su suspiro, ella dejó que él tomara su barbilla con la mano.

—Eso crees, ¿verdad? Quiero reclamarte para mí de una manera totalmente irrevocable. Solo tienes una oportunidad de entregar tu cuerpo por primera vez.

La emoción la recorrió. ¿Podrían realmente unirse como un hombre y una mujer mientras él estaba impedido por el yeso y los vendajes? A pesar de sus temores anteriores, John Angsley la guardaba en su corazón, y eso no cambiaría. Por su parte, no veía la necesidad de esperar hasta la noche de bodas. Después de todo, esto no era la Edad Media, y ella era una mujer ilustrada.

—Decidí entregarte mi cuerpo cuando acepté casarme contigo. ¿Qué importa si esperamos hasta que nos casemos? ¿Debería preocuparme que después de tomarme me repudies?

—De todas las cosas que pueden preocuparte, esa no es una de ellas —afirmó Cam—. No te quiero solo con mi cuerpo, aunque te deseo tanto que casi me da miedo. Sino que también te quiero con toda mi mente y mi corazón.

Mientras ella sonreía, él rio.

—Ahí está. Tu preciosa sonrisa. Solía pensar que era un arma que desatabas sobre solteros desprevenidos a los que esperabas atrapar. Y tenía mucho éxito, por cierto. Ahora sé, sin embargo, que es solo tu expresión natural de alegría. Espero poder conjurarla siempre.

Pensando en una réplica, Maggie no se dio cuenta de que la puerta había sido empujada ni de que su futura suegra había entrado en la habitación. Para cuando *lady* Cambrey ofreció una delicada tos, ya era demasiado tarde para que Maggie saltara del regazo de su prometido y se mostrara presentable.

En cualquier caso, John la rodeó con sus brazos, aprisionándola en la comprometedora posición.

—¿Sí, madre? —Su voz destilaba inocencia, desafiándola a comentar lo que veía, mientras Maggie sentía que su rostro se inflamaba de vergüenza.

—Me alegro de veros felices —dijo *lady* Cambrey—. Hace que mi corazón maternal se alegre.

Giró sobre sus talones y se marchó, cerrando la puerta tras ella.

En el silencio que siguió, Maggie miró fijamente a John, con los ojos muy abiertos, antes de que ambos estallaran en carcajadas.

A partir de ese momento, con su expectación a flor de piel, Maggie pensó que el día se alargaba de forma interminable. Durante las comidas, las conversaciones, las partidas de *whist* y las bromas, echaba un vistazo a John y se daba cuenta de que la estaba mirando a ella. Él levantaba una ceja diabólica o le guiñaba un ojo, lo que hacía que su corazón se acelerara.

Una vez, incluso se lamió los labios, y ella sintió que sus partes femeninas empezaban a palpitar.

Dios mío, ¿llegará la hora de acostarse?

Se retiró temprano y se dio un largo baño, absteniéndose de lavarse el pelo, ya que no tenía intención de ir a ver a John chorreando como un gato abandonado bajo la lluvia. En su lugar, se lo cepilló y lo dejó suelto, sabiendo que atraería a su hombre a desear tocarlo. Un sencillo camisón de algodón rosa pálido de la más suave y fina trama y su bata azul eran todo lo que necesitaba mientras deslizaba los pies en sus suaves zapatillas de casa favoritas.

El corazón le latía con fuerza en la garganta y Maggie se preguntó por su propia osadía. ¿No debería tener miedo en lugar de estar excitada? ¿Tanto deseaba experimentar esta unión?

Avanzando de puntillas por el pasillo, pasando por la

habitación de su hermana, llegó a la puerta de John. Por primera vez dudó, pero solo lo suficiente para respirar hondo, mirarse a sí misma para tranquilizarse y luego empujar la puerta.

Capítulo 21

Cam observó a Margaret entrar, y la mera visión de ella hizo que sus entrañas se tensaran. ¿Cómo iba a hacer esto sin avergonzarse a sí mismo, por no poder contenerse antes de empezar? Hacía mucho tiempo que no disfrutaba de una mujer. Sin embargo, en ese momento, ni siquiera podía recordar la última con la que había estado. No podía haber otra en sus pensamientos excepto Margaret Blackwood. Y no era para menos.

Maggie entró en silencio después de cerrar la puerta, se paseó por la alfombra, y él contempló su imagen sensual, con una bata azul zafiro con el pelo suelto sobre los hombros.

—¿Estoy soñando otra vez? —le preguntó cuando ella llegó junto a su cama.

—No juegues conmigo, o podría entrar en razón y marcharme.

—Definitivamente, voy a jugar contigo —prometió él.

Cam le cogió la mano mientras ella subía a la cama.

Acomodándose en su lado izquierdo, frente a su pierna esca‐
yolada, él se apoyó en su brazo bueno y la miró. Para su de‐
leite, un fino cinturón trenzado era el único cierre de la bata,
y él lo desató con rapidez.

Debajo, solo llevaba un camisón transparente de color
rosa pálido. Pudo ver el tono más oscuro de sus pezones, y
dio gracias a Dios por no haber perdido la vista en el acci‐
dente. Como no quería apresurarse, se inclinó para reclamar
sus cálidos labios en un largo y lánguido beso, que ella devol‐
vió con igual ardor.

—Quiero besarte más —le dijo, antes de mordisquear
la suave piel de su cuello y la parte inferior.

Al oír su rápida respiración, al sentir sus manos aferra‐
das a su pelo, acercó su boca a uno de sus pezones a través
de la suave tela, y luego tiró con suavidad de él con los dientes
hasta que ella se arqueó hacia él.

Cuando se apartó, ella lo miró con los labios ligeramente
separados.

—Me ha gustado —confesó.

—Bien. —Se inclinó más para darle a su otro pezón
perlado la misma atención, y luego necesitó desesperada‐
mente ver su piel desnuda.

—¿Quieres sentarte y sacar los brazos de la bata?

Sin palabras, ella hizo lo que él le pidió. El camisón tenía
mangas largas y no tenía botones ni cintas que él pudiera ver.

—Creo que este podría haber sido el momento de llevar
un camisón que se abriera por delante.

—Oh, sí —dijo ella, con la voz entrecortada y suave—.
Un error por mi parte.

—Podemos arreglarlo fácilmente si me dejas levantarlo

desde abajo o…

—¿O qué?

—Podría simplemente abrirlo por delante, rasgándolo en dos —le dijo él con toda naturalidad—. ¡Con mis dientes!

Ella abrió los ojos de par en par.

—¿Como un pirata?

Acarició sus cicatrices faciales, y él descubrió que no le importaba en absoluto.

—Exacto. Me siento como si pudiera ser un corsario cuando te miro.

—Me gusta bastante este camisón —le dijo ella—. Por eso me lo puse. Si no te importa…

Alcanzando el dobladillo, Cam comenzó a levantarlo, exponiendo sus piernas desnudas centímetro a centímetro.

—Ojalá hubiera dejado más lámparas encendidas —dijo con pesar.

—Me alegro de que no lo hicieras.

—No sea tímida, señorita Blackwood. Es usted tan encantadora que no debería estar vestida.

Lo dijo para relajarla, y por su risita de respuesta, lo había conseguido.

—Decreto que cuando estemos casados, nunca llevarás un camisón a la cama. Es un crimen ocultar este hermoso cuerpo.

Ella volvió a reírse.

Distrayéndola con sus palabras, le había levantado el camisón hasta la cintura y lo estaba subiendo aún más para exponer sus lugares más íntimos a su mirada hambrienta.

Sin embargo, cuando sintió el aire fresco en su piel, ella intentó cubrirse. Antes de que pudiera hacerlo, él se agachó de nuevo y sopló sobre los suaves rizos entre sus muslos.

—Ohh —murmuró Maggie.

Él quiso poner sus labios allí, besarla donde ella lo sentiría más íntimamente, pero se contuvo.

«Empieza despacio», se advirtió a sí mismo.

Levantando la bata, dejó al descubierto un vientre plano, que besó con suavidad, primero por debajo y luego por encima del ombligo. Su piel era como el satén. Continuó besándola a medida que levantaba el dobladillo y, al fin, reveló sus magníficos pechos, llenos y firmes.

—Tócame —le ordenó ella con voz temblorosa, sorprendiéndolo.

Él obedeció, acariciando, rodeando, amasando, y luego pellizcó ligeramente cada pezón. Sus caderas se agitaron.

—Levanta los brazos —le dijo él—, y te pasaré el camisón por la cabeza.

Ella lo hizo. Mientras Cam le quitaba la prenda, ella cruzó los brazos sobre los pechos.

—No te escondas, dulce dama. Deseo adorar cada centímetro de ti.

Era más que el aspecto físico de Margaret lo que le cautivaba. Su corazón estaba comprometido por completo, y por ello, deseaba hacerle el amor, pero también cuidarla, protegerla, llevarla a un mundo de deleite.

En ese instante, decidió que se darían placer mutuo sin llegar al acto final. Tal vez fuera un anticuado, pero quería disfrutar del honor de reclamar su cuerpo en su noche de bodas. Esperaba no arrepentirse.

Tirando con suavidad de los brazos de ella hasta que le libró de la última barrera, Cam volvió a bajar la boca hasta sus pechos y se aferró al pezón más cercano. Un lametón la hizo suspirar, la succión la hizo gemir y un suave mordisco la hizo susurrar su nombre. Después, él bajó la mano por su estómago hasta el centro de su pasión.

Los rizos húmedos se encontraron con su tacto. Ella ya estaba tensa de deseo. Él deslizó un dedo entre sus pliegues, sintiendo que su cuerpo se tensaba.

—Tranquila, querida. Disfrutarás de esto —dijo con su boca contra su pecho, y notó que ella se relajaba de nuevo antes de levantar la cabeza para observar su cara mientras la acariciaba por primera vez.

La cabeza de Margaret se inclinó hacia atrás, su blanco y delgado cuello se arqueó. Él sabía que no duraría mucho. Con cuidado de no ejercer demasiada presión sobre su botón sensible, cuando parecía estar a punto de agotarse, introdujo un segundo dedo en su interior. Ella llegó a su punto máximo, levantando las caderas mientras se agarraba a las sábanas.

Maggie abrió los ojos mientras se acomodaba de nuevo en la cama de John, demasiado excitada y lánguida al mismo tiempo como para sentirse avergonzada. Contempló el rostro del hombre al que amaba, un hombre con una expresión algo petulante, pero tierna, y sacudió la cabeza.

—¡Dios! No tenía ni idea de que esto... Quiero decir que yo... bueno... por mí misma, sí, pero cuando tú me lo haces, es mágico. Perdí la noción de dónde estaba.

—Siempre y cuando no olvides con quién estabas…

Ella le rodeó el cuello con los brazos y lo atrajo para besarlo. Sin embargo, después de un momento, se echó hacia atrás.

—Lo siento, cariño —dijo él—, tengo que tumbarme un momento. Mantener la pierna derecha apoyada en la cama mientras me inclino sobre ti me ha provocado un calambre, creo.

Mientras él se quedaba mirando al techo, ella se sentó en el colchón. ¿Iba a tomar un sorbo de láudano para aliviar el dolor? ¿Y qué había de su placer? Parecía que él se lo había dado a ella sin recibir ninguno. ¿Podría ella devolverle lo mismo?

—John —dijo cubriéndose con la colcha. ¿Dónde estaba su camisón?

—Sí.

Maggie contempló su amplio pecho y el pelo castaño que lo salpicaba, y de repente quiso tocarlo. Estiró la mano y pasó con suavidad las yemas de los dedos por un pezón y por el otro. Para su sorpresa, se endurecieron. Se dio cuenta de que su cuerpo era similar al de ella. Sin duda, él disfrutaría de sensaciones parecidas.

—¿Puedo hacer por ti lo que tú has hecho por mí?

Una lenta sonrisa se dibujó en el rostro de Cam.

—No es necesario. Creo que necesitarás algunas instrucciones, y este yeso es un estorbo.

—Tonterías —le dijo ella, y tiró del cobertor que le cubría la cintura y las piernas—. ¡Oh! —exclamó al ver que él estaba completamente desnudo. Además, su miembro masculino estaba rígido y se elevaba en un ángulo hacia el techo.

Él gimió.

—¿Estás bien? —¿Sentiría dolor de nuevo?

—Que me mires es excitante, pero necesito que me toques, o puede que tenga que hacerlo yo.

Ella comprendió de inmediato. Cuando su cuerpo estaba expuesto, si él se hubiera limitado a mirarla, haciéndola sentir acalorada y excitada, habría necesitado tocarse para aliviar el deseo.

Maggie se aclaró la garganta, se mordió el labio inferior y le agarró el miembro con firmeza. Él volvió a gemir.

Ella reprimió su risa, nerviosa por lo que estaba haciendo. Instintivamente, comprendió que eso sería una respuesta incorrecta en un momento tan íntimo como aquel.

La piel de su pene era más suave de lo que había previsto, sin duda más suave que un brazo o una pierna. Pensando en cómo la había complacido, mientras tenía los dedos enroscados alrededor de él, lo acarició hasta la punta, de forma extraña, encapuchada como una seta con una hendidura en la parte superior, y coronada con un cordón de líquido. Luego bajó hasta la base.

Cuando miró más de cerca, Maggie vio sus testículos, que sabía que contenían la semilla necesaria para hacer un bebé.

Comenzó a bombear rítmicamente la mano hacia arriba y hacia abajo, sin estar segura de la presión que debía ejercer.

Al cabo de un instante, él la cubrió con la suya, ayudándola a moverse con más fuerza y rapidez. Maggie vio que él tenía los ojos cerrados y la mandíbula apretada. Estaba claro que estaba disfrutando.

Maggie lo vio a continuación arquear la espalda y abrir la boca para soltar un grito corto y gutural. Al mismo tiempo, sus dedos apretaron los de ella con más fuerza, su miembro se puso rígido y un líquido nacarado salió disparado de la hendidura, describiendo un arco lejos de ella.

¡Dios mío! Su liberación fue todo un espectáculo, mucho más impresionante que el suyo propio. Imaginando relaciones plenas, ella sabía que su cálida semilla habría ido directamente a su vientre para crear un niño. ¡El bebé Angsley!

—¿Por qué sonríes así? —le preguntó él con la voz ronca y los ojos abiertos de nuevo.

—Estaba pensando en el hijo que tendremos algún día.

—Cuando llegue ese día, seré el más feliz de los hombres. Ya puedes soltarme.

—¿Perdón?

—Mis partes. Puedes soltarme.

Mirando hacia abajo, se dio cuenta de que él había retirado su mano y ahora solo quedaban sus dedos, apretados alrededor de un eje más blando.

Ella lo soltó.

—Estuviste espléndido.

—Se supone que soy yo quien debe decir eso, no tú, mujer tonta. Y gracias —añadió.

Sintiendo que sus mejillas se enrojecían, ella negó con la cabeza.

—No, te lo agradezco. Todo fue realmente maravilloso, y tú hiciste que no fuera nada incómodo.

—Será aún mejor cuando pueda hundirme dentro de ti. Imagina el mismo placer, pero ampliado.

—No puedo imaginarlo mejor —confesó ella.

Por otro lado, Maggie sabía que él no necesitaba

imaginarlo. Él había hecho esto y mucho más con otras mujeres. Anteriormente, ella no le había envidiado sus asociaciones anteriores. Además, se beneficiaba de su experiencia. Sin embargo, ahora que sabía de qué se trataba, saber que él ya había compartido esa intimidad la entristeció.

—Llevas todas las emociones en la cara. ¿Qué pasa, mi amor?

Mi amor. Le gustaba cómo sonaba eso. Entonces, otro pensamiento molesto cruzó su mente. Tal vez él había dicho el mismo término cariñoso a cada mujer con la que se había acostado.

¡Maldición! Se volvería loca si dejaba que los celos por su pasado la consumieran.

—Soy nueva en esto, y sé que has tenido interacciones similares con mujeres que sabían lo que hacían y con las que experimentaste el placer ampliado que mencionaste.

Él suspiró y la atrajo hacia sí.

—Margaret, te diré algo con absoluta honestidad. Debes creerme y no dejar que mi pasado te moleste de nuevo. ¿Me lo prometes?

Ella asintió.

—Muy bien. Nadie que haya conocido se compara contigo, en ningún caso. ¿Cómo puedo decirte esto con delicadeza…? —Hizo una pausa—. Otras mujeres eran necesarias porque un hombre tiene impulsos particularmente fuertes a mi edad. Al igual que necesito afeitarme, mis ansias físicas necesitaban una atención especial. ¿Me entiendes?

Maggie puso los ojos en blanco ante su explicación.

—¿Estás diciendo que las mujeres con las que te acostaste solo tenían fines utilitarios?

Él se rio con ganas, sacudiendo la cabeza de ella, que descansaba en su pecho.

—Si lo dices así, no. Obviamente, el placer estaba involucrado, pero en comparación con estar contigo, era como una transacción práctica en lugar de un acto de amor. Nunca fue eso.

—¿Nunca has amado antes? —Ella contuvo la respiración.

—No, te lo prometo. He sentido enamoramiento, atracción, incluso admiración, pero no lo que siento por ti. Nunca he experimentado el amor hasta que conocí a una tal Margaret Blackwood.

Sonriendo para sí misma, se sintió satisfecha por su explicación. Sin embargo, tenía otra pregunta.

—¿Y no usas el término a la ligera?

—¿Qué término? —preguntó él con un bostezo.

—«Mi amor».

—No, no digo nada que tenga que ver con el amor a la ligera.

Ella estaba totalmente satisfecha.

—Muy bien.

La abrazó con fuerza.

—Eres mi amor, y pronto, mi esposa. ¿Cómo he llegado a ser tan afortunado?

—Me han dicho que puedo ser exigente e incluso de lengua afilada. Sin embargo, creo que solo soy exigente y directa.

Riéndose, él le besó la parte superior de la cabeza.

—En cualquier caso, te acepto tal y como eres.

—Como te acepto a ti. —Excepto por el láudano, se

recordó a sí misma, pero no lo mencionaría en ese momento, no cuando todo parecía idílico.

El bostezo de John provocó el suyo. Podía dormirse fácilmente en sus brazos, pero sería peligroso. Es cierto que estaban comprometidos, pero si su hermana iba a la habitación de Maggie y la encontraba ausente, daría un mal ejemplo.

Además, *lady* Cambrey podría considerar un patrón de comportamiento indecente si Maggie era descubierta una vez más en la cama del conde. Esta vez, desnuda como el día de su nacimiento.

—Debería volver a mi alcoba.

Inmediatamente, su agarre se hizo más fuerte en ella, y Maggie se rio.

—Está solo al final del pasillo, no al otro lado del mundo.

Relajando su agarre, él le acarició el hombro.

—Lo sé. Esa fue mi sincera reacción al dejar mis brazos vacíos. La cama se sentirá fría en el momento en que la dejes.

—Bésame de nuevo para calentarnos —dijo ella, subiéndose encima de él, saboreando la sensación de su piel contra suya—. Y luego me iré.

De inmediato, las manos de él estaban en su pelo, enroscándose en sus mechones mientras tiraba de ella hacia abajo y reclamaba su boca. Durante un largo tiempo, íntimo y silencioso, simplemente se besaron. Maggie sentía un cosquilleo por todas partes, como si no se hubiera sentido satisfecha hacía tan solo unos minutos. ¿Era inmoral por su parte pensar en hacerlo de nuevo, justo en ese momento? Sentir su miembro hinchado bajo ella le indicó que él pensaba lo mismo.

Maggie supo que era mejor apartarse de John o arriesgarse a quedarse embarazada antes de la boda. La promesa de experimentar toda esa sensualidad con él, la guardaría en su corazón. Pronto disfrutarían de relaciones plenas, y sería maravilloso. Este sabor de la intimidad se lo había demostrado.

Dejó caer otro beso sobre sus labios y se deslizó fuera de la cama.

Dios, estaba completamente desnuda a la luz de la lámpara en el dormitorio de un hombre. ¿Dónde estaba su ropa?

—He tirado tu camisón por ahí —le dijo él, muy servicial—. Voy a mirar mientras te agachas a recogerlo.

No pudo evitar reírse de su lascivo comentario. En lugar de sentirse avergonzada, se sintió como una hermosa diosa por la forma en que él le había hecho el amor y las cosas que le había dicho.

—Te doy permiso para mirar. —Ella encontró su camisón en la alfombra. Inclinándose lentamente, con el trasero hacia él, lo oyó gemir.

—Te has convertido en una tentadora en una sola noche.

—Tú me has convertido en una. —Se pasó el camisón por la cabeza antes de volver a la cama a por su bata. Estaba arrugada en el lugar donde él se la había quitado. Ella había sido una persona diferente entonces, una muchacha inocente.

—Me gusta mucho mi nuevo y experimentado yo.

Maggie se asustó cuando él la agarró del brazo.

—Hay mucho más que aprender. Todavía no eres una

amante experta, querida, pero tengo la intención de enseñarte y obtener un gran placer mientras lo hago.

—Soy una alumna dispuesta.

—Solo conmigo —le recordó él.

¿La risa gutural y sensual había salido realmente de ella?

—Por supuesto, milord. Solo con usted.

—Vete ahora, o tendré que darte otra lección de inmediato. —Le soltó el brazo.

Suspirando ante la maravilla de todo aquello, Maggie lo dejó para que descansara durante lo que ella esperaba que fuera una buena noche. Por su parte, con su cuerpo y su mente igualmente satisfechos, dormiría muy bien.

En cuanto la puerta se cerró detrás de Margaret, Cam abrió su mesilla de noche y extrajo el frasco de medicina, tal y como él la consideraba. Porque eso era lo que realmente era el láudano: una medicina pura y útil. Nada más.

Tomando un pequeño sorbo, lo guardó de nuevo, cubriéndolo con pañuelos limpios y planchados.

Luego se relajó de nuevo en la cama, esperó a que se aliviara cualquier dolor persistente y contempló su vida.

Margaret era perfecta, y perfecta para él. Su matrimonio sería sumamente exitoso. Estaba seguro de ello. Porque le gustaba su mente y su humor. Además, iban a tener relaciones apasionadas y satisfactorias, y él no podía esperar a tocarla de nuevo.

Le quitarían la escayola en cuestión de meses, y trabajaría como el diablo para recuperar sus fuerzas.

Sí, todo estaba en orden. Excepto que tenía que mentir a su prometida porque ella no entendía lo necesario que era mantener el dolor a raya. Cuando ya no le doliera, por supuesto, volvería a pasar por la agonía de dejar de tomar la tintura de opio. Hasta entonces, haría lo que sabía que era mejor.

Lamentablemente, incluso en el remedio para el dolor, había más dolor. El estómago le molestaba casi tan pronto como el láudano bajaba por su garganta, o eso parecía. Por otro lado, si tomaba un poco más de la tintura, se dormiría fácilmente a pesar de su estómago, aunque se arriesgaba a tener pesadillas.

No importaba. Soportaría los calambres de estómago. Embelesado con el recuerdo de haber complacido a Margaret y de cómo ella le había correspondido con entusiasmo, estaba seguro de que dormiría bien.

Por desgracia, se despertó sudando y respirando con dificultad unas horas más tarde, a causa de un terrible sueño en el que los carruajes corrían demasiado rápido hacia unos acantilados traicioneramente altos, como los que había visitado en Dover unos años atrás con Beryl y su familia.

¡Lo que daría por que Margaret estuviera a su lado! A falta de eso, deseó poder saltar de la cama y dar un largo paseo, en lugar de estar allí atrapado, sin más remedio que dejarse llevar por otro incómodo sueño.

La irritación volvió a atravesarlo. Si el hombre que conducía el otro carruaje no hubiera muerto, Cam podría haberle dado caza fácilmente y retorcerle el cuello.

Capítulo 22

Beryl, sus cinco hermanos y sus padres, el tío de Cam y su esposa, llegaron temprano al día siguiente, después de un desayuno durante el cual, cada vez que Margaret lo miraba, sus mejillas tenían un sonrosado rubor.

Si su hermana o su madre no adivinaban que había pasado algo entre ellos, Cam se comería el sombrero. O quizá Eleanor era demasiado joven para pensar en lo que podría haber ocurrido, y su madre... Bueno, no era tan vieja como para no recordarlo. No, eso era seguro. Por suerte, estaba preocupada por la llegada de sus suegros.

—Tengo planeado un gran momento —les dijo *lady* Cambrey a los visitantes en cuanto llegaron, pero antes de que pudiera decir nada más, Eleanor agarró la mano de Beryl y desaparecieron entre una nube de risas y susurros.

Tanto Margaret como la madre de Eleanor, Catherine Angsley, se disculparon por el comportamiento de las muchachas.

La madre de Cam comenzó de nuevo.

—Más tarde, jugaremos a algo en el salón, y estoy segura de que esas jóvenes señoritas los disfrutarán. Mientras tanto, mi hijo me dio una buena idea el otro día. Hemos encontrado unas cañas de pescar, y llevaremos a mis sobrinos al río para ver qué pueden pescar.

Tres niños y dos niñas de distintas edades chillaron de alegría.

Cam notó que Margaret lo miraba con preocupación. Y no era para menos. No quería que se repitieran los acontecimientos de la salida anterior. Para tranquilizarla, sonrió.

—Preparemos todo —sugirió *lady* Cambrey—, y luego veremos si Beryl y Eleanor desean acompañarnos. Creo que a la hermana menor de los Blackwood le gusta pescar.

No muchas horas después, Cam se encontró de nuevo en el río Great Ouse, esta vez rodeado de niños. Parecía que había sesenta, no seis, de sus primos.

«Qué extraño», pensó. A su edad, podría haber sido el padre de los más pequeños.

Observando a Margaret mientras charlaba con las otras mujeres, con un aspecto juvenil y el pelo recogido en una larga trenza en la espalda, supo que le daría hijos propios, hermosos y fuertes. Además, la noche anterior indicaba que disfrutarían en hacer el encargo.

A continuación, él se encontró deseando poner fin a lo que ahora parecía haber sido una soltería interminable.

Sí, estaba ansioso por asumir el papel de marido y padre. Una vida que se había vuelto un poco aburrida parecía de nuevo emocionante. Se expandiría más allá de los deberes del parlamento y los placeres ociosos de la sociedad. ¡Tan pronto como se quitara la maldita escayola!

Con el sol en lo alto, se habían reunido en el recodo del río donde había un pequeño depósito de arena, que toda su vida habían llamado vagamente playa. Aquí, el agua se calmaba y los peces se agrupaban alrededor. Era idílico.

Margaret parecía tener un talento natural con los pequeños, aunque observó que no ponía cebo en el anzuelo. Eleanor, que tenía muchas ganas de venir y arrastró a Beryl con ella, era muy eficaz poniendo el cebo en los anzuelos y enseñando a los niños a lanzar el sedal. Margaret, al parecer, se le daba mejor ajustarles los sombreros, limpiarles las manos mugrientas y, en general, animando a todos hacia la felicidad.

Incluso él podía probar con la caña. Dejando que Eleanor lanzara su sedal por él, se sentó cerca de la orilla del agua y pescó como no lo había hecho en años. Era agradable, sobre todo, con Margaret de pie cerca y charlando amistosamente. Entonces sintió el familiar tirón de su sedal. ¡Maravilloso!

Cuando sacó una gran perca del río, alabada por todos, su propia felicidad habría sido completa si no estuviera atrapado en su silla de ruedas y preguntándose cuánto tiempo pasaría hasta que pudiera estar solo para su próximo sorbo de láudano. Si lo necesitaba, por supuesto.

Habiendo dejado que su tío Harold lo empujara hasta la orilla del río, en ese momento, Cam no sentía ningún dolor, salvo el que le producía su constante postura sobre la silla.

Sin embargo, estaba decidido a volver a por sí mismo hasta la casa para trabajar los músculos del brazo. Entonces, sabía que necesitaría un poco de tintura de opio para pasar la noche hasta la hora de acostarse.

—Es hora de comer —dijo su madre, llamando a todos a un picnic ya preparado, esta vez en mesas de madera que hizo llevar al personal hasta la orilla del río. Tuvo que sonreír. Como anfitriona, estaba en su elemento. Y para su sorpresa, se le había abierto el apetito.

Cuando todo el mundo hubo comido hasta saciarse, llegó la hora de volver a Turvey House para el siguiente entretenimiento de su madre. Al tener dos ponis en sus establos, *lady* Cambrey pensó que los niños con edad suficiente estarían encantados de montarlos por el prado.

Cam pensó que sería más divertido para ellos una montura debidamente entrenada, y conducida por las riendas por un adulto. Por supuesto, nadie se lo había pedido, ya que él no sabía montar de todos modos. ¡Una frustración más en su día! Porque no había cosa más placentera que hacer en el campo que dar un buen paseo a caballo.

Mirando a Margaret, que casualmente captó su mirada y se la devolvió con las cejas alzadas, sonrió pensando en una o dos cosas mucho más placenteras.

Con todo recogido, de repente, *lady* Angsley gritó.

—¡George está en el río! ¡Ayuda!

Todo el mundo comenzó a correr hacia la orilla. Con el corazón acelerado, Cam estaba medio levantado de su silla antes de darse cuenta de que no podía ni ponerse de pie ni nadar. Fue una tortura sentarse allí sin poder hacer nada, apenas capaz de ver más allá de sus parientes, mientras su tío, el padre de los niños, saltaba al río en su busca.

Por suerte, su tía había visto el incidente en el momento en que ocurría, de pie a escasos metros de su hijo, que había dado un paso de más y había sido absorbido por la pendiente y luego por la corriente. Ni la madre del niño ni las demás mujeres pudieron meterse en el agua para salvar al pequeño, pues sabían que sus vestidos les pesarían hasta ahogarse con rapidez si perdían el equilibrio.

Sin embargo, Harold, el tío de Cam, que solo tenía cuarenta años, era un buen nadador. Como el niño estaba a pocos metros de la orilla, en poco tiempo el padre tuvo a su hijo en brazos.

De vuelta a la orilla, Harold sostuvo al niño boca abajo por los pies y le golpeó la espalda para sacarle el agua que pudiera haber tragado. Por suerte, todo había sucedido tan rápido que el joven George estaba perfectamente bien, excepto por estar mojado, asustado y bocabajo.

—Basta, Harold. Bájalo —ordenó *lady* Angsley, extendiendo las manos, obviamente desesperada por tener a su hijo en brazos.

Cuando Harold lo enderezó, Margaret corrió a envolver al niño en la manta de picnic y entregárselo a la agradecida madre.

Como un destello de aceite en las llamas, la ira de Cam se encendió al ver cómo se desarrollaba la escena, sorprendido por comprobar que las sonrisas ya volvían a los rostros de su familia y lo tranquilos que parecían todos. De hecho, todo el acontecimiento desencadenó su irritable temperamento, que últimamente parecía estar siempre a punto de estallar. Enfurecido, agarró las ruedas de su silla.

—Alguien debería haber vigilado al niño con más cuidado —afirmó—. Podría haber muerto, ahogado a solo unos pasos de aquí, y la culpa habría sido fácil de atribuir.

Catherine Angsley, que había parecido relativamente

tranquila, empezó a llorar, y Harold Angsley atravesó con su mirada a su sobrino antes de arrebatarle el hijo a su mujer. Levantándolo sobre sus hombros mojados para llevarlo de vuelta a Turvey House, se puso en marcha sin decir nada más.

Lady Cambrey frunció los labios ante su propio hijo, mientras Eleanor y Beryl reunían al resto de los niños para iniciar el corto camino de vuelta.

Sin embargo, fue a Margaret a quien miró Cam. Su reacción fue sacudir la cabeza, como si estuviera decepcionada con él, cortándolo de raíz. Incapaz de mojar su yeso y ayudar a rescatar al niño, o incluso de ponerse de pie, no había hecho otra cosa que sentarse como un anciano y pescar. Y si había una emergencia, eso era lo único que podía hacer.

No era de extrañar que tuviera una expresión decepcionada.

Debería pasar solo su convalecencia hasta que le quitaran la escayola. Tal vez empezaría a escribir ese libro que había considerado antes, o se dedicaría a pintar. O tal vez se sentara a mirar por la ventana y se volviera loco de remate. Parecía el más probable de los escenarios. Esta larga lección de paciencia y humildad se había agotado. Y le disgustaba la facilidad con la que se irritaba.

Un grupo melancólico, excepto el más joven, regresó a la mansión, con Cam respirando con dificultad para seguir el ritmo. Para cuando la veranda rodó bajo sus ruedas, no sintió ningún reparo en pedir a Cyril que lo ayudara a subir para descansar hasta la cena.

Y estaba dentro de los límites de la razón por necesitar su tintura de opio para aliviar la agonía de los músculos de su brazo. No veía cómo alguien podía culparlo por ello.

<hr>

Maggie escribía una carta a su madre en la biblioteca mientras la familia Angsley estaba en el salón. De pronto, se golpeó la pluma contra el labio inferior y consideró sus palabras.

Tenía la intención de escribirle a Anne Blackwood lo feliz que se sentía por haber vuelto con su prometido y, en gran parte, era cierto. La noche anterior había sido más allá de lo que ella esperaba de las relaciones con un hombre. Realmente no había entendido cómo la torpeza y el miedo se desvanecían ante el amor y el deseo.

No obstante, se mostró recelosa ante el ocasional comportamiento extraño de John. Tampoco había olvidado Maggie lo mucho que había cambiado cuando ella llegó por primera vez. Es cierto que, después de un baño, un corte de pelo y un afeitado, se parecía más a su antiguo yo. Junto con la rapidez con la que ella había aceptado las pequeñas diferencias, como su palidez y su delgadez, se alegraba de poder seguir llamándolo su prometido.

Sin embargo, solo el día anterior, él había hecho un grosero comentario y se había alejado de ella y de Eleanor sin mirar atrás. Cuando se enfrentó a él más tarde, parecía un individuo completamente diferente, arrepentido y tranquilo. Es más, había prometido al instante dejar de tomar opio.

Hoy, sin motivo alguno, dijo algo innecesariamente duro, molestando mucho a lord y *lady* Angsley.

Ninguno de los dos incidentes parecería extraño si John no fuera el conde de Cambrey, un hombre que llevaba una década en la sociedad y que se había criado con el título, el cual había ostentado durante cuatro años desde el prematuro fallecimiento de su padre. En ambos casos, sabía que no debía comportarse como un bruto.

Suspirando, escribió a su madre que el brazo de John estaba bien curado, salvo por su debilidad. Añadió la historia de la pesca y del gran placer de Eleanor al visitar a Beryl. Naturalmente, Maggie omitió el casi desastre que le había ocurrido a George, así como las dudas que sentía acerca de casarse con un hombre que estaba mostrando una nueva y desagradable faceta de sí mismo.

Sellando su carta, fue a buscar a Cyril o a la señora Mackle para preguntarles si podían enviarla con el correo de la mañana. Mientras cruzaba el pasillo abovedado, oyó que se abría la puerta principal.

—La encantadora señorita Blackwood, que pronto será la condesa de Cambrey.

Grayson había entrado en el vestíbulo, todavía con un largo abrigo de viaje.

—¿Ha vuelto recientemente de Londres?

—Sí. —Caminando hacia ella, tomó su mano libre y le ofreció una cortés reverencia—. Dejé mi baúl en mi propia vivienda y vine directamente aquí para ver cómo le iba a su señoría.

Maggie frunció el ceño.

—¿Por qué? ¿Estaba preocupado por él?

Inclinando la cabeza, Grayson le dedicó una sonrisa irónica.

—¿Cuánto tiempo lleva aquí?

—Unos días —respondió Maggie.

—Entonces, ¿lo ha visto?

—¡Por supuesto! —Maggie recordó la noche anterior. Había hecho mucho más que ver a John Angsley. Entonces cayó en la cuenta de a qué se refería Grayson.

—Se refiere a si he visto su aspecto. Creo que lo encontrará muy cambiado para mejor.

Él alzó las cejas.

—¿De veras?

—Sí, pero dejaré que lo vea usted mismo. ¿Había algo, además de su pelo y su barba, que le preocupara?

—No me gusta hacer elucubraciones, señorita Blackwood. Si ha mejorado como usted dice, entonces estaré muy contento.

—¿No me llamará Maggie, o al menos Margaret?

—Sí, lo haré, si usted me llama Grayson.

—De acuerdo. —Con suficientes preocupaciones propias, Maggie decidió no presionarle respecto a John—. Si me disculpa, le dejaré para que vea a John mientras hablo con el mayordomo.

Se inclinó de nuevo.

—Buenos días, Margaret.

—Buenos días, Grayson.

Tuvo que admitir que estaba aliviada de que el administrador de la finca hubiera vuelto. No podía hablar con ningún miembro del personal sobre sus temores acerca de su amo, ni tampoco con *lady* Cambrey. Ciertamente, había aprendido la lección. Aunque Grayson también estaba al servicio de John, como Cyril o Peter, eran amigos antes que nada. Si el hombre estaba preocupado, ella esperaba que le dijera el motivo.

A las siete de la noche, salvo los cinco hijos menores, todos estaban reunidos en el comedor principal, incluido Grayson. John parecía relajado de nuevo, y sus familiares parecían haberle perdonado su desafortunada declaración, que provocó el llanto de su tía.

Maggie sabía que, con toda probabilidad, les esperaba una larga velada de charlas y partidas de whist o *loo*. Esperaba que John mantuviera un temperamento sereno, y planeaba visitarlo de nuevo en su habitación. Si no para repetir el placer de la noche anterior, al menos para preguntarle en privado cómo se sentía desde que dejó el opio.

Sin un momento de privacidad, Cam no había podido invitar a Margaret a otra cita nocturna más que con los ojos. Sin embargo, sabía que ella vendría, y estaba listo cuando por fin ella se deslizó en su habitación después de que todos los demás se hubieran ido a la cama.

—¿Estás dormido? —susurró ella.

—No —le respondió él en voz baja—, ¿y tú?

Riendo, ella corrió por su gruesa alfombra persa y se lanzó a la cama junto a él.

—¡*Uf*! —Cam resopló.

—¿Te he hecho daño? —preguntó ella.

—No. —Aunque, de alguna manera, su codo había acabado en su estómago cuando se acomodó a su lado. No le importó. Podía golpearlo hasta dejarlo azul y negro y él seguiría amándola.

Al darse cuenta de que ella se había puesto en la misma

posición que la noche anterior, como si estuviera totalmente preparada para hacer el amor, se inclinó para besarla. Para sorpresa de Cam, ella puso sus delicadas manos en su pecho y lo mantuvo a raya.

—No he venido aquí para esto. Ni siquiera lo esperaba. ¿Entiendes? Podemos conversar, si quieres.

Sonriendo, él le desató el cinturón para encontrarla completamente desnuda. Al instante, su cuerpo reaccionó y su cerebro pareció vaciarse de cualquier pensamiento inteligente.

—*Uf*—dijo de nuevo, haciéndola reír—. Me parece, *milady*, que ha venido aquí dispuesta a que le haga precisamente esto. Y acto seguido reclamó su boca antes de seguir besando su cuello y cada uno de sus pechos.

Cuando deslizó su mano entre los suaves rizos de su pubis y comenzó a acariciarla como había hecho la noche anterior, sin emitir nada más que suspiros y gemidos guturales.

Fue mucho más tarde, después de más besos y caricias, y algunos trabajos manuales perfectamente aprendidos por parte de Margaret, cuando él dejó escapar su semilla. A Cam le resultó fácil imaginar el momento en que podría hacer lo mismo dentro de ella.

Acurrucados juntos, se preguntó si esta noche podrían dormirse y dejar que eso ocurriera, hasta que recordó que no había tomado la última dosis necesaria de láudano. Tal vez, si ella se dormía rápidamente, él podría bebérsela. O tal vez, debería decirle que era hora de volver a su alcoba.

Sin embargo, no necesitaba preocuparse, ya que en lugar de cerrar sus encantadores ojos dorados, ella fijó su mirada en él.

—¿Cómo te sientes?

Sonriendo, la apretó más contra su cuerpo.

—¿Es necesario preguntar después de lo que acabamos de hacer?

—No, mi amor, me refería a desde que dejaste de tomar la tintura de opio. Dijiste que antes te ponía de mal humor. Sin duda, por eso te has enfadado con tus tíos esta tarde. Sin embargo, en la cena, después de que subiste a descansar, parecías el mismo de siempre. ¿Y cómo te sientes ahora? ¿Te duele algo?

Mentirle era lo último que Cam quería hacer, pero no podía cargar con su preocupación, no cuando sabía que estaba haciendo lo correcto. Con el tiempo, dejaría de tomar láudano, y entonces sus palabras ya no serían una mentira.

—A veces me siento un poco irritable, como pudiste comprobar junto al río, pero luego me siento mejor, sobre todo cuando estás conmigo. En este momento —hizo una pausa para rozarle con su mano el brazo desnudo—, no siento ningún dolor.

A Maggie se le puso la piel de gallina y pensó que quizá podrían volver a darse placer antes de que ella se fuera.

—¿Y estás contento de que Grayson haya vuelto?

Cam parpadeó.

—¿Ahora lo llamas Grayson? ¿No el señor O'Connor? ¿Debería estar celoso?

Ella cerró el puño y le golpeó con suavidad en el estómago.

—Estoy acostada desnuda en tus brazos después de habernos tocado de la manera más íntima. ¿Te sientes celoso?

—De momento no. Pero podría fácilmente desgarrar a un hombre miembro por miembro si alguna vez te toca. Y frunciré el ceño ante cualquiera que deje que su mirada se detenga en ti demasiado tiempo.

—Entonces podría terminar siendo un matrimonio lleno de ceños fruncidos.

La hizo rodar sobre él.

—Creo que será un matrimonio de risas y amor.

—Al igual que yo —estuvo de acuerdo.

—En cuanto me quiten la maldita escayola, me presentaré ante Dios y ante los testigos y te haré mi esposa. No puedo esperar.

—Hasta entonces —ronroneó Margaret—, todavía podemos tener mucho amor y risas. —Bajó la cabeza, lo besó, y luego se inclinó para besar cada uno de sus pezones como él había hecho con los suyos—. Y pasión —añadió antes de seguir dándole placer.

Ella se quedó incluso más tiempo que la noche anterior y, cuando se fue, él sintió el peso de la culpa sobre él mientras buscaba la botella en el cajón.

La descorchó, dio un sorbo y luego la devolvió a su lugar antes de considerar que era un problema.

Gray había regresado y comentó complacido su mejoría. Cam ya no estaba desganado y sentado en la oscura habitación, sin importarle nada, Cam había sido revivido por Margaret y sus cariñosas atenciones.

Por desgracia, su amigo sabía que Cam seguía tomando láudano. Gray no le había preguntado, ni siquiera lo había mencionado. Sin embargo, Gray, que había sido testigo de su anterior intento de dejar de fumar, sabía muy bien que si Cam no siguiera disfrutando de los beneficios del opio, sería una cáscara de hombre, retorciéndose en su cama. No habría sido capaz de asistir a la cena como un amable anfitrión, ni, sospechaba, habría podido hacerle el amor de una forma tan exquisita a su prometida.

Todos sus objetivos se centrarían en arrastrarse fuera de su propia piel, mover sus músculos acalambrados y preguntarse cómo conseguir una gota de tintura de opio sin que nadie lo notara.

¿Y si Margaret le contaba a Gray que él ya no tomaba la tintura, como ella creía?

En ese caso, ¿la sacaría de su error? ¿Se esforzaría por desengañarla de su idea errónea? Cam esperaba sinceramente que no lo hiciera. Tenía la sensación de que ella se tomaría a mal, de hecho, el descubrir que él había sido deshonesto, sin importar sus buenas intenciones.

En cualquier caso, si ellos le querían, no hablarían entre ellos de sus asuntos personales. Y Cam contaba con eso: que le quisieran.

Capítulo 23

A la mañana siguiente, con sus preocupantes pensamientos de la noche anterior todavía en su cabeza, Cam estaba decidido a bajar temprano. Como anfitrión, se mostraría simpático y atento, y su administrador de fincas no tendría que pasar ni un rato a solas con Margaret.

A los pocos minutos de que Cyril lo sentara en el comedor del ala este, Cam se sobresaltó cuando los niños Angsley entraron chillando, deteniendo sus pasos al verlo. Les siguió un momento después el que faltaba, junto con su niñera, que sostenía sus cuerdas de guía en una mano. La mujer dudó. No había ido al río con ellos el día anterior, ya que lord y lady Angsley se consideraban unos padres de mente amplia, a los que les gustaba cuidar de los suyos en la medida de lo posible, o eso le había dicho su madre.

«¿Y a dónde les había llevado eso?», pensó Cam. Casi con un niño ahogado.

Recuperando la compostura al ver al conde, ya despierto

y sentado a la mesa, la mujer de mediana edad hizo una reverencia.

—Mis disculpas, milord. Los pequeños se levantan temprano. Suelo alejarlos del señor y la señora para que no los molesten. ¿A qué habitación los llevo? Me he dado cuenta de que no tienen una habitación para niños.

Todavía no.

—Si ayudas a supervisarlos, pueden quedarse aquí. La comida será traída en breve, y si hay algo que no les gusta, pediremos otra cosa.

La niñera hizo otra reverencia.

—Muy bien, milord.

Mientras tanto, los niños, excepto el más pequeño, que seguía firmemente atado, trotaban alrededor de la mesa, llenos de energía de un lado a otro, como los caballos en un prado, solo que mucho más ruidosos y propensos a golpear su silla.

En lugar de sentirse molesto, Cam, que había tomado una dosis de láudano al despertarse, se rio.

—Encantador —dijo—. Y ahí está George, con un aspecto saludable.

En efecto, el muchacho parecía haberse recuperado por completo de su empapada experiencia. George le sonrió con timidez.

Cuando entraron dos criadas con bandejas de comida, tanto caliente como fría, para el aparador, la niñera advirtió a los niños que se quedaran quietos. Para crédito de la mujer y admiración de Cam, obedecieron.

Después de que el personal le sirviera y se marchara, Cam los invitó a todos a sentarse, aunque normalmente, por supuesto, cuando estaban en su propia casa cenaban en la guardería. Aquí, lo hicieron en la cocina el día anterior. La niñera iba y venía con platos de comida para cada uno.

Por su parte, a Cam no le había servido de nada decirle a su personal que solo tenía el más mínimo apetito. Siguieron como siempre. Así, su plato estaba repleto de su desayuno favorito: arenques, tocino, tomates asados, champiñones fritos, un huevo escalfado sobre una tostada de mantequilla, dos salchichas y una torta de avena. Los niños, sin embargo, parecían ser muy quisquillosos para comer.

Fascinado, Cam observó cómo la niñera le daba a cada uno una sola rebanada de pan tostado con mantequilla, colmada de conservas dulces, y un par de lonchas de tocino.

—¿Eso es todo lo que van a tomar? —preguntó Cam, alzando su huevo escalfado para que la yema corriera sobre su tostada.

La niñera hizo una pausa mientras les servía leche a los niños.

—Si se lo terminan y quieren más, entonces lo tendrán, y no antes. No me gusta desperdiciar la comida con quien no se la come. —Dirigió una mirada significativa alrededor de la mesa.

Cam estaba impresionado. Sin embargo, esperaba que ella no se diera cuenta de lo poco que él estaba comiendo de su propio desayuno. Temía que ella empezara a metérselo en la boca o le diera una reprimenda.

—Creo que es muy sensato por su parte, señora .....

—Señora Wendall, milord.

Consideraría la posibilidad de robarle la mujer a sus tíos cuando llegara el momento en que Margaret y él necesitaran una niñera. Robar a los sirvientes bien entrenados de otras personas ofreciendo un poco más en sus salarios era el método probado y verdadero de conseguir buena ayuda.

Como si al pensar en ella la hubiera conjurado, Margaret entró con Eleanor detrás. Había aprendido que solía ser madrugadora desde su primera visita.

—Buenos días, señoras. Ya estamos cenando, como pueden ver.

La sonrisa de diversión en el rostro de su prometida lo calentó. Era de suponer que ella aprobaba su despliegue paternal, rodeado de niños bien educados.

—Parece que lo tienes todo bajo control —comentó ella, dirigiéndose con su hermana al aparador donde se servirían.

—Sinceramente, no. No sin la señora Wendall.

Ambas miraron a su alrededor para ver a la niñera, que había ocupado una silla de la esquina y ahora les ofrecía un pequeño saludo.

—Buenos días —dijeron las dos hermanas Blackwood.

—¿Ha comido usted? —le preguntó Margaret a la mujer, y Cam sintió una punzada de vergüenza. Allí estaba él, atiborrándose como los pequeños Angsley mientras la niñera se sentaba sin nada.

¡Qué desastre era!

—Sí, señorita. No se preocupe.

—¿Una taza de té, quizá? —insistió Margaret—. Supongo que no tiene ni un minuto para usted, excepto cuando estos pequeños están comiendo o durmiendo.

La niñera se encogió de hombros en señal de acuerdo.

—No diría que no a una taza de té, señorita, pero puedo

servírmela yo misma, si no hay inconveniente.

—Por supuesto —le dijo Cam, deseando haber tenido la consideración de estas hermanas, aun siendo de una clase social diferente. Cuando uno crecía con sirvientes casi invisibles, asumía que no comían ni bebían. Ni dormían, por cierto.

Mientras la señora Wendall se servía un poco de té, limpiaba la leche derramada y daba una salchicha a dos niños, Margaret y Eleanor ocuparon los asientos restantes.

—¿Qué hay en nuestro programa de hoy? —preguntó Margaret.

—¿Nos llevarás a pescar de nuevo? —preguntó el niño más mayor y, para sorpresa de Cam, se dirigió a Eleanor.

—Si lo hiciera, tendrían que ser solo tú y tu hermana mayor, o necesitaremos más adultos para vigilar al resto. Ya veremos, ¿no?

Cam estuvo a punto de reírse de lo adulta que sonaba Eleanor. Al igual que Beryl, podría presentarse a la sociedad londinense en un año si *lady* Blackwood consideraba que su hija estaba preparada.

—Puede que *lady* Cambrey tenga algo en mente para hoy —dijo Margaret, y luego miró a Cam, con las mejillas rosadas al cruzar sus miradas.

—No estoy seguro. No hay mucho que hacer en Bedfordshire a menos que uno viaje en carruaje. Pero, por supuesto, los niños han estado en todos los lugares de la zona. Su casa está a solo unas millas de distancia. Creo que todos, excepto Beryl, regresarán allí esta tarde.

Hubo gemidos por todas partes.

Y entonces entró Gray, que normalmente venía a

comer. Su casa de campo era espaciosa, lo bastante grande para una familia, pero no tenía personal.

—Ahí estás, viejo amigo —dijo Cam, mientras el hombre miraba el repleto comedor—. Has venido al lugar adecuado para que los niños felices limpien sus platos.

—Veo que sí. —Gray se dirigió a los pequeños Angsleys—. Como vuestros paseos en poni se pospusieron ayer por el imprevisto baño del señorito George, los haremos cuando hayáis terminado de comer. —Los niños se alegraron—. Y luego tal vez podamos dar un paseo en carreta hasta mi mejor huerto —añadió—. Os dejaré recoger algunas manzanas jugosas si os mantenéis alejados de las hadas de los árboles.

Los niños chillaron esta vez, posiblemente un poco alarmados.

Cam se rio.

—Todas nuestras hadas de los árboles son hadas de Angsley y no os harán ningún daño, ya que sois de la familia.

Gray se encogió de hombros y puso los ojos en blanco.

—Solo intentaba crear un poco de emoción.

—Yo, por mi parte, estaré encantada de ver a las hadas —dijo Eleanor, sin una pizca de ironía.

Cam estuvo a punto de creer que las creía reales. Entonces la vio guiñar un ojo a Gray. Sí, estaba casi lista para su primera temporada.

—¿Dónde está Beryl? —preguntó Gray. Como sus padres habían trabajado en la finca de lord y *lady* Angsley, él había crecido tan cerca de Beryl como de Cam, y la consideraba una hermana pequeña.

—Todavía en cama —ofreció Eleanor—. Nos

quedamos hasta bastante tarde hablando en su habitación.

Cam lanzó una mirada a Margaret, y ella levantó sus cejas finamente esculpidas. Con suerte, ni Eleanor ni Beryl habían oído a Maggie arrastrándose hasta su propia habitación después de una noche de placer con él.

—¿Saldrán ustedes, señoritas, a ver los ponis? —preguntó Gray.

Eleanor aceptó de inmediato. A Cam le habían dicho que le gustaba la naturaleza, especialmente los animales. Sin embargo, antes de que Margaret se decidiera a ir también, Cam habló.

—En cuanto a Margaret, ¿te gustaría pasar algún tiempo discutiendo los planes de la boda?

La cabeza de Gray giró hacia él, y luego puso una cara que solo Cam pudo ver, que implicaba fruncir los labios y cerrar los ojos. Cam sonrió, conteniendo una risa.

Por suerte, a Margaret parecía no interesarles los ponis.

—Sí, me gustaría.

Y pronto todos salieron de la habitación, permitiendo a los sirvientes limpiar la mesa y prepararla para el resto de los visitantes.

Cuando la niñera y sus pupilos, junto con Eleanor y Gray, se fueron a los establos, Cam se dirigió a la veranda con Margaret a la cabeza.

—Me gusta estar aquí fuera contigo —dijo—. Siempre me recordará que aceptaste casarte conmigo.

—En realidad no tenemos planes de boda que repasar, ¿verdad?

Él se encogió de hombros.

—No, a no ser que te importe si tenemos cordero o

ternera en la comida, o de qué color serán las flores de la iglesia. Solo me importa estar a tu lado y que nos declaren marido y mujer.

—Además, no importa qué decisiones intente tomar —dijo Maggie con una sonrisa—. Creo que tu madre y la mía tendrán la última palabra. ¿De qué hablamos entonces?

—Sobre un millón de detalles de nuestra próxima vida, supongo. Por ejemplo, ¿te gusta mi dormitorio o elegimos otro?

Ella bajó la cabeza.

—Me gusta el que tienes y estaré encantada de mantenerlo como está. —Luego frunció el ceño—. Es decir, a menos que...

—¿A menos que?

—John, no has invitado a otras mujeres a tu habitación, ¿verdad?

Si hubiera estado bebiendo, habría balbuceado. ¿Qué diablos pensaba ella de su anterior vida de soltero?

—¡Claro que no! Mi madre nunca lo permitiría.

Se rio de su broma, pero Margaret no sonreía.

—Solo estoy bromeando, mi amor —aseguró él—. La respuesta es no.

—Bien —dijo ella—. Siguiente pregunta.

—¿Te importaría pasar la sesión parlamentaria conmigo en Londres, o prefieres quedarte aquí en Turvey?

—No solo iré contigo, sino que espero que asistamos a eventos sociales y que bailemos. Como recordarás, me gusta el vals. Como seré una dama casada, podré disfrutar sin preguntarme quién estará en mi carné de baile.

—Seré yo quien se preocupe de quién está en tu carné

de baile.

—Tonto. Sabes que no tendré carné.

—Es cierto. ¿Y cuando tengamos hijos? ¿Te quedarás en la ciudad?

Ella palideció ligeramente, y él volvió a observar lo inocente de sus expresiones.

—Me gustaría estar a tu lado a pesar de todo —dijo ella—. El parlamento está en sesión durante mucho tiempo, y te echaría mucho de menos. ¿No me quieres allí?

—Por supuesto que sí. Pero no te obligaría a quedarte en la ciudad. Sé que muchas mujeres desean llevar vidas separadas de sus maridos.

—Y tener amantes —dijo Margaret de forma despreocupada.

¿Qué demonios?

—Eso está totalmente prohibido —insistió Cam, tratando de mantener un tono ligero, aunque una aguja de celos le pinchó al pensar en ella con cualquier otro hombre—. ¿Tengo que pedir un cinturón de castidad junto con tu vestido de novia?

Riendo, ella negó con la cabeza.

—Me refería a los maridos, tonto. Es de conocimiento general que los hombres van a sus clubes y luego directamente a sus amantes. ¿Tengo que pedir un... hay un equivalente masculino para un cinturón de castidad?

—Sí —le dijo Cam, tomando su mano y llevándosela a los labios—. Se llama amor y devoción. Eso me mantendrá fiel a ti por el resto de nuestras vidas.

Ella le mostró su espectacular sonrisa.

—Perfecto.

Salvo cuando su hermana le pidió que se sentara para hacer un boceto, que Eleanor deseaba regalar a su futuro cuñado, Maggie dejó que los demás visitantes disfrutaran de cualquier evento que *lady* Cambrey o incluso Grayson hubieran planeado. Por su parte, se conformó con permanecer al lado de John, jugando a las cartas y al ajedrez, y descubriendo que a ninguno de los dos les importaba perder. Afortunadamente, estaban lo bastante bien emparejados como para turnarse para ganar.

—¿Será este un día normal en Turvey House para nosotros? —preguntó Maggie después de que él se llevara su reina.

Cam apartó la mirada del tablero.

—Me gusta pasar tiempo contigo, hagamos lo que hagamos. Sin embargo, cuando me quiten la escayola y mi pierna esté fuerte, creo que sería agradable cabalgar juntos. Hay muchas zonas hermosas que se ven mejor desde lo alto de un caballo que en un carruaje. Es más, si estás dispuesta, me gustaría que viajáramos al continente. ¿Te gustaría?

—Oh, sí.

—Recuerdo que hablas muy bien el francés.

—*Oui, monsieur.*

Él se rio.

—Dejaré que hables por los dos entonces, porque me han dicho que mi acento es atroz.

—Entonces, viajaremos a Francia, ¿y a dónde más? ¿Has estado en Italia?

—No, no he estado. Estaba esperando para llevar a la mujer más bella que he conocido a uno de los lugares más románticos.

Se sonrieron durante unos largos segundos.

—A mí también me gustaría mucho ir a Grecia. Si es seguro —añadió Maggie.

—Veamos primero las estatuas de lord Elgin en Londres y luego veremos lo del viaje a Grecia —dijo él—. Querré hacer amplios recorridos a pie después de esta experiencia.

—Quizá también más cerca de casa. Los páramos de Yorkshire —sugirió ella.

—También escalaremos el Ben Nevis.

—¿Qué estáis tramando los dos? —preguntó Grayson mientras se sentaba.

Margaret sabía que su sonrisa era enorme.

—Todos los lugares a los que iremos después de que John esté completamente curado.

—Me alegro por vosotros. Sin embargo, después de un día con ese lote —Grayson señaló a los niños que ahora corrían en círculos alrededor de su niñera en el campo lejano—, creo que unas vacaciones tranquilas son las adecuadas para mí.

Su prometido negó con la cabeza.

—Cuando esté fuera de esta maldita silla, no creo que vuelva a sentarme.

—Es comprensible. Hablando de la silla de ruedas, mientras estaba en Londres, pregunté, como me pediste, por la identidad del conductor del coche.

—Oh, cielos —dijo Maggie, odiando pensar en la pérdida innecesaria de vidas.

John le dio una palmadita en la mano.

—¿Alguien que conociéramos?

Grayson negó con la cabeza.

—No lo creo. Un hombre llamado Robert Carruthers. Lo bastante mayor, con treinta y tres años, como para saber lo que hacía, y lo bastante joven como para no poder perdonarlo.

—¿Algún familiar? —preguntó John—. Sin esposa, espero.

—No tenía esposa. Hijo de un empresario acomodado, algo relacionado con la lana. La reina Victoria convirtió a su padre en un baronet. Si sirve de consuelo a los padres, el fallecido tenía un hermano gemelo y un par de hermanos más.

Maggie imaginó si lo impensable hubiera sucedido y John hubiera perecido en su lugar.

—Puede sonar terrible decirlo, ya que cada persona es tan importante como cualquier otra. Sin embargo, en mi limitada experiencia con la muerte y la pérdida de seres queridos, creo que debe de ser un pequeño consuelo para el resto de su familia. Cuando perdimos a mi padre, si mi madre también hubiera muerto, nos habría destrozado. A pesar de que todas las hermanas éramos casi adultas, nos habríamos sentido huérfanas. Y piensa en *lady* Cambrey. Si John hubiera muerto sin ningún hermano, estoy segura de que ella no habría tenido consuelo. Habría sido la pérdida de toda una generación familiar de un solo golpe.

Colocando su otra mano sobre la de John, se miraron un momento. Dejando a un lado a su madre, Maggie no podía concebir afrontar la vida sin ese hombre.

—Nunca he pensado en mí como la generación

completa de una familia. No creo que me guste. Demasiada presión.

Grayson se rio.

—Pensar que te ha tocado a ti, viejo amigo. Lord Herido.

El silencio los invadió mientras John le miraba, con la mandíbula tensa.

—¿Cómo me has llamado?

El amigo de la infancia de John nunca pareció molestarse lo más mínimo por su estado de ánimo, o por si iba a provocar uno. Para Maggie, se trataba de una nueva preocupación desconocida y definitivamente desagradable.

Grayson se limitó a sonreír.

—Es como oí que te llamaban algunas personas cuando empecé a hacer mis averiguaciones. Algunos miembros de la sociedad se creen ingeniosos.

—Están equivocados. —El tono de John era plano, obviamente molesto por la idea de que la gente hablara de él. Retiró sus manos de las de Maggie y se sentó más recto en la silla de ruedas.

—Te aseguro que no se están burlando. De hecho, creo que están algo asombrados. La mayoría no puede creer que hayas sobrevivido, con las versiones cada vez más sangrientas de tus muchos huesos rotos y toda la pérdida de sangre.

Tras otra larga pausa, en la que Maggie se preguntó en qué estaría pensando, John ofreció una sonrisa irónica.

—En efecto. No tienen ni idea.

Con el ánimo aligerado, Maggie volvió a mirar el tablero de ajedrez. Para su deleite, volvió a ver las piezas y se dio cuenta de su apertura.

—Dios mío —declaró, moviendo su alfil en su lugar—. Es jaque mate.

—¿Qué? —exclamó John, levantando ligeramente la voz.

Maggie sintió que un escalofrío la recorría. ¿Se iba él a enfadar? ¿Atacaría con irritación? Se mordió el labio y esperó.

Entonces, Cam se echó a reír.

—Mi prometida es una de las mejores jugadoras de ajedrez que he conocido. ¿Cómo es posible?

—Porque es una mujer —dijo Grayson sin darle importancia—. Sin duda te ha distraído con su belleza y sus artimañas femeninas. —Su sonrisa irónica suavizó el efecto de sus palabras.

—Nada de eso —le dijo Maggie—. Sé que está bromeando a medias, pero podrá comprobarlo más tarde si quiere en otra partida. No se usaré artimañas femeninas con usted, buen señor.

Grayson abrió la boca, pero John le cortó.

—Probablemente esté demasiado ocupado para semejante frivolidad.

—¡Acabo de dar paseos en poni y recoger manzanas mientras busco hadas! —exclamó Grayson.

—Exactamente —dijo John—. Supongo que sigues siendo el administrador de mi finca y que trabajarás esta tarde en tu despacho. Además, tengo algunas inversiones que discutir contigo.

—Esclavista —dijo Grayson. Luego se volvió hacia Maggie—. Nuestro juego tendrá que esperar a otro día. —Estaba casi en la puerta cuando se volvió.

—Cam, ¿necesitas algo? ¿Qué hay del láudano?

Maggie vio que el rostro de John palidecía. Quizá no le
había dicho a Grayson que había dejado de tomarlo.

—No, estoy bien —dijo su prometido de manera uni‑
forme, dándose la vuelta para terminar la conversación, fi‑
jando su mirada en los niños.

Maggie pensó que lo más probable era que todavía le
resultara incómodo hablar del opio, sabiendo el alivio que le
proporcionaría, sobre todo, si le dolía algo en ese momento.
Decidió hablar con Grayson en privado para hacerle saber
que no debía sacar el tema mientras John siguiera desintoxi‑
cándose de la sustancia.

Después de la cena encontró una oportunidad. Ya eran
seis, pues la mayor parte de la familia Angsley había regre‑
sado a casa después de la comida del mediodía, dejando a
Beryl con ellos. Después de excusarse para ir al retrete, antes
de volver al salón en el que todos estaban jugando a las car‑
tas, Maggie se encontró con Grayson en el pasillo. Llevaba
en la mano una botella de brandy de manzana.

Al sostenerla para que ella la examinara, él bromeó:

—Su señoría tenía sed de esto.

Asintiendo con la cabeza, ella pensó en la mejor manera
de abordar el tema.

—Sé que usted y John son amigos desde hace muchos
años, y no le diría cómo comportarse con él, excepto en esta
importante cuestión.

Grayson ladeó la cabeza, mirándola con interés.

—Continúe.

—Ha dejado de tomar láudano, y le pediría que no se lo
trajera a la mente, ni lo tentara con él en este momento. Sé
que prescindir de la tintura le resulta muy difícil.

El hombre la miró fijamente, y ella esperó que no lo hubiera ofendido.

Luego suspiró.

—Margaret, entiendo su preocupación. Sin embargo, debo decirle que está actuando bajo un malentendido.

—¿Perdón?

Grayson frunció el ceño.

—John no ha dejado de tomar sus dosis de láudano.

Sus palabras cayeron sobre ella como ladrillos.

—¿Por qué dice eso?

—Porque es la verdad —dijo con cierta irritación.

La ira encendió a Maggie como hojas secas tocadas por una antorcha.

—Se equivoca. John me prometió que dejaría de tomarla después de que lo encontrara en un estado terrible. Solo en los últimos días, la mirada hueca bajo sus ojos casi ha desaparecido, y está comiendo más. Dejar la tintura ya le ha hecho mucho bien.

Gray negó con la cabeza, frustrando sus esperanzas, pero Maggie no quería creer lo que estaba escuchando.

—Tenerla aquí es lo que le ha hecho bien. Definitivamente no se bañaría por mí ni nos dejaría cortarle el pelo. Ni siquiera por su madre.

—¿Por qué cree que sigue tomando opio?

—Porque estuve aquí la última vez que intentó dejarlo. Fue un espectáculo terrible de ver. Cuando está luchando contra los efectos de querer opio, no parece tranquilo como ahora, ni actúa civilizadamente. Cuando necesita una dosis y no la tiene, se muestra impaciente e irritable, francamente grosero, y a veces, arremete con una ira irracional y total.

—Unas cuantas veces he sido testigo de ese comportamiento en los últimos días.

—Sería coherente, Margaret. Lo que ha presenciado es que necesitaba su siguiente dosis. Si se comportó mejor poco después, fue porque la tomó. Lo siento, pero estoy seguro de mi afirmación.

—Parece que está mejor —protestó ella.

—Ahí está la prueba. Cuando dejó de tomarlo antes, tenía un aspecto terrible. Tenía una sudoración incontrolable y temblores en las extremidades. Su cuerpo tendrá que volver a pasar por sensaciones muy desagradables si lo deja. Creo que esto ocurre mientras su cuerpo se está liberando de cualquier rastro del opio. Como aquellos que no pueden manejar el alcohol y deben dejarlo o morir. He estado rodeado de hombres que se están secando por ello. No es agradable de ver y peor de experimentar, y creo que los efectos del opio son mucho más graves.

El corazón de Maggie se encogió. Toda la sensación de alivio que había sentido anteriormente se desvaneció.

—Él me lo prometió.

Grayson le tocó el hombro.

—Lo siento. Por favor, no se lo tenga en cuenta. Es un buen hombre, uno de los mejores que he conocido. Este accidente lo ha trastornado. Sin embargo, lo conozco. Cam perseverará.

—¿Qué debo hacer?

Él soltó la mano del brazo de ella.

—Decirle que lo sabe, supongo.

—¿Y si me miente de nuevo? —Maldita sea. No pudo evitar las lágrimas de sus ojos.

—Creo que usted tiene la clave, Margaret. Nada ni nadie más le hará renunciar al opio. Es algo demasiado difícil de pedir a un hombre. De hecho, tal vez hasta que se le quite la escayola y pueda distraerse caminando o montando a caballo, no sea justo pedírselo de todos modos. Cuando llegué ayer, creí que ese era el acuerdo que había hecho con él: dejarle tomar láudano hasta que tuviera un cuerpo completamente curado con el que pudiera combatir los terribles síntomas de no tomarlo.

—No sé qué es lo correcto. Me temo que cuanto más espere, más difícil será.

—Puede que tenga razón. Pronto será su esposa. Le dejo a usted la decisión.

Con un asentimiento alentador, pasó junto a ella para volver a entrar en el salón. Al abrir la puerta, pudo oír la risa alegre de John junto a la de Eleanor y Beryl. ¡Qué diferencia con el hombre que había encontrado a su regreso!

¿Qué debía hacer? Deseó poder preguntar a Jenny o a Simon. Tal vez debería escribir una carta confesando su dilema y pidiéndoles consejo. Una cosa sí sabía con certeza. Tanto si consideraba aceptable que él siguiera tomando láudano hasta que se le quitara la escayola, como si persistía en su petición de que dejara de hacerlo, Maggie no podía permitir que la engañara por más tiempo.

Si era capaz de mostrarle tal falta de respeto como para hacer una promesa y mentirle a la cara antes del matrimonio, ¿qué le impediría traicionarla después? Él debía decirle la verdad, o ella temía que fuera el fin de su compromiso.

Con tan funesta idea en la cabeza, siguió a Grayson hasta el salón.

Capítulo 24

Cam se relajó en su silla cuando vio que Gray volvía solo, y dejó que su amigo sirviera una ronda de brandy de manzana para todos. Con el permiso de su madre, incluso a Eleanor y Beryl les sirvieron un poco en pequeñas copas de jerez.

Sin embargo, cuando Margaret entró en el salón unos instantes después, con su semblante claramente angustiado, Cam sospechó que ella lo sabía.

Sorbiendo su brandy y tratando de llamar la atención de ella, permitió que un leve sentimiento de indignación se filtrara en su corazón cuando ella no lo miró directamente.

¿Cómo se atreven a hablar de él como si fuera un niño?

Nadie tenía derecho a dictar lo que debía hacer, un hombre adulto que había pasado por un infierno, y le molestaba enormemente la actitud sentenciosa de Margaret. Cuando todos los hombres usaban láudano para todos y cada uno de los pequeños dolores, por no hablar de las mujeres que lo tomaban para su flujo mensual, que probablemente era totalmente indoloro, ¿por qué no se le iba a permitir a él, que había sufrido fracturas y aliviaba su angustia?

En ese momento, supo que solo le faltaban un par de horas para acostarse y disfrutar de su última dosis de la noche. La anticipación del alivio le dio una sensación de paz. Ella no tenía derecho a querer quitárselo. Ninguno en absoluto.

Al devolver el brandy, le tendió la copa a Gray, quien, con las cejas alzadas, se la volvió a llenar.

Dando las gracias, Cam se acomodó en su silla para la siguiente ronda de *whist*.

Sin embargo, su disfrute de la velada se vio empañado por la fría reserva de Margaret, tan notable, que Eleanor le preguntó a su hermana si se sentía bien.

—Un ligero dolor de cabeza, es todo —dijo Margaret, y Cam solo podía esperar que fuera cierto. Sin embargo, en su interior sabía que no era así.

Su prometida vivaz y cariñosa había desaparecido, y la echaba mucho de menos. Mirando a Gray, Cam consideró si debía interrogarle. Era condenadamente difícil reunirse con alguien donde y cuando quisiera mientras estaba atascado en la silla de ruedas.

Antes de que pudiera pensar en la manera de conseguirlo, la noche había terminado y Gray se había ido a su propia casa al otro lado del campo. Tendría que esperar a mañana. En cualquier caso, si no podía hablar con el administrador de su finca esa noche, al menos podía esperar hablar con Margaret.

En su dormitorio, observando el resplandor de las brasas de la chimenea, Cam bostezó y dio un puñetazo a su almohada, ocupando la espera en pensar cuánto la amaba. ¿Debía confesar que seguía tomando gotas de láudano a sabiendas de que la molestaría?

Al despertarse con un sobresalto, Cam se dio cuenta de que se había quedado dormido. Miró el reloj sobre la chimenea y frunció el ceño. Era mucho más tarde que cualquiera de las otras noches en que Margaret lo había visitado.

Finalmente, se le ocurrió que ella no vendría.

¿Qué debía hacer ahora?

Podía llamar a Peter y… ¿y qué? ¿Pedirle que llamara a la puerta de su prometida y la llevara a su habitación? Difícilmente.

Se le ocurrió otra idea. ¿Podría ir él mismo sin ayuda? Llevaba dos meses con la pierna escayolada, o algo así. Seguramente podría ponerse de pie, saltar sobre su pierna buena y apoyar la otra en el suelo cuando lo necesitara, sin hacerle ningún daño. Si al menos tuviera muletas, a las que había renunciado rotundamente…

Maldiciendo su orgullo, recordó cómo había prohibido a los médicos que se las trajeran, tanto a su casa de Londres como a Turvey House.

«No voy a parecer un inválido —había arremetido, cuando el médico que le quitó la escayola del brazo le ofreció una—. ¡Ni un mendigo!».

En su mente, se había imaginado como a uno de esos desgraciados de Covent Garden o Whitechapel.

¡Estúpida vanidad! ¿A quién le importaba su aspecto, si una muleta le ayudaba a llegar a Margaret?

Sacó su pierna sana de la cama y bajó la otra hasta que su pie tocó el suelo. Ahora podía mover los dedos, que se habían librado de la gangrena, gracias a Dios, aunque no sin esfuerzo, pero sí con rigidez.

Al fin, Cam se puso de pie y saltó. Luego volvió a saltar. Hasta aquí, todo bien. Al saltar una vez más, se dio cuenta de que ya estaba agotado. Respirando con dificultad y sintiendo que el sudor le resbalaba por la espalda, pensó que necesitaría otro baño por la mañana.

Bajó la pierna derecha a la alfombra y se estremeció por la extrañeza que le producía. No se atrevió a poner ningún peso sobre ella, a riesgo de volver a lesionarse huesos que aún no estaban fijados. Al pensar en lo que podría ocurrir si el fémur se desplazaba, sintió que la sangre se le escapaba de la cabeza.

—¡Al diablo! —maldijo, y entonces se derrumbó.

Tumbado en su gruesa y suave alfombra, consideró sus opciones. Podía intentar arrastrarse hasta la habitación de Margaret. Lo más probable es que a ella le pareciera un buen ejercicio para fortalecer los brazos.

O bien, podía arrastrarse hacia el timbre que había junto a su cama y tirar de la maldita cuerda para llamar a Peter. Tal curso de acción parecía preferible, ya que estaba completamente desnudo. En retrospectiva, habría sido prudente tomar su bata antes de salir de la cama. Lamentablemente, su mente no estaba pensando con claridad, tal vez debido a lo avanzado de la hora.

En cualquier caso, no había duda de que si hubiera intentado saltar o arrastrarse hasta la habitación de Margaret, habría quedado atrapado en algún lugar entre su habitación y la de ella, con el culo a la vista de todos.

Suspirando, reptó el corto camino de vuelta a su cama,

encontrando casi imposible hacerlo con una sola rodilla y con la otra pierna estirada detrás de él. Se levantó sobre su rodilla buena, lo que le llevó unos largos minutos, y al final se apoyó en el lado de la cama en un ángulo incómodo.

Alcanzó el cordón de la campanilla, lo rozó una, dos, tres veces con los dedos extendidos, y por fin lo agarró y tiró con fuerza.

Luego esperó. Nunca había mirado con detenimiento su cama, con el cabecero y el piecero de nogal macizo, elaboradamente tallados. Observó las elegantes molduras arqueadas y las hojas, encontrándolo satisfactorio.

En unos minutos, la puerta se abrió detrás de él. Estirando el cuello, Cam vio a Peter en bata, mirándolo fijamente, con los ojos salidos de sus órbitas al ver a su señor desnudo.

—No te quedes ahí de pie como un pasmarote. Ayúdame a volver a la cama. Y por la mañana, a primera hora, me gustaría un baño caliente.

Maggie se despertó agotada, ya que había pasado la mayor parte de la noche luchando consigo misma sobre si visitar a John en su habitación. Un par de veces, incluso había llegado hasta su puerta antes de volverse atrás.

Despierta, había mirado al techo pensando en lo que pasaría si se acercaba a él. Él abrumaría sus sentidos con un beso y entonces volverían a intimar. Si eso ocurría, no sería apropiado sacar a relucir sus preocupaciones o acusarlo. Finalmente, se quedó dormida, todavía en bata.

A la mañana siguiente, se levantó con los párpados hinchados, pensando todavía en la mejor manera de actuar. Debía aferrarse al hecho de que lo amaba y a que él le aseguraba que también lo hacía.

Al no poder quedarse a solas con él hasta después del desayuno, cuando Beryl y Eleanor salieron a jugar como potros a hacer quién sabía qué y *lady* Cambrey se fue al salón a leer los diarios, Maggie lo miró fijamente. ¿Cómo empezar?

—Te eché de menos anoche —dijo John.

—Yo también te eché de menos. —Más le valía ser sincero, ya que la verdad era el tema en cuestión. Había sido difícil renunciar a sentir en ella su boca y sus manos. Más difícil aún, sin embargo, era pensar que él le estaba mintiendo—. No quería venir a verte hasta que no hablara contigo, y anoche no me pareció el momento adecuado.

—Me gustaría que hubieras acudido a mí. Discutiré cualquier cosa contigo. Cuando quieras.

Muy bien. Maggie respiró hondo.

—¿Sigues tomando láudano?

Cuando Cam frunció el ceño y apartó su mirada, Maggie supo que era cierto.

—¿Te lo ha dicho Gray? —le preguntó Cam, en lugar de responder.

—¿Qué importa? Solo quiero saber si me mintió.

—Importa si mi buen amigo y mi encantadora prometida están hablando de mí a mis espaldas.

La importancia de esta discusión no se le escapó a Maggie, y sintió la necesidad de ponerse en pie y caminar por la habitación.

—Resulta que dos personas que se preocupan por ti

creen cosas opuestas. ¿Cuál de los dos tiene razón? Si es Grayson, entonces me has mentido y has roto una promesa.

John guardó silencio unos segundos.

—Necesito la tintura de opio en este momento —dijo al fin, con voz suave.

—Ya veo.

—¿De veras, Margaret? Porque no estoy seguro de que lo entiendas.

Maggie sintió que las lágrimas le punzaban los ojos, pero se esforzó por contener sus emociones.

—Te ofreciste a dejar de tomar láudano. No te lo pedí. Te ofreciste.

—Sabía que querías que lo hiciera. A pesar de que lo necesito para el dolor, querías que dejara de tomarlo. —Su tono era acusador.

Ella sintió un frío a través de la columna vertebral.

—Y luego me lo prometiste.

—No debería haberlo hecho.

—No, supongo que no deberías. —No parecía arrepentido, ni un poco—. Has hecho otras promesas, y ahora debo preguntarme sobre todas ellas.

—No lo hagas —dijo él de inmediato—. Salvo en este caso, nunca te he mentido. No tenía otra opción. ¿Por qué no puedes permitirme el beneficio del opio mientras lo necesite? No deberías querer quitarme este pequeño alivio, y yo no tendría que haberte mentido para poder tomarlo.

¿Le estaba echando la culpa de su mentira a ella?

—¿Cuánto tiempo crees que lo necesitarás?

—No lo sé con seguridad. ¿Cómo voy a saberlo? Y, por favor, deja de pasearte.

Frustrada, Maggie se detuvo ante él.

—No te pongas triste. —John extendió la mano y cogió la de Maggie —. Nada más ha cambiado.

Mirando sus dedos entrelazados, ella discrepó.

—Nada, excepto que sé que puedes mirarme a los ojos y mentirme con facilidad. Nada excepto que estoy comprometida con un adicto al opio.

Dejando caer la mano de ella como si fuera un hierro candente, la boca de Cam se transformó en una línea fina.

—¡Un adicto! Eso es absurdo.

—Si no lo fueras, podrías dejarlo cuando quisieras.

—No quiero dejarlo, estoy herido —insistió.

—¿Lo estás? ¿Incluso ahora?

—Ahora no —murmuró él—, porque tomo una dosis cada mañana al despertar. No te sientes culpable en absoluto de mi accidente, ¿verdad? —preguntó después en voz alta.

Ella sintió que se le abría la boca, y luego la cerró.

—¿Me culpas a mí? ¿Porque malinterpretaste lo que viste en el pabellón y elegiste venir a mi casa? ¿Y el conductor imprudente? ¿Tengo yo más culpa que él?

Hubo un momento de silencio mientras John reflexionaba. Maggie esperaba que se diera cuenta de lo absurdo que era para hacerla a ella responsable de lo ocurrido, a pesar del remordimiento que ella ya había experimentado por todo el suceso.

—Por supuesto que no —dijo él al fin, en un tono tenso—. Mis disculpas por haber insinuado algo así.

—Acepto tus disculpas —respondió Maggie, imitando su acento formal. Sin embargo, no se sintió mejor.

A partir de ahora, habría este problema entre ellos.

Además, no quería intimar con él mientras fuera adicto al opio. Ni siquiera estaba segura de poder explicar por qué. Quizá porque una vez la había confundido con un sueño. En cualquier momento, ¿cómo podría ella saber si él estaba lúcido o en un estado inducido por el opio, como Coleridge cuando escribió su extraño *Kublai Khan*?

Cuando se tocaban, ¿John había sabido siquiera que ella era real?

—Margaret, ¿qué estás pensando?

—Estamos en un punto muerto, ya que no puedo quedarme de brazos cruzados mientras seas un adicto.

Él puso una cara de disgusto.

—¿Volvemos a lo mismo? Te he dicho que no soy un adicto.

—No, simplemente no puedes dejar de tomar el opio.

Cam se cruzó de brazos, con expresión rebelde.

—De nuevo, no deberías pedírmelo.

Maggie asintió y se dio cuenta de una terrible verdad.

—Como he dicho, esperaré un tiempo. Me iré de inmediato.

Las palabras salieron de su boca, y ella no pudo retractarse.

—¿Qué? —John descruzó el brazo—. ¿Cómo puedes hacer algo así?

¿Cómo podía? Sin embargo, ¿cómo podría no hacerlo?

—Margaret, te pido que lo reconsideres. Crees que soy débil, pero no lo soy.

¿Era eso lo que ella pensaba? Cada vez que ella mencionaba su adicción, él le daba la vuelta como si fuera culpa de ella por sugerirle que lo dejara. ¿Había considerado él en algún momento que no podía dejarlo?

—Cuando era joven —comenzó—, me caí del caballo y me disloqué el hombro. Me dolía muchísimo, pero estaba lejos de casa y solo. ¿Sabes lo que hice?

Maggie sacudió la cabeza.

—Afortunadamente, había una valla cerca. Tuve que usar mi brazo bueno para levantar el brazo inútil por encima de la valla. Mis dedos aún funcionaban y me agarré a la barandilla más baja que pude, y luego me quedé colgado, utilizando mi propio peso y dando un buen tirón hasta que la presión de la parte superior de la barandilla de la valla me obligó a meter el brazo en el hueco. Con un desagradable chasquido, también se fue. Cuando terminó, me sentí muy mal por la experiencia.

Durante el relato de su historia, Maggie sintió que la sangre se le escapaba de la cabeza.

—Eso debió ser extremadamente aterrador y doloroso.

—Fue ambas cosas. —Se pasó una mano por el pelo y la miró con ojos conmovedores—. Me enfrenté al dolor y manejé la situación. No soy débil.

—Sé que no lo eres. Pero, John, no fuiste a casa y comenzaste a tomar opio durante meses.

—Lo dejaré hoy —dijo con brusquedad. Luego frunció el ceño—. O mañana a primera hora, después de haber dormido bien.

Maggie simplemente no le creyó. Temía que mañana le dijera que lo dejaría al día siguiente y luego al siguiente. Al final, probablemente dejaría de preguntarle. Además, aunque él jurara que había dejado de drogarse, ella no confiaría en su palabra.

—¿Cómo te sientes ahora? —le preguntó.

—Estoy bien.

—Entonces deberías estar decidido a dejarlo de inmediato.

—Dentro de unas horas —le recordó él—, me dolerá.

—¿Por las heridas o por los efectos del opio?

Ella observó su mandíbula, hasta que la apretó en silencio.

—¿Te duele el estómago? —preguntó ella.

Él no respondió.

—¿Es tu mente tan aguda como lo era? ¿Y qué hay de tu temperamento? Solías ser un hombre ecuánime. ¿No te sientes en este momento como si fueras arremeter contra mí?

Cam sacudió la cabeza.

—¿No? Porque tu rostro se está enrojeciendo, como si se hubiera enrojecido de ira. ¿Qué hay de ese sueño que mencionas? Tan preciado para ti. La verdad, ¿duermes plácidamente, o tus noches están llenas de vívidos sueños perturbadores, como los de De Quincey?

—¡Maldita sea todo! —juró él—. De nuevo, el miserable De Quincey. Ojalá nunca hubiera escrito sus ridículas memorias. Si era tan adicto, ¿cómo puede alguien creer sus palabras? Me gustaría darle una buena paliza.

—¿Y qué hay de mí? —preguntó ella.

—Me gustaría que dejaras de lado este asunto infernal. Si esto es un indicio de lo que serás como esposa, un fastidio tedioso, entonces tal vez sea yo quien deba reconsiderarlo.

Jadeando en voz alta antes de poder contenerse, Maggie se llevó las manos a los costados y respiró hondo.

—No se moleste en reconsiderar, lord Angsley. Este

compromiso ha terminado.

Con eso, se dio la vuelta y salió furiosa de la habitación. Cuando subió las escaleras y llegó a su dormitorio, parte de su ira se había disipado, así como la tonta idea de que si hubiera tenido un anillo, se lo habría quitado con gusto y lo habría arrojado sobre su regazo.

Cerrando la puerta tras de sí, consideró lo que había ocurrido, reconociendo un sentimiento de total incredulidad. Si hubiera salido de la habitación unos minutos antes, seguirían siendo novios.

Ya no era la prometida de John Angsley. ¿Qué había hecho?

Maggie cruzó la habitación y se dejó caer en la silla junto a la ventana, que daba a la parte trasera de Turvey House. Maggie Blackwood, hija mediana del difunto barón Blackwood, examinó sus emociones. Un muro de tristeza se levantó rápidamente a su alrededor. Las lágrimas se agolparon en sus ojos y luego se derramaron.

¿Qué pasaba con su humor, su inteligencia y sus queridos ojos color avellana? ¿Y su boca sensual y talentosa? Él la comprendía y se adaptaba perfectamente a ella. Decía que la amaba y, por lo tanto, le permitía tocarla íntimamente.

¿De veras iba a alejarse de todo eso? Además, él había llegado a cuidar de su familia, tanto de su madre como de su prima Beryl.

¡Eleanor! Con todo el dramatismo, se había olvidado de Eleanor. Poniéndose en pie, Maggie se dirigió al tirador de la campanilla junto a la cama y tiró de él. Echando un vistazo a la habitación, pensó en la rapidez con la que la doncella podría hacer las maletas de ambas. A su hermana no le gustaría dejar a su amiga, pero ya no era una niña. Eleanor entendería la necesidad de una salida apresurada una vez que conociera la situación.

Primero, Maggie tenía que encontrarla. Sin embargo, no quería dar vueltas por la casa o la propiedad y arriesgarse a ver a John. ¡Qué mortificación! Y si ya se lo había contado a la formidable *lady* Cambrey y se topaba con ella, ¡oh, sería humillante!

Un golpe en la puerta anunció a la criada. ¿O no era ella?

—¿Sí? —preguntó con suavidad.

—Soy Polly, señorita.

Aliviada, Maggie la invitó a entrar, indicándole que comenzara a hacer su equipaje a toda prisa, y también el de Eleanor.

—¿Por casualidad ha visto a mi hermana?

—Sí, señorita. Creo que acaba de llegar de un paseo con *lady* Angsley. Estaban yendo cada una a sus habitaciones.

—Estupendo, gracias.

Con la mano en la puerta, Maggie se detuvo ante las palabras de Polly.

—Señorita, un momento.

—¿Sí?

—Lamentaré que se vaya. Espero que vuelva pronto y no espere hasta después de la boda.

Asintiendo con un nudo en la garganta, Maggie murmuró unas palabras de agradecimiento y se fue.

Por suerte, Eleanor estaba en su habitación, sola, cambiándose el traje de montar. Tras una breve y dolorosa explicación, su hermana la abrazó con fuerza mientras las lágrimas comenzaron a fluir de nuevo.

—Lo siento —consiguió Maggie entre sollozos—. Sé que te lo estás pasando muy bien con Beryl. Pero ya ves por qué no puedo quedarme, ¿no?

—Por supuesto. Debemos llevarte de vuelta con mamá y Jenny.

—Sé que esto parece cobarde, pero no quiero ver a los Angsley, a ninguno de ellos. Solo quiero irme.

—Perfectamente comprensible, aunque puede ser imposible. Iré a decírselo a Beryl.

—Oh —gimió Maggie.

—Seré escueta. Solo le diré que debemos irnos y que lo que haya ocurrido es entre tú y el conde. ¿Puedo decir eso?

De nuevo, Maggie quedó impresionada por la madurez de su hermana.

—Sí, gracias.

—Entonces hablaré con el mayordomo para que prepare nuestro carruaje y los caballos y reúna al personal de Simon. Hemos venido con cuatro, ¿no?

Maggie vio a su hermana salir para prepararse para su largo viaje a casa. Volviendo a su propia habitación mientras Polly seguía haciendo las maletas, Maggie escribió una carta a *lady* Cambrey, en la que agradecía su estancia y se disculpaba por su abrupta partida, esperando contra toda esperanza que la madre de John la perdonara.

De alguna manera, la fortuna le sonrió. Media hora más tarde, bajó las escaleras y salió por la puerta principal hacia el carruaje que esperaba con sus baúles, sin ver a nadie más que al personal.

Y entonces, pareció que su suerte se acabó.

—¡Señorita Blackwood!

Grayson O'Connor le pisaba los talones como un perro de caza.

Indicando con la cabeza a Eleanor que subiera a bordo y se acomodara con las numerosas cestas de comida y bebida que la señora Mackle había empaquetado para ellos, Maggie se giró para mirarle.

Él dudó, como si no supiera qué decir o simplemente fuera reacio a hablar.

—¿Se da por vencida con él? —preguntó al fin.

Un destello de ira la recorrió.

—¡Qué injusto es usted! Dijo que era mi decisión enfrentarme a él para saber la verdad. También dijo que tal vez no fuera capaz de renunciar al láudano mientras tuviese la escayola. Puede que tenga razón, pero no me voy a quedar para ver lo que le hace.

—No pensé que se iría así.

Ella se preguntó qué era lo que él ya sabía.

—Intercambiamos palabras desagradables.

—Usted sabe que la quiere —insistió Grayson—. Todo lo que dijo no era realmente él.

—¡Claro que no! Era el opio el que hablaba. Ese es el problema, ¿no? Usted, su madre, todo el mundo le permite comportarse de forma poco civilizada debido a sus heridas y a la influencia de esa droga maldita. Es más, ¿se espera que yo permanezca devotamente a su lado y que el opio sea su excusa para su mal comportamiento? Creo que no.

Haciendo una pausa, se detuvo para no disculparse ante la aparente desaprobación de este hombre.

—Ha dicho que yo tengo la clave. Pero se ha olvidado de tener en cuenta a John. Ha dicho que ya no desea tomarme por esposa.

El rostro de Grayson expresó su sorpresa.

—¿Eso ha dicho?

—Sí, o con otras palabras. Así que, como ve, no tengo más remedio que irme. No voy a renunciar a él, pero…. —Señaló hacia la casa—. El adicto en que se ha convertido no es el hombre con el que quiero casarme.

Dejó que la ayudara a subir al carruaje y que cerrara la puerta.

En el último momento, Maggie se asomó a la ventanilla abierta.

—Por favor, Grayson, cuide de él.

El hombre levantó una mano en señal de despedida mientras el carruaje se alejaba.

Capítulo 25

Cam no podía creer que se hubiera ido. Así de fácil.

Su primera impresión sobre ella, como una señorita inmadura e inconstante, había sido absoluta, positivamente cierta. Y él había sido tan estúpido de entregarle su corazón. ¡Y luego incluso le había pedido su mano!

¡Idiota, tonto, torpe! Se merecía cada gramo de miseria que estaba experimentando ahora. ¡Cada maldito gramo!

—Se ha ido —anunció Gray al regresar del exterior.

—Naturalmente —fue todo lo que dijo Cam. Margaret había dicho que se iría, y lo había hecho. Pero también había dicho que lo amaba y que se casaría con él.

Buscando en su bolsillo, sacó el láudano. Era una botella nueva.

Gray lo miró, con las cejas alzadas, mientras lo destapaba. Sintiéndose desafiante, Cam retó a su administrador de fincas a decir una palabra, y tomó un pequeño sorbo.

De repente, un alboroto en el vestíbulo llamó su

atención. Como Gray había dejado la puerta abierta, pudieron escuchar que alguien había llegado.

Con el corazón acelerado, Cam se atrevió a esperar que Margaret hubiera regresado. Se arrastraría fuera de la silla de ruedas y se arrojaría a sus pies para pedirle perdón y declararle su amor eterno.

Cyril entró.

—El doctor Brewster ha llegado, milord.

—¿El doctor? ¿Para qué? —Miró a Gray—. ¿Es posible que esté aquí para quitarme la escayola?

Gray se encogió de hombros.

—Hazle pasar, por supuesto —ordenó Cam.

Un momento más tarde, el médico entró en la alcoba y lo saludó.

—¿A qué debo esta visita? —preguntó Cam. Si Brewster se quitaba la escayola, tal vez podría arreglárselas para subir a un caballo y cabalgar tras Margaret.

El doctor miró a su alrededor expectante. Cam no podía adivinar el motivo.

—No estoy del todo seguro, milord. ¿Por casualidad está su prometida disponible para hablar conmigo?

Atónito, Cam solo pudo negar con la cabeza.

—Tiene una, ¿no? —insistió el médico.

Qué pregunta tan extraña, sobre todo en ese momento. Cam miró a Gray, que volvió a encogerse de hombros. Se estaba convirtiendo en un hábito desagradable, y tendría que mencionarlo a su amigo en privado. En cualquier caso, sabía la respuesta correcta.

—No, no creo que la tenga.

El médico estaba claramente desconcertado.

—Entonces, ¿quién me ha hecho venir? Uno de sus sirvientes acudió a mi consulta y dijo que su prometida deseaba reunirse conmigo. Por desgracia, ese día me llamaron casi a la misma hora y he estado tratando un terrible caso de…

—Por favor. —Cam levantó la mano—. No es necesario que entre en detalles.

—Lo que su señoría quiere decir —dijo Gray, y Cam escuchó el tinte irónico—, es que tenía una prometida, hace tan solo una hora. Sin embargo, lamentablemente, la ha perdido. Si se me permite ser algo atrevido, creo que sé lo que ella deseaba discutir con usted, y creo que es mejor que lo haga con el propio conde. ¿Qué dice usted, milord?

A Cam no le gustó que Gray tomara el mando, ni el tono de burla, y tampoco deseaba tener ninguna conversación con el doctor, ahora que sabía lo que le había traído hasta allí.

—Mi respuesta es no.

El doctor Brewster miró de un hombre a otro.

—¿Entonces no me necesitan aquí?

—No —repitió Cam.

—Así es, si cree que no hay efectos nocivos por el uso copioso y continuo del opio —dijo Gray.

El médico arrugó el ceño.

—Es una droga extremadamente segura.

—¡Ah, ja! —Cam no pudo resistir un pequeño cacareo triunfal.

—No obstante —continuó Brewster—, no puedo recomendar que nadie lo tome, como usted ha dicho, en cantidades copiosas o de forma continuada.

—¡Ah, ja! —repitió Gray.

El doctor Brewster los miró de nuevo.

Gray insistió en la cuestión.

—¿Por qué no lo recomendaría, doctor?

—Porque es altamente adictivo, por lo que es mejor utilizarlo para tratar un dolor agudo. Algo que no sea crónico, si me entiende. Si uno tiene un dolor de cabeza, incluso una migraña, les digo a mis pacientes que por supuesto tomen un poco de láudano. Sin embargo, si uno tiene un problema como la gota, por ejemplo, o insomnio o...

—O dolores físicos en general por la curación de lesiones y demasiada inactividad —interrumpió Gray, mirando fijamente a Cam.

—Pues sí. —Tal vez al darse cuenta de cuál era la cuestión, el doctor Brewster dejó su maletín de cuero en el suelo y se acercó a Cam, sentado en su silla de ruedas. Agachado ante él, el hombre lo miró fijamente a los ojos.

—Milord, debe tener mucho cuidado si sigue tomando láudano tanto tiempo después del accidente. Su cuerpo empezará a necesitar más y más, y a desearlo con ferocidad. Además, le digo que cuanto más tome, peor será para su salud. Puede dañar gravemente sus órganos.

A Cam no le gustó cómo sonaba eso. Prefería que sus entrañas funcionaran bien.

—Supongo que un hombre fornido como usted quiere vivir una vida larga y plena. Cuanto antes dejes de tomar opio, mejor. Escúcheme, no será fácil. Harán falta varios días para que los últimos rastros de la droga abandonen su cuerpo, y unos cuantos más para que su mente deje de desearla.

Luego mostró lo que Cam imaginó que era una sonrisa alentadora.

—En comparación con los muchos años que tiene por delante —añadió Brewster—, sobre todo, si encuentra a tu prometida perdida o consigue una nueva, entonces el sufrimiento de la abstinencia es realmente solo un parpadeo.

¿Una nueva? Él no quería una nueva. Quería a Margaret, que había tenido razón todo el tiempo. Se había engañado a sí mismo, o el opio lo había hecho.

El doctor Brewster se puso en pie y cogió su maletín.

—¿Hay algo más, caballeros?

Cam estaba perdido en sus pensamientos sobre las palabras que había intercambiado con Margaret y la terrible tarea que tenía por delante. No le importó que Gray respondiera por ambos.

—Su señoría estaría encantado de que le quitaran la escayola hoy.

El doctor Brewster negó con la cabeza.

—Para eso faltan semanas. Ya se lo he dicho —dijo, mirando fijamente a Cam—. Si se la quitara ahora, podría quedar lisiado de por vida, y si los huesos se desplazaran… —se interrumpió, volviendo a sacudir la cabeza.

Cam no pudo evitar estremecerse ante la idea.

—Entonces supongo que eso es todo, doctor. Gracias por venir.

Dirigiéndose a la puerta, el doctor Brewster se volvió antes de salir.

—Le recomiendo que no intente dejar el opio de golpe. Podría ser una agonía. Es mejor que se destete como un bebé cuando esté listo para la comida sólida. Si lo toma dos veces al día, entonces solo tome una dosis. Si toma un sorbo grande, entonces que sea pequeño. Me entiende, ¿verdad?

—Sí —dijo Cam. Lo entendía muy bien.

El doctor se inclinó ante el conde.

—Buenos días, caballeros.

Cuando el eco de los pasos del doctor se desvaneció, Cam seguía mirando a Gray.

—Estoy asustado, viejo amigo.

Gray asintió.

—Con buena razón.

—Cuando mentí y le dije a Margaret que lo había dejado, también le dije lo difícil que era. Ella dijo que estaría conmigo.

—Me tienes a mí —dijo Gray—. Probablemente es mejor que ella no vea por lo que vas a pasar.

Cam se rio.

—Francamente, preferiría no verlo yo tampoco.

Buscando en su bolsillo, sacó la botella de vidrio oscuro. Con un rápido movimiento de muñeca, se la lanzó a Gray, que la cogió del aire.

—Mejor empezar ahora, supongo.

Gray asintió.

—Ten en cuenta lo que te dijo el médico. Deberíamos reducir la dosis.

Cam reflexionó. ¿No le llevaría más tiempo? Quería librarse del opio y de sus efectos lo antes posible, sobre todo si iba a intentar recuperar a Margaret.

—No puedes dejar el láudano en un lugar donde yo pueda conseguirlo, ni donde cualquiera de mis sirvientes tenga acceso. Les ordenaría que me lo diesen. Es más, los amenazaría con despedirlos si no lo hicieran. Lo más probable es que también te amenace a ti, pero tú eres el único que puede enfrentarse a mí. Desde luego, el pobre Peter no puede.

Con una expresión seria, Gray aceptó.

A Cam no le gustó pensar en los días y noches que le esperaban.

—No haré nada respecto a Margaret hasta que vuelva a ser yo mismo.

—¿Tal vez una carta contándole tus propósitos? —preguntó Gray.

—Ella no me creerá. Yo mismo no me creería. Además, quiero acercarme a la dama que amo con un precioso anillo en la mano y pedirle que se case conmigo de nuevo. Esta vez como es debido.

—Comprensible.

Cam sonrió.

—Me gusta que a menudo seas un hombre de pocas palabras. Voy a salir a disfrutar del tiempo. Es inesperadamente soleado y cálido, ¿no crees?

—Lo es.

—Y esta noche —continuó Cam, mientras empezaba a salir rodando de la habitación—, pienso beber mucho, así que asegúrate de que tenemos mi brandy favorito a mano.

—Lo tenemos.

—Así como madeira —añadió, aumentando la velocidad mientras atravesaba el largo pasillo hacia la parte trasera de la casa.

—Sí.

—Y jerez.

—Por supuesto.

—También oporto.

—Me aseguraré de ello —le dijo Gray.

Cam salió a la terraza.

—Y whisky. Será mejor que nos aseguremos de tener mucho whisky.

Finalmente, Gray se rio.

—No creo que vayas a echar de menos el opio en absoluto.

Casi dos meses después, Maggie salió del carruaje de su cuñado seguida por su madre y su hermana menor. Desde el carruaje que les precedía, Simon ayudaba a Jenny, que llevaba al bebé Lionel. Toda la familia, los Deveres y los Blackwood, se instalaba en la casa de lord Lindsey mientras el parlamento inauguraba su sesión.

Al acercarse a la puerta principal, Maggie no pudo evitar pensar en John, en esos mismos escalones, descubriendo que se había ido de Londres y, momentos después, sufriendo el accidente que cambió su vida. Y la de ella.

—Estás bloqueando la entrada —dijo Eleanor con maldad, antes de rodearla. Todos estaban un poco desanimados después de un viaje especialmente tedioso, que se había alargado porque el día anterior al carruaje de Simon y Jenny se le había roto una rueda.

—Es encantador volver a pisar tierra firme —dijo su madre, también rodeándola.

Maggie las siguió al interior antes de molestar más.

Todo estaba igual, por supuesto. Pero nada parecía igual.

Al subir las escaleras hacia la habitación que sabía que sería la suya, sus pies parecían caminar por el barro. La última vez que había estado en Londres, fue con la promesa de la temporada y la emoción de los caballeros que la visitaban. Había tenido la extraordinaria experiencia del primer beso de John y luego el tonto malentendido en el pabellón que tanto la había angustiado.

Hasta que vivió la experiencia real.

Hasta que había dejado atrás al hombre que amaba, sin saber si él sobreviviría o perecería.

Simon había escrito a su buen amigo tan pronto como Maggie y Eleanor habían regresado a Belton Manor. Maggie le había expresado su preocupación por la ingesta de láudano de John y le había contado a Simon su aspecto delgado y ojeroso cuando llegó a Turvey, y su conducta antes de marcharse.

Por supuesto, se guardó para sí toda mención a sus encuentros nocturnos, aunque los excitantes recuerdos la perseguían cuando estaba sola.

Al principio, Simon no recibió respuesta a su misiva, y luego, unas semanas después, llegó una carta. Maggie se paseó fuera de la biblioteca con el corazón desbocado mientras él la leía. Luego, la invitó a entrar.

Con una mirada extraña, Simon le ofreció un asiento.

—Cam dice que está agradecido porque hayas llamado al médico.

Maggie se quedó con la boca abierta, ya que había olvidado por completo que había pedido al doctor Brewster que se reuniera con ella. Es más, no era lo que esperaba escuchar de su antiguo prometido.

—¿Eso es todo? —Naturalmente, teniendo en cuenta lo que amaba a John ya entonces, Maggie supuso que él tendría algo más personal que contarle. ¿No sentía anhelo o arrepentimiento?

—Se disculpa por su comportamiento mientras residías en Turvey House, y dice que su madre te echa mucho de menos.

Frunciendo el ceño, se miró las manos y las sacudió brevemente para dejar de apretar los dedos con fuerza. ¡Su madre la echaba de menos!

¿Qué podía decir? Era humillante.

—Es una carta muy corta, como puedes ver. —Simon levantó una sola hoja. Efectivamente, solo había unas pocas líneas en ella—. Lo siento —añadió—. Dice que espera verte la próxima vez que estemos todos en Londres. —Ella lo miró sin entender—. Le dije que iríamos todos a la ciudad cuando el calor del verano se haya disipado —explicó.

—Entiendo. —John sabía que iban a ir a Londres, y él pensaba ir también, muy probablemente en cuanto le quitaran la escayola. Esperaba encontrarse aquí con ella. Sonaba vago, no como un hombre que estaba desesperado por recuperar a su amada—. Gracias. —Maggie se giró, sabiendo que era mejor que huyera antes de revelar su tristeza o su ira, que era lo que la sostenía en ese momento.

—Maggie —empezó Simon, pero ella levantó la mano. Si su cuñado le ofrecía piedad y se volvía demasiado gentil con ella, entonces se rompería definitivamente.

Y se escabulló de la biblioteca.

Ahora, estaba de vuelta en Londres, con la amenaza de encontrarse con un hombre que le había dicho que no quería casarse con ella después de todo. Él la consideraba un fastidio. Como la proverbial arpía de Shakespeare, Katherina.

Tal vez John la había convertido en una. ¿No era demasiado joven para tener sobre sus hombros las preocupaciones de los vicios de un hombre adulto?

Considerando su situación, Maggie respiró hondo y suspiró, y luego comenzó a deshacerse de su ropa de viaje. Volvía a estar en la ciudad, una mujer soltera con todo su futuro por delante. Siempre y cuando no permaneciera sin ataduras demasiado tiempo. En ese caso, podría vivir con su madre y luego con su hermana.

Sacudiendo la cabeza ante la idea de no tener ni marido, ni casa, ni hijos propios, decidió volver a los eventos sociales, fueran los que fueran en esta época del año.

Lo primero que hizo fue escribir una breve nota a su buena amiga Ada para preguntarle si podía visitarla por la mañana. Cuando lo hiciera, descubriría si Ada tenía algún plan previsto en el que Maggie pudiera participar.

Quizá aún estaba enamorada y con el corazón roto, pero que le cayera un rayo si iba a apartarse del mercado matrimonial y perderse toda una vida de experiencias.

Bajó rápidamente las escaleras y le dio su nota al fiel mayordomo de Simon, el señor Binkley, que había venido unos días para preparar todo para su llegada.

En pocos días, Maggie se estaba vistiendo para una velada del jueves en la Real Sociedad para el Fomento de las Artes, las Manufacturas y el Comercio, que se celebraría en Elizabeth Rooms. El padre de Ada era miembro y amigo del estimado inventor Henry Cole. El hombre incluso había inventado las tarjetas de felicitación. ¡Una idea tan inteligente y tan divertida!

Bastante emocionada por comenzar su nueva vida londinense en semejante evento, Maggie se vistió con esmero y no descuidó tener una agradable sonrisa en su rostro cuando Ada y sus padres la recogieron.

Había una fila de magníficos carruajes tirados por caballos bien cuidados esperando fuera del evento. Del interior de los coches salían miembros de la RSA elegantemente vestidos y sus invitados, todos clamando por entrar en el edificio diseñado por los hermanos Adam. Finalmente, Maggie y sus acompañantes entregaron sus entradas a un empleado de la sociedad. Al entrar, observó la escena de luces parpadeantes, ponche afrutado en vasos acanalados sobre bandejas y una gran aglomeración de gente.

¿Por qué se sintió sola al instante?

—Si no borras la expresión agria de tu encantador rostro, nos evitarán como a portadores de la peste.

Asintiendo a Ada, que probablemente estaba en lo cierto en cuanto a su apreciación, Maggie fijó su sonrisa, batió sus pestañas por si acaso, y tomó a su amiga del brazo.

—Salgamos a conquistar.

Y conquistaron. Bailaron todos los bailes que quisieron, se sentaron cuando lo desearon y no tuvieron parejas inaceptables, y además la comida fue deliciosa. Los músicos no tocaron una nota equivocada. Además, la familia de Ada no la dejó en casa hasta las dos de la mañana.

Aun así, a Maggie le resultaba difícil mostrarse entusiasmada mientras, al día siguiente, cuando por fin se levantó de su cómoda cama a media mañana, le contaba a Jenny los mejores momentos de la noche anterior.

—¿Qué fue lo mejor de todo? —preguntó Jenny, tratando de sonsacar a su hermana algunos detalles.

Maggie quiso decir que quitarse las zapatillas de baile e irse a dormir.

—Supongo que fue el baile —le respondió en su lugar.

—¿Tenías alguna pareja que te gustara especialmente?

Encogiéndose de hombros, Maggie reflexionó.

—No conocía a nadie y no bailé con el mismo hombre dos veces. No era el mismo grupo que conocí durante la última temporada.

Maggie había esperado ver una cara conocida, lord Westing o lord Burnley, tal vez. Sin embargo, la RSA era un grupo exclusivo, ciertamente no la multitud habitual de debutantes y solteros en busca de esposa a la que estaba acostumbrada. Además, fingir que se interesaba por cada nuevo caballero le resultó un esfuerzo monótono.

Empezar de nuevo parecía que iba a ser tedioso.

—¿Qué planes tienes para esta noche? —preguntó Jenny.

—Un baile en algún sitio. He olvidado dónde —dijo Ada.

—¿No será uno público? —Su hermana se echó hacia atrás, con aspecto alarmado.

—No, claro que no. A mamá le daría un ataque si pasara de ser la prometida de un conde a asistir a un baile público.

—Es bueno que solo nuestra familia sepa del compromiso.

—¿Por qué? —preguntó Maggie, pinchando un grueso trozo de tocino y considerando si parecía demasiado graso para molestarse en comerlo.

—Si Cam hubiera publicado las amonestaciones antes de tiempo y luego aparecieras de repente en Londres sin prometido, no habrían cesado los cotilleos. Los murmullos se habrían escuchado desde Tower Bridge hasta Regent's Park. Recuerdo lo terrible que fue, como mujer casada, llegar a la ciudad sin mi marido. —Jenny se estremeció ligeramente.

—Supongo que la gente querría saber quién lo canceló y por qué.

—Precisamente. No es asunto de nadie más que tuyo y de John.

Jenny tenía un suspiro triste en su voz.

—Basta, por favor —ordenó Maggie—. No hay razón para lamentarse. Nos apresuramos a comprometernos sin conocer lo suficiente las debilidades del otro. Basé nuestra relación en la tonta razón romántica de lo que sentí cuando me besó.

Jenny sacudió la cabeza.

—Mags, no te atrevas a parecer tan práctica. Si alguna vez basas una relación en algo que no sea ese sentimiento, entonces eres una tonta.

Maggie no pudo evitar una sonrisa irónica.

—Entonces supongo que será mejor que me ponga a besar a unos cuantos solteros más hasta que vuelva a descubrir ese sentimiento.

Su hermana mayor se rio, pero Maggie sabía que Jenny y Simon se mantenían firmes en la esperanza de que ella y John siguieran haciendo tan buena pareja.

Esa noche, se puso uno de sus vestidos favoritos, en un tono lila muy favorecedor, adornado con cinta y encaje color crema. Con un aspecto de auténtica debutante, estaba segura de que nadie podría adivinar que había pasado más de una noche sintiendo las caricias íntimas de un hombre mientras yacía desnuda en su cama.

Gracias a Dios no había perdido la virginidad. A decir verdad, debería dar las gracias a John por no habérsela quitado, ya que se la habría entregado de buen grado. Entonces estaría totalmente arruinada para la buena sociedad y sería incapaz de levantar la cabeza cuando le presentaran a un posible pretendiente. Ningún hombre debería ser engañado pensando que iba a conseguir una novia inocente si no lo era. Al menos, Maggie podría ofrecer su inocencia a quien se convirtiera en su marido.

Un golpecito en su brazo y se volvió para ver a lord Westing.

—Ahí está, señorita Blackwood, cada centímetro de usted es lo más bello del baile.

Tontamente, quiso abrazarlo por tener el mismo aspecto y comportarse igual, como si los últimos meses no hubieran transcurrido.

—Gracias. Yo también me alegro de verlo.

—He oído que hay que felicitarla.

Su corazón dio un vuelco. ¡Dios mío!

—¿Ha oído…? —repitió ella, sintiendo que se le helaba la sangre.

—¿Margaret? ¿Está bien? La veo pálida. Lo siento si hablé fuera de lugar.

Ella tenía que averiguar el alcance del daño.

—¿Qué ha oído?

—Que usted y el Conde de Cambrey están felizmente comprometidos. Sin embargo, por su cara, diría que estoy equivocado.

—No tanto. Estuvimos comprometidos. Brevemente. Ahora se ha acabado.

Él hizo una mueca.

—Pensé… es decir, lo siento. —El marqués parecía arrepentido de haberlo mencionado.

—¿Por quién se ha enterado? —Miró a su alrededor, como si esperara ver a todos los tontos observándola—. ¿Lo sabe todo el mundo?

—No creo que lo sepa mucha gente. Todavía. Y yo que creía que estaba siendo inteligente, quizá incluso el primero en felicitarla. Me enteré por mi madre, que es amiga de *lady* Chatley. Han vuelto hace poco.

¡Los Chatley habían vuelto a Londres! La madre de Jane estaba, con toda probabilidad, lamentando la pérdida del codiciado conde, arrebatado delante de las narices de su hija por una auténtica don nadie. Es más, ahora Maggie era una don nadie que había roto con él. Excepto que nadie lo sabía.

—Debo evitar que *lady* Chatley se lo cuente a alguien más. ¿Cree que es posible?

Él parecía tan dudoso como ella de poder contener tan jugosos chismes.

—Le diré a mi madre que *lady* Chatley se equivocó y le pediré que hable con ella.

Maggie se mordió el labio inferior. «¿Cómo de malo podría ser?», se preguntó. Jenny parecía pensar que sería un momento incómodo.

—Olvide eso por ahora. —Christopher le dedicó una sonrisa alentadora—. Es una dama soltera y hermosa que está en un baile. ¿Tiene el carné lleno?

Ella levantó su muñeca vacía.

—No hay tarjetas esta noche, milord. Es más bien un libre para todos, y yo, por mi parte, agradezco el cambio. —O lo había hecho, hasta que él le había quitado el ánimo.

Al parecer, sin embargo, él no iba a dejarla escapar.

—Un libre para todos, ¿verdad? Entonces vamos a divertirnos y a bailar, ¿de acuerdo?

¿Qué otra cosa podía hacer? Ciertamente, no podía hacer callar a todo el mundo. Incluso en ese momento, *lady* Emily Chatley podría estar tomando una copa de jerez en algún lugar y discutiendo su estancia en Turvey House. O la madre de Christopher podría estar en un comedor lleno de invitados y anunciando el compromiso del conde de Cambrey.

Apretando los dientes, Maggie decidió hacer lo que sugirió su amigo, unirse a la diversión y bailar. ¿Qué importaba si bailaba demasiadas veces con Christopher o con lord Burnley o incluso con el estirado lord Whitely?

Sin embargo, no quería besar a ninguno de ellos. En su corazón, cambiaría cada baile por una sola de las ardientes de John Angsley o un tentador movimiento de su ceja marcada. Cambiaría toda una temporada social por la sensación de sus labios rozando los suyos.

En lugar de estar contenta con que todo siguiera igual en Londres, Maggie se sentía positivamente vacía. Se había creído sola en el evento de la Royal Society porque no había conocido a nadie. Pero de alguna manera, estar con gente que conocía, y saber que John no estaba entre ellos, era aún peor. Otra temporada como esta, en los mismos bailes con los mismos caballeros cuando ya había hecho su elección, ¿qué le hacía creer que iba a palpitar de deseo por alguno de ellos?

Al final, tendría que conformarse con la sensación cálida y amistosa que tenía con un hombre como Christopher. No era lo peor del mundo. Sin embargo, después de haber experimentado la llama del deseo, sabía que echaría mucho de menos el excitante revoloteo de mariposas en su estómago cada vez que la besaran.

—Está suspirando —dijo otro caballero, cuyo nombre había olvidado—. ¿Desea dejar de bailar?

¿Y ser conocida como la chica que se fue de la pista en medio de una polca? ¿Una pareja imprevisible y poco fiable? Nunca. Moviendo sus brillantes rizos por encima del hombro, le mostró su mejor sonrisa.

—En absoluto, milord. Estaba suspirando de felicidad.

No era la primera mentira que decía en un baile, ni probablemente la última.

Hacia el final de la velada, en algún momento después de la medianoche, Maggie vio una cara desconocida. Es más, la cara la miraba directamente. Un hombre de su edad, vestido a la moda, estaba de pie a unos metros, bebiendo champán.

Si había tenido alguna duda de que la estaba observando, se desvaneció cuando él asintió en señal de reconocimiento. Sin embargo, no se acercó a ella ni intentó entablar una conversación durante el resto de la noche.

De hecho, Maggie se habría olvidado por completo del incidente si no lo hubiera vuelto a ver unas noches más tarde en otro baile.

Mientras giraba en los hábiles brazos de lord Burnley, que no había vuelto a mencionar su beso ni parecía interesado en repetirlo, volvió a ver al desconocido, de pie en el borde de la pista de baile, con una expresión sombría en el rostro.

Y, sin duda, ¡la estaba mirando a ella!

Capítulo 26

Cuando el baile terminó, Maggie esperó con Ada a que le dieran un refrigerio. Al mismo tiempo, observó desde su rincón el salón de baile.

Allí estaba él. Se notaba que estaba apartado, que no bailaba ni parecía conocer a nadie.

—¿Quién es ese hombre? —le preguntó a lord Burnley cuando este volvió con sus vasos de limonada.

Estudiando al desconocido un momento, Burnley se encogió de hombros.

—Ni idea. Estoy seguro de que no lo he visto nunca. —Luego le sonrió—. ¿Le interesa, señorita Blackwood? Aunque no lo conozca, puedo presentárselo.

Lord Burnley era un tipo afable, que cambiaba de opinión cada semana sobre la dama que había capturado su corazón. Dado que admitía abiertamente que necesitaba una con una gran fortuna, Maggie podía contar con él entre sus admiradores platónicos.

—No —le dijo ella sin ninguna duda—. No estoy interesada. Al menos, no en ese sentido. Solo tengo curiosidad, supongo. ¿No es así?

Burnley se rio y le hizo una señal a Westing para que se acercara.

—La señorita Blackwood, la señorita Ellis y yo nos preguntamos quién podría ser el recién llegado. ¿Alguna idea, Christopher?

Westing miró hacia el hombre.

—El hijo de un barón, según he oído. Primera vez en sociedad. Es muy reservado. Tal vez está tratando de ser un hombre misterioso para captar la atención de las damas. Al parecer, está funcionando —terminó, mirando a Maggie.

—No, no lo hace. No conmigo, al menos. Simplemente parece un poco grosero. Tal vez no conozca nada mejor.

Ella no pensó más en ello. Sobre todo, cuando otras dos personas la felicitaron por su compromiso con el conde de Cambrey, y ella no lo negó. Contenta de que los cotilleos siguieran siendo escasos, se limitó a aceptar sus felicitaciones con lo que esperaba que fuera una sonrisa y no una mueca.

Cuando, horas más tarde, Ada y ella habían bailado hasta el cansancio y se disponían a marcharse, Maggie se sorprendió al ver que el desconocido volvía a estar cerca de ella.

Decidida a tomar las riendas, estaba a punto de hacerle señas para que se acercara cuando él lo hizo por sí mismo.

—Señorita Blackwood —la saludó, con un acento que lo delataba como originario del norte.

—¿Sabe quién soy? —le preguntó ella, dándose cuenta en el acto de que era una pregunta ridícula.

—Obviamente —dijo el hombre, con la misma rudeza

con la que se comportaba.

—¿Puedo saber cómo?

Una expresión ilegible cruzó su rostro, el cual ella consideraría atractivo si no pareciera tan serio. Actuaba como si estuviera en un funeral o una ejecución. Difícilmente adecuado para un baile en Londres.

—¿No la conoce todo el mundo? —preguntó él.

Por un momento ella pensó que iba a añadir: «como la prometida del conde de Cambrey». ¿Qué otra notoriedad podría tener?

—No, no creo que todos me conozcan —insistió ella.

Él rio con suavidad, aunque ella sabía que no era por tener buen humor.

—Se equivoca, señorita Blackwood. Usted es conocida por ser la despampanante cuñada del conde de Lindsey, que hasta hace poco había arrasado en la temporada y luego se había desvanecido durante unos meses de la escena social. Felicidades a su hermana y a su marido por su hijo.

—Gracias. —A Maggie le pareció una conversación de lo más extraña, ya que parecía tener un conocimiento tan íntimo de su familia y ella no lo conocía en absoluto.

De repente, Ada estaba a su lado.

—Papá dice que el carruaje está esperando. ¿Estás preparada?

—Sí —dijo Maggie, a pesar de que la velada se había vuelto más interesante en los últimos minutos—. Te presentaría a este caballero, sin embargo, no sé su nombre.

Ada miró al alto acompañante de su amiga, que se inclinó ligeramente.

—Me llamo Philip Carruthers. No las entretengo más,

señoritas.

Con otra reverencia, desapareció entre la multitud.

—Un poco inusual —dijo Ada, poniéndose de puntillas para mirar tras él—. Bastante elegante, sin embargo.

A la mañana siguiente, cuando Maggie tomaba el té y su madre leía los periódicos, recordó dónde había oído antes ese nombre. Al menos, el apellido.

Robert Carruthers era el conductor del otro carruaje, el que resultó muerto. Maggie estaba segura de ello. Además, Grayson había mencionado a un hermano gemelo. Se estremeció. Una coincidencia improbable, pero que explicaba la melancolía del hombre, que ella había confundido con rudeza. ¿Qué quería de ella el hermano de Robert Carruthers?

Como no era de las que se andaban con rodeos, le preguntaría en su próxima oportunidad.

Cam se dio cuenta de que esto no iba a ser fácil, ni lo de estar de pie ni lo de caminar. Definitivamente, tampoco el baile, aunque estaba decidido a hacer las tres cosas la próxima vez que se encontrara con Margaret.

Había soñado con su rostro y podía imaginarse su mirada cuando lo viera entrar a grandes zancadas en uno de los salones de baile de Londres, inclinarse ante ella y arrastrarla a un vals.

Solo esperaba que su pierna debilitada no se deslizara

por el parqué y lo dejara tirado a sus pies. No sería lo peor que le pudiera pasar, supuso.

No, lo peor para Cam era ir en un carruaje desde Bedfordshire hasta la ciudad. Tenían que parar cada pocas horas para dejarle caminar. Los calambres eran terribles. Tras meses de inmovilidad, ahora que había vuelto a caminar, sus músculos exigían actividad. Durante las semanas anteriores, había recorrido cada metro de Turvey House, incluso subiendo y bajando las escaleras cien veces al día, y luego también había paseado por sus terrenos. Había progresado hasta saltar como un niño para hacer trabajar aún más sus músculos, y luego se había puesto la ropa que solía usar para pasar una tarde en uno de los clubes de pugilistas de Londres, y había corrido por el campo, con un aspecto más que ridículo.

No le importaba. Por fin era libre.

El doctor Adams, que había hecho el viaje a Bedfordshire para quitarle el yeso, había proclamado que sus huesos estaban curados. Los músculos de sus piernas, por supuesto, habían sucumbido a una leve atrofia, que Cam había trabajado como el diablo para remediar.

Antes de que le quitaran la escayola, Cam pasó horas levantando sacos de harina sentado en la veranda, exactamente como había sugerido Margaret. Incluso se había preparado para su libertad ejercitando su pierna buena todo lo posible.

Después de semanas de fortalecer sus extremidades, Cam y su madre se dirigieron a Londres. Gracias a Dios, no había perdido el tiempo yendo al norte, a Sheffield, buscando a Margaret en Belton Manor. Después de que una carta a Simon dirigida a la mansión había sido reenviada por el personal de lord Lindsey a la ciudad, Cam había recibido una respuesta de su mejor amigo: todos los Deveres y los Blackwood estaban de nuevo en la bella capital de Inglaterra.

Cam estaba listo para arrodillarse ante la mujer que amaba, y ahora podía hacerlo. Sin embargo, como cuando llegaron a Londres ya había pasado la cena, la proposición tendría que esperar. Además, esta vez pensaba entregarle un anillo. Había tenido mucho tiempo para pensar en ello, y se imaginaba regalándole algo lo bastante deslumbrante como para estar a la altura de su belleza.

—No sé por qué no puedes regalarle el anillo de mi madre —dijo *lady* Cambrey a la mañana siguiente, cuando se dirigían a Hatton Garden, donde trabajaban los mejores joyeros.

—Porque el anillo de la abuela es feo —dijo Cam. Y eso fue todo. Quería ver que la cara de Margaret se iluminara de placer, no de aceptación educada.

Una hora más tarde, después de pasear por la calle llena de orfebres y comerciantes de diamantes, Cam encontró lo que buscaba en Mayer e Hijos. En la tienda bien iluminada, donde todo brillaba hasta el punto de casi provocarle dolor de cabeza, no se decantó por un anillo de serpiente como los que Victoria y Albert habían puesto de moda. Demasiado trillado para su Margaret.

Entonces lo vio, un zafiro azul cobalto rodeado de pequeñas perlas y diamantes. Era magnífico. Cuando se marchaban, vio una pulsera de serpentina con ojos de zafiro y la compró también, sabiendo cómo las damas de su entorno admiraban este símbolo de amor eterno. Si todo iba bien, tendría muchas otras ocasiones para regalárselo a Margaret.

Satisfecho con su elección, solo tenía que planificar el gran evento, contento de tener a su madre con quien discutir las ideas. Ya habían decidido no ir corriendo a Portman Square para sorprender al amor de su vida. Quería algo más grande.

—¿Crees que le gustará que mi segunda proposición tenga lugar en público?

Lady Cambrey sonrió.

—Creo que no hay mujer que no desee que su enamorado se declare abiertamente por ella y la convierta en el centro de atención. Especialmente, en esta noche, en el baile de la duquesa de Sutherland. Todo el mundo estará allí. Todo el mundo.

Su madre parecía casi tan emocionada como él. Menos mal que no le guardaba rencor a Margaret por haber roto el compromiso la primera vez. Quería que las dos damas de su vida se llevaran bien.

Maggie dejó que la criada trabajara en ella durante horas en cuanto se puso el sol. Porque esta noche no era un evento cualquiera. Se trataba de un baile en Stafford House, la principal casa de Londres, situada junto al palacio de St. James. Incluso Simon y Jenny se decidieron a asistir y dejar al pequeño Lionel en casa con Anne Blackwood. Por primera vez, vería la grandiosa escalera bifurcada y el techo de tres pisos del vestíbulo, las magníficas columnas corintias y más mármol del que podría volver a ver jamás.

Además, la reina, que era amiga especial de la duquesa

de Sutherland, podría hacer acto de presencia. A todo el mundo le gustaba ver a Victoria, y cualquier baile al que acudiera se convertía en un éxito instantáneo y, por supuesto, en algo totalmente majestuoso.

Maggie luciría un vestido azul de raso, con encaje y perlas de colores. Dio gracias al cielo por tener un cuñado rico, que le permitía poseer semejante creación. Más perlas y una sola pluma azul adornaban su cabello, que estaba recogido en un moño trenzado, y con suficientes tirabuzones para suavizar su aspecto.

—Acompaño a dos joyas exquisitas —anunció Simon cuando entraron en la mansión Sutherland y miraron hacia la gran escalera doble que conducía a la multitud hacia arriba, tanto a la izquierda como a la derecha—. Una esmeralda y un zafiro.

Jenny, vestida con un rico tono de verde, respondió golpeando su hombro con el abanico.

—No somos objetos para que los hombres nos admiren.

—Habla por ti, querida hermana —dijo Maggie—. Tú eres una condesa, mientras que yo estoy en peligro de pasar al olvido. Si los hombres desean admirarme y llamarme joya, son bienvenidos a hacerlo.

Junto con Jenny, prescindió de su capa y sus zapatos de calle. Adornada con sus zapatillas de baile de raso, estaba lista para disfrutar de la velada.

Al subir la enorme escalera que conducía al salón de baile del segundo piso, Maggie se preguntó cómo podría encontrar a su amiga entre la masa de cientos de personas. Tomó una copa de champán de un camarero que pasaba por allí, renunció a bordear la multitud y se sumergió en ella.

Se mezclaban caras familiares, conocidas y desconocidas. En un extremo del enorme salón de baile, los músicos ya estaban tocando, y Maggie sabía que había un espacio libre para bailar, si tan solo pudiera llegar a él. También, en algún lugar, habría un estrado donde estarían la duquesa de Sutherland y su apuesto marido, el duque George, como lo llamaba su esposa, con todas sus galas.

También era donde se sentaba la reina Victoria cuando asistía, con o sin el príncipe Albert. Nunca se sabía si el príncipe consorte haría acto de presencia, pero no importaba. La gente quería ver a su reina.

Una hora más tarde, Maggie estaba sin aliento, después de haber bailado tres bailes con desconocidos, y todavía no había señales de…

—¡Ada! —gritó cuando su amiga rubia apareció un momento y volvió a desaparecer entre dos parejas—. ¡Maldición! —exclamó Maggie y salió tras ella con un trote poco femenino. Sin embargo, mientras se abría paso entre la pared de asistentes a la fiesta bien vestidos y observaba a los que había delante, suspiró. ¿Dónde se había metido Ada?

—Señorita Blackwood —dijo una voz a su lado.

Era él. Entre toda esa gente, Philip Carruthers estaba junto a ella.

—¡Qué coincidencia! —entonó Maggie.

—No mucha. —Su expresión era un poco menos severa esta noche. Una vez más, iba vestido de forma impecable.

Sí, notó ella, era un hombre elegante, exactamente como Ada había comentado.

Tomando su mano, él se inclinó como lo haría cualquier caballero, pero entonces rozó con sus labios los nudillos enguantados de ella, y Maggie pudo sentir su cálido aliento a través del satén.

Mirándolo fijamente, Maggie retiró la mano.

—¿Cómo, no es una coincidencia? Llevo años buscando a mi amiga y aún no he conseguido encontrarla. De hecho, estaba tras su pista cuando usted apareció.

—No tenía intención de pasar la noche buscándola. Esperé junto a la puerta principal hasta que usted llegó y desde entonces no le quité los ojos de encima.

—Oh. —Qué oportuno por su parte. Jenny aprobaría un método tan práctico. Absolutamente más efectivo que el suyo.

—¿Por qué me ha estado vigilando?

—¿Además de la razón obvia de que es la dama más hermosa del lugar?

—No me gustan los halagos vacíos, señor. —Maggie trató de parecer severa. Luego le dedicó una sonrisa y añadió una pizca de timidez—. Indiscutiblemente, hay al menos una aquí que podría ser mejor que yo.

Para su sorpresa, consiguió borrar su semblante severo. Él se rio, y cuando lo hizo, parecía un hombre totalmente diferente. En ese instante, le recordó a John.

¡John! ¿Aún languidecía en Bedfordshire? ¿Seguiría pensando en ella como un terrible fastidio si la viera bailando y charlando con... oh, cielos, el hermano del hombre muerto? Ella debía concentrarse, a pesar del champán, las luces brillantes y la alegría contagiosa de todos.

—¿Tiene un título? Lo siento, pero no sé cómo

dirigirme a usted.

—Puede llamarme Philip —dijo él a modo de respuesta.

—Bien, pero usted no puede llamarme Margaret.

—Entendido. Supongo que tiene curiosidad por saber por qué la sigo.

Debía ser sincera con él.

—Sé quién es usted. —En lugar de parecer sorprendido, él simplemente asintió, aunque ella notó que su mandíbula se había apretado—. Y sí, tengo curiosidad —admitió Maggie—. ¿Qué puede querer de mí?

Él cogió dos copas de una bandeja que pasaba por allí, le entregó una, golpeó el borde con la suya y se bebió el champán de dos tragos. Luego la miró, con el ceño ligeramente fruncido.

—¿Sinceramente?

Sorbiendo de su propia copa, lo miró directamente a los ojos, sorprendida al darse cuenta de que eran casi negros.

—Por supuesto.

—Sabe quién soy, lo que significa que sabe quién era mi hermano. ¿Correcto?

—Sí —dijo Maggie.

—Después de que Robert muriera de forma tan descuidada, y fuera de su carácter, si se puede decir, quise averiguar todo lo relacionado con el accidente. No fue difícil saber lo que le pasó al conde de Cambrey. Pensé en escribirle, supongo que para disculparme, pero las palabras me fallaron. Además, descubrí que no podía disculparme cuando mi hermano perdió la vida.

—Sé que lord Cambrey se sintió muy mal al enterarse de la terrible pérdida de su familia. Además, no creo que esperara una disculpa. Sus heridas son temporales, después de todo.

O al menos algunas lo eran. Por lo que ella sabía, John estaba tomando más opio, sufriendo de dolor de estómago y peores males a causa de ello.

—Sea como fuere —dijo Philip—, consideré si acercarme a usted cuando me di cuenta de quién era...

—¿Quién soy yo? Para usted, quiero decir. —Porque él no podía saber de su amor por John ni de su breve compromiso.

—Por casualidad, descubrí que tanto la familia de él como la suya estaban muy unidas por el lado de Lindsey. La vi llegar con el conde y la condesa de Lindsey, y sé que este es el amigo más cercano de lord Cambrey. Sin embargo, usted salió de Londres en el momento del accidente.

—Por pura casualidad —le dijo Maggie, pensando en el largo y apresurado viaje en carruaje para estar con Jenny antes de que naciera el bebé—. Sigo sin entender qué quiere de mí.

—Resulta que —empezó él, y luego hizo una pausa. Sus ojos oscuros la recorrieron desde la pluma azul de su peinado hasta el dobladillo de su vestido, y luego volvieron a su rostro, atravesándola con su mirada—. Resulta, señorita Blackwood, que no quiero nada de usted. Al principio me encontraba mal. Robert no solo era mi hermano, era mi gemelo. Usted tiene hermanas, y seguro que entiende el vínculo. Pero él y yo éramos aún más cercanos. Su muerte fue como perder mi brazo, o algunos dirían, más bien la mitad de mi cerebro.

—Mis condolencias de nuevo. —Maggie so quiso

mencionar que su hermano conducía ostensiblemente como un loco.

Él asintió, pero fue un gesto neutro. Sin duda, sus simpáticas palabras no podían significar nada para él, ni tocar el dolor que sentía.

—Me pregunté durante un tiempo si se debía hacer alguna reparación.

Ella se quedó perpleja ante sus palabras.

—¿Quiere decir hacia lord Cambrey por sus heridas?

—No. Hacia mí y mi familia por nuestra pérdida. Como dije, quedé muy afectado. —Él se inclinó más cerca, hasta que ella pudo ver su propio reflejo en sus ojos de obsidiana—. Quise decir venganza, señorita Blackwood, por la rabia irracional que sentía hacia el conde.

Ella levantó las cejas, alarmada.

—¡Oh! —Entonces cayó en la cuenta—. ¿Buscó su venganza a través de mí?

—Ojo por ojo, o en este caso, por el dolor de perder a alguien.

Su mano revoloteó hacia su garganta y, mirando a su alrededor, se aseguró de que seguía rodeada de cientos de personas que podían ayudarla.

—¿Pensó en matarme? —¿Estaba loco?

Él alzó las cejas.

—¡Dios mío, no! Mi plan mal concebido era arruinar su reputación después de saber que usted y el conde tenían una amistad especial.

¿Es eso lo que la gente pensaba? ¿Que ella y John tenían una estrecha amistad, como la que él tenía con Jane Chatley?

—¡Qué monstruoso! —proclamó ella—. Lord Cambrey

ha sufrido bastante, se lo aseguro.

—Lo sé. Además, no tenía realmente el corazón para ello —admitió Philip—. Menos aún después de conocerla la otra noche.

Guardando silencio, él también miró su impresionante entorno.

—A pesar de estar todavía de luto, he descubierto que preferiría bailar con usted antes que arruinarla. Con o sin halagos, es una mujer realmente hermosa, y estamos en lo que podría ser el evento de la temporada.

La cabeza de Maggie daba vueltas. Él había tenido planes nefastos para ella, pero se los había confesado. Ahora simplemente quería bailar. ¿Podría creerle?

¿Sería un baile con él más satisfactorio que cualquiera de los que había tenido desde su regreso a Londres? La única pareja que deseaba dentro o fuera de la pista era John, y las suyas eran las únicas manos que quería que la tocasen.

Sin embargo, John estaba a kilómetros y días de distancia, y ella estaba allí con un hombre que estaba atormentado.

—Muy bien, bailemos. —Y Maggie permitió que el alto desconocido de ojos oscuros la guiara hacia la pulida pista.

Capítulo 27

Cam llevaba una hora buscando cuando por fin encontró a Simon y Jenny. Su paso, el rumor de su regreso estaba en boca de todos. Cuando la gente se separó ante él y llegó por fin a la mesa de los Deveres, su mejor amigo lo miró con los ojos abiertos de par en par.

Simon se puso en pie y Jenny sonrió con alegría.

Sin embargo, por muy queridas que fueran estas dos personas para él, no eran a las que había ido a ver.

—¿Dónde está Margaret? —preguntó Cam sin preámbulos.

—Buenas noches a ti también. —Simon, recuperándose de su sorpresa, puso una sonrisa infantil en su rostro y rodeó con un brazo a su encantadora esposa. Jenny también lo miró como si hubiera aparecido de la nada.

Cam suspiró.

—Lo siento. Buenas noches —volvió a dirigirse a Simon, y luego a Jenny—. Es usted una maravilla de jade, una verdadera diosa.

—Siéntate —lo invitó Simon.

Cam negó con la cabeza.

—Llevo mucho tiempo aquí y...

—Me alegro de verlo, viejo amigo —llegó una voz desde atrás, justo antes de que sintiera la ya familiar y dura palmada en la espalda—. Entonces ya está curado, ¿no?

Al girarse, saludó a otro conocido, esta vez un colega del parlamento.

—Sí, gracias, David. Mucho mejor.

Satisfecho, el hombre se alejó.

—Y así ha sido todo el tiempo —explicó Cam—. Lo juro, esta noche me han golpeado más que nunca en mi vida.

—¡Lord Herido! Está vivo —exclamó otro caballero dándole otra palmada en el hombro con una sincera ovación antes de desaparecer entre la multitud.

—¿Cómo te ha llamado? —preguntó Simon, con los ojos bailando de alegría.

—No importa. ¿Dónde está?

Fue Jenny quien habló.

—Está bailando, por lo que sabemos. No la hemos visto en años.

Suspirando, Cam examinó la multitud una vez más.

—Puede que nunca la encuentre. Qué lugar tan ridículo para un baile.

Simon se rio.

—La mayoría no estaría de acuerdo. Estás malhumorado para ser un hombre que parece estar curado del todo.

Cam se encogió de hombros.

—Si ves a Margaret antes que yo, dile que volveré a tu

mesa cada media hora. De esa manera, estoy seguro poder encontrarme con ella.

—Está vestida de azul —dijo Jenny mientras él se zambullía de nuevo entre los invitados.

«¡Azul!». Por supuesto, su color favorito, y el de él cuando estaba sobre ella. Sin embargo, la información apenas lo ayudó, ya que al parecer era el color de moda este año.

Y entonces el murmullo que lo había seguido toda la noche se convirtió en un intenso parloteo, y supo que ya no lo causaba su aspecto, sino alguien mucho más importante.

—¡La reina, la reina! —Oyó por todas partes. Victoria había llegado.

¿Se dirigiría Margaret hacia el estrado que él ya había visto dos veces mientras buscaba a la mujer que amaba? Allí, la regia duquesa de Sutherland presidía su pequeña corte.

Dejando que la marea de invitados lo empujara hacia delante, se acercó al estrado todo lo que pudo, lo suficiente como para ver a su diminuta reina con el pelo castaño amontonado en la cabeza y sus redondas mejillas, maquilladas con un poco de rubor para la ocasión.

—Que Dios la proteja —susurró en voz baja, y luego comenzó su búsqueda una vez más.

Maggie no se había reído tanto en meses. A pesar de que Philip estaba de luto, se las arreglaba para hacer un flujo constante de comentarios ingeniosos que, como si fuera un hábil arquero, daban en el blanco perfectamente. Tanto si hablaba de una señora mayor con una sorprendente cantidad de polvos en la cara: «debería unirse al gremio de los yeseros», como de un caballero con una figura de reloj de arena: «esta noche lleva el corsé más ajustado de Stafford House», Philip tenía una lengua mordaz.

De repente, el balbuceo de la conversación aumentó hasta que apenas pudo oír a su ingeniosa pareja de baile. Desde su posición más elevada, Philip escudriñó la sala. Luego, inclinándose, con la boca cerca de su oído, le dijo la razón.

—La reina ha llegado.

El corazón de Maggie se aceleró.

—¿Cree que hay alguna manera de verla? Sé que suena terriblemente plebeyo por mi parte, pero no recuerdo haberla conocido cuando me presentaron en el palacio durante mi primera temporada. Creo que tenía los ojos cerrados. Lo juro, yo temblaba tanto que apenas podía caminar, y creo que babeé sobre su mano.

Sus palabras provocaron una ligera sonrisa en el rostro austero de su pareja de baile.

—Podemos ir en esa dirección si lo desea.

Para deleite de Maggie, vio a Victoria en toda su magnificencia, con una brillante tiara y un fajín azul real sobre su vestido de seda gris paloma. Le bastó con echar un vistazo a Su Majestad, que parecía feliz, de pie en el estrado junto a la bella duquesa.

—¿Está contenta? —preguntó Philip.

Maggie sonrió y le cogió del brazo mientras se hacían a un lado, dejando paso a los demás que se adelantaban ansiosos para ver a la reina.

—Lo estoy. ¿Cree que se ha fijado en mí cuando he hecho una reverencia?

—Si babeó en su mano una vez, con toda probabilidad, se acordó de usted. A decir verdad, creo que le dijo a la duquesa: «Nos alegramos de ver a la joven señorita Blackwood con sus extraordinarias glándulas salivales».

Maggie estalló en una carcajada, y luego vio que una expresión cruzaba el rostro de Philip, la cual hizo que ella se agitara.

No estaba preparada para empezar de nuevo. ¿Lo estaba? Su corazón todavía estaba lleno de John y le dolía. Pero Jenny le había recordado que no debía conformarse con menos que un hombre que la hiciera sentir una sensación especial. Y todo empezó con un beso.

Como si hubiera conjurado a su hermana con sus pensamientos, Maggie vio de repente a Simon y Jenny a escasos metros. Por desgracia, con la multitud que se interponía entre ellos, era imposible alcanzarlos.

—Jenny —llamó, y fue recompensada cuando su hermana se volvió. Con una mirada emocionada, Jenny se agarró al brazo de Simon antes de saludar y hacer un gesto a Maggie.

—Ahí está mi hermana —le dijo a Philip, cuyo brazo aún sostenía. Mirando de nuevo, se dio cuenta de que Jenny parecía estar pronunciando algunas palabras.

—¿Qué está tratando de decirme?

Philip miró en la misma dirección.

—Me parece que ha dicho que hay alguien aquí.

—Oh —dijo Maggie—. Por supuesto, la reina. Deben ir a verla.

—¿La acompaño a su mesa? —Él dudó, atrapando su mirada con la suya—. O tal vez le gustaría dejar este alboroto un momento y dar un paseo por la galería.

Ella reflexionó. Desde luego, no era su primer baile. Un paseo significaba solo una cosa, por lo que ella había experimentado. ¿Volver a la seguridad de la mesa de Devere o… un paseo?

—Mi hermana y mi cuñado tardarán una buena media hora en ver a la reina y volver a nuestra mesa. —Parpadeó al ver la cara de aquel desconocido—. Sí, vamos a ver la galería.

Volviéndose, saludó de nuevo a su hermana y luego dejó que Philip la guiara hasta la puerta más cercana.

En cuanto puso el pie en la gruesa alfombra roja, que se extendía interminable a lo largo del vestíbulo principal de Stafford House, Maggie supo que estaba haciendo lo incorrecto.

Este hombre estaba afligido, al igual que ella, aunque por razones diferentes. ¿Qué bien podría salir de esto? Por lo que ella sabía, él había confesado su plan de arruinarla para que ella bajara la guardia. Ella podría estar participando en sus malvados planes en ese mismo instante.

Suspiró, pero no se detuvo. ¿Cuándo conocer el camino correcto le había impedido tomar el camino equivocado? ¿No se suponía que debía encontrar la chispa con otro hombre? ¿O debía suspirar por John el resto de su vida?

Como era de esperar, caminaron hasta una arcada sombría con columnas que se erigían a ambos lados como centinelas. Philip se detuvo y se volvió hacia ella.

Tomando sus dos manos, la hizo retroceder hasta el jarrón colocado sobre un pedestal, el único objeto en el profundo rincón. Al hacerlo, ella sintió que la porcelana se tambaleaba y le golpeaba la espalda antes de que volviera a su sitio.

¡Qué bien! Cualquier jarrón expuesto y propiedad de los Duques de Sutherland debía de valer más que toda la casa de campo de su familia en Sheffield.

—Tenga cuidado —murmuro cuando su nuevo conocido se acercó a ella.

Sus acciones, tan predecibles como esperadas, no le causaron ni siquiera un temblor de miedo. Más bien, se preocupó por su propia aceptación de lo que iba a ocurrir. Philip la besaría y ella no sentiría más que una leve curiosidad.

—Acaba de suspirar —le dijo él.

—Mis disculpas. Continúe. —Maggie cerró los ojos e inclinó la cabeza. —Esperó. Nada. Mirando a través de un párpado levantado, vio su expresión de sorpresa—. ¿Y bien? —preguntó.

Él retiró sus manos de las de Maggie, se pasó una por el pelo, despeinándolo terriblemente, y luego levantó la otra hacia la pared para apoyarse en ella.

—Desde luego, se lo pone difícil a un hombre.

—¿Qué quiere decir? Lo hago fácil.

—Demasiado fácil. Parece tan interesada como si estuviera a punto de lustrar tus zapatos.

Sonriendo, ella le recordó que sus zapatillas de raso no necesitaban ser lustradas.

De repente, oyeron voces y pasos. Un pequeño grupo de asistentes a la fiesta había abandonado el salón de baile y atravesaba el pasillo.

¿Cómo iban a esconderse?

Para su sorpresa, Philip se acercó, rodeándola con un brazo para apretarla contra su cuerpo y protegerla de su vista.

Algunos transeúntes silbaron, traicionando su buen humor y probablemente el exceso de champán. Uno de ellos dijo «¡bien, bien!», y luego se fueron.

Philip la miró a la cara, con los ojos muy abiertos por la alarma.

Contra todo decoro, Maggie soltó una risita. Después de todo, él había amenazado con arruinar su reputación. En cambio, la había protegido.

—No vamos a besarnos, ¿verdad? —preguntó Philip.

—No, no lo va a hacer —dijo una voz familiar.

«Imposible. No podía ser», pensó Maggie.

Empujando a Philip a un lado, ella se enfrentó a John Angsley, muy enfadada por su expresión atronadora.

—De hecho —añadió John, con un tono de hielo—, usted ni siquiera estará en pie dentro de un minuto.

Con un brazo, John trató de apartarla de su camino, mientras echaba el otro hacia atrás, listo para estrellar su puño en la cara de Philip.

«¡Oh, Dios!».

—¡No, no lo hagas! —gritó Maggie, luchando contra la fuerza del brazo de su antiguo prometido, a la vez que intentaba interponerse entre ellos.

Con las manos de Margaret enredadas con fuerza en su brazo izquierdo y sus cálidos senos aplastados contra él mientras luchaba, Cam apenas podía mantener su atención en el bribón que había intentado tener un encuentro inoportuno. ¡Con su mujer!

¿Quién era este audaz desconocido, de pie con las piernas ligeramente separadas, los brazos a los lados, listos y al parecer dispuestos a recibir el golpe?

Fue la postura y la actitud del otro hombre, más que la súplica de Margaret, lo que hizo dudar a Cam.

—¿No va a defenderse? —preguntó.

—No —respondió el hombre—. ¿Va a hacer daño a la mujer?

—¿Qué? Por supuesto que no. ¿Cómo se atreve?

Por ese comentario, Cam sintió que volvían a surgir las ganas de pegarle.

—¡John, estás aquí, en Londres! —exclamó Maggie—. ¡Estás de pie y caminando!

Sonaba complacida, pero eso no le quitó el escozor de haberla sorprendido con otro hombre.

Sobre todo, cuando ese hombre se rio.

—He notado una tendencia en la señorita Blackwood a decir lo obvio.

Cam se puso rojo. ¿Este sapo engreído había pasado realmente suficiente tiempo con su Margaret como para opinar sobre su comportamiento? Apretó el puño una vez más.

—Nunca he notado tal inclinación. Puede que usted sea tan extremadamente aburrido, señor, que ella no podrá comentar nada más, excepto su aparente tedio.

Margaret había conseguido ponerse delante de él. De pie, muy cerca, irradiando calidez, con su espectacular sonrisa en su sitio a pesar de su situación, ella lo miraba con ojos brillantes.

—¿Cómo me has encontrado? —Su voz se abrió paso entre la ira de él.

—Me encontré con Simon y Jenny cerca del estrado de la reina, donde pensé que podrías estar. Tu hermana dijo que te había visto salir del salón de baile con ese canalla con cabeza de cordero.

—Bastante dura —Cam oyó decir al desconocido.

Por fin, apartando los ojos de él, Margaret se volvió

hacia el hombre que seguía demasiado cerca de ella.

—Tal vez sea mejor que nos deje solos.

La mirada del hombre fue de ella a Cam y viceversa.

—¿No quiere presentarme a su señoría?

Margaret parecía dudar. Eso preocupó a Cam. ¿Eran pareja? ¿Era demasiado tarde?

—¿Qué está pasando? —dijo, manteniendo sus ojos en ella. Su respuesta podría significar su felicidad o su abyecta miseria.

Al ver que Maggie se mordía el labio inferior con preocupación, Cam sintió un pico de deseo. Casi había olvidado cómo le afectaba su cercanía, pero no era el momento. ¿Y si ese hombre era su nuevo amante? ¿Y si Cam había incitado sus pasiones con todos sus encuentros nocturnos, solo para que ella buscara alivio en las manos de otro?

Por fin, ella se encogió de hombros.

—John, este es Philip Carruthers. Quizá recuerdes a su hermano...

—Su hermano murió en Oxford Street —terminó Cam por ella, con toda su atención puesta ahora en el desconocido. Este giro inesperado le recordó el terrible momento en que vio aquella expresión de pánico del conductor que lo atropelló.

A pesar de los meses de agonía que el gemelo de este hombre, Robert, le había causado, Cam sintió que toda su ira se desvanecía al instante. Excepto... ¿por qué estaba molestando a Margaret?

—¿Cómo se conocen? —dijo en voz más alta de lo que pretendía.

—No nos conocemos en realidad —dijo Margaret

rápidamente—. Lo conocí la otra noche, y luego él, bueno...
—se interrumpió y volvió a mirar por encima del hombro.

—Me acerqué a ella esta noche para decirle quién era. Más allá de eso, no hay nada entre nosotros. Tengo entendido que fue gravemente herido. Le ofrezco mis disculpas en nombre de mi familia.

Cam se tragó los últimos vestigios de enojo.

—Ha perdido a su hermano. Estoy seguro de que es difícil ofrecerme una disculpa, pero le aseguro que la acepto. Lamento su pérdida. Sin sentido, como lo fue.

El hombre se puso rígido.

—En eso estamos de acuerdo, lord Cambrey. Totalmente sin sentido.

Carruthers se volvió hacia Margaret.

—Ha sido un placer conocerla, señorita Blackwood, y le agradezco el baile y que me haya levantado el ánimo estas últimas horas.

Ella asintió.

Luego se dirigió a Cam.

—Me alegro de que nos hayamos conocido. De alguna manera lo hace más fácil. —Luego, sin mirar atrás, se alejó.

—Pobre hombre —murmuró Margaret, atrayendo la atención de Cam.

—¿De verdad ibas a dejar que te besara?

Suspiró.

—¿Importa eso?

¿Importaba? Sí. No. Él no lo sabía.

—¿A cuántos hombres has besado desde que nos separamos?

—¿Desde el día que me dijiste que era un fastidio con

el que no querías casarte?

¿Realmente lo había hecho? No era así como él lo recordaba, pero había estado bajo la influencia de algo más que un poco de opio.

—Me disculpo. No era yo mismo, como sabes. Ahora lo soy, por cierto.

Fue recompensado con su sonrisa.

—Puedo verlo —dijo ella, con su mirada fija en la de él—. Sí, lo veo en tus ojos. —Maggie levantó la mano y recorrió con sus dedos las finas cicatrices blancas de su sien—. Estás muy bien, de hecho. ¿Y cómo está tu pierna?

En respuesta, él la tomó en sus brazos y procedió a bailar un vals por el pasillo, disfrutando de su risa mientras sus faldas se movían alrededor de sus piernas, una vez más, fuertes y estables.

Al sentir su calor bajo sus manos, el corazón de Cam se aceleró. Al hacer una pausa, se agachó y reclamó rápidamente sus labios, pero cuando se alzó y miró hacia ella, sus ojos seguían cerrados y… ¿Qué demonios?

—¿Margaret? —preguntó él, inseguro de sus pensamientos.

Sus hermosos ojos dorados se abrieron de golpe. Ella se quitó las lágrimas con el dorso de la mano y lo miró fijamente.

—¡Bésame otra vez!

El alivio lo inundó y la obedeció. Esta vez, Cam acercó despacio su boca para unirse a la de ella.

Casi de inmediato, no fue suficiente, y, con un gemido, la apoyó contra la pared para que cualquiera que se encontrara con ellos lo viera. Con una mano a cada lado de Maggie, continuó el beso y presionó la lengua en sus labios hasta que ella le dio la bienvenida con un suspiro. Inclinando su alto cuerpo, no pudo evitar empujarla con sus caderas, saboreando la forma en que ella se arqueaba contra él.

Maggie emitió un suave sonido que lo volvió loco. La reina del Imperio Británico estaba a pocos metros, la mujer más poderosa del mundo. Sin embargo, era la señorita Margaret Blackwood la reina de todo lo que Cam era y podría llegar a ser. Con un pequeño sonido, ella podía ponerlo de rodillas.

Cuando se separaron, sin aliento, Maggie levantó la mano y le sostuvo la cara.

—Sí, la verdad es que habría dejado que me besara —dijo, y sus palabras le cortaron como una espada—. Solo porque quería encontrar nuestro fuego.

—Nuestro fuego es solo nuestro —le recordó él—. Nunca había sentido nada parecido.

—Lo sé. Y no, no he besado a otro desde que me hiciste tuya en Turvey House. —Ella se sonrojó ante sus propias palabras, ofreciéndole el vívido recuerdo de ella desnuda a su lado y saciada por completo.

Él quería lo mismo de nuevo, y pronto.

—Puedes besar a cien hombres —dijo él, haciendo que los ojos de ella se abrieran de par en par—, y nunca encontrarás a uno que te ame como yo. —Ahora era el momento de confesarle todo—. Tenías razón sobre el opio. Me estaba matando, creo. Porque no puedo creer que algo que me puso en tal agonía de la mente y el cuerpo podría haber sido bueno para mí. Dejar de tomarlo dolió como el infierno, pero lo hice. Me alegro de que no estuvieras allí para verme.

Margaret asintió antes de ponerse de puntillas y besarlo en los labios.

Después, él la cogió de la mano y atravesaron el pasillo. Justo antes de llegar a las grandes puertas dobles que daban acceso al salón de baile, ella le retuvo por el brazo.

—¿Somos pareja de nuevo? ¿Estamos comprometidos?

—No —le dijo él con toda claridad—. Definitivamente no lo estamos.

Capítulo 28

Maggie sintió como si el suelo se hubiera abierto bajo sus pies. ¿Qué podía querer decir John? Se habían besado tan apasionadamente como siempre. El fuego. Era evidente que aún estaba allí, haciendo que prácticamente se derritiera.

Intentó hablar con él en la ruidosa y resonante sala, pero no podía, no mientras él seguía arrastrándola, con su mano enguantada firmemente agarrada a la suya.

Atravesando parejas y grupos, por fin se detuvo en el brillante parqué y la hizo girar para que se enfrentara a él.

—¿Qué haces? —siseó ella, avergonzada por la forma grosera en que él había apartado a las bailarinas.

—Oíd, oíd todos —dijo John en voz alta, haciendo que la gente a su alrededor se callara, y luego los de que estaban más alejados. Los murmullos se fueron apagando hasta que todo el salón quedó en silencio.

Maggie abrió la boca, mortificada. ¿Qué estaba tramando?

Los músicos, quizá asustados al escucharse a sí mismos después de tantas horas en la ruidosa sala, tocaron unas cuantas notas fuertes antes de dejar sus instrumentos.

El único sonido era el de la duquesa en el estrado hablando animadamente con la reina Victoria. O al menos, Maggie supuso que era Su Alteza a quien podía oír por encima de los fuertes latidos de su corazón.

Y luego, para su asombro, la inconfundible voz de la reina.

—¡Lord Cambrey! ¿Qué cree que estás haciendo, interrumpiendo nuestra encantadora reunión?

Se oyeron jadeos en toda la sala, y los bailarines se apartaron hasta que Maggie se encontró a la vista de los que estaban en el estrado.

Como la reina Victoria miraba en su dirección, Maggie hizo una reverencia baja y, con la cabeza inclinada, permaneció así, con la mirada fija en el suelo.

—Su Majestad —escuchó decir a John—, me disculpo por la interrupción. Y a usted también, Alteza —añadió a la Duquesa—. Sin embargo, hubo un tiempo en que los nobles no podían casarse sin el permiso de la corona. Ya que estáis aquí, Majestad, y dado que amo a esta mujer que tenéis delante, he pensado que es el momento perfecto para pedirle que se case conmigo y obtener vuestra bendición.

«¡No se te ocurra desmayarte!», se exigió Maggie. «¡No lo hagas!».

—¿Quién es la afortunada dama? —preguntó la reina—. ¿Es ella la elegida? ¿La joven de azul?

—Es la señorita Margaret Blackwood —dijo John en voz alta—. La hija mediana del difunto barón Lucien

Blackwood y *lady* Anne Blackwood.

—Levántese, señorita Blackwood —ordenó la reina Victoria, y Maggie pensó que no podía reprimir sus nervios.

Respiró hondo, levantó lentamente la mirada hacia su reina y se puso de pie. A sus treinta y un años, Victoria ya había sido madre de seis hijos, pero para Maggie, todavía parecía una jovencita.

En su mente, recordó las ridículas palabras de Philip Carruthers sobre que la reina podría recordarla por haber babeado sobre su guante, y la idea la relajó.

Durante unos largos segundos, la reina observó a Maggie, en medio del salón enmudecido. En algún lugar, Maggie sabía que su hermana estaba viendo este espectáculo.

Dios, definitivamente, tendrían algo que contar a su madre esta noche.

—¿Ama a lord Cambrey? —sonó claramente la voz de la reina.

Maggie miró una vez a John, que estaba a su lado sin parecer nada nervioso. Su expresión de perplejidad le infundió valor.

—Sí —comenzó, pero le salió un débil susurro. Tragó saliva, tosió ligeramente y luego encontró su voz—. Sí, Majestad. Lo sé.

—¿Y por qué no? —dijo Victoria, provocando la risa de algunos—. Buen caballero que es. Nos enteramos de su accidente y nos alivia verlo con buen aspecto.

—Gracias, Majestad. Estoy bastante curado.

—Entonces pídaselo —lo incitó la reina—. Estamos esperando. Y tenga en cuenta que debe hacerlo bien.

—Sí, Majestad.

Volviéndose hacia Maggie, John tomó sus manos y, al mismo tiempo, se arrodilló.

Los que estaban lo bastante cerca para verlos dejaron escapar una exclamación.

—No me extenderé para no incomodar más a Su Majestad ni a los demás invitados de Su Gracia. En cualquier caso, decir lo mucho que la admiro me llevaría al menos hasta el amanecer. Esta noche, me limitaré a decirle que la amo. —Cam la miró con sus ojos de color avellana—. Y le pido que me haga el honor de casarse conmigo y me permita darle mi nombre.

—¡Vamos, vamos! —gritó un caballero.

—Silencio —dijo la reina Victoria—. Que la dama responda.

Maggie luchó contra las lágrimas y ganó. Después tendría tiempo para llorar de felicidad, cuando la reina y media corte no la pudieran ver fea e histérica.

—Sí, milord. —Fue todo lo que pudo decir.

—¡Bravo! —gritó otro—. ¡Bravo!

—Esperen —dijo John cuando la multitud empezó a murmurar y a moverse.

Soltó las manos de Maggie, se levantó y empezó a rebuscar en sus bolsillos. Enseguida, sacó una pequeña bolsa de terciopelo negro, que se cerraba con un cordón de raso. Al abrirla, la puso boca abajo, dejando que el contenido cayera sobre su palma.

Fue el turno de Maggie de jadear.

—Quítate el guante, por favor —le pidió él en voz baja.

Sin apartar su mirada de la suya, ella se quitó el guante de la mano izquierda, sintiéndose como si se desnudara en público.

John levantó el anillo un momento para que captara la luz, lo que provocó otra oleada de murmullos por parte de los espectadores. Luego volvió a coger la mano de Maggie y le puso el anillo en el dedo.

Hubo un momento de silencio.

—Ahora pueden aplaudir —dijo a la multitud, y esta lo hizo.

«Bien hecho», le pareció a Maggie oír decir a la reina Victoria y, de repente, Jenny se abalanzó sobre ella. Se abrazaron. Simon estrechó la mano de John y luego se dirigieron hacia su mesa.

Tardaron más de una hora en llegar, entre las felicitaciones de la gente y las exclamaciones por la reaparición triunfal de John.

—Esto se merece champán —dijo Simon mientras cogía una bandeja entera de un sirviente que pasaba por allí y la colocaba en su mesa.

—Siempre es buen momento para beber champán —dijo John—, pero supongo que este lo es de forma especial. Después le guiñó un ojo a Maggie, un gesto tan pequeño, pero que la llenó de alegría.

—Ha sido una exhibición excelente —dijo Jenny, levantando su copa—. Puede estar orgulloso de sí mismo, y ciertamente ha hecho justicia a mi maravillosa hermana. Me alegro mucho por los dos.

Maggie aún se sentía aturdida por el rápido giro de los acontecimientos. Con el champán en una mano, miró el anillo en la otra.

—¿No es lo más bonito que has visto nunca?

John la miraba fijamente.

—Ni de lejos, mi amor.

～❈～

A nadie le importó que el conde de Cambrey decidiera celebrar una pequeña e íntima boda en la capilla adyacente a su propiedad. Después de todo, ¿cómo podría una boda londinense, por muy grandiosa que fuera, superar el muy público y celebrado compromiso al que asistieron cientos de personas, incluida Su Majestad?

Como la familia de la novia se alojaba en su casa, Cam esperaba que Margaret no se sintiera avergonzada cuando la llevara a la planta superior a primera hora de la noche de bodas. En realidad, descubrió que no le importaba mucho lo que pensaran sus nuevos suegros. Había esperado lo suficiente para reclamar a su condesa.

Los ojos de Maggie brillaban después de la emoción del día.

—Todo ha sido perfecto —dijo ella, mientras él empezaba a desnudarla frente a la chimenea, cuyo fuego había ordenado avivar para que la habitación estuviera lo bastante cálida como para estar desnudos.

—Sí —aceptó él, trabajando en los botones de perlas de su espalda.

—La ceremonia, el tiempo. Mis hermanas estaban hermosas. Tu madre me hizo llorar de felicidad con su brindis. Y la comida. Qué comida tan gloriosa. —Mientras ella divagaba, él se las arregló para despojarla de su vestido color crema, atado con una cinta azul, y comenzó con su corsé—.

Oh, gracias —dijo ella mientras él le aflojaba los tirantes y luego lo dejaba caer al suelo—. Creo que Tilda lo apretó demasiado para la ocasión. Apenas podía respirar.

—Parece que respiras bien.

—¿Qué? —Entonces se rio—. Oh, porque estoy hablando demasiado, ¿es eso?

—No. Me encanta el sonido de tu voz. —Cam pensó en cómo la había llamado fastidiosa. Nunca más—. Tu voz es suave y armónica, como la música. No quiero que pase un día sin oírte hablar.

Ella se giró en sus brazos, de pie ahora solo vestida con su camisa interior.

—Estoy muy contenta de estar de vuelta en tu habitación.

—Nuestra habitación —le recordó él.

—¡Sí!

Cuando él intentó tocarla, ella corrió fuera de su alcance y, para asombro de Cam, se lanzó al centro de la cama. Como una niña. Y sin embargo, no lo era en absoluto.

Es cierto que era ocho años y medio más joven que él, pero había crecido. Había sido más sabia que él, con su comprensión de la adicción que lo tenía tan agarrado. Si no fuera por ella…

—Es un colchón muy cómodo —declaró Maggie sentándose encima. Su camisa se había deslizado dejando al descubierto uno de sus pálidos hombros, y la sola visión lo enardecía. Gracias a Dios que ya sabía que era una criatura apasionada, o esta noche habría sido muy diferente.

Cam ya se había quitado la chaqueta. Se desabrochó apresuradamente el cuello, los puños y la camisa, y los arrojó todos sobre una silla cercana. Cuando volvió a mirarla, ella se había quedado en silencio, mirándolo fijamente, pero su expresión era de expectación, no de miedo.

En verdad, su cabello suelto colgando sobre los hombros, su vestido casi transparente y sus labios ligeramente separados le provocaron un sentimiento de reverencia, casi tan fuerte como su pasión.

Irradiando deseo, ella le tendió las manos y él terminó de desnudarse con rapidez.

—Lo he visto desnudo antes, lord Cambrey, pero nunca así.

—¿Quieres decir de pie? —bromeó él, disfrutando de la mirada de ella recorriendo su cuerpo e imaginando que sus dedos hacían lo mismo.

Maggie sonrió.

—Eres magnífico, esposo mío. Ya sea tumbado o de pie. Ahora mismo, me gustaría que te unieras a mí en nuestra cama.

Sin necesidad de más invitaciones, se dirigió hacia ella, sabiendo que su virilidad estaba a pleno rendimiento porque incluso sentía una presión en los testículos. Sería difícil que durara mucho su primera vez. Pero si no lo hacía, la compensaría con muchas más veces después.

Arrastrándose sobre la cama, tomó su cara entre las manos y la besó, un beso largo y profundo que a él le hizo palpitar y a ella respirar con dificultad.

—¿Puedo quitarte la camisa?

Como respuesta, ella levantó los brazos y dejó que él se la sacara por la cabeza. Cuando él la arrojó detrás de él, ella se rio.

—No tienes miedo —dijo Cam, a la vez que le cogía los senos con suavidad y le acariciaba los pezones con los pulgares, observando con fascinación cómo se endurecían.

—Ni siquiera un poco —juró ella.

Él la miró a los ojos mientras seguía tocándola.

—Puede que te duela un poco —le dijo él.

Encogiéndose de hombros, ella imitó sus movimientos, sus dedos recorriendo su pecho, jugando con sus pezones de tal manera que lo volvía loco.

—Un momento de incomodidad física no es nada —dijo ella.

Tenía razón, y él se aseguraría de que ella sintiera mucho más placer que dolor.

Para ello, la bajó al colchón, tomándose el tiempo de apartarle el cabello para que no quedara atrapado bajo su espalda.

—Qué considerado eres —dijo Maggie, agarrando su miembro erecto.

—Ahora no hay una sola consideración en mi cabeza —dijo él, gimiendo mientras ella lo abrazaba con fuerza.

—¿Debo parar? —Ella le sonrió.

—¡Dios, no!

Mientras Maggie lo acariciaba, él recorría con sus dedos su suave piel, maravillado por la mujer que tenía delante. Acarició la línea de su clavícula, tan elegante, y luego subió por la curva de sus pechos, para bajar después por su estómago y las caderas, haciéndola temblar.

Durante todo el tiempo, permanecieron en silencio, simplemente mirándose el uno al otro.

Al fin, él la acarició entre sus pliegues femeninos, donde

ella estaba dulcemente húmeda y claramente preparada para él.

Ella se quedó paralizada.

—Parece que no puedo concentrarme en lo que estoy haciendo cuando tú...

La acarició de nuevo.

—Sí, eso.

Ella no dijo nada más, y a él ni siquiera le importó que la mano de ella se apartara de su pene para agarrar las sábanas, y que su otra mano hiciera lo mismo.

Abierta ante él, con los ojos cerrados, la cabeza ya arqueada hacia atrás y las piernas abiertas, Margaret era la personificación de todo lo sensual. Y por algún milagro, era suya.

Acomodando la punta de su verga en la abertura de Maggie, se inclinó para besar sus pechos, chupando un pezón mientras avanzaba dentro de ella.

Antes de que penetrara su barrera, ella levantó las caderas para absorber más de él, y notó el obstáculo.

—¡Oh! —exclamó.

Él se congeló, sintiendo que una ligera capa de sudor se extendía por su piel.

—¿Margaret?

—¿Sí?

—Me muero por penetrarte. ¿Estás preparada?

—Sí. —Sus brazos se cerraron alrededor de él y sus dedos presionaron su espalda.

Sin necesidad de más invitaciones, se introdujo lentamente dentro de ella. Luego se retiró, y ella hizo un ruido de puro placer, que él pudo sentir en sus entrañas.

Podía llegar al clímax en cualquier momento, pero al mirarla, vulnerable y totalmente confiada, se controló.

Cuando estaba dentro de ella por completo, sintiendo su cuerpo apretado alrededor del suyo, se detuvo. Apoyándose en un codo, metió la mano entre ellos, girándola hasta conseguir el ángulo que quería, y entonces procedió a acariciar el brote de su deseo.

Al jadear, Maggie abrió sus ojos de golpe.

—John —dijo en un suspiro de asombro antes de volver a cerrar los ojos mientras él la tocaba.

Él continuó, decidido a que su primera vez fuera igual de placentera para ambos. Sin apenas mover las caderas, siguió acariciándola con los dedos antes de rozar ligeramente su nódulo con el pulgar.

Cam sintió que el clímax se acercaba. Arqueándose más, todos los músculos de Margaret se tensaron bajo él y a su alrededor, haciéndole entrar casi en el delirio.

—*Ohh* —gimió ella, y el sensual sonido le hizo brotar gotas de sudor en la frente.

Cuando su propia liberación pareció alcanzar su punto álgido, él se retiró y se lanzó dentro de ella, bombeando con toda la pasión contenida por haber deseado a esta mujer durante una eternidad. Su cuerpo se tensó, se liberó y sintió cómo su semilla se liberaba dentro de ella.

Justo después, Cam quiso desesperadamente desplomarse. En lugar de eso, rodó hacia un lado, llevándose a su mujer con él.

Permanecieron en silencio durante varios minutos.

Por fin, ella se revolvió y abrió los ojos, rozando con los dedos el vello del pecho de Cam mientras suspiraba.

—¿Feliz? —preguntó él.

—Muy feliz. John, me alegro de que hayamos esperado hasta después de casarnos. —Ella se estiró e hizo un suave zumbido de satisfacción—. Si hubiéramos hecho lo que acabamos de hacer —añadió—, y luego hubiéramos roto... en realidad, probablemente no podría haberte dejado.

Él se rio, acariciando la suave piel de su espalda.

—En cuyo caso, más bien desearía que lo hubiéramos hecho antes.

—No —protestó ella—. Sabes que tengo razón. Si no me hubiera ido, me temo que no habrías dejado de tomar el láudano.

Ella tenía razón. ¡Maldita sea! ¿Siempre iba a tener razón?

Entonces sonrió con su boca contra su pelo y se dio cuenta de que no le importaba en absoluto.

—Tenías toda la razón al dejarme. Y tenías la misma razón al volver a mí.

Ella rio con suavidad, y el sonido lo llenó de paz, mucho más de lo que el opio lo había hecho nunca.

Épilogo

A la mañana siguiente, se sentaron en el porche temprano, antes de que nadie se despertara. Maggie sabía que este sería su lugar especial, un lugar en el que tendrían conversaciones íntimas, posiblemente incluso discusiones, en el que harían las paces también, antes de subir al piso superior para reconciliarse adecuadamente. Aquí jugarían al ajedrez, entretendrían a los amigos y verían a sus hijos correr por el césped. Tal vez John ya había plantado su semilla en su vientre.

—Espero que estés sonriendo por mí. —Él le cogió la mano mientras bebían té.

—Así es. —Estaba contenta de estar en casa. Sentía que aquel era su hogar. Que él la alejara con sus palabras poco amables había sido uno de los peores momentos de su vida, junto con descubrir que estaba herido. Volver había sido lo más dulce—. Te lo he puesto fácil —le dijo, pensando en el pasillo de Stafford House y en lo rápido que había accedido.

Sonriendo, él asintió.

—Porque me quieres tanto como yo te quiero.

—Obviamente. Pero si no me hubieras convencido, ¿qué habrías hecho? Quiero decir, si hubiera deseado que te arrastraras un poco por ser tan canalla.

—¿Canalla?

Ella asintió.

—Supongo que te habría felicitado por tu aspecto —le respondió él—. Sí, habría dicho: «Margaret, eres un diamante en bruto».

Ella torció la boca con disgusto.

—Entonces me alegro de que no lo dijeras. Esa frase está tan manida que es casi un insulto.

—¿De verdad?

Cam se acarició la barbilla, pensativo. Maggie pensó que el vello que le crecía desde el día anterior le daba un aspecto terriblemente apuesto y sensual. Puede que luego no dejara que su ayuda de cámara le afeitase.

—Entonces supongo que te habría dicho cómo admiro tus pensamientos y tu habilidad en el ajedrez. —Su tono sonaba como si estuviera haciendo una pregunta.

Ella soltó una risita.

—Mejor, supongo. Menos mal que la reina estaba allí para que hicieras tu gran gesto.

—¿Qué reina? —preguntó él.

—Oh, esa es buena. —Le encantaba cómo se burlaba de ella.

—No pude ver a ninguna mujer allí, excepto a ti.

—Aún mejor, milord.

—Si no te hubiera conquistado mi llegada por sorpresa y el regreso de mi atractivo aspecto —sonrió, y luego se puso serio—, entonces podría haber confesado lo malditamente horrible que fue todo cuando te marchaste.

—Lo siento —dijo ella—. Me habría matado verte sufrir de esa manera.

—Nunca supe que uno podía querer vivir y morir al mismo tiempo, pero así era. Cada vez que me acercaba al cajón donde había guardado la botella, me encontraba con el dibujo que te hizo Eleanor. Lo puse allí para recordarme por qué demonios sufría tanta agonía. —Se llevó la mano a la boca, sacudiendo la cabeza—. Funcionó, ¿sabes? Tengo que acordarme de dar las gracias a tu hermana. —Dio un sorbo a su té y miró a lo lejos. Sus siguientes palabras fueron tan silenciosas que ella casi no las oyó—. A veces todavía deseo hacerlo.

El miedo, como un rayo, la atravesó. Antes de que pudiera decir nada, Cam se volvió hacia ella, sosteniendo su mirada con la suya.

—No te preocupes. Te lo digo porque nunca volveré a mentirte. Y tampoco cederé nunca al ansia.

Ella le creyó por completo. Después de todo, era el hombre más intrépido que conocía.

Inclinándose, la besó. Primero en los labios, que le producían un delicioso cosquilleo, y luego en el cuello, haciendo que ella se arquease hacia él.

—*Mmm…*

—Me encanta ese sonido —confesó él—. Tengo la intención de ser la causa de ello durante el resto de mi vida.

—¡Bien! —Hundiendo los dedos en su espesa cabellera, Maggie le levantó la cabeza y lo besó a su vez. Su felicidad se desbordó—. Basta de estar sentados, ¿no cree, milord?

Finjamos que estamos en un baile particularmente aburrido y vayamos a dar un paseo. —Ella enarcó las cejas y él se rio con un tono ronco que la hizo estremecerse—. Tal vez al río —sugirió ella, mirando la casa con sus numerosas ventanas—, lejos de las miradas indiscretas.

Él se puso en pie prácticamente antes de que ella terminara de hablar.

—A pescar —proclamó él—, te daré una lección.

Bajaron del porche y caminaron sobre la hierba.

—No necesito que me enseñes a pescar. —Ella se pasó los rizos por encima del hombro y aumentó la velocidad, pensando en otras cosas que podrían hacer a la orilla del agua.

Al alcanzarla, John la agarró de la mano.

Maggie no podía imaginarse más feliz. Entonces, su marido le acarició la suave piel de la muñeca y ella se estremeció.

—Pensaré en alguna otra lección —prometió—. Porque soy un maestro generoso y tengo una alumna muy dispuesta. ¿Qué quieres que te enseñe?

Ella se detuvo, se puso de puntillas y le susurró al oído, encantada cuando él abrió los ojos de par en par y un ligero rubor apareció en su bello rostro.

Sonriendo, ella se separó, corriendo hacia el Gran Ouse, con la risa en los labios y el corazón lleno de amor. Al oír las pisadas sólidas y firmes de su conde, ahora sano y fuerte, le pareció el mejor sonido del mundo.

Índice

Siguiente libro de la serie

Lord Vil

Combinando su amargo resentimiento, el suave sabor de la ginebra y el cariño por las mujeres, si lord Vil cree que comprende la traición, ¡todavía no ha visto nada!

¿Por qué un hombre encantador aceptaría un epíteto tan terrible?
Lord Michael Alder siempre se ha portado bien. Entonces la traición destroza su carácter caballeroso. ¡Que así sea! Si el *bon ton* lo considera un pícaro, también puede deshacerse de la pesada y aburrida apariencia de decencia y decoro. ¡Que comience la decadencia!

¿Cómo pudo cometer un error tan espantoso?
Adorándolo desde lejos, Ada Kathryn está encantada de encontrarse con el apuesto vizconde en el jardín a oscuras. Minutos después, su inocencia hecha jirones, espera que el noble lord Alder haga lo honorable. En cambio, observa cómo el señor más vil de Londres se aleja.

Una mujer agraviada. Un hombre impenitente.

Tras pasar cada noche de juerga con mujeres que abarcan desde las más humildes a las más aristócratas, Michael saluda cada día con un estómago y una disposición agria. Hasta que una mujer deseable llega a Londres, sin una pizca de familiaridad, ni de venganza. Para cuando lord Vil se dé cuenta de que tiene corazón, ¿será demasiado tarde para salvarlo?

***Nota del autor:** algunos lectores han encontrado desconcertante el primer encuentro entre Michael y Ada. Fue escrito como un encuentro consensuado con Ada ignorando el acto, pero sin ser forzada. Si es sensible a este tipo de escena, omita el final del Capítulo Uno. Gracias.*

Información sobre la autora

Autora de éxitos de ventas en *USA Today* Sydney Jane Baily escribe novelas románticas históricas ambientadas en la Inglaterra victoriana y de la Regencia. Ella cree en historias de felices para siempre con personajes atractivos y atención a los detalles de la época.

Nacida y criada en California, ahora vive en Nueva Inglaterra con su familia.

En su sitio web, SydneyJaneBaily.com, puede obtener más información sobre sus libros, leer su blog, suscribirse a su boletín (y obtener un libro gratis) y ponerse en contacto con ella. Le encanta escuchar a sus lectores.